L'INCONNUE DE BIROBIDJAN

DU MÊME AUTEUR

LE FOU ET LES ROIS
Prix Aujourd'hui 1976
(Albin Michel, 1976)

MAIS
avec Edgar Morin
(Oswald-Néo, 1979)

LA VIE INCERTAINE DE MARCO MAHLER
(Albin Michel, 1979)

LA MÉMOIRE D'ABRAHAM
Prix du Livre Inter 1984
(Robert Laffont, 1983)

JÉRUSALEM
photos Frédéric Brenner
(Denoël, 1986)

LES FILS D'ABRAHAM
(Robert Laffont, 1989)

JÉRUSALEM, LA POÉSIE DU PARADOXE
photos Ralph Lombard
(L. & A., 1990)

UN HOMME, UN CRI
(Robert Laffont, 1991)

LA MÉMOIRE INQUIÈTE
(Robert Laffont, 1993)

LES FOUX DE LA PAIX
avec Éric Laurent
(Plon/Laffont, 1994)

LA FORCE DU BIEN
(Robert Laffont, 1995)
Grand prix du livre de Toulon pour l'ensemble de l'œuvre (1995)

LE MESSIE
(Robert Laffont, 1996)

LES MYSTÈRES DE JÉRUSALEM
Prix Océanes 2000
(Robert Laffont, 1999)

(voir suite en fin de volume)

MAREK HALTER

L'INCONNUE DE BIROBIDJAN

roman

ROBERT LAFFONT

© Éditions Robert Laffont, S.A., Paris, 2012
ISBN 978-2-221-12390-4

J'appartiens à ce peuple qu'on a souvent appelé élu... Élu ? Enfin, disons : en ballottage.
                          Tristan Bernard

Première journée

Washington, 22 juin 1950

147ᵉ audience de la Commission des activités anti-américaines

— Votre nom complet et votre adresse actuelle, s'il vous plaît.
— Maria Magdalena Apron, Hester House, 35 Hester Street, Lower East Side, New York.
— Depuis quand ?
— L'an dernier, en février 1949.
— Date et lieu de naissance ?
— 10 octobre 1912, Grosse Pointe Park, Detroit, Michigan.
— Votre profession ?
— Actrice.
— Occupation actuelle ?
— J'enseigne le théâtre.
— Vous ne jouez pas ? Vous enseignez seulement ?
— Oui, à l'Actors Studio, à New York.
— Êtes-vous accompagnée d'un avocat, Miss ?
Elle se contenta de secouer la tête.
Je fis comme les autres, je ne la quittai pas des yeux. Une beauté. Un visage ample, une bouche sensuelle soulignée de rouge, des cheveux plus sombres que du charbon et relevés en chignon. Malgré sa robe noire, stricte, serrée sur la poitrine par une petite broche en argent, on lui donnait facilement cinq ou six années de moins que son âge. On l'imaginait sans peine en couverture des journaux à potins d'Hollywood. Sauf que ses yeux racontaient une histoire

moins glamour. Deux iris d'un bleu intense qu'elle savait rendre aussi opaques qu'une laque de Chine.

Je m'appelle Allen G. Kœnigsman. En ce printemps 1950, j'étais chroniqueur au *New York Post*. Depuis trois ou quatre ans, la chasse aux communistes battait son plein. Grâce à McCarthy et à sa clique, le pays commençait à se convaincre que les espions de Staline infestaient Hollywood et les théâtres de la côte Est. Quand on était acteur, réalisateur ou scénariste, une convocation devant l'HUAC, la Commission des activités anti-américaines, ne vous aidait pas à dormir. J'avais déjà vu défiler une bonne partie du gratin des studios devant les micros. Des grosses pointures comme Humphrey Bogart, Cary Grant, Lauren Bacall, Jules Dassin, Elia Kazan, Brecht ou Chaplin. Tous avaient fait de leur mieux pour prouver qu'ils étaient de bons Américains et de vrais anticommunistes. Mais la liste de ceux qui n'avaient pas convaincu la Commission n'avait cessé de s'allonger. On l'appelait la *black list*, la « liste noire », d'Hollywood... Noire comme la mort, autant dire. Ceux qui s'y retrouvaient inscrits pouvaient quitter les studios, tracer une croix sur leur ambition et changer de métier. Beaucoup devaient aussi tirer un trait sur leur famille. Quelques-uns préféraient dire adieu au monde pour de bon. Un sale temps.

Assister à ces auditions m'était pénible. On n'y croisait pas le genre humain sous son meilleur jour. Mais c'était mon boulot, j'étais devenu une sorte d'expert. Et cette femme qui passait sur le gril de la Commission, ce jour-là, j'ai senti au premier coup d'œil qu'elle ne cadrait pas avec toutes celles que l'on avait déjà vues témoigner. Pas seulement parce que je n'avais jamais lu son nom sur une affiche de film. C'était autre chose. Ça venait de son maintien. De cette manière qu'elle avait de s'asseoir, de nouer ses mains devant elle. Sa patience, aussi. Elle ne montrait rien des minauderies des filles ordinaires d'Hollywood. Cette façon qu'elles avaient toutes de vous offrir leurs yeux et leur bouche comme une promesse de rêve. Non qu'elle soit

Première journée

moins belle, pas de doute là-dessus. Mais sa beauté ne devait rien aux maquilleuses de la MGM ou de la Warner. J'aurais mis ma main au feu que cette femme avait déjà dû voir défiler les vérités de la vie dans son cinéma personnel.

Comme elle se taisait toujours, Wood leva un sourcil en signe d'impatience. Le sénateur J. S. Wood était le *chairman* de la Commission depuis un an. Un petit bonhomme rond, toujours affublé de la même cravate à bandes bleues sur fond jaune. On le prétendait très copain avec l'acteur Reagan, le président de la Guilde des acteurs. Six mois plus tôt, ils avaient dressé ensemble une liste d'acteurs prétendument communistes. Je n'y avais pas lu le nom de cette Maria Apron.

Wood frappa la table devant lui avec son maillet et s'inclina vers le micro.

— Répondez par oui ou par non, Miss Apron. Êtes-vous accompagnée d'un avocat ?

— Je ne vois pas d'avocat avec moi.

Elle eut un petit geste pour désigner les sièges vides à côté d'elle. Je ne fus pas le seul à sourire. Elle avait un accent. Pas très prononcé, mais quand même. Et qui ne venait pas du lac Michigan. Ce genre d'accent que traînaient les émigrés allemands ou polonais pendant une ou deux générations.

Contrairement à l'habitude, la salle n'était pas pleine à craquer. Outre les flics, postés devant les portes et sur les côtés de l'estrade, les sénateurs et représentants membres de la Commission, les sténos et les deux caméramans officiels du Congrès, nous n'étions que quatre chroniqueurs. Wood avait ordonné que l'audience se déroule « portes closes ». Une procédure qui permettait d'exclure le public et de choisir les journalistes.

D'ordinaire, l'HUAC aimait faire du grand spectacle. Mais parfois les « portes closes » s'avéraient un bon moyen d'attirer l'attention de la presse sur un témoin inconnu. Un journaliste normalement constitué déteste qu'on lui ferme la porte au nez. Et moi, j'étais parmi les heureux qu'on avait laissés entrer.

Pourquoi ?

Une bonne question encore sans réponse. Je n'étais pas spécialement bien en cour avec la Commission. Je n'avais pas pour habitude de hurler aux loups avec la meute. En deux ou trois occasions, j'avais écrit sans ambiguïté que les méthodes de l'HUAC n'étaient pas celles qu'on pouvait attendre d'un pays comme le nôtre. Pourtant, la veille, j'avais reçu le petit carton portant mon nom qui me rendait *persona grata* pour cette 147ᵉ audience. Et maintenant que j'étais là, bien calé derrière la table de presse, à observer cette superbe inconnue, l'Armée rouge aurait eu du mal à me déloger.

Wood fit glisser des feuillets devant lui. Ce n'était pas un bon acteur. Quand il cherchait à se donner une expression sévère, cela avait surtout pour effet de gonfler son double menton.

— Miss Apron, il est de mon devoir de vous rappeler certaines règles. Sachez que si vous refusez de répondre aux questions qui vous seront posées, cela vous conduira en prison pour outrage au Congrès. Vous devez aussi avoir conscience que les droits dont vous disposerez devant la Commission seront uniquement les droits que vous accorde cette commission. Me suis-je fait comprendre, Miss Apron ?

— Je crois.

— Répondez par oui ou par non.

— Oui.

— Levez-vous, s'il vous plaît... Levez la main droite et jurez de dire la vérité, toute la vérité et rien que la vérité.

— Je le jure.

— Non. Vous devez répéter après moi : *Je jure de dire la vérité...*

— Je jure de dire la vérité, toute la vérité et rien que la vérité.

— Vous pouvez vous asseoir... Monsieur Cohn, le témoin est à vous.

Première journée

C'était parti. Wood se cala dans son fauteuil et le procureur Cohn reposa son stylo en or sur les dossiers entassés devant lui avant de se redresser.

Un drôle de lascar, ce Roy Cohn. Vingt-trois ans, une tête de bambin ou d'ange boudeur. Toujours vêtu avec soin, affectionnant les costumes trois-pièces de chez Logan Belroes, avec un faible pour les cravates de soie grise. Une fossette au menton et sa bouche gourmande le rendaient capable d'un mignon sourire. Avec sa raie bien nette, ses cheveux lustrés à la gomina manière Clark Gable, il aurait été plus à sa place dans un cosy dancing que dans un rôle de procureur. Pourtant, c'était ce qu'il était. Et s'il avait une tête d'ange, c'était celle d'un ange noir.

Tout jeune qu'il soit, il avait déjà eu le temps de se tailler une réputation. En deux ans et demi, il avait conduit une centaine d'enquêtes d'activités « anti-américaines ». On comptait sur les doigts d'une main ceux qui s'en étaient tirés blanchis. On pouvait se demander d'où venait sa soif d'épingler ces pauvres gens à son tableau de chasse, mais elle ne paraissait pas près d'être étanchée.

Quand il fut debout, il attaqua sans attendre :

— Maria Apron, êtes-vous membre ou avez-vous été membre du Parti communiste ?...

— Non.

— Vous n'êtes pas membre du Parti communiste des États-Unis ?

— Non, bien sûr que non.

— Et vous ne l'avez pas été ?

— Non.

— Pas même dans un autre pays que les États-Unis ?

— Je ne comprends pas ce que vous voulez dire.

— Vous n'êtes pas membre du Parti communiste de l'URSS ?

— Non. Comment pourrais-je l'être ?

— Vous avez prêté serment devant cette commission, Miss *Apron*. Je vous repose ma question : êtes-vous membre du Parti communiste de l'URSS ?

— Non, je ne le suis pas et je ne l'ai jamais été.

Sa voix avait changé. Le regard de Cohn aussi. Quelque chose s'était passé entre eux qui nous échappait. Il y avait un piège différent de d'habitude dans les questions du procureur. Elle l'avait déjà compris.

— Êtes-vous un agent soviétique, Miss Apron ?

— Non. Je suis une actrice, c'est tout.

— Depuis quand êtes-vous aux États-Unis, Miss Apron ?

— Je viens de vous le dire. Vous avez mon passeport.

— Vous êtes née aux États-Unis ?

— Oui.

Cohn approuva, étala son sourire d'ange.

— Vous mentez.

Il leva la main droite en montrant un passeport vert. Il s'adressa aux sénateurs :

— Le témoin a remis ce passeport aux agents du FBI. Elle leur a déclaré s'appeler Maria Magdalena Apron, comme elle vient de le faire ici sous serment. Nous avons effectué une vérification. Aucune Maria Magdalena Apron n'est née le 10 octobre 1912 à Grosse Pointe Park, Detroit. Le FBI est formel : ce passeport est un faux. Un faux d'excellente qualité, mais un faux tout de même.

On avait beau ne pas être nombreux dans la salle, chacun y alla de son exclamation. Cohn pointa le passeport sur la femme et cria dans le micro pour se faire entendre.

Wood fit tomber le maillet deux ou trois fois afin de rétablir le silence. J'avais une bonne place, sur le côté gauche de la femme, suffisamment de biais pour voir son visage. Le bleu de ses yeux s'assombrit. La poudre de son maquillage ne masquait plus ni ses rides ni sa pâleur. J'imaginais ce qu'elle ressentait. Ça devait faire une drôle d'impression de se rendre compte que sa vie était entre les mains d'un gosse à tête de gigolo. Cohn adorait jouer de cette surprise. Avant que le silence revienne, il demanda :

— Qu'est-ce que vous faites dans notre pays ? Qui êtes-vous ?

Première journée

Il réussissait sa scène. Les sénateurs et mes collègues jubilaient déjà à l'idée des gros titres du lendemain. Cependant l'inconnue resta de marbre. Ses doigts pressaient un mouchoir blanc sur la table.

Wood abattit encore son maillet.

— Vous devez répondre aux questions qu'on vous pose, Miss je-ne-sais-pas-qui. À la minute même, vous êtes en état de parjure pour avoir déclaré un faux nom, et la Commission peut réclamer dès à présent votre arrestation...

On se doutait qu'il n'en ferait rien. Tout le monde était trop excité de connaître la suite. Cohn avait encore de quoi surprendre. Il agita de nouveau le passeport.

— À la demande du cabinet du procureur, le FBI a mené des recherches sur ce document. Son numéro correspond à un lot de quatre passeports « en blanc » établis par l'OSS pour l'un de ses agents. Ce qui explique sa qualité... Pour mémoire, je rappelle à la Commission que l'Office of Strategic Services a été chargé du renseignement sur les activités d'espionnage de l'URSS jusqu'en 1947 et la création de la CIA. Il y a huit ans, en 1943, un agent de l'OSS a été infiltré chez Staline. Il s'appelait Michael David Apron.

Wood n'eut pas à faire résonner son maillet. Pendant une poignée de secondes, les claviers des sténos cessèrent de cliqueter. La voix de Cohn était aussi plate que s'il annonçait la météo.

— L'agent Apron n'est jamais rentré de mission. Les dossiers de l'OSS ont enregistré un dernier contact à l'été 1944. Depuis, plus rien... Plus rien jusqu'à ce que cette personne donne au FBI ce passeport et prétende se nommer Maria Magdalena Apron.

Lorsque Cohn se tut, les épaules de la Russe se voûtèrent. Une veine battait à toute vitesse sur sa tempe. Sa poitrine gonflait à petits coups le tissu noir de sa robe, faisant scintiller la broche en argent. Je n'ai jamais su si c'était un effet de sa maîtrise d'actrice ou de la panique, mais sa bouche ne s'entrouvrit même pas. Wood et McCarthy aboyèrent en rythme. Pendant quelques secondes, ce ne furent que des hurlements :

— Avez-vous tué l'agent Apron, Miss Nobody ?
— Non !
— Qui êtes-vous ?
— Depuis quand nous espionnez-vous ?
— Je ne suis pas une espionne !
— Vous mentez !
— Qui travaille dans votre réseau ?
— Personne ! Je ne...
— Vous mentez !
— Non !

Elle était debout. Plus grande qu'on ne l'aurait cru.

— Je ne suis pas une espionne et je n'ai pas tué Michael ! Vous ne savez rien ! J'ai tout fait pour le sauver.

À présent, on savait d'où venait son accent. Son regard glissa sur les sénateurs, vers la table de presse. Je devais arborer le même air de fauve affamé que les autres. Il se pouvait que Cohn ait décroché le gros lot. Je commençais à avoir une idée de la prochaine une du *Post*. Des pensées qui devaient se lire comme des néons sur nos visages. Elle se rassit.

— En effet, Apron n'est pas mon nom. C'est Michael qui me l'a donné. Ce passeport aussi, c'est lui qui me l'a donné.

— Il vous l'a donné ou vous l'avez tué pour le lui prendre ?

C'était Nixon. On ne l'avait pas encore entendu. Chaque fois qu'il ouvrait la bouche, il me semblait entendre du gravier tomber sur le sol.

— Non ! Non, ce n'est pas ça !

Wood leva la main pour l'interrompre.

— Vous devriez reprendre l'interrogatoire, monsieur Cohn.

La Russe nous dévisageait les uns après les autres. Nos yeux se croisèrent pour la première fois. Le bleu des siens aussi sombre qu'un abysse. J'ai pensé : sombre comme la peur. Ses paupières se fermèrent le temps d'une respiration. Je pouvais compter les rides autour de sa bouche.

Première journée

Cohn reprit l'interrogatoire de sa voix d'écolier modèle. Il fit ce qu'il savait le mieux faire : il afficha cette morgue nonchalante qui laissait entendre qu'on ne le convaincrait pas de sitôt qu'un être humain lui faisait face.
— Votre nom ?
— Marina Andreïeva Gousseïev[1].
— Date et lieu de naissance ?
— Le 10 octobre 1912 à Koplino. Une ville au sud de Leningrad.
— Quand êtes-vous entrée sur le territoire des États-Unis ?
— En janvier 1946.
— Pourquoi êtes-vous entrée aux États-Unis avec un faux passeport ?
— Michael me l'a donné. Il...
— Vous êtes un agent soviétique ?
— Non !
— Êtes-vous membre du Parti communiste ?
— Non !
— Vous n'avez jamais été membre du Parti communiste ?
— Non ! Jamais, jamais !
— Vous êtes soviétique et pas communiste ?
— J'ai fui mon pays parce que je ne pouvais plus y vivre. Parce que Michael devait fuir, lui aussi.
— Vous avez fui avec Michael Apron ?
— Oui, il le fallait.
— Vous l'avez tué ?
— Non ! Pourquoi l'aurais-je tué ? Je l'aimais. Jamais je n'ai aimé quelqu'un comme Michael.
— Les prisons sont pleines de meurtriers qui ont aimé ceux qu'ils ont tués, Miss. Comment avez-vous obtenu ce passeport ?

---

1. En russe, pour les femmes le patronyme ne se termine par un « a » que si le prénom n'est pas suivi du nom du père : Marina Andreïeva Gousseïev, mais Marina Gousseïeva. Dans le roman, les Américains emploient systématiquement la version sans « a » terminal.

— C'est Michael... Je ne l'ai pas tué. Je vous le jure.
La voix de Wood résonna dans les haut-parleurs :
— Vous le jurez sur quoi ? La Bible ou le portrait de Staline ?
Il y eut des rires. Celui de Nixon reconnaissable entre tous.
— Vous avez menti dès vos premiers mots devant cette commission, Miss. Il ne suffit plus de dire « Je le jure » pour qu'on vous croie.
Wood fit signe à Cohn de reprendre.
— Où avez-vous connu Michael Apron ?
Elle ne répondit pas tout de suite. L'ombre d'un sourire glissa sur ses lèvres. Peut-être à cause du souvenir qu'éveillait la question de Cohn ou parce qu'elle venait de comprendre le truc de la Commission : bombarder les témoins de questions auxquelles ils devaient répondre par oui ou par non, quatre ou cinq mots au plus. Rien qui ait jamais permis à quiconque de s'expliquer.
Cohn ouvrit la bouche pour reposer sa question, mais elle le devança.
— À Birobidjan.
— *Birobidjano* ?
— Il y est arrivé comme médecin...
Wood aboya dans le micro :
— Répondez aux questions. Qu'est-ce que c'est que ça, Birobidjan ?
Elle laissa filer une seconde en soutenant le regard de Wood, chercha en vain une mèche rebelle dans son chignon.
— Un État juif, près de Vladivostok. Un oblast : une région autonome.
— Un État juif en URSS ?
— Oui. Il existe depuis longtemps.
— Vous êtes juive, Miss Gousseïev ? demanda Cohn.
— Presque.
Elle avait murmuré, mais toute la salle l'entendit.

Première journée

— On n'est pas « presque » juive, Miss Gousseïev ! On l'est ou on ne l'est pas. Croyez-moi, j'en sais quelque chose.

Cohn se mit à rire, et nous avec.

Wood fit tomber son maillet.

— Êtes-vous juive, oui ou non ?

— Je suis devenue juive au Birobidjan, grâce à Staline.

Pour Cohn, elle ajouta en yiddish :

— Peut-être plus juive que vous, monsieur.

Je devais être le seul dans cette salle à comprendre quelques mots de yiddish. Ça rigolait fort autour de moi, et je commençais à ne pas aimer ces rires.

La liste des témoins entendus par l'HUAC depuis dix ans contenait une majorité de noms juifs. Parmi les membres de la Commission, certains, comme McCarthy et Nixon, étaient des antisémites notoires. Il était cependant difficile à l'HUAC d'afficher ouvertement sa haine des Juifs. Le jeune Cohn lui servait de masque. Il était parfait dans ce rôle. Né à Brooklyn, mais acharné à s'en prendre aux Juifs. Pourquoi ? Mystère.

Je commençais à comprendre ce que je faisais dans cette salle. Il leur fallait aussi un journaliste juif en plus du procureur. Un type dans mon genre, avec un G. comme Gershom dans son prénom. Même si je signais toujours Allen G. Kœnigsman. Un type qui puisse bientôt proclamer que cette femme était fausse de bout en bout. Une fausse Américaine, mais une vraie communiste, une vraie espionne, et, pour couronner le tout, une juive bidon. Car pour la clique de l'HUAC, il n'y avait pas de doute : les communistes étaient juifs, et les Juifs étaient communistes. L'un n'allait pas sans l'autre. Impossible d'y échapper. Et cette femme allait incarner la preuve dont ils rêvaient !

D'ailleurs, c'est exactement ce que le sénateur du Wisconsin, McCarthy en personne, se mit à brailler dans le micro :

— Miss... Gouss... ev, quel que soit votre nom, vous n'avez pas l'air de considérer la gravité de votre situation. Vous

vous êtes présentée devant cette commission sous un faux nom et avec un faux passeport, que vous reconnaissez appartenir à un agent du gouvernement des États-Unis assassiné, qui vous a permis d'entrer illégalement dans notre pays. Vous vous faites passer pour juive, mais vous n'êtes pas juive. Vous êtes russe, mais vous n'êtes pas communiste... Vous ne pensez pas qu'il serait temps de dire la vérité ?

— La vérité ?...

— ... Que vous espionnez ce pays, les États-Unis, au profit de l'URSS de Staline.

Elle osa un petit rire. Sur la table, ses mains s'étaient ouvertes. Le mouchoir blanc avait disparu sans que je m'en rende compte. Elle secoua la tête.

— Je ne crois pas que vous voulez l'entendre, la vérité, monsieur.

Le double menton de Wood s'agita.

— Nous sommes là pour ça, Miss. Cette commission est là pour ça : pour entendre la vérité.

— C'est ce que les gens dans votre genre prétendent toujours. Mais pour vous, la vérité est toujours trop compliquée. Staline aussi répète qu'il n'a qu'une envie : entendre la vérité ! *Marinotchka, dis-moi la vérité !* Pourtant, il n'écoute que des mensonges.

McCarthy en fut presque debout.

— Vous connaissez Staline ?

Elle l'observa, amusée, avec cette expression qu'ont souvent les femmes devant la naïveté masculine. J'aurais juré qu'elle n'avait plus peur. Si son accent était un peu plus fort, sa voix était mieux placée. Ses regards plus directs, aussi, appuyés. Une véritable actrice, ça, on ne pouvait pas en douter, et qui jouait le rôle de sa vie !

— Je ne l'ai vu qu'une fois. Un soir. Une nuit. Il y a presque vingt ans. C'est ce soir-là que tout a commencé.

Elle commença à raconter, et plus personne n'eut envie de l'interrompre.

Moscou, Kremlin

Nuit du 8 au 9 novembre 1932

Bien sûr, qu'elle s'en souvenait. Elle était jeune. Vingt ans à peine. C'était dans les années terribles de la famine. Sa mémoire n'avait rien effacé. Pas le moindre détail. Comment aurait-elle pu ?

Elle était arrivée au Kremlin en princesse, à l'arrière d'une voiture officielle, au côté de Galia Egorova. Il faisait déjà nuit quand le chauffeur avait immobilisé la Gaz devant la barrière de la porte Nicolas. Des soldats montaient la garde sous la lumière des réverbères, fusil à l'épaule, baïonnette au canon, la vapeur de leur haleine dansant autour d'eux dans le froid de novembre. D'autres gardes allaient et venaient au pied de la muraille de brique rouge. Un officier apparut devant une guérite. Il sourit en reconnaissant le fanion du commandant de la place sur la calandre de la Gaz. Galia Egorova baissa à demi sa vitre. Le sourire du lieutenant s'agrandit. Il fit un salut militaire.

— Camarade Egorova...

— Pauvre Ilya Stepanovitch ! Encore une garde de nuit alors qu'il fait si bon à l'intérieur ?

— Le devoir tient chaud, camarade Egorova. Et la garde permet de songer à la beauté qui nous échappe.

Il s'inclina, posa sa main gantée sur la vitre baissée. La lumière des réverbères parvenait à peine au fond de la voiture. Il scruta le visage de Marina. Prenant son temps, s'attardant sur les lèvres ourlées, la peau nacrée gorgée de jeunesse. Quelques secondes, les yeux d'un bleu de lac le retinrent. Il devina la rougeur qui assombrissait ses pommettes, parut amusé.

Sans dire un mot, la main toujours sur la vitre, il se redressa. Son regard retrouva celui d'Egorova. Ils s'observèrent en silence. Elle aussi était belle. D'une tout autre beauté, mûre et provocante. Quand elle vous souriait, son sourire vous poursuivait longtemps sans qu'on puisse y démêler la moquerie de la promesse.

Elle effleura le poignet du lieutenant. Elle portait des mitaines de dentelle noire. La laque pourpre de ses ongles brilla entre les fils noués. Il ne devait pas y avoir deux femmes à Moscou capables d'arborer ces vestiges de la vieille aristocratie. Et pour entrer dans le Kremlin !

— Ilya Stepanovitch, ne m'avez-vous pas promis de me lire vos nouveaux vers ?

Le lieutenant eut un rire silencieux. Il retira sa main de la vitre, fit signe aux gardes de lever la barrière.

— Dès que le camarade commandant m'en donnera l'ordre, je serai à vos pieds, camarade Egorova.

La Gaz redémarra en emportant son rire. Galia Egorova agita ses doigts de dentelle avant de remonter la vitre.

— N'est-il pas mignon ? Je crois qu'il a vraiment peur d'Alexandre.

— Il m'a dévisagée et n'a même pas demandé mon nom.

— Pourquoi demander ton nom, Marinotchka chérie ? Il sait très bien où nous allons.

Marina frissonna. Le gel avait pénétré la voiture. Sa cape était trop légère et sa robe laissait trop de chair nue. Un emprunt à Egorova, l'une et l'autre. Pourtant le froid n'était pas la seule raison de son frisson.

La voiture avança au pas dans les larges allées du Kremlin. Tous les cinquante mètres, des soldats les observaient, leur visage à moitié disparu sous la chapka. Les phares frôlèrent les hautes fenêtres régulières de l'Arsenal avant de buter sur l'enchevêtrement magique des globes d'or du clocher d'Ivan-le-Grand. L'église de la Déposition se découpa dans la nuit. Marina n'avait jamais vu cette splendeur d'aussi près. La pure splendeur de la Grande Russie. Mais elle était bien trop nerveuse pour pouvoir l'admirer. Tout s'était passé de manière si inattendue.

Deux jours plus tôt, Galia Egorova était entrée dans sa loge au théâtre Vakhtangov. Marina y tenait le rôle d'une jeune héroïne de la Révolution dans une pièce de Vsevolod Vichnevski, *La Tragédie optimiste*.

Une visite surprenante. Elles se connaissaient à peine. Marina n'était encore qu'une débutante quand Galia Egorova brillait dans les films d'Alexandrov, le réalisateur préféré de Staline. Une grande actrice bolchevique, et une réputation qui faisait jaser. Son mari, Alexandre Egorov, était le commandant de la place du Kremlin, un compagnon de Staline durant la guerre de Pologne. Un homme aux idées larges. La rumeur accordait à sa femme autant d'amants que de films. Ou peut-être Egorova n'avait-elle pas tant d'amants mais un seul ? L'amant qui comptait plus que tous ?

Là, dans la minable loge commune du théâtre de la Révolution, Egorova l'avait couverte de caresses et de compliments... avant de lui annoncer la vraie raison de sa venue. Marina en avait ri en continuant d'ôter son maquillage.

— Ce n'est pas gentil de vous moquer de moi, Galia Egorova !

Egorova avait eu ce sourire de sorcière qui vous donnait envie de fondre dans ses bras.

— Je ne me moque pas, ma chérie. Iossif veut te voir de près.

— Moi ?

— L'Oncle Abel était ici, dans la salle, il y a une semaine. Tu lui as fait un grand effet...

— L'Oncle Abel ?...

— Abel Enoukidze. Un Géorgien, grand amateur de théâtre, de danse... Des jolies filles qui vont avec... Sans doute le seul sujet où il soit un peu compétent. Il amuse Iossif. Pour une fois, il a raison : tu es excellente. Je t'ai vue jouer ce soir, et c'est mon jugement. Ton personnage est niais – toute cette pièce est niaise, si tu veux mon avis –, mais je suppose que c'est ce qu'il faut jouer aujourd'hui. Tu t'en sors magnifiquement...

Les doigts d'Egorova lui fermèrent la bouche avant qu'elle puisse protester.

— Crois-moi, je sais de quoi je parle. Ne pas être ridicule dans un mauvais rôle, voilà ce qui fait une grande actrice... Tu es l'avenir, mon ange ! Le camarade secrétaire Staline a une passion pour l'avenir. Qui n'en aurait pas, quand il a ton apparence ?...

Galia Egorova se saisit d'un linge propre et acheva elle-même de démaquiller Marina.

— Ne t'inquiète pas, je serai là. Cela se passera chez Klim Vorochilov. Notre grand héros a droit au plus bel appartement du Kremlin. Tout le Politburo sera de la fête. Avec les épouses, bien sûr. Au début on se barbe, ensuite on s'y amuse beaucoup plus qu'on ne s'y attend.

Marina connaissait au moins le nom de Vorochilov. Qui pouvait encore l'ignorer ? Même la pièce de Vichnevski parlait de « ce Vorochilov, un simple gars de la mine qui a mis en déroute les soldats de trois nations et qui est devenu le Seigneur de la Guerre de la Russie soviétique... »

Le portrait de papier de Vorochilov était même affiché dans le hall du théâtre, à côté de celui de Staline. Mais de là à aller dîner à leur table, au Kremlin !

— Galia Egorova, ce n'est pas possible...
— Ne sois pas sotte.
— Qu'est-ce que je devrai faire ? Jouer une scène, déclamer un poème ? Il faut que j'apprenne quelque chose ?
— Non, non !

Egorova lui caressa la joue comme on le fait avec une enfant, ourlant une moue songeuse.

— Ne t'en fais pas, tu sauras te débrouiller. Iossif sait très bien faire comprendre ce qu'il veut. Et, je te le promets, les assiettes seront pleines. Tu pourras manger à ta faim, et même plus...

Un argument qui aurait suffi à la convaincre. Depuis quand n'avait-elle pas fait un vrai repas ? Depuis quand la glorieuse Russie de la Révolution mourait-elle de faim ? Personne, depuis l'Ukraine jusqu'à la Sibérie, n'aurait eu le courage d'en faire le compte.

De toute façon, pareille invitation ne se refusait pas ! Elle valait un ordre. Et maintenant elle était là, derrière les murs du Kremlin. La Gaz tourna à gauche pour s'approcher du bâtiment du Sénat. Une allée bordée d'érables à moitié dénudés apparut dans les phares. Les doigts de dentelle se refermèrent sur sa nuque et le souffle roucoulant d'Egorova lui caressa l'oreille.

— Émue ?

Marina eut un murmure presque inaudible.

— Galia Egorova ! Pourquoi vous ai-je écoutée ? J'ai le ventre si noué que je ne pourrai pas manger.

— Oh que si, tu le pourras, Marinotchka !

Egorova laissa fuser un petit rire satisfait.

— Dis-toi que ce n'est pas plus difficile que d'entrer en scène un soir de première. Plus facile, même. Tout se passera bien. Iossif est un excellent spectateur.

La Gaz approcha un nouveau poste de garde. Elle n'eut pas à s'arrêter. Le fanion de la calandre suffit à dresser les soldats dans un garde-à-vous impeccable. Egorova chuchota encore :

— Iossif adore danser, tu n'y couperas pas. Mais je te préviens, il empeste le tabac. On croirait qu'il vide le jus de ses pipes sur sa vareuse. C'est répugnant. Et fais attention : il a la femme la plus stupide du monde.

— Nadedja Allilouïeva ?... Elle sera là ?

— Bien sûr ! Nadia ne traîne jamais loin de son Iossif !

— Elle est belle ?

— Elle a un genre tsigane bolchevique, si on aime ça. Et c'est la plus grande diva de la jalousie que saint Lénine ait enfantée.

Le gloussement d'Egorova s'éteignit en même temps que le moteur de la Gaz. La voiture s'était immobilisée à une vingtaine de mètres de la façade du Sénat. Le saint des saints du pouvoir soviétique luisait sous l'éclat des projecteurs. De part et d'autre de la haute porte rouge, des cosaques en cape noire à cordons dorés formaient le rang. Le manche de leur sabre sanglé en travers de leur dos dépassait leur épaule et un court fusil d'assaut reposait entre leurs bras comme un enfant endormi, l'acier des baïonnettes brillant dans le gel.

Egorova posa ses lèvres sur la tempe de Marina.

— N'oublie pas : demain, quand tu retourneras sur scène, tu seras une reine.

— Ou il m'aura détestée et je recevrai la visite de deux manteaux de cuir de la Guépéou...

— Marinotchka! Tu es bien trop intelligente et douce pour que cela t'arrive.

Le bâtiment du Sénat était un véritable labyrinthe. Couloirs et escaliers succédaient aux cours, aux porches, à d'autres couloirs et à d'autres escaliers. Des gardes surgissaient ici et là. Ils ne se satisfaisaient pas d'un sourire. Egorova dut présenter des laissez-passer.

Enfin, leurs pas résonnèrent dans un long vestibule. Un brouhaha de voix traversait l'unique porte à laquelle il conduisait. Des femmes de chambre au regard de glace les accueillirent. Egorova et Marina pénétrèrent dans un hall circulaire où les canapés étaient déjà surchargés de manteaux. Elles se défirent de leurs capes, puis ce fut comme si elles plongeaient dans un autre monde.

La salle de réception des Vorochilov était tout en longueur. Une quantité d'appliques éblouissaient plus que le jour. Les murs étaient lambrissés d'acajou ou recouverts de bibliothèques. Par les hautes fenêtres à double huisserie on devinait les créneaux de l'enceinte et le sommet illuminé du tombeau de Lénine. Au pied des bibliothèques, des fauteuils

Première journée

à haut dossier et coussins de velours enserraient des cendriers de métal. Il restait encore bien assez de place pour l'immense table ovale du dîner. Marina n'avait jamais rien vu de tel. La nappe immaculée aurait pu recouvrir plusieurs lits. Les entailles des verres et des carafes de cristal savamment cannelés scintillaient comme des diamants. Un liséré d'or cernait les plats et les assiettes. Des monceaux de roses et de dahlias jaillissaient d'immenses vases à décor peint. De grosses tranches rebondies de pain blond ou noir débordaient des panières d'argent.

Marina ne s'était jamais trouvée devant pareille abondance de beauté, d'éclat et de promesse de gourmandise. Elle en resta paralysée, à demi défaillante. Le sang lui battait aux tempes. La main d'Egorova se crispa sur la sienne. Autour d'elle, le brouhaha avait cessé. Une vingtaine de visages, hommes et femmes, leur faisaient face.

En vérité, ils ne regardaient qu'elle !

L'étudiant des pieds à la tête. Guettant le tremblement de ses mains. Jaugeant sa peur, son assurance et va savoir quoi d'autre.

Egorova avait eu raison. Cela valait une entrée en scène.

Marina repoussa la main d'Egorova. Pas le moment d'avoir l'air d'une petite fille. Elle crevait d'envie de dévorer un de ces pains blonds mais trouva la force de tirer un sourire du fond de son ventre. Son regard sauta anxieusement de visage en visage. Elle devait le reconnaître au premier coup d'œil parmi ces hommes moqueurs qui guettaient son faux pas. Elle n'avait vu Staline que de loin, une fois, deux fois, à l'occasion des interminables défilés de la place Rouge. Elle l'avait vu aussi en photo dans le journal, ou peint sur des affiches. Comme la plupart de ceux qui lui faisaient face. Néanmoins, chacun savait que ces photos et ces affiches pouvaient se révéler éloignées de la réalité.

Cependant, non. Pas de camarade Staline. Certains, devant elle, arboraient une moustache semblable à la sienne. Ou ses cheveux de Caucasien, drus, noirs, ondulés vers l'arrière. Mais elle était sûre d'elle. Il n'était pas là.

Au moins, elle reconnut tout de suite le Grand Héros et l'hôte de la soirée, Kliment Vorochilov. Elle lui adressa une révérence. Et aussi au vieux Kalinine, le président de la République des Soviets en personne ! Celui qui fréquentait beaucoup les théâtres, avec un goût particulier pour la danse. Dans les loges, on l'appelait « Papa ». Toujours vêtu d'un costume de laine à l'ancienne mode, une chaîne de montre sautillant sur son gilet, la barbiche grise, le nez en poire sous des lunettes rondes et des yeux d'oiseau.

Et encore Viatcheslav Mikhialovitch Molotov, le président du Conseil des commissaires. Son portrait était punaisé dans la loge commune du théâtre Vakhtangov. Les vieilles actrices étaient amoureuses de lui. Elles l'avaient élu l'homme le plus élégant du Politburo et avaient dessiné des cœurs et des marguerites sur le col de sa chemise blanche. Il ressemblait à son portrait de papier. Costume occidental, cravate à pois rouges sur fond indigo et, bien sûr, une chemise blanche immaculée à long col. Sous la moustache brossée avec soin, le sourire était narquois. Ses lunettes de myope grossissaient son regard fixe et vaguement indifférent.

Mais les autres... Ces femmes en robe noire, cheveux tirés, poitrine et joues amples, poudrées et maquillées comme des mères sages et lointaines. Tout le contraire d'Egorova !

Et ces hommes serrés dans le drap des vareuses et des uniformes. Les traits lourds, durcis de rides. Comme si les épreuves affrontées pour être là, en vainqueurs, dans ce luxe aristocratique qui les entourait, leur avaient façonné un même masque.

Comment ne pas être impressionnée ? N'étaient-ils pas les vrais personnages de la Révolution ? Non, pas des personnages. Les vrais héros de chair et d'os. Alors qu'elle-même n'était qu'une « sans-parti » !

Elle n'avait pas vingt ans et n'était à Moscou que depuis deux ans. Elle ne vivait et ne rêvait que de théâtre. Si la politique n'avait pas de lien avec le théâtre, elle l'ennuyait.

Première journée

Qu'est-ce qu'elle connaissait de la Révolution ? Ce que la plupart en savaient, c'est-à-dire pas grand-chose. Des mots, des tirades, des rôles dans des scènes autorisées un jour, interdites le lendemain. Et quand elle sortait du théâtre, « la politique » devenait d'interminables et bavardes réunions. Elle avait ça en horreur. Ce n'était que disputes ou insultes, des types qui parlaient sans fin pour ne rien dire. Sans compter que la politique, c'était aussi la Guépéou et, désormais, la famine.

Et voilà qu'elle se trouvait ici, une souris dans l'enclos des grands fauves de la politique !

Qu'est-ce qu'on attendait d'elle ? Où était le piège ?

Ces pensées et la stupeur qui la terrassaient durent se lire sur ses traits. Le rire d'Egorova résonna à son côté. Les autres l'imitèrent. Les hommes plus que les femmes, en vérité. L'un d'eux, tunique noire et hautes bottes, les dents aussi blanches que la neige, s'avança. Comme s'il avait véritablement lu dans son esprit, il déclara :

— Très chère Marina Andreïeva, vous allez être la perle de notre soirée !

Il lui saisit la main et s'adressa aux autres.

— Cette jeune camarade joue le rôle de notre regrettée Larissa Reissner dans la pièce de Vichnevski, *La Tragédie optimiste*. Une Larissa dans la fleur de l'âge, bien sûr. J'ai vu la pièce, j'ai dit à Galia Egorova : « Le camarade Staline ne peut pas ignorer ce bijou ! »... Et la voici !

C'était l'« Oncle Abel ». Un regard d'Egorova le confirma. Il vantait sa trouvaille tel un bateleur de marché. L'effet fut instantané. Les femmes tournèrent le dos avec un bel ensemble, les hommes s'approchèrent. Abel Enoukidze acheva les présentations. Les noms illustres dansèrent aux oreilles de Marina : camarades Lazare Kaganovitch, Anastas Mikoïan, Semion Boudionny, Gregori « Sergo » Ordjonikidze, Nikolaï Boukharine...

Marina saluait d'une révérence, puis d'une autre, balbutiant des « très honoré, camarade... ». Elle oubliait les noms aussitôt que prononcés, ou les confondait. Enfin, comme s'il l'extirpait des tourbillons d'un fleuve, le vieux Kalinine la tira de la poigne de l'Oncle Abel. L'œil éclatant, les paumes douces et chaudes, il lui pressa les doigts à son tour.

— Camarade Marina Andreïeva, savez-vous que j'ai bien connu votre héroïne ? Cette Larissa Reissner ? Oh, je l'ai connue ! Je l'ai parfaitement connue...

— Il n'y a pas que toi, Mikhaïl. Avec tout le respect qu'on te doit, nous l'avons tous connue, ici, la belle Larissa ! se moqua Boudionny.

Sanglé dans l'uniforme de commandant des cosaques, il éclata de rire, la voix rauque, forte, les lèvres roses sous sa moustache de cavalier.

— Semion a raison, lança Vorochilov.

Jovial, encore mince dans son uniforme de maréchal, il trancha le cercle qui se refermait autour de Marina.

— Et je crois bien avoir mieux connu Larissa que toi, camarade président. En 21, j'étais avec elle et son Raskolnikov de mari en Afghanistan. Une sacrée aventure. Votre pièce en parle-t-elle, camarade Marina Andreïeva ?

— Ne fais pas l'intéressant auprès de notre camarade actrice, Kliment ! grinça le vieux Kalinine avant que Marina puisse répondre. Ce n'est pas toi qui as le mieux connu Larissa...

Il repoussa sans ménagement Boudionny et le héros Vorochilov.

— Polina... Polina Molotova, approche-toi, s'il te plaît...

Une femme assez grande, plus élégante que les autres, se retourna. Un jabot de dentelle flottait sur sa poitrine, adoucissant son visage sévère. Elle s'approcha sans desserrer les lèvres.

— Polina, te souviens-tu de Larissa ?

— Comment ne m'en souviendrais-je pas, Mikhaïl ? Nous étions toutes les deux commissaires à la Ve Armée...

— Hé ! Voilà votre chance, Marina Andreïeva ! s'exclama l'Oncle Abel. N'est-ce pas ce moment-là que vous jouez dans la pièce de Vichnevski ?

Première journée

— Ah oui ?
Polina Molotova toisait Marina sans plaisir.
— Ce doit être tout à fait du théâtre, cette pièce. Je ne vois pas grand-chose chez vous qui ressemble à Larissa... Elle était très blonde. Avec des yeux noirs. Très intelligents. Pas du tout votre genre. Elle n'aurait jamais porté une robe aussi...

Polina Molotova s'interrompit. Son regard fila par-dessus l'épaule de Marina. Autour d'elles, on ne les écoutait plus.

Il était là. Marina le sut avant même de se retourner.

Un homme petit. Plus petit qu'elle ne l'avait imaginé. Vêtu d'une simple vareuse de drap vert. Ses pantalons bouffaient sur les bottes hautes. Leur cuir était impeccable, brillant comme un miroir. Autant que ses yeux bizarrement jaunes et fendus sous les épais sourcils. Ce qui la stupéfia, ce fut son teint pâle. Incroyablement pâle. Le teint de craie des bureaucrates qui ne voient jamais le jour. C'était aussi dû à sa peau grêlée. Elle captait bizarrement la lumière. Une peau abîmée, irrégulière, que les photos et les affiches ne montraient pas. Son visage était plus juvénile que sur les images. Beaucoup plus vivant, malgré sa pâleur. Et ses cheveux luisaient sous les lampes tel le pelage d'un bel animal.

Nadedja Allilouïeva, son épouse, venait juste derrière lui. Marina ne fit d'abord que l'entrevoir. Le tourbillon d'uniformes et de vareuses qui entourait déjà Staline la lui masquait. Mais Polina Molotova l'avait repérée :

— Nadia ! Ma Nadioucha ! Comme tu t'es faite belle.

Nadedja Allilouïeva contourna la longue table en souriant. Une robe noire, serrée à la taille et fluide autour des cuisses, rendait grâce à sa silhouette encore fine. Un décolleté en trapèze, souligné de surplis et piqué d'un camé, découvrait pudiquement la naissance de sa poitrine. La chair fine de son cou était nue, sans collier. Elle n'avait pas un visage gracieux. La mâchoire était trop forte, comme son nez. Sa bouche en paraissait bizarrement petite. Pourtant, lorsqu'elle adressa un sourire à Polina Molotova, ses longs sourcils se soulevèrent comme des ailes d'hirondelle. L'ombre de ses yeux s'éclaira et ses lèvres eurent un frémissement enfantin qui n'était pas sans charme.

Elle avait piqué une fleur de soie rose thé dans ses cheveux. Pour une fois, ils étaient dénoués. C'était ce qui provoquait l'admiration et les félicitations de Polina Molotova. Les autres épouses ne furent pas en reste. Le vacarme des voix emplit à nouveau la salle. Marina voulut s'avancer vers Nadedja Allilouïeva, lui faire son compliment.

— Non!

Les doigts d'Egorova s'enfoncèrent dans son bras.

— Ne bouge pas. Attends. Lui d'abord.

Egorova fixait le groupe des hommes. Il se dénoua. Staline pouffait dans sa moustache à cause d'un bon mot de Vorochilov, pourtant Marina devina qu'il la scrutait entre ses paupières à demi closes. Un regard de chat sauvage.

Il s'approcha, un pas vif, comme s'il glissait sur un parquet de glace. Avec lui arriva cette odeur âcre de tabac dont avait parlé Egorova.

Il dut lever un peu la tête pour la dévisager. Elle s'essaya à une nouvelle révérence. Egorova parla de la pièce de Vichnevski. Il dit :

— Ah! Larissa!

Puis, en hochant la tête :

— Très bien, très bien!

Pas un mot de plus. On aurait pu croire que Marina ne l'intéressait en rien. Nadedja Allilouïeva les observait en écoutant Polina Molotova. Staline s'empara d'une chaise, et ce fut le signal.

Un instant après, Marina se retrouva assise entre le vieux Kalinine et Anastas Mikoïan. Ce dernier était un très bel homme, avec les manières désinvoltes de ceux qui se savent admirés des femmes. Une tête racée et ténébreuse d'Arménien, la bouche sensuelle sous la longue moustache des cavaliers. Les étoiles brillaient sur le col de sa vareuse comme dans le noir de ses pupilles.

Première journée

Quelques places plus loin, Nadedja Allilouïeva s'installa en face de son époux et au côté de Nikolaï Ivanovitch Boukharine. Celui-ci était tout le contraire de Mikoïan. Un front dégarni, un visage gris, creusé de fatigue et épaissi par le tabac. Il sourit à Marina. Un sourire qui découvrit un trou à l'emplacement d'une canine, mais un sourire d'homme tendre.

Ou qui le paraissait. Qu'est-ce qu'elle en savait ?

Plus tard, pendant les années qui suivirent, où elle eut plus que le temps de repenser à la folie de ce repas et de ce qui en découla, Marina songea souvent que cela s'était passé exactement comme sur une scène de théâtre. Chacun y avait montré des sentiments, affiché des expressions, prononcé des phrases qui n'étaient qu'apparences et rôles plus ou moins bien tenus. Était-ce pour cela qu'on l'y avait conviée ? Parce qu'ici tout était théâtre ?

Mais ce théâtre avait un prix, et le plus élevé qui soit.

Il y eut d'abord un ballet de femmes apportant des montagnes de nourriture. Soupe de betterave rouge, saucissons, anguilles à la crème, langue de bœuf au raifort, raviolis de veau et de porc... Sans compter les boulettes de pâté rôti, les saladiers de cornichons macérés au sirop d'érable et les raviers d'ikra. Du caviar noir auquel Marina n'avait encore jamais goûté. Les carafes se vidèrent, les verres se remplirent. Le fort parfum du vin de Géorgie et de la vodka de Crimée s'enlaça au fumet des plats. Une abondance inouïe. De quoi défaillir. Chacun s'en donna à cœur joie. Ça riait en mangeant, ça claquait de la langue. Une ivresse encore douce monta, cette sorte de chaleur joviale et aimable qui naît toujours au début des festins.

Durant un moment Marina ne s'occupa que de dévorer et de boire. C'était comme une fièvre. La tête lui tournait un peu. Mikoïan lui remplissait galamment son assiette et lui versait du vin. Nul doute qu'il avait pressenti sa faim. Les autres aussi. On la contemplait en souriant. Deux ou trois fois, elle devina les yeux de Staline posés sur elle. Ce regard-là, elle n'osa pas le croiser. D'ailleurs, l'attention de Staline n'était jamais soutenue. Egorova et d'autres se chargeaient de le faire rire.

Finalement, le vieux Kalinine se mit à la questionner. D'où venait-elle, depuis quand était-elle à Moscou, ses parents étaient-ils fiers d'elle ?

Elle déglutit et se rinça la bouche d'une nouvelle gorgée de vin pour parvenir à marmonner :

— Pas de parents.

— Oh...

— Mon père est mort pendant la Grande Guerre. Il était sur la frontière hongroise, à Mezö Labores. Il y a reçu la croix de Saint-George et il est mort quelques semaines plus tard. C'est ce que m'a raconté ma mère. Je n'avais que sept ans.

De l'autre côté de la table, sa réponse avait attiré l'attention d'Ekaterina Vorochilova. Un visage soigné, des yeux de lac, mais une peau incroyablement ridée du menton au front. Elle évoquait une pomme douce au sortir de l'hiver. C'est elle qui demanda :

— Et ta mère, camarade, que lui est-il arrivé ?

Marina hésita à dire la vérité. Elle acheva son verre de vin et haussa les épaules. Sa mère avait rencontré un autre homme, un charpentier qui voulait quitter leur ville de Koplino et s'installer dans la nouvelle Leningrad. Sa mère s'était retrouvée enceinte, elle avait suivi son nouveau mari.

— Mais l'accouchement ne s'est pas bien passé.

Peut-être fut-ce l'expression de sympathie d'Ekaterina Vorochilova. Ou les verres de vin et son ventre à présent moins creux. Ou les coups d'œil en biais de Staline. L'observait-il vraiment entre ses paupières de chat ? Quoi qu'il en soit, Marina fit soudain l'actrice. Elle repoussa le passé d'un geste négligent.

— Bien sûr, je regrette de n'avoir ni père ni mère. Au début, c'était difficile. Comme on dit, j'ai appris à marcher

Première journée

seule. Mais ce n'est pas si mauvais que ça, de compter sur les forces de la vie autant que sur les siennes. On apprend à aimer la beauté et la vérité. En tout cas, c'est comme ça que mon vœu a été exaucé. J'ai trouvé une nouvelle famille, celle des camarades du théâtre. Maintenant, je ne pense plus qu'à l'avenir. Le passé est le passé, n'est-ce pas ? On ne peut plus rien en faire. C'est ce que nous enseigne la Révolution. Travailler à la beauté de l'avenir et la faire entrer dans notre cœur. Le futur est la plus belle des maisons qui nous attendent. La vie nouvelle l'habite déjà. Et que peut-on espérer de mieux que d'habiter une vie nouvelle ?

Son ton était monté à mesure que les phrases coulaient de sa bouche. Des mots, des pensées qui lui venaient à l'esprit d'on ne sait trop où. Elle les soufflait dans l'air comme des bulles de savon.

Le rire de Mikoïan éclata à son côté en même temps que les applaudissements du vieux Kalinine. Rires et applaudissements qui se propagèrent tout autour. Boukharine lança à Mikoïan :

— Voilà une fraîcheur et une innocence que tu n'as pas entendues depuis longtemps, Anastas ! Bravo, bravo, Marina Andreïeva ! Voilà qui fait du bien !

Cette fois, Staline examinait Marina pour de bon. Le sourire creusait deux longs plis dans ses joues. Il n'y avait pas que de la moquerie dans ses yeux. Un peu d'étonnement, et autre chose encore. Quelque chose en tout cas qui lui donnait une expression nouvelle, toute différente de celles qu'il avait montrées jusque-là. Pourtant, impossible de savoir ce qu'il pensait vraiment.

Marina baissa la tête en vitesse. Ses joues étaient en feu. Qu'est-ce qu'il lui avait pris ? Elle n'osait pas imaginer ce qu'Egorova pensait d'elle. Par chance, on cessa presque aussitôt de s'occuper d'elle. Le héros Vorochilov se dressait, un verre de vodka à la main. La longue série des toasts commença : « À la mémoire de Vladimir Ilitch, notre Guide. » « À la réussite du XIIIe Congrès. » « Au camarade président

Kalinine. » « Au camarade Premier secrétaire Staline. » « À la fin des accapareurs de terre. » « À la victoire bolchevique. »

Les mains se dressaient et les gosiers avalaient avec des grognements de satisfaction. L'alcool incendiait la poitrine de Marina. La vodka glacée coulait sur ses doigts. Elle allait être ivre morte en moins de temps qu'il ne le fallait pour le dire. Ces vieux guerriers autour d'elle étaient capables de boire toute la nuit sans tomber. Elle ne pourrait jamais tenir. Elle mordit dans un cornichon, dans une tranche de pain tartinée de pâté. Le feu de sa bouche s'apaisa à peine. En face d'elle Ekaterina Vorochilova lui fit un signe. Le signe signifiait : trempe tes lèvres, ne bois pas! Justement, quelqu'un se levait de nouveau. Elles rirent et trempèrent leurs lèvres ensemble. Marina laissa couler l'alcool à la commissure de sa bouche. Elle jeta un coup d'œil inquiet en direction de Staline.

Non, il ne se souciait plus d'elle. Egorova retenait toute son attention. Son rire roucoulant flottait comme un tissu de soie au-dessus des grasses rigolades qui explosaient tout autour de la table. Egorova devait être légèrement ivre, elle aussi, mais elle savait quoi faire de cette ivresse. Staline lui-même paraissait un peu gris. Il avait encore un autre visage. Plus jeune, moins pâle. La peau tavelée de ses joues semblait plus fraîche et plus lisse. Il pouffait de rire en lançant des boulettes de mie de pain sur Egorova. Il avait amassé un petit tas de munitions devant lui et visait le sillon entre les seins gonflés. Pas une cible difficile à atteindre. Le décolleté d'Egorova était assez profond pour découvrir très bas sa poitrine. La plupart des billes de pain rebondissaient dans son assiette, cependant quelques-unes roulaient dans le sillon de chair luisante. Elles disparaissaient entre ses seins. Egorova glapissait et se tortillait, plongeait ses doigts de dentelle dans l'échancrure de sa robe, dévoilait un peu plus de chair et de linge intime. Une entreprise qui occasionnait encore plus de rires. Et, bien sûr, à ses côtés, le beau Sergo Ordjonikidze ou le cosaque Boudionny s'offraient à l'aider. Elle les rabrouait :

Première journée

— Bas les pattes, on n'entre pas là. Qu'est-ce que vous croyez ?

Elle suppliait Staline :

— Ça suffit, Iossif ! Arrête ou tu vas devoir venir les chercher toi-même ! Et devant tout le monde.

On riait de plus belle. Staline envoyait une nouvelle salve de boulettes. Egorova gloussait, se couvrait les seins de ses doigts écartés.

Marina les observait, figée dans une grimace de rire. Elle était fascinée. Elle finit par remarquer le visage de Nadedja Allilouïeva. Le front et les pommettes écarlates, les lèvres comme disparues dans une fente frémissante, deux prunelles fixes, aussi noires qu'une nuit de charbon. Dans ses cheveux, la fleur de soie vibrait si fort qu'on eût cru une corde sur le point de se briser. Ses doigts tiraient sur sa serviette comme pour la déchiqueter. Polina Molotova posa sa main sur son poignet. Sans l'apaiser. Egorova et Staline continuaient leur jeu stupide comme si de rien n'était.

Marina détourna les yeux. À son côté, Mikoïan se leva pour réclamer un nouveau toast : « Mort aux faiseurs de ventres vides ! » Le rituel recommença. Verres brandis, grognements. Et l'orage éclata. Un éclair de silence précéda le claquement d'une voix :

— Nadia ! Bois.

C'était la voix de Staline.

— Qu'est-ce que tu fiches ? Bois donc !

Il ne jouait plus avec les boulettes de pain et les seins d'Egorova. Son visage était encore différent, comme s'il y avait plaqué un nouveau masque. Lèvres invisibles sous la moustache, yeux jaunes et fixes, la broussaille des sourcils dressée à l'oblique, la peau à nouveau épaisse, granuleuse comme une pierre. Marina ne put s'empêcher de l'admirer. Peu d'acteurs étaient capables de si violentes et si parfaites mutations de leurs expressions en si peu de temps.

Nadedja Allilouïeva le fixait sans desserrer les lèvres. Elle ne leva pas non plus son verre. Le silence immobilisa toute la tablée. Finalement, Polina Molotova murmura :

— Nadia...
— Il sait pourquoi je ne bois pas !

Nadedja Allilouïeva frappa la table de son verre. La vodka se répandit sur la nappe et les boulettes de pain échappées de la poitrine d'Egorova. Sans qu'un muscle de son visage bouge, un grognement sortit de la poitrine de Staline. Nadedja Allilouïeva ricana :

— Morts aux faiseurs de ventres vides !... Tu parles !
— Tais-toi, Nadia. Ne fais pas l'idiote.
— Il n'y a pas que toi qui as des yeux pour voir. Moi aussi, je vais dans les rues. Et je reçois des lettres. Ce qui existe existe, Iossif. La famine existe. Même toi, tu ne peux pas faire comme si elle n'existait pas.

Elle était lancée, la voix aigre, un peu rauque. Elle ne s'adressait plus seulement à son époux. Elle brandit à nouveau son verre.

— C'est ça : buvez et empiffrez-vous pendant que la Russie crève de faim pour vous plaire.
— Nadia !

Marina fixait son assiette devant elle. Elle devinait les regards qui l'observaient. Ils pénétraient ses joues, son front, sa nuque. Des pointes de fer rouge. Son cœur battait à tout rompre. Des ondes de terreur lui tailladaient les reins, la dégrisant. Mon Dieu ! N'avoir plus d'yeux ni d'oreilles ! Ne rien entendre de cette dispute. L'épouse de Staline insultant le Premier secrétaire. Impossible ! Est-ce qu'elle pourrait seulement quitter cette pièce et dormir dans son lit après une telle scène ?

Elle entendit la voix de Kaganovitch :

— Je reviens du Caucase, Nadedja Allilouïeva. Une petite inspection dans le Kouban. Tu veux que je te raconte ce que j'ai vu ? Des silos gorgés de blé. Du blé pourri, fermenté comme des vieilles pommes. Caché là depuis deux ans par cette saloperie de paysans dégénérés ! Quinze villages de koulaks vicieux jusqu'à la moelle et qui préféraient laisser le peuple crever de faim plutôt que de vendre leur blé aux

Première journée

kolkhozes. Voilà ce que j'ai vu, Nadia. Les voilà, les faiseurs de ventres vides ! Un ramassis de contre-révolutionnaires obtus, obsédés par l'idée d'en finir avec nous. Une plaie puante qu'il était urgent de curer. Et, vois-tu, le camarade Staline n'a pas voulu que je leur règle leur compte une bonne fois. Dommage, voilà qui ne m'aurait pas déplu... « Une révolution sans peloton d'exécution n'a aucun sens », tu te souviens de la maxime de Vladimir Ilitch ? Bon. On a seulement fait ce qu'il fallait faire, rien de plus. Une petite dizaine de fusillés et, pour le reste, mes cosaques l'ont seulement poussé vers notre Sibérie bien-aimée. Et encore : en train. Même pas en lui faisant faire le chemin à pied. Tu verras : cette vermine trouvera le moyen de se nourrir au milieu de la steppe mieux que les camarades de Minsk ou de Rostov !

On n'entendit pas la voix de Nadedja Allilouïeva. Encore un silence. Deux, trois secondes. Ce fut le moment que choisirent les femmes de service pour débarrasser la table des plats vides, apporter de nouvelles carafes et des pâtisseries. L'atmosphère se détendit. Le vieux Kalinine posa la main sur l'épaule de Marina pour se mettre debout et frappa son couteau contre un verre pour réclamer l'attention.

Washington, 22 juin 1950

147ᵉ audience de la Commission des activités anti-américaines

Elle se tut. Dans le silence qui suivit, je crus entendre le son de ce couteau contre le verre.

Cela faisait presque une heure qu'elle parlait. Le cliquetis des claviers de sténo galopait derrière ses mots. Elle reprenait à peine son souffle entre les phrases. Toute la salle était suspendue à ses lèvres. Guettant ses expressions, la danse de ses mains. Pas de doute, Marina Andreïeva Gousseïev savait raconter.

Elle but un verre d'eau. Le remplit et but encore. Sa coiffure s'était un peu défaite. Elle repoussa une mèche pardessus son oreille. Un geste délicat, élégant.

Dans le silence qui se prolongeait, sa voix et son accent tintaient encore à nos oreilles. Les images de ce dîner délirant défilaient dans nos têtes. Je profitai de ce temps mort pour prendre des notes.

J'essayais de l'imaginer à vingt ans. Plus mince, plus souple. Le bleu de ses yeux plus doux. D'un bleu de rêve et d'absolu. Je me demandais si, ce fameux soir au Kremlin, elle portait des bijoux. Un collier, des boucles d'oreilles ? Elle ne l'avait pas précisé. Peut-être que ça ne se faisait pas, chez les nababs bolcheviques ? Se saouler et se remplir la panse en cachette, oui, mais pas l'étalage bourgeois des bijoux.

Première journée

Une petite sonnette d'alarme résonna dans ma tête. Mon intérêt pour cette femme prenait une tournure que je connaissais trop bien.

Le procureur Cohn jeta un coup d'œil à sa montre, échangea un regard avec les sénateurs. Pendant qu'elle racontait, derrière leur table McCarthy, Nixon et leurs copains sénateurs buvaient du petit-lait. Une communiste racontant la vie de Staline comme s'ils y étaient ! Les vices et les bringues des bolcheviks en grand écran ! Ils en avaient rêvé toute leur existence, et voilà que ça arrivait ! Aucun doute qu'ils étaient impatients de connaître la suite.

Le président Wood fit un signe. Cohn se pencha vers le micro :

— Miss Gousseïev...

Elle le fit taire d'un geste.

— Vous ne pouvez pas comprendre ce que signifiait un dîner pareil pour une fille comme moi. En pleine famine. Avec les rues envahies de gosses à gros ventres, de femmes aussi maigres que des cadavres. Les vieux qui se jetaient sur les chiens et les rats... Et la peur de l'hiver. Les gens venaient au théâtre parce que le froid y était plus supportable que dans les appartements. Nous, on jouait du matin au soir pour oublier la faim. Les répliques n'étaient que des mots qui faisaient passer le temps. On jouait les héros de la Révolution, mais personne n'y croyait plus. C'était comme raconter un conte... Les vieux se souvenaient de la guerre civile, après le coup d'État de 1917. À l'époque...

Le marteau de Wood s'abattit. Tout le monde sursauta.

— Miss Gousseïev !... Nous ne sommes pas ici pour écouter un cours d'histoire soviétique.

— Ce dîner au Kremlin a changé ma vie.

Cohn embraya.

— Quel rapport avec l'agent Apron ?

— Appelez-le comme vous voulez. Moi, je n'ai jamais connu que Michael Apron.

— L'agent Apron n'était pas à Moscou en 1932.

Cohn souriait, content de lui. Elle ne prit pas la peine de répliquer. Elle regardait ses mains. Ou, à travers elles, un souvenir très lointain.

Wood s'impatienta.

— Répondez à la question, Miss Gousseïev.

Elle ne céda pas tout de suite. Haussa les épaules.

— Le soir du dîner, quand le vieux Kalinine s'est levé, il voulait calmer Staline. Qu'on ne parle plus de la famine et que Nadedja Allilouïeva se tienne tranquille. Je ne l'ai su qu'après, mais ils se méfiaient tous d'elle. Elle seule était capable de s'opposer à Staline. Les autres se tenaient pliés en quatre devant lui. Elle, non. Elle disait ce qu'elle avait sur le cœur. Ça leur fichait la trouille. Alors, pour changer de sujet, Kalinine s'est mis à parler des Juifs. Il a annoncé que le Birobidjan allait être la nouvelle région autonome juive. Une décision approuvée par le camarade Staline. Un grand moment pour tous les Juifs du monde. Pour la première fois depuis deux mille ans, ce peuple aurait sa terre... Kalinine était très fier de lui.

— Où est ce Birobidjan, Miss Gousseïev? Personne ici n'en a jamais entendu parler. Ni que les communistes aient créé un État juif.

Cohn arborait son sourire de gigolo. Elle lui opposa un regard de glace.

— C'est que vous n'êtes pas un si bon Juif que ça, monsieur le procureur. À New York ou à Los Angeles, quantité de Juifs connaissent l'existence du Birobidjan. Et depuis longtemps.

— Miss Gousseïev!

Wood s'acharna à nouveau sur son marteau. Pour rien. Le mal était fait. La salle riait, les sénateurs comme les secrétaires. Les joues de Cohn se colorèrent d'une belle teinte cramoisie.

La Russe ne laissa pas Wood se lancer dans un sermon. Elle avait compris comment ça marchait. Très calme, comme si c'était elle qui menait le bal, d'un mouvement de chef d'orchestre elle fit cesser les rires.

Première journée

— Mais c'est ce que tout le monde a demandé à Kalinine ce soir-là : Mikhaïl Nicolaïevitch, où se trouve le Birobidjan ? Vorochilov est allé chercher une carte. Ou Molotov, je ne sais plus. Avec son couteau, Staline nous a montré une étendue de steppe aussi vaste que l'Ukraine au long du fleuve Amour. Sur la frontière mandchoue. Quelques baraques de bois pour faire un village. Voilà ce que c'était, le Birobidjan. Un nulle part comme il y en a partout en Sibérie, à huit cents kilomètres de Vladivostok. Polina Molotova s'est écriée : « Iossif, tu veux envoyer tous les Juifs en camp ? »

Ses paupières se fermèrent à demi. Les lèvres frémissantes, elle reprit :

— Staline a pouffé de rire. Un gros rire d'enfant. Il a dit : « Polina, Polina, Polina... » Son prénom comme une caresse. Polina Molotova a rougi. Plus du tout fâchée, au contraire. Ça aussi, Staline sait faire. Vous prendre pour une idiote, mais tendrement. Comme si c'était une de vos qualités.

Elle nous observa, comme pour nous prendre à témoin. Les sénateurs restèrent figés. Elle poursuivit, soulignant ses mots à petits gestes.

— Ensuite, Kalinine et Staline ont expliqué que c'était une idée formidable. Depuis la Révolution, les bolcheviks avaient déjà fait beaucoup pour les Juifs. Ils ne vivaient plus dans les « zones réservées ». Ils pouvaient choisir leur travail. Des camarades citoyens comme les autres. Un peuple comme les autres de la grande union des peuples soviétiques. Sauf qu'ils n'avaient toujours pas de terre ni de pays. Les Juifs rêvaient encore et encore de leur Israël... « Eh bien, nous, les bolcheviks, a dit Staline, nous réalisons leur rêve. Le rêve de tous les Juifs du monde : on leur donne un pays. Le Birobidjan. Israël en Sibérie ! » Polina Molotova était bouche bée. Elle est juive. Comme bien d'autres au Politburo, à l'époque. Kaganovitch, Boukharine... Et quand ce n'étaient pas les hommes qui étaient juifs, c'étaient leurs épouses. Kalinine riait et expliquait : « Ils seront libres. Le

Birobidjan sera un oblast indépendant, comme tous les oblasts de l'Union soviétique. Ils cultiveront la terre, et ce sera toujours mieux que les koulaks. Au moins, là, pas de famine à craindre... » Staline a ajouté : « Ils parleront le yiddish. Pas l'hébreu. L'hébreu, c'est bon pour les synagogues. Le yiddish, c'est leur vraie langue depuis mille ans. Ils mangent, ils dansent, ils chantent en yiddish. Parfait. Une langue, un peuple, un pays. Voilà la recette du bonheur des bolcheviks ! » Ce genre de discours. Avec des toasts, bien sûr. Ça a duré un moment. Je ne me souviens pas de tout. Je n'écoutais qu'à moitié. Ça ne m'intéressait pas beaucoup.

Cohn ricana :

— Le destin des Juifs ne vous intéressait pas, Miss Gousseïev ?

— À ce moment-là, je me demandais surtout comment cette soirée allait se terminer pour moi.

— Vous n'aimiez pas les Juifs ?

— À l'époque, non.

— Ah ? Vous avez changé d'avis depuis ?

— J'avais à peine vingt ans. J'étais comme tout le monde.

— Vous voulez dire que les Russes n'aiment pas les Juifs ?

— Pas plus qu'on a l'air de les aimer ici, dans cette commission. En tout cas, d'après ce que j'ai pu lire dans les comptes rendus des journaux.

Ce fut énoncé calmement, sans quitter Cohn des yeux. Ça valait un grand coup de torchon dans la figure, et c'est comme ça qu'il le prit. En grimaçant. Il y eut des grondements dans la salle. Une voix aigre et un accent du Texas s'imposèrent :

— Miss... Miss Gee... quel que soit votre nom, si vous continuez sur ce ton, je demanderai au président Wood de clore l'audience et vous irez tout droit en prison. Vous n'êtes pas ici pour exprimer vos jugements sur cette commission.

C'était Nixon, incliné sur son micro tel un vautour. Elle se tourna pour lui faire face. Elle souriait. Le premier vrai sourire que je lui voyais. Magnifique, triste, profond. Sans une parcelle de crainte. Je n'en revenais pas. Elle s'amusait.

Première journée

— De toute façon, monsieur, c'est là que vous allez m'envoyer, n'est-ce pas ? En prison. Quoi que je dise, ça finira de cette manière. Nous le savons tous.

Non. Elle ne s'amusait pas. Il m'a fallu quelques jours pour le comprendre. Elle avait besoin de parler, de raconter son histoire. Un besoin immense. Aussi vital que respirer ou manger. La raconter devant la Commission n'avait aucune importance. Ou peut-être était-ce le meilleur moyen pour que le plus grand nombre puisse l'entendre ? Il fallait que toute cette histoire sorte de son cœur, de sa tête. Cohn, Wood, Nixon, McCarthy... Tous ces types qui voulaient la coincer n'étaient pas près de lui faire peur.

Elle garda le sourire.

— Vous m'avez demandé la vérité. La voilà. Je ne dis rien d'autre. La vérité comme je la connais. Et la vérité, c'est que je n'aimais pas les Juifs à l'époque. Pour les mêmes raisons que tout le monde ressasse. Les Juifs sont trop ceci et pas assez cela. Trop intelligents, trop malins, trop riches, trop avocats, médecins, professeurs, musiciens, acteurs... À l'époque, avant le Birobidjan, il y avait quantité d'acteurs juifs à Moscou. Et des théâtres juifs partout, dans toutes les grandes villes de Russie. Et avec un succès ! Chez les bolcheviks eux-mêmes, on ne comptait plus les Juifs. Qu'ils aient été chassés, massacrés, interdits de vivre comme tout le monde depuis vingt siècles, ça, on l'oubliait !... Et moi, en novembre 1932, j'étais une parfaite antisémite, oui. Plus que Staline, j'en suis sûre. S'il avait annoncé ce soir-là qu'il allait expédier les Juifs en camp, comme disait Polina Molotova, ça ne m'aurait fait ni chaud ni froid. Ou j'aurais pensé que c'était très bien. Au moins, ça allait débarrasser les théâtres. Voilà la vérité. J'étais une petite gourde qui ignorait encore ce qui l'attendait.

Elle se tut pour boire un peu d'eau. Cohn triturait ses papiers pour ne pas croiser son regard. Les membres de la Commission jouaient les sphinx. Immobiles jusqu'au bout des paupières. Le sénateur Mundt passa sa main sur son grand front d'intellectuel en évitant de regarder ses voisins. McCarthy et Nixon pouvaient, sans risque de se tromper, se reconnaître dans le portrait qu'elle venait de tracer du parfait antisémite.

Elle reprit, mais doucement, comme si elle se parlait à elle-même.

— En vérité, ce soir-là, je ne comprenais pas grand-chose de ce qui se passait autour de moi. Je m'empiffrais comme s'il me fallait manger pour une année entière. En même temps, j'avais peur. Pourtant, ça ne me déplaisait pas quand Staline posait les yeux sur moi. Il semblait y prendre plaisir. Je n'étais pas une actrice pour rien. Que le Premier secrétaire vous admire assez pour vous regarder manger à sa table, c'était flatteur. Même si la vie m'avait déjà appris que tout a un prix. Quand tout le monde crève de faim à côté de vous, on ne vous offre pas du caviar gratis. Pourtant, quand Staline s'est levé pour aller mettre un disque sur le gramophone, j'ai seulement pensé à une chose. Que Iossif Staline n'avait encore rien vu de ma beauté.

C'était reparti. Elle racontait de nouveau. Personne, pas même Cohn ou Wood, ne se hasarda à protester.

Moscou, Kremlin

Nuit du 8 au 9 novembre 1932

C'était un gramophone américain de la marque Elecson. Un gros meuble de laque noire d'allure très moderne. Son pavillon de cuivre rouge, déployé telle une fleur géante, miroitait d'images grotesques dès que l'on s'en approchait. Un engin unique dans toute l'URSS. Staline y tenait beaucoup. Placer les disques sur le plateau, remonter la manivelle, déposer le bras de l'aiguille dans la spirale des sillons, c'était son affaire. Seulement la sienne. Nul autre que lui n'avait le droit d'y toucher.

Autour de la table, tous les convives le fixaient. Ses doigts pâles, un peu courts, basculèrent avec délicatesse le mécanisme aux reflets d'argent. L'aiguille se dandina sur la bakélite. La musique jaillit comme un coup de poing. Un grand son d'orchestre, âpre et fébrile. Une voix de femme avec des vibrations tendres.

De l'opéra! De l'opéra italien!

Staline sourit. De la main droite il accompagna le chant, dessinant dans l'air une rondeur que la technique du gramophone effaçait. La voix de la femme monta en une plainte, puis cessa. L'orchestre enfla, les violons s'enrobèrent d'une teinte cuivrée. Des craquements grésillaient entre les notes. Le disque avait été écouté mille fois. Puis, après deux notes d'orgue ou de clarinette, la voix de Iossif Staline recouvrit celle du ténor.

L'inconnue de Birobidjan

Chi son? Sono un poeta.
Che cosa facio? Scrivo.
E como vivo? Vivo[1]...

La bouche béante de surprise, Marina devait avoir l'air d'une idiote. La croirait-on lorsqu'elle raconterait cette scène ? Staline chantant de l'opéra italien ! Et bien, avec grâce, avec talent. Le front un peu en arrière, la bouche arrondie, frémissante, les joues roses, les mains toujours flattant l'air à hauteur de la poitrine. Sa voix était ample, sans hésitation, soyeuse comme si le tabac ne lui avait jamais raboté la gorge...

Per sogni e per chimere
E per castelli in aria
L'anima ho millionaria[2].

Marina n'en revenait pas. Elle avait envie de rire et de battre des mains telle une enfant émerveillée. Un nouveau masque, un nouveau Staline. Et à celui-ci, qui pouvait résister ?

Les applaudissements engloutirent l'accord final. Staline salua. Ses yeux dorés pétillaient de plaisir. D'un geste, il ordonna à Vorochilov d'approcher pendant qu'il disposait un nouveau disque. Un vieux chant de la liturgie orthodoxe, le Mnogaya Leta, vibra dans le pavillon du gramophone. Staline et Vorochilov s'enlacèrent par la taille. Vorochilov se révéla un baryton honorable, leurs deux voix se complétaient avec élégance. Au troisième refrain, l'Oncle Abel, Boudionny et Sergo Ordjonikidze se levèrent pour rejoindre le duo. La musique du disque disparut sous la

---

1. « Qui suis-je ? Je suis un poète. / Ce que je fais ? J'écris. / Comment je vis ? Je vis... » (*La Bohème*, Puccini.)
2. « Pour les rêves et les chimères / Pour les châteaux imaginaires / J'ai une âme de millionnaire... » (*Ibid.*)

Première journée

puissance de leur chant. Les poitrines des convives vibrèrent. C'était beau, tendre comme une émotion oubliée. Cela s'acheva dans un tonnerre de rires, de bravos et de verres entrechoqués.

Après quoi, comme si c'était là le programme attendu, les chaises, la table et les fauteuils furent repoussés. En un clin d'œil, la salle fut transformée en piste de danse. Staline tourna la manivelle du gramophone, déposa un nouveau disque sur le plateau. Des tambourins, des flûtes et un violon entrelacèrent leurs notes dans un rythme sautillant. Une main s'empara des doigts de Marina. C'était le beau Mikoïan, tout sourire.

— Marina Andreïeva, vous ne connaissez pas la lezguingka? Venez, venez, ne soyez pas timide. Je vais vous montrer.

Mikoïan la poussa entre les couples qui se formaient. Il y eut une légère bousculade. Staline et Egorova étaient déjà en piste, les autres s'efforçaient de prendre le rythme. Marina se concentra sur les indications de Mikoïan. Il dansait remarquablement, le corps souple et droit, sans la serrer de trop près et ferme dans son contact. La lezguingka était une danse tout en pirouettes et sautillements. Il fallait aussi entrecroiser deux pas avec son partenaire. Marina trébuchait, se trompait, riait lorsqu'elle devait se retenir à Mikoïan. Il n'en profitait pas, la relançait et l'encourageait, sérieux comme un professeur.

— Hop, hop, et voilà! Encore un tour, Marina Andreïeva... Ne perdez pas ma main. Bien, bien! Regardez-moi ça comme vous apprenez vite! Voilà une bonne nouvelle, vous êtes née pour la danse autant que pour le théâtre.

Demeuré assis dans l'un des fauteuils mis à l'écart, le vieux Kalinine riait de tout son soûl. Il accompagnait les pirouettes de son verre vide. La lezguingka s'achevait par un rythme endiablé. Marina s'efforça de suivre Mikoïan. Se mordant les lèvres, elle s'agrippait à son poignet. Maintenant, il la pressait contre lui à chaque occasion.

L'inconnue de Birobidjan

— Hop, hop, hop ! Magnifique, splendide !

Il lui empoigna la taille et la souleva du sol. Elle reçut son souffle chaud sur ses épaules nues. À une longueur de bras, Staline soulevait Egorova tout pareillement. Leurs yeux se croisèrent le temps d'un éclair. Marina crut lire un encouragement dans ceux d'Egorova.

La danse cessa d'un coup, alors qu'elle ne s'y attendait pas. Marina chancela, dégrisée, en proie au vertige. Dans un réflexe, sa main chercha la nuque de Mikoïan. Il la retint, hanches soudées, poitrine contre poitrine.

Elle eut la présence d'esprit de ne pas lever le visage vers lui et de s'écarter fermement. Rires et applaudissements autour d'eux. Sans doute s'adressaient-ils autant à l'habileté de Mikoïan pour dompter une partenaire qu'à Marina.

Les verres se remplirent de vodka. Vorochilov réclama une polka. Staline plaça un nouveau disque sur le gramophone. Sergo Ordjonikidze, crinière de lion, profil de prince, s'empara de la main de Marina avant que Mikoïan puisse protester. La douceur de ses paumes, pourtant habituées au maniement des armes, surprit Marina. À leurs côtés, les couples se formaient. Cette fois, personne ne resta seul. Nadedja Allilouïeva réclama l'Oncle Abel. La bouche ouverte sur un large sourire, elle ne paraissait plus du tout fâchée. Egorova et Staline tournoyaient à l'opposé de la salle.

Il ne fallut pas longtemps pour que les piques et les sauts de la polka entraînent la confusion. Les couples se frôlaient, menaçaient de rebondir les uns contre les autres. Ordjonikidze dansait avec plus de sensualité que Mikoïan. Marina devinait son excitation et son souci de lui plaire.

Inévitablement, ils se trouvèrent tout à côté d'Egorova et de Staline. La tête légèrement renversée en arrière, les lèvres entrouvertes sur un sourire, Egorova s'abandonnait aux bras de Staline avec la soumission d'une aveugle. Il riait, haussant les sourcils, échangea une plaisanterie avec Ordjonikidze. À la virevolte suivante, les deux couples furent si

Première journée

proches qu'ils se heurtèrent. Marina trébucha. Ordjonikidze la rattrapa, la soutint d'un seul bras tandis qu'il tournoyait sur lui-même, assez vite pour que le fin tissu de sa robe se gonfle comme une voile. Staline rit, lança des :

— Très bien ! Très bien !

Il fit virevolter Egorova à son tour. Et puis tout bascula. Le disque cessa de tourner, la musique s'interrompit en une molle coulée. La polka n'était pas achevée. Sans doute la manivelle n'avait-elle pas été assez remontée. Encore enlacés, les autres clamèrent :

— Iossif, Iossif, le gramophone !

Mais Staline rigolait comme un gamin après une bonne plaisanterie. Il retenait Egorova, valsait avec elle dans le vide de la musique. Les cris reprirent :

— Iossif, la musique !

Il dressa une main, l'agita comme s'il manœuvrait une manivelle imaginaire tout en s'inclinant et en baisant les globes nus et gonflés que comprimait le décolleté d'Egorova.

— Iossif !

Marina sursauta. Nadedja Allilouïeva la repoussa. Elle attrapa la manche de Staline.

— Iossif, qu'est-ce que tu fais ?

— Hé, rien, Nadia !

— Tu me crois aveugle ?

Elle criait. Staline riait encore, prit les autres à témoin.

— Nadia ! Nadiouchka ! Qu'est-ce que tu crois ? On s'amuse.

Sa voix était lente, lourde d'alcool.

— C'est la fête... C'est de la rigolade.

— Je connais tes rigolades !

— Ça va, Nadia ! Calme-toi. Fais comme tout le monde, amuse-toi un peu.

— Tu me tues, Iossif ! Tu es un boucher ! Tu me tortures, tu tortures le monde entier. Un bourreau, un bourreau, voilà ce que tu es. Le pire que la terre ait porté !

— Hé, toi ! Ça suffit !
— Toi, tais-toi ! Plus un mot !...

Ils hurlaient tous les deux. Nadedja Allilouïeva recula. La face blême, un poing crispé contre sa poitrine, l'autre tendu vers son époux, elle cria :

— Cesse de m'insulter. Je ne m'appelle pas « *Hé, toi !* ».

On crut qu'elle allait tomber. Polina Molotova se précipita. Ordjonikidze lui avait déjà pris le coude. Nadedja Allilouïeva le rejeta violemment.

— Ne me touchez pas ! Fichez-moi la paix...

Elle chassa les couples qui lui barraient le chemin, s'élança vers l'extrémité de la salle, hurlant encore :

— Fichez-moi la paix... ! Ne me parlez plus... Plus jamais !

Polina Molotova courut derrière elle. Elles disparurent.

Le silence retomba, gluant d'embarras. Marina entendit Staline grommeler :

— Quelle idiote ! Pourquoi elle fait ça ? Quelle crétine !

Le cosaque Semion Boudionny attrapa des verres et une carafe de vodka. Les paupières tombantes, la moustache énorme et grise, il s'approcha de Staline. Ses bottes claquèrent sur le parquet.

— Nadedja Allilouïeva est trop nerveuse. Elle ne devrait pas parler à son époux de cette manière.

Il remplit les verres, en tendit un à Staline.

Il y eut alors quelques secondes aussi puissantes qu'étranges. Staline saisit le verre que lui tendait Boudionny. Il fixait la porte par laquelle Nadedja Allilouïeva avait disparu. La fureur s'effaça de ses traits pierreux. Une expression inattendue de désarroi et de peine détendit ses joues et ses tempes. Il parut soudain plus jeune. Un nouveau masque. L'écho d'un très lointain Iossif Vissarionovitch Djougachvili, ce jeune homme qu'il avait été avant d'engendrer Staline.

Peut-être, à cet instant, perçut-il le regard de Marina. Il lui fit face. Leurs yeux s'agrippèrent comme deux aimants. Son poignet eut une secousse. L'alcool tangua dans son

Première journée

verre et versa. Il porta sa main à ses lèvres, lécha le peu de vodka qui l'humidifiait. Dans ses pupilles, celles du plus vorace des hommes de l'URSS, celles du fauve du pouvoir, flottait l'incompréhension enfantine de celui qui se sait rejeté, banni de l'amour auquel il croyait encore. Oh! ce ne fut pas plus long qu'un éclair. À peine un claquement de foudre. Mais Marina en reçut le souffle ardent.

Une boule de tristesse lui monta dans la gorge. Elle reconnaissait cette douleur. Elle, l'orpheline qui se démenait sur la scène pour qu'on l'aime et l'admire, savait lire ce regard inattendu qui s'ouvrait à elle. Sans réfléchir, sans calcul, sous la seule poussée de l'émotion, elle sourit. Le vrai, le beau sourire d'accueil d'une femme à un homme dont elle perçoit la vérité enfouie loin sous l'amas des apparences. Du seul éclat de ses yeux, Staline lui répondit. Du moins le crut-elle. En vérité, elle n'en fut jamais certaine. Déjà le vacarme de la fête reprenait autour d'eux. Le tintement des verres et des rires, les « Iossif, de la musique ». Tous voulaient oublier l'esclandre de Nadedja Allilouïeva.

Ce qui advint ensuite, l'inévitable, se déroula dans une confusion ouateuse. Ce pouvait être l'effet de l'alcool. Chacun tenait son verre. Il ne restait pas longtemps plein. Marina ne résistait plus, elle but comme les autres. Staline alla relancer le gramophone. Lorsque la musique reprit, Egorova le conduisit jusqu'à Marina. Elle les assembla. Pour ainsi dire, les enlaça. Elle susurra à l'oreille de Marina :

— Sois douce avec Iossif, Marinotchka. Il en a besoin.

Cette première danse fut suivie d'une autre, puis d'une autre, et encore d'une autre... Ils ne dansaient plus qu'ensemble. Entre chaque danse, Staline allait remonter le gramophone. Au retour, il saisissait un verre, le vidait en s'approchant d'elle qui l'attendait. Les autres, les Mikoïan, Kalinine et Ordjonikidze, ne l'abordaient plus. Elle était devenue invisible. Les femmes ne lui jetaient même plus leurs coups d'œil en coin. Elle n'existait que pour Staline qui lui baisait les doigts avant de l'enlacer, ses pas devenus plus lents, moins attentifs à la musique.

Elle avait fini par ne plus sentir son odeur du tabac. Bien qu'on eût ouvert des fenêtres, la fumée des cigarettes stagnait autour des lustres. Autant que celle de son partenaire, son haleine gorgée de vodka devenait épaisse et acide. Comment tenait-elle encore debout ? Cela relevait du miracle. Il lui semblait lutter contre ses mâchoires pour répondre aux questions que Staline lui posait tout soudain. Quels avaient été ses rôles ? Avait-elle le trac ? Comment faisait-elle pour le vaincre ? Avait-elle déjà joué au cinéma ? Non ? Et pourquoi ? Elle le devait ! Le cinéma était le plus grand art du siècle ! Un art révolutionnaire, l'art du peuple pour le peuple, l'art qui allait faire l'éducation du peuple...

Il parlait tout en tournant, l'étourdissait de mots. Puis, d'un coup, il se taisait. Il guettait sa réaction entre ses paupières mi-closes. Ils étaient presque de la même taille, pourtant elle se sentait incroyablement menue entre ses bras. Ils devaient former un drôle de couple. Si l'on pouvait appeler ça un couple. Plutôt le dandinement bancal d'un gros chat et d'une souris pas encore croquée !

Une pensée qui la fit rire. Cela plut à Staline. Ils rirent ensemble, soudain plus légers.

Il se remit à parler. Il parlait plus vite qu'il ne dansait. Le théâtre se souvenait trop des ennemis de la Révolution. Mais on y prenait plaisir quand même, lui le premier. Qu'est-ce qu'elle aimait ? *Le cœur ardent* ? *Brousski*, de Panferov. Non, encore mieux : *Egor Boulitchev*, de Gorki ? Ou l'adaptation de *La Terre*, de Dovjenko ?

Il paraissait capable de dresser une liste sans fin d'œuvres. Et les pièces de Boulgakov ? Non, elle n'avait jamais joué dans une pièce de Boulgakov. Bien sûr. Trop jeune encore. Elle avait le temps. Il fallait le temps, avec Boulgakov. Un homme difficile. Un génie difficile. Lui, Staline, l'aimait contre vents et marées. Il l'avait écrit dans un article dans la *Pravda* : « Le vertige du succès ». Un article sur le devenir

Première journée

de la Révolution qui parlait également de l'art russe. Elle ne le connaissait pas ? Dès le lendemain, il faudrait qu'elle le lise. Elle comprendrait bien des choses.

— Boulgakov est grand, Marina Andreïeva. Très grand. Ça ne doit pas vous intimider. Il ne faut pas hésiter devant ce qui est grand. Jamais. Souvenez-vous de ce conseil.

Elle était trop épuisée pour répondre. Il eut l'air de comprendre. Elle rata un pas. Son escarpin glissa de son pied. Elle sautilla tel un moineau, battant l'air d'un bras et se retenant à sa manche de l'autre. Il s'en amusa comme un gamin. Ils eurent encore un fou rire. Il lui serra la taille avec une sorte de tendresse. Sur ses reins, la paume du maître ne pesait plus. Il dit :

— Je lui écrirai que tu existes, à Boulgakov. Il verra ce que tu vaux. Si tu es une vraie grande, il te voudra.

Peut-être murmura-t-elle un merci ? Peut-être pas. Elle ne s'en souviendrait pas. Mais ce que cette promesse et ce tutoiement signifiaient, elle le comprenait.

Bientôt, il ne resta plus que deux autres couples à tourner. Vorochilov et Maria Kaganovitch, les tempes jointes tels d'anciens amants paisibles. Molotov et sa femme, à l'ancienne mode, les mains unies sur un mouchoir. Egorova semblait avoir disparu.

Ce fut la dernière danse. Staline ne remonta pas la manivelle du gramophone. Il entraîna Vorochilov à l'écart. Ils furent rejoints par un homme que Marina n'avait pas encore remarqué. Un grand type maigre. Plus tard, elle apprit qu'il s'appelait Pauker et qu'il était le garde du corps de Iossif Vissarionovitch. Ils discutèrent à voix basse. Pauker la détailla. Marina lui tourna le dos, s'approcha de la table. Elle ne s'assit pas. Elle craignait de ne plus pouvoir se relever. Elle se versa un grand verre d'eau. À nouveau, elle chercha Egorova des yeux. Disparue. Et aussi Kaganovitch et l'Oncle Abel.

Elle songea à sa chambre et à son lit. Une pensée irréelle, plus lointaine qu'un songe, elle le savait.

L'inconnue de Birobidjan

Lorsque Staline revint près d'elle, elle fut étonnée que tout se passe aussi naturellement. Ils quittèrent l'appartement des Vorochilov et elle ne songea pas même à prendre sa cape. Ils s'avancèrent côte à côte dans un couloir voûté. Pauker était sur leurs talons, puis il se volatilisa comme par enchantement.

Leurs mains s'entrelacèrent d'elles-mêmes. L'ivresse donnait une étrange souplesse à leur déambulation. Elle cessa de penser à qui il était, au bizarre couple qu'ils formaient.

Ils n'allèrent pas loin. Il lui saisit les épaules, la fit pivoter pour glisser ses paumes devant ses yeux.

— Ne regarde pas! Ne regarde pas avant que je te le dise.

Elle obéit. Il la poussa en avant. Son bras enveloppait sa taille, sa main pressée sur son ventre, le tissu fin de la robe épousant sa peau encore humide de la sueur des danses. Elle devina qu'une porte s'ouvrait. De l'air plus frais caressa son front. Elle obéit à la pression de sa main. Autour d'eux, un silence différent. Même le son de leurs souffles s'y étouffait. Il ordonna :

— Maintenant, ouvre les yeux.

C'était une salle de cinéma. Une minuscule salle, tout juste assez grande pour accueillir une dizaine de fauteuils. Un long divan était appuyé contre le mur du fond en demi-cercle. Leurs pas s'enfonçaient dans un tapis du Caucase, et un velours vert à moirures dorées recouvrait les coussins et les sièges. L'écran, encadré d'un épais tissu noir, reflétait la lumière ocre des veilleuses.

La porte se referma derrière eux comme si elle possédait un mécanisme. Pour la première fois, Staline posa ses lèvres sur son épaule nue.

— Si tu joues au cinéma, c'est ici que je te verrai.

Ensuite, lorsqu'il fit glisser sa robe, l'attira vers les coussins du divan, il y eut un peu de gêne. Il lui baisa encore les épaules, le cou. Chercha à envelopper ses seins. Rien de brutal. Seulement un peu de maladresse, de précipitation. Quand elle fut presque nue, il s'apaisa. Ses caresses devin-

Première journée

rent plus lentes. Sans oser croiser son regard, il voulut savoir si c'était la première fois.

— Non, non...

Elle entendit sa propre voix. Un coassement bas, un souffle qui sortait d'une caverne. Il ne lui demanda pas comment cela se pouvait. À son âge. Tant mieux. Mais quand il chercha sa bouche, elle se mit à trembler. Il eut de nouveau son rire de gamin.

Elle ne dormait pas vraiment. Elle sombrait puis avait l'impression de se réveiller presque aussitôt. L'écran reflétait toujours le peu de lumière des veilleuses. Elle parvenait à peine au fond de la salle et au divan où ils s'étaient affalés.

Il s'était endormi d'un bloc malgré l'inconfort de leur position. Longtemps, il l'avait tenue enlacée, rivée à lui. Elle n'osait pas bouger de peur de le réveiller. Elle voulait aussi éviter de penser. L'épuisement l'avait finalement entraînée dans un sommeil pâteux. On eût dit qu'elle s'enfonçait dans une eau épaisse avant de remonter. Au bord de la surface, elle était sur le point de se réveiller. Elle avait à nouveau conscience du corps lourd qui pressait ses flancs.

Il dormait la tête reposée contre sa poitrine. Il avait gardé sa chemise, seulement déboutonnée. Son buste dessinait une masse plus sombre dans la pénombre. Par instants, il ronflait. Un souffle chargé de vodka. Elle n'osait pas le toucher. Non qu'il soit repoussant ou qu'il lui répugne. Rien de tout cela. Simplement, il lui était redevenu totalement étranger. Comme s'il n'était pas tout à fait humain. Comme si elle avait une sorte de statue contre elle.

Elle leva son bras libre pour se dégourdir l'épaule. Dans l'obscurité, sa chair nue flamboya comme de la craie. Elle voulait fuir les images qui lui revenaient. Ne pas penser à quoi elle ressemblait maintenant. Elle ne devait plus se laisser aller au sommeil. Ne pas risquer d'être endormie quand il ouvrirait les yeux.

Peut-être avait-elle somnolé un peu quand elle entendit un bruit. Une sorte de frôlement. Comme une porte que l'on ouvre avec précaution. La peur la réveilla pour de bon. Elle se redressa autant qu'elle put. Scruta la pénombre. Guetta l'apparition d'une silhouette, d'une ombre devant l'écran entre les sièges.

Non. Rien. Une illusion.

Elle se laissa retomber contre les coussins. La lourde tête avait roulé sur sa poitrine. Il grommela sans se réveiller. Sa moustache lui frôlait la pointe d'un sein, irritante. Elle se dégagea avec précaution, le retenant par son épaisse chevelure. Mon Dieu, on aurait cru une mère repoussant son petit enfant trop gourmand ! Elle battit des paupières pour éloigner le picotement des larmes.

Si seulement il existait une formule magique qui eût pu transformer cette nuit en une simple folie de l'imagination !

Sa main restait dans ses cheveux. Elle n'osait pas la retirer de crainte que sa tête bascule en arrière pour de bon. Qu'allait-il penser d'elle, à présent ? Allait-il vraiment écrire à Boulgakov ? Peut-être avait-il raison, elle devrait chercher des rôles au cinéma.

Elle l'imagina, ici, dans cette salle, assis dans un de ces fauteuils au milieu des autres, les Mikoïan, Kalinine, Vorochilov, Molotov, tandis qu'elle apparaissait sur l'écran. Peut-être souhaiterait-il la revoir ? Demanderait-il à Egorova de la conduire à nouveau jusqu'ici ?

Mais les cris de Nadedja Allilouïeva, sa rage, elle n'arrivait pas à les oublier. Elle frissonna, pressa instinctivement la tête du dormeur contre elle. Egorova avait dit : « La plus grande diva de la jalousie que saint Lénine ait enfantée. »

Pas une jalousie sans raisons !

Tu me tues, Iossif ! Tu es un boucher ! Tu me tortures, tu tortures le monde entier...

Elle ferma les yeux. Rêva encore d'une magie qui l'extirperait du Kremlin pour la déposer dans sa chambre en un clin d'œil. Si seulement cela pouvait arriver !

Elle ignorait l'heure. Elle n'avait pas de montre, et lui, s'il en avait une, elle n'était pas à son poignet. On ne devait

Première journée

plus être loin de l'aube. Elle devait tenir jusqu'au matin. Tenir encore quelques heures et puis, qui sait, peut-être deviendrait-elle la reine du théâtre ?

Le bruit des voix dans le couloir les réveilla à la même seconde. Finalement, elle s'était endormie. Staline se dressa sur un coude. La surprise de la découvrir nue contre lui ne demeura sur ses traits qu'une ou deux secondes. Marina évita son regard, s'assit en refermant ses bras sur ses seins. L'air de la salle était lourd, désagréable à respirer.

Les voix enflaient derrière la porte. Des voix d'hommes, des voix de femmes. Avec des pointes aiguës, impatientes, suivies de murmures. Impossible de comprendre ce qu'elles disaient.

Staline se passa la main dans les cheveux et s'assit sur le divan à son tour. Elle s'écarta pour lui laisser plus de place. Il ne chercha pas à la toucher ni même à lui parler. Il ramassa ses vêtements sur le sol, son pantalon, sa tunique. Il se mit debout pour se rhabiller.

Dehors, les voix continuaient à bourdonner. Marina trouva sa robe et sa culotte. Elle les enfila tandis que Staline tirait un peigne de sa vareuse et se recoiffait soigneusement. Du plat de la main, il s'assura qu'aucune mèche ne dépassait. Elle cherchait encore ses chaussures quand il marcha vers la sortie. Il ne se souciait pas d'elle. On aurait dit qu'elle était devenue transparente. Une ombre dans l'ombre.

Quand Staline ouvrit la porte, les voix se turent aussitôt. La lumière du couloir éblouit l'écran. Une voix de femme s'écria : « Iossif ! Oh, Iossif Vissarionovitch ! »

Marina l'entendit qui grognait, demandait ce qu'il se passait. Agenouillée sur le tapis, elle avait enfin trouvé ses chaussures sous un siège. Sa tête bourdonnait. Des petits coups frappaient ses tempes, lui rappelant la vodka bue durant la nuit.

Dans le couloir, la voix de Staline domina celles des autres. Il posait des questions que Marina ne comprenait pas. Il semblait aussi que personne ne répondait.

Elle se rendit compte que ses doigts tremblaient. Peut-être commençait-elle à avoir peur. Elle s'assit par terre pour enfiler ses souliers. Elle avait mal partout. Son dos, sa nuque, ses fesses, ses reins. Comme si elle était tombée de haut et avait roulé sur des cailloux.

Dans le couloir, plus personne ne parlait ni ne criait. Seulement le bruit des pas qui résonnaient en s'éloignant. Ils levaient le camp sans se soucier d'elle ! Qu'est-ce qu'elle devait faire, à présent ? Et sa cape qui était restée dans l'appartement des Vorochilov !

Elle se releva à l'instant où une silhouette pénétrait dans la salle. Elle la reconnut dès qu'elle se profila sur le reflet de l'écran.

— Galia !

— Chuuutt ! Tais-toi !

Egorova se précipita vers elle, chuchotant :

— Vite, Marinotchka ! Il ne faut pas traîner ici.

— Qu'est-ce qu'il y a ? Que se passe-t-il ?

— Plus tard, plus tard !

Egorova était sans maquillage. Les traits tirés, un foulard lui couvrant les cheveux. Elle était enveloppée dans une grosse cape ordinaire. Elle l'écarta pour en sortir celle de Marina roulée en boule.

— Enfile ça, dépêche-toi

— Mais...

— Tais-toi. Pas maintenant... Viens !

Elle s'assura que le passage était vide avant de la pousser hors de la salle de cinéma. Comme la veille, à leur arrivée, elles s'enfoncèrent dans le labyrinthe des corridors. Cette fois, Egorova prit soin d'éviter les soldats de garde. Elles empruntèrent des couloirs de service sans lumière. Egorova avait attrapé la main de Marina et ne la lâchait pas. Elle lui tordait le poignet en l'entraînant dans le tourbillon des escaliers. Elle savait où elle allait, même dans le noir. Elle poussa une dernière porte, et le froid leur claqua au visage. L'aube se levait à peine. Une neige mouillée tombait en amas pesants qui fondaient en touchant le sol. L'asphalte noir d'une petite place luisait devant elles telle de l'huile. De l'autre côté, les branches d'un gros bosquet retenaient mieux la neige.

— Suis-moi !

Egorova lui lâcha enfin la main et fila vers le bosquet. Elles pataugèrent dans des flaques gelées. L'eau glacée traversa aussitôt les fins souliers de Marina. Egorova courait presque. Elle se faufila entre les arbres. Les branches leur fouettèrent la figure. De la neige glissa dans le cou de Marina. Elles débouchèrent sur l'une des larges allées menant au palais des Patriarches. Ses globes d'or aussi gris et ternes que le ciel. Une voiture attendait au bord du trottoir. Le moteur tournait, la buée des gaz moutonnait autour du pare-chocs. Marina reconnut la Gaz du mari d'Egorova. Le fanion avait été retiré de la calandre.

Dès qu'elles furent assises à l'arrière, le chauffeur démarra. Egorova tira la manche de Marina et lui fit signe de se taire. La voiture se dirigea vers la tour Borovitskaïa. Le chauffeur abaissa sa vitre et se fit reconnaître des gardes. Ils hochèrent la tête, soulevèrent la barrière sans même jeter un regard vers les passagères. Sitôt hors du Kremlin, la Gaz tourna sur la gauche pour rejoindre la Moskova. Avant de l'atteindre, Egorova glissa un minuscule billet dans la paume de Marina. Elle désigna la nuque du chauffeur. Son regard intimait : « Tais-toi. »

Marina déplia le billet. Les mots y étaient à peine lisibles. Egorova retint son poignet quand elle voulut approcher le billet de ses yeux.

N. A. S'EST TUÉE CETTE NUIT.
UNE BALLE DANS LE CŒUR.
PERSONNE NE SAIT.
SURTOUT TAIS-TOI !

N. A. Nadedja Allilouïeva !

Marina ne put retenir un cri. Egorova lui pinça durement la cuisse. Elle lui retira le billet des mains et le déchira. Sans hésiter en avala les morceaux.

La glace qui gelait les pieds de Marina s'était répandue dans tout son corps. Elle crut qu'elle n'allait plus pouvoir respirer. Egorova lui pressa de nouveau la cuisse. Plus gentiment. Mais elle avait des doigts de fer quand même.

La Gaz contourna les ruines de l'église Saint-Sauveur. Depuis un an, ce n'était plus qu'un amas de brique et de terre. Le boulevard Gogolevski était encore vide. La voiture s'immobilisa à l'entrée de la place Arbat. On était encore très loin de Mechtchanskoie, où Marina avait sa chambre. Surprise, elle demanda :

— Pourquoi me laissez-vous ici ? Vous ne pouvez pas m'accompagner jusque chez moi ? C'est loin.

Les sanglots roulaient dans sa gorge. Elle se détesta de montrer tant de faiblesse. Egorova descendit de la Gaz sans chercher à lui répondre. Elle attira Marina contre elle. On aurait pu croire qu'elle l'embrassait. Elle se contenta de lui chuchoter un conseil :

— Oublie cette nuit, Marina Andreïeva. Oublie-moi. Oublie Iossif, oublie ce que tu as vu et entendu. Le Kremlin est un chaudron de vipères. Dans quelques heures, quelqu'un soufflera à Staline que tu es la cause de son mal. Si tu veux vivre, disparais avant qu'on te fasse disparaître. Ne te montre plus au théâtre, surtout. Fais comme si tu n'existais plus !

Washington, 22 juin 1950

147ᵉ audience de la Commission des activités anti-américaines

— ... Et c'est ce que j'ai fait. Je me suis débrouillée pour exister le moins possible.
— Miss... Attendez... Attendez une minute !
C'était Nixon. Il agrippait à nouveau son micro comme s'il craignait de le voir s'échapper.
— La femme de Staline est morte à l'hôpital d'une crise d'appendicite.
— C'est faux. Elle s'est suicidée.
— C'est vous qui le prétendez.
La Russe se contenta de hausser les épaules. Nixon jeta un regard vers McCarthy et Wood. McCarthy intervint :
— Vous avez la preuve de ce suicide ?
— La preuve ?
Elle se mit à rire. Un vrai rire, léger, moqueur. De ceux qui accompagnent une bonne plaisanterie.
— Je *suis* la preuve, monsieur. Personne ne sait mieux que moi où était Iossif Vissarionovitch Staline quand sa femme est morte. Pendant le repas, elle n'était pas malade. Elle était en colère.
— Mais vous n'avez pas la preuve de ce suicide ?
— C'est la vérité.
Nixon reprit la main :
— Vous ne l'avez pas vue se suicider. Vous n'avez même pas vu son corps.
— Croyez ce que vous voulez...

— Vous avez déjà menti sur beaucoup de choses, Miss... Goussov ! grinça McCarthy.

Depuis le début, Nixon et lui s'acharnaient à ne pas prononcer son nom correctement.

— Je ne pouvais pas faire autrement. J'avais peur d'être arrêtée.

— C'est ce qui arrive quand on ne respecte pas la loi ! s'exclama pompeusement Wood.

Elle lui fit face avec une rage qu'on ne lui avait pas encore connue.

— J'ai utilisé un faux passeport, c'est vrai, mais je n'ai rien fait de mal. Maintenant, vous le savez. Je n'ai plus de raison de mentir. Je dis la vérité. Le suicide de Nadedja Allilouïeva a détruit ma vie. Si elle ne s'était pas tuée, aujourd'hui je serais une grande actrice. Là-bas, chez nous, et même ici, chez vous ! C'était mon destin ! Elle s'est suicidée cette nuit-là. À cause de ça, j'ai passé mon temps à fuir et à voir s'effondrer tout ce qui comptait pour moi.

Sa voix dérailla sur ces derniers mots. Ses yeux s'enfonçaient sous l'ombre des paupières. Son chignon se défaisait. Des mèches s'effondraient contre sa nuque. Des volutes de cheveux ébouriffées comme des plumes d'oiseau. Exactement ce qu'il fallait à Cohn. Il en profita et prit le relais des sénateurs.

— Vous voulez dire que c'est à cause de cette nuit au Kremlin que vous êtes devenue une espionne ?

— Combien de fois faudra-t-il que je vous le répète ? *Je ne suis pas une espionne.* Je n'ai jamais été une espionne.

— En ce cas, si vous n'aviez rien à cacher, pourquoi avoir donné un faux passeport quand vous êtes arrivée dans notre pays ?

— Vous le savez parfaitement ! Parce que je n'en avais pas ! Chez nous, il n'y a que des passeports intérieurs. Pas des passeports pour voyager dans le monde. Et ici, on ne m'aurait jamais laissée entrer sans un passeport. Michael m'avait prévenue. La police de la frontière m'aurait ren-

Première journée

voyée là-bas. Ou on m'aurait mise dans un camp. Vous aussi, vous avez des camps. Je le sais...

— Michael ? Vous voulez parler de l'agent Apron que vous avez tué ?

— Arrêtez ! Arrêtez de répéter ça ! C'est faux. Je ne l'ai pas tué, ce n'est pas vrai...

Tout le monde s'attendait à ce qu'elle explose. Elle baissa seulement la tête. Je ne voyais plus que son dos. Les tendons de sa nuque aussi durs que du bois. Les claviers des sténos cliquetèrent encore quelques secondes, puis le silence retint tout monde. Même Cohn. Pas bien longtemps.

— Miss Gousseiev, que s'est-il passé après... cette nuit au Kremlin ?

Elle hésita avant de se redresser.

— J'ai disparu. Comme Galia Egorova me l'avait recommandé.

— Comment avez-vous fait ?

— Facile. Je suis tombée malade. J'avais dû prendre froid quand on a marché dans la neige. Je n'avais pas les bonnes chaussures. J'ai eu une fièvre terrible, de quoi mourir. Ce n'était pas plus mal. Ça me donnait une bonne raison pour abandonner mon rôle sans que personne me pose de question. On m'a remplacée, et voilà.

— Vous avez revu Staline ?

— Jamais...

— Qu'est-ce que vous craigniez ?

— Tout... Que ceux de la Guépéou viennent me chercher et me fassent disparaître. Ça arrivait déjà en 32. Pas autant qu'après, pendant les années terribles, mais tout le monde savait que c'était possible. Des types en manteau de cuir frappaient à votre porte, et plus personne n'entendait parler de vous.

— Pourtant, on ne vous a pas arrêtée ?

— Non. Ils ne sont pas venus. Je les ai attendus. Chaque jour, chaque nuit. Ma peur était aussi brûlante que ma fièvre. Le matin, à l'aube, je ne dormais jamais. Mon manteau et mes bottes étaient prêts... Mais ils ne venaient pas. Et je ne comprenais pas pourquoi. À la radio et dans les journaux, tout le monde répétait que Nadedja Allilouïeva était morte d'une crise d'appendicite. Ils ont dit aussi que Staline était si désespéré qu'il n'avait pas pu accompagner son cercueil jusqu'au cimetière. Plus tard, j'ai vu des images. Celui qui était juste derrière le cercueil, c'était l'Oncle Abel. Lui, il savait la vérité. Et moi aussi. Iossif Vissarionovitch ne suivait pas le cercueil parce qu'il se sentait coupable. Et il avait raison. Nadedja Allilouïeva s'était tiré une balle dans le cœur pendant qu'il était couché sur moi dans la petite salle de cinéma. Nadedja Allilouïeva ne supportait plus qu'il la trompe. Cette histoire d'appendicite, c'était encore un mensonge. Iossif Vissarionovitch ne faisait que ça. Il mentait et il tuait avec ses mensonges. Lui, le grand Staline, n'était rien d'autre qu'un mari qui trompait sa femme avec une petite actrice ! Mais personne ne devait le savoir. Personne !... Galia Egorova avait mille fois raison : Iossif Vissarionovitch ferait tout pour effacer les traces de sa faute. Et moi, j'étais la pire de ces traces... Pendant des jours j'ai vécu en attendant ça : que le grand pouce de Staline m'écrase comme une mouche.

Elle prononça cette dernière phrase dans un murmure. Il y eut un silence embarrassé avant que McCarthy demande :

— Mais vous, Miss... vous n'aviez pas de remords ?

Elle ne répondit pas tout de suite. Un demi-sourire, amer et las, glissa sur ses lèvres sèches.

— Vous vous voulez savoir si j'avais honte ? Si je me sentais souillée, si j'avais l'impression d'avoir agi comme une putain ? C'est ça ?

Les pommettes de McCarthy rosirent. Une mauvaise grimace s'étala sous son nez cassé.

— J'avais dix-neuf ans, monsieur. J'apprenais la vie dans un pays où depuis des années on mourait ou on disparaissait dans un coin de Sibérie pour un rien. C'était ça aussi, la révolution bolchevique. *Vivre dans le monde nouveau, c'est gravir une paroi de glace avec des ongles d'enfant*, a écrit un poète de chez nous. Il s'appelait Maïakovski. Staline disait qu'il l'aimait beaucoup. Maïakovski s'est suicidé.

Une nouvelle mèche bascula sur sa nuque. Cette fois, elle s'en aperçut. Des deux mains, paupières closes, elle resserra son chignon. La fatigue la marquait de plus en plus. La poudre avait disparu de ses pommettes. Sa peau brillait sous une laque de sueur. Le rouge s'était effacé de ses lèvres. La pointe de sa langue y passait et repassait pour les humecter. La carafe devant elle était vide depuis longtemps.

Cohn tritura ses documents, prêt à relancer ses questions, capable de tenir la curée toute la nuit. Wood l'interrompit.

— Monsieur Cohn, un instant, s'il vous plaît.

Il s'inclina vers Nixon et McCarthy, la main devant la bouche pour qu'on ne puisse pas lire sur ses lèvres. Mundt et les autres se joignirent à leur conciliabule. Ils jetèrent des coups d'œil vers la table de la presse. Cette femme les emmenait sur un terrain inhabituel. Ils devenaient méfiants.

Elle essayait de reprendre des forces, telle une proie à l'hallali, profitant de chaque seconde de répit. Je ne réfléchis pas. J'attrapai un verre et la carafe d'eau au milieu des carnets de notes de mes confrères. En les déposant sur la table devant elle, j'espérais qu'elle relèverait les yeux vers moi. C'est ce qui se passa. Ses paupières s'ouvrirent à l'instant où Wood lançait mon nom.

— Monsieur Kœnigsman... Monsieur Kœnigsman, qu'est-ce que vous faites ?

Je remplis son verre sans quitter le bleu de ses yeux agrandis de surprise. Wood râlait, les collègues se marraient. Les flics s'approchèrent dans mon dos. Je lui souris. J'essayai de mettre quelque chose d'un peu humain dans mon sourire. Qu'elle ne croie pas à un piège ou que je cherche à la draguer. Le bord de ses paupières rougeoyait. Ce n'était pas l'effet des larmes. Plutôt celui de la fumée de cigarette qui stagnait dans la salle. Avant que les gardes m'attrapent par le veston, il m'a semblé voir monter une petite lumière du fond noir de ses pupilles. Quelque chose de plus chaud que le bleu de glace qui les entourait.

Les flics m'ont repoussé vers la table de presse. Du coin de l'œil, j'ai vu qu'elle buvait comme si elle venait de traverser le désert des Mohaves. Je me suis excusé auprès de Wood.

— Pardonnez-moi, monsieur le président. Quelqu'un avait oublié de redonner de l'eau à cette dame...

Il m'ignora, abattit encore son maillet afin d'obtenir le silence.

— L'audition du témoin est close pour aujourd'hui. Elle reprendra demain à une heure qui sera annoncée ultérieurement.

Avant de poursuivre, il ordonna aux gardes de s'approcher de la Russe.

— Miss Gousseïev, vous avez violé les lois des États-Unis. Le devoir de cette commission est de vous remettre à la justice de ce pays. Le procureur Cohn va vous accompagner devant un juge qui vous lira vos droits.

Ce qui signifiait qu'elle passerait la nuit prochaine en prison. Et sans doute beaucoup d'autres ensuite.

Un frisson me courut sur la nuque. Elle, elle ne broncha pas. Elle s'y attendait. Elle devait être soulagée de pouvoir se taire pour un moment. Quand les gardes lui saisirent les bras, elle eut un mouvement sec pour repousser leur poigne. Une fois encore, je songeai qu'elle en avait déjà vu beaucoup. Peut-être bien des moments plus durs que celui-ci.

Les flics l'entraînèrent vers la porte à l'arrière de la salle. Cohn les suivit. Avant qu'elle disparaisse, je guettai un signe. Qu'elle se retourne pour chercher mon regard. C'était sans doute trop demander. Quand je me laisse aller, je suis d'un genre assez romantique.

Les collègues étaient déjà debout. Ils me poussaient vers Wood. Entouré de McCarthy et de Nixon, celui-ci nous faisait signe d'approcher. Quand on s'immobilisa devant lui comme de sages élèves, il nous intima de la boucler.

Première journée

— Nous vous serions reconnaissants de retenir vos articles pendant quelques jours. Compte tenu de l'audition d'aujourd'hui, la Commission considère que les prochaines déclarations du témoin peuvent être de nature à mettre en jeu la sécurité des États-Unis. En conséquence, elles auront lieu à huis clos et en commission restreinte, comme toutes les auditions concernant la sécurité du pays.

Ce fut le tollé habituel. Wood laissa dire. McCarthy intervint pour nous faire la morale. C'était son show préféré : rappeler à tous et à chacun son devoir de bon citoyen et de vrai patriote. Si, bien sûr, « nos journaux n'étaient pas des torchons communistes ». Il adorait ce genre de phrases. Il les suçait du bout des lèvres comme d'autres avalent des sucreries. Wood nous assura que nous serions les premiers informés des avancées de l'audition.

— Dès que nous aurons purgé les mensonges et les vérités de cette femme, nous vous convoquerons. Vous et pas d'autres journaux. Vous aurez votre histoire, croyez-moi.

Traduction : Cohn et la bande de McCarthy allaient cuisiner la Russe jusqu'à ce qu'elle n'en puisse plus et accepte de cracher n'importe quel bobard. Elle était derrière les barreaux, ils obtiendraient ce qu'ils voulaient. Si jamais elle s'y refusait malgré tout, ils inventeraient une saloperie encore pire, et il ne nous resterait plus qu'à faire les perroquets.

Je laissai les collègues protester. J'avais mieux à faire. Je me glissai discrètement parmi les sténos. L'une d'elles, attachée au secrétariat de Wood, était une bonne amie. Une jolie rousse dans la trentaine, du nom de Shirley Leeman. Deux ans plus tôt, on avait vaguement envisagé l'avenir ensemble. De loin en loin, on continuait à se fréquenter, histoire de tester nos regrets.

Shirley avait déjà retiré la bande de notes qui sortait de sa machine de sténo. Elle la roulait pour la glisser dans une petite boîte de bois prévue à cet effet. Il irait rejoindre le coffre du bureau de Wood d'ici leur transcription en bon anglais. Elle sourit en me voyant approcher.

— Je me demandais si tu allais faire le détour jusqu'à moi.

— Non, Shirley, tu ne te demandais rien du tout. Tu savais. Tu me connais.

Elle eut un petit rire de gorge, referma avec soin le couvercle de la boîte.

— Très chevaleresque, le coup de la carafe d'eau.

— McCarthy et ses copains ont des mœurs du Moyen Âge.

Shirley acquiesça. Question politique, on s'était presque aussi bien entendus qu'au lit. Qu'elle travaille pour Wood n'y changeait rien. On ne choisit pas toujours ses patrons.

— Seulement, cette fois, ils ont trouvé une cliente parfaite pour eux.

— On dirait.

— Tu as déjà entendu ça, une femme qui se fait passer pour juive pour sauver sa vie ? Une grande première, pour moi.

Shirley était juive par son père, pour ainsi dire une demi-juive. Un sujet qui la rendait nerveuse.

— Non, admis-je. Et jamais entendu parler non plus du Birobidjan. Apparemment, je ne suis pas un meilleur Juif que Cohn.

Shirley rangea la boîte contenant le rouleau de sténo dans un grand sac, enfila sa veste et me prit le bras. On sortit de la salle en distribuant quelques saluts. Elle attendit que l'on soit dans les escaliers menant aux parkings ouest du Sénat pour me demander :

— Tu crois qu'elle dit la vérité ?

— Trop tôt pour le savoir.

— Mais tu as besoin de moi.

— L'idée m'est venue de t'offrir à dîner...

— Oh, je vois ! Tu as beaucoup besoin de moi.

— Ce serait chouette que tu me fasses une copie de ta bande de sténo. Celle d'aujourd'hui et celles des prochaines auditions.

Première journée

— C'est ce que je pensais.
— Je n'ai jamais rien su te cacher, Shirley. Tu as entendu Wood. Ils veulent conduire les audiences à huis clos. Nous n'aurons droit qu'à leur version prédigérée.
— Tu sais ce que je risque, Al?
— Moins qu'il n'y paraît. Personne ne s'en apercevra...
— Sauf quand tu les publieras dans tes articles.
— Non, je n'ai pas l'intention de les publier. Ce que je veux savoir, c'est ce que cette femme va leur raconter. Peut-être ment-elle, peut-être pas. Pourtant, je mettrais ma main à couper qu'il y a quelque chose de solide dans ce qu'elle dit.
— C'est une actrice. Ça ment, les actrices, surtout quand elles sont douées.
— Shirley, tu connais beaucoup femmes capables de raconter devant nos sénateurs comment elles ont passé une nuit avec l'Oncle Joe? Et d'avoir fui le paradis bolchevique avec un passeport au nom d'un type de l'OSS?
— Une fille qui te plaît, apparemment.
— C'est son histoire qui me plaît. Même si elle dit la vérité, si elle n'est pas une espionne de Staline, McCarthy et sa bande feront tout pour l'enfoncer. Il faut qu'elle soit coupable, autrement elle ne les intéresse pas. Ils s'en débarrasseront sous un prétexte ou un autre. Il leur faut une espionne. Une bonne vieille sorcière d'aujourd'hui. De quoi faire peur au bon peuple et leur assurer quelques milliers de votes de plus. Sinon, ils la mettront dans un avion pour la rendre à Staline. On n'entendra plus parler de Marina Andreïeva Gousseïev et on ne connaîtra jamais la vérité...
— On croirait que tu t'es entraîné à prononcer son nom.
— Je suis sérieux, Shirley. Ces types-là mentent comme ils respirent. C'est une vraie peste. Ils vont bousiller ce pays plus sûrement que les Japonais ont anéanti Pearl Harbor. Et j'en ai marre qu'ils se servent de moi pour faire oublier qu'ils détestent les Juifs.
— Où le proposes-tu, ce dîner?

On négocia pour la forme. Je savais d'avance qu'il me faudrait réserver une table Chez Georges. Ce genre de restaurant typique de Washington avec un chef français, des têtes célèbres et des additions géantes. Shirley m'accorda trois jours pour que je réunisse les fonds avant de tenir ma promesse.

Cette question réglée, je filai à mon bureau pour appeler le siège du journal à New York. Depuis l'année précédente, le *New York Post* était dirigé par James Wechsler. Un type ambitieux et compétent qui était en train de faire du *Post* un journal populaire doté d'une âme libérale. Rien qui plaise aux sénateurs de l'HUAC. Mais on tirait à plus de 600 000 par jour, et ça méritait attention. Le bras droit de Wechsler s'appelait Samuel Vasberg. Je lui devais ma place au journal. Ce fut lui que je joignis. Je lui racontai l'audition et lui brossai un portrait de la Russe. Je conclus par les arguments que j'avais utilisés avec Shirley. Comme s'il l'ignorait, je lui rappelai que Nixon était en pleine bagarre pour s'asseoir sur le siège de sénateur de Californie. Toute sa campagne était axée sur le danger des *comies*, ces « communistes traîtres de l'intérieur ». Dans ses discours, cette catégorie infernale englobait le président Truman et le Parti démocrate. Néanmoins, pour être un tant soit peu crédible, il lui fallait nourrir ses mensonges avec de belles victimes.

J'ajoutai aussi, histoire de charger la barque :

— En plus, on ne sait jamais. Peut-être qu'il y a une part de vérité. Peut-être que cette femme est vraiment en cheville avec le réseau qui a volé les secrets de la bombe atomique ?

Cela avait bel et bien eu lieu. L'année précédente, à l'été 1949, les Soviétiques avaient fait exploser leur propre bombe atomique. Tous les experts étaient d'accord : ils n'avaient pu y parvenir qu'en empruntant le mode de fabrication à Los Alamos.

À l'autre bout du fil, Sam ne mordit pas à cet hameçon. Il resta silencieux pendant une demi-minute. Je respectai son

Première journée

silence. C'était comme si j'entendais les questions tourner dans son cerveau. Il finit par déclarer d'un ton étonné :

— Il me semblait que la CIA possédait la preuve que Staline avait tué lui-même sa femme ?

— Ils ont dû faire un raccourci. Selon la Russe, l'Oncle Joe aurait plutôt désespéré sa femme au point qu'elle veuille en finir toute seule. D'après ce qu'on sait de la suite, il a l'air assez doué pour ça, non ?

— Hmm... Cette région juive de Sibérie...

— Le Birobidjan ?

— J'en ai entendu parler. Il y a six ou sept ans de cela, pendant la guerre. Un groupe de Juifs antifascistes était venu à New York et à Hollywood faire de la propagande pour Staline. Une délégation conduite par un acteur yiddish. Je ne me souviens plus de son nom. Il donnait des conférences et récoltait de l'argent pour l'effort de guerre soviétique. À l'époque, je couvrais ça pour le *Times*.

— Donc, elle ne raconte pas que des bobards...

— Ça, c'est une autre histoire, mon garçon. Comme on sait, les plus beaux mensonges sont tissés de vérités.

— Sam, cette femme n'est pas d'un modèle standard.

— Et jolie ?

— Mieux que ça.

— Hmm. Qu'est-ce que tu veux de moi ?

— Savoir si tu me soutiens pour que je gratte sous les apparences. Ça peut prendre du temps.

— Et ?...

— Que Wechsler obtienne de Wood qu'il me laisse assister aux audiences.

Nouveau silence.

— Pourquoi Wood nous ferait-il cette fleur ?

— Parce qu'on peut sortir cette histoire sans son avis. En ce cas, on le dépeindra comme un toutou de Nixon et de McCarthy. Wood n'aimerait peut-être pas. Lui aussi doit se faire réélire en novembre, et il a besoin de l'électorat modéré.

Silence.

— Mmm... S'il refuse, tu auras de quoi mettre ta menace à exécution ?

— J'aurai. Je m'en suis déjà occupé. Sam... Ces types puent l'antisémitisme à plein nez. Ils veulent des espions, surtout des espions juifs. Que cette fille se soit fait passer pour juive, ils vont s'en servir pour raconter les pires horreurs.

— Je vais voir ce qu'en pense Wechsler. Je t'appelle demain matin.

Ce soir-là, je passai pas mal de temps à mettre au propre mes notes griffonnées pendant l'audience. Ça me donna à réfléchir. L'histoire que nous servait cette Russe pouvait être une pure invention. Je devais aussi considérer les choses sous cet angle. Cela faisait partie de mon boulot de ne pas suivre que mon instinct. Se vanter d'avoir couché avec un type comme Staline pouvait être une belle trouvaille. Rien que d'y penser, l'idée vous révulsait. Elle-même ne présentait pas ça comme un viol. Pas au sens habituel, en tout cas. En outre, il y avait le faux passeport. Pas n'importe lequel : fabriqué par l'OSS. Rien que ça ! Et cet *agent Apron* dont on ne savait rien et qu'elle paraissait bien connaître.

En résumé : beaucoup d'ombres. Peut-être trop.

Sam Vasberg avait raison. Les plus beaux mensonges sont tissés de vérités. Cohn, Wood et les autres ne le savaient que trop bien. Ils étaient eux-mêmes des experts en mystification.

Je me réconfortai en me répétant qu'il était prématuré de tirer des conclusions. Cette femme voulait raconter son histoire. Apparemment, c'était là tout ce qu'il lui restait. Mon job consistait à tendre l'oreille.

J'essayai également de l'imaginer dans sa cellule. Washington ne manquait pas de prisons, mais je n'en connaissais aucune qui donne envie d'y séjourner. À quoi pensait-elle ? Comment tenait-elle le coup ?

Première journée

Avait-elle des amis, des soutiens qui puissent l'aider ? Est-ce que des gens étaient en train de s'inquiéter pour elle ? Maintenant qu'elle était en taule, la présence d'un avocat lui aurait été plus qu'utile. Wood et McCarthy ne devaient pas être pressés de lui en suggérer un. Et il était probable qu'elle n'ait pas les moyens de se payer les services d'un type à la hauteur.

J'espérais que Sam et Wechsler sauraient convaincre Wood de me ménager une petite place aux prochaines audiences. Dans le cas contraire, il me restait une ou deux cartouches. Shirley me ferait une copie de ses notes sténos, et je pourrais peut-être convaincre un avocat de récupérer son dossier avant qu'il soit trop tard. Règle numéro un du métier : rentrer par la fenêtre si on vous ferme la porte au nez.

Il me fallut un certain temps pour m'endormir. Shirley avait raison : j'aimais bien me répéter le nom de cette femme. *Marina Andreïeva Gousseïev.* Des sons qui résonnaient dans le noir comme une énigmatique promesse. Et une femme comme on n'en rencontrait pas souvent dans une vie. Ses yeux bleus non plus. De ça au moins je pouvais être certain.

Vers deux heures du matin, je décidai d'utiliser désormais son prénom, Marina. Dans ma tête et dans mes notes. Elle ne m'était plus si étrangère que je continue à l'appeler « la Russe ».

Deuxième journée

Washington, 23 juin 1950

147ᵉ audience de la Commission des activités anti-américaines

— Al ?
Il était huit heures trente du matin.
— L'audience de la Russe reprendra à quatorze heures cet après-midi. Tu y seras.
— Quelles conditions ?
— On ne sortira pas d'article avant la fin des audiences. Et aucun si la Commission juge que les informations obtenues pendant l'audition mettent en cause la sécurité du pays.
— Wechsler a accepté ça ? Leur embargo est une arnaque neuf fois sur dix ! Ils utilisent ce truc de la sécurité nationale chaque fois qu'ils veulent qu'on la boucle.
— Calme-toi, Al. Si la question doit se poser, on aura le temps d'y réfléchir. Autre chose : Wood considère que tu as des tendances gauchistes excessives. Ça ne l'étonne pas que tu veuilles prendre la défense d'une communiste.
Je rigolai.
— Ces types ont une conception du socialisme qui restera dans l'Histoire. Donne un dollar à un clochard et tu es déjà suspect de former un kolkhoze !
— Précisément, il demande que tu le traites avec respect. Et même un peu plus.
— Ce qui veut dire ? Je dois lui offrir des fleurs à chaque audience ?
Sam rit à son tour.

— Littérairement parlant, il y a de ça. Tu as suggéré ce traitement de faveur toi-même, n'est-ce pas ? Wechsler a trouvé que c'était une bonne idée. Wood aussi. Tu l'épargnes. Il est le président de la Commission, il est au-dessus de la mêlée. Il n'est pas aussi radical que Nixon et McCarthy. Il n'a rien contre les Juifs, il se borne à défendre les valeurs américaines... Tu trouveras la suite toi-même.

— OK. Merci, Sam.

— Tu me remercieras quand je te dirai que tu as fait du bon boulot.

Je passai une bonne partie de la matinée à courir les commissariats. Je voulais découvrir dans quelle prison on avait placé Marina. La Commission semblait en avoir fait un secret d'État. Chacun sait que les secrets sont voués à être éventés. Une affaire de bonnes relations et de petits services.

On l'avait placée dans l'aile des femmes de la vieille prison du comté. Pas un cadeau. L'Old County Jail datait des années 30. Une grosse masse de brique décrépite et puante qui avait un jour curieusement ressemblé à une église. On avait agrandi le bâtiment à chaque décennie. Rien qui le rende plus humain. En outre, il était hors de la ville, à une heure de route du Sénat. Aucun doute que Cohn avait convaincu le juge d'enfermer Marina loin des curieux.

J'arrivai en avance dans les couloirs du Sénat. Je me perdis dans les étages avant de dénicher la nouvelle salle d'audience. Shirley y installait son matériel en compagnie d'une collègue. Elle fronça les sourcils en me voyant.

— Tu es sûr que tu as le droit d'être là, Al ? Le sénateur ne m'a pas prévenue.

— Pas d'inquiétude, Beauté. Je suis l'homme invisible.

Je la rassurai et lui soufflai à l'oreille que notre contrat tenait toujours. Elle aurait son dîner.

Shirley mourait d'envie d'en apprendre plus. Ce n'était pas le moment. Sa collègue ouvrait grandes ses oreilles. Elle aurait pu capter un message venu du reste de l'univers.

Deuxième journée

La salle des huis clos était petite. Le pupitre du procureur, la table du témoin et l'estrade des sénateurs formaient un triangle. La table des sténos occupait le mur derrière le siège du témoin. Profitant de ce que Wood et les autres n'étaient pas encore arrivés, je plaçai une chaise à son extrémité. Là, je pourrais voir Marina de profil. J'espérais qu'on ne m'en délogerait pas.

Les membres de la Commission entrèrent par la petite porte derrière l'estrade. McCarthy portait un gros dossier sous le bras. Il le fit tomber bruyamment sur la grande table. Il aurait voulu qu'on le remarque qu'il ne s'y serait pas pris autrement.

La Commission, Wood dans le rôle de président, s'était réduite à trois membres. Deux sénateurs, Mundt et McCarthy, Nixon pour la Chambre des représentants. Ils étaient parvenus à faire le ménage pour se retrouver en petit comité.

Le choix de Mundt comme troisième larron se comprenait. Malgré ses airs d'intellectuel de grande famille, il semblait avoir une passion pour la chasse aux communistes. Il était assez souvent de mèche avec Nixon. Je l'avais déjà vu à l'œuvre à l'occasion d'autres audiences. Il interrogeait rarement les témoins, mais à l'heure de l'hallali il était toujours là.

Ils s'affalèrent dans leur fauteuil sans m'adresser un regard. J'avais dit la vérité à Shirley : j'étais devenu l'homme invisible. Seul Cohn m'accorda un coup d'œil. Il portait aujourd'hui un costume crème qui lui donnait plus que jamais l'air d'un gamin. Il faillit me saluer, se ravisa. Sa lèvre inférieure se crispa. Il se rappela que les autres m'avaient ignoré. Il se dépêcha d'en faire autant.

La porte s'ouvrit à nouveau. Marina entra, menottes aux poignets. Le visage blanc, pas trace de maquillage, les paupières gonflées. Le bleu de ses iris paraissait plus dense, plus profond et dur que jamais. Elle avait tiré ses cheveux en arrière. Une barrette métallique très ordinaire les retenait.

L'une des matonnes de la prison avait dû la lui fournir. Elle portait la même robe que la veille, toute fripée sur les hanches. Malgré la broche qui en refermait les pans sur la poitrine, la bretelle gauche bâillait sur son épaule. Elle avait dû dormir avec. Si jamais elle avait fermé l'œil.

J'avais la réponse à mes questions de la veille. Personne ne s'était soucié d'elle ni n'avait tenté de lui faire passer des vêtements de rechange. Pourtant, elle connaissait d'autres actrices. Elle avait déclaré qu'elle enseignait à l'Actors Studio. Elle y avait des élèves, des collègues. Peut-être même des amies. Mais c'était avant que le FBI vienne la cueillir. Aujourd'hui, chacun savait que la bande de McCarthy avait posé sa grosse patte sur elle. Plus question d'avoir des amis. Pas même des connaissances. Ceux qui l'avaient embrassée chaque jour pendant des mois en la retrouvant au travail ne la reconnaîtraient même pas en photo. McCarthy et l'HUAC avaient au moins fait comprendre ça au pays : le communisme et l'espionnage étaient plus contagieux qu'une maladie vénérienne.

Les flics escortèrent Marina jusqu'à sa place. Ils lui ôtèrent les menottes et s'installèrent derrière elle. Elle observa minutieusement la salle. Son regard s'attarda sur moi. Elle parut surprise de me voir. Du moins, il me sembla.

Wood ouvrit la séance. Cohn annonça qu'aurait lieu dès le lendemain matin une perquisition de l'appartement du témoin. Marina encaissa la nouvelle sans la moindre émotion. De même lorsque Cohn annonça qu'il avait déposé une demande de renseignements auprès de la CIA concernant l'agent Apron. Il eut un petit coup d'œil vers moi et ajouta :

— Dans la mesure où cette commission est à huis clos, la CIA est d'accord pour nous communiquer le dossier de l'agent de l'OSS. J'ai demandé aussi que l'on nous donne des informations concernant cette région autonome du Birobidjan dont il a déjà été question. Selon votre accord, monsieur le président, un spécialiste du bureau stratégique pourrait venir témoigner dès demain.

Deuxième journée

Wood opina. Sans doute cela était-il déjà réglé. Cohn cherchait seulement à impressionner Marina. Il voulait qu'elle sache que la moindre de ses paroles serait passée à la moulinette. Wood le pria de reprendre l'interrogatoire. Comme un bon chien, Cohn repartit sur les sentiers mille fois battus :

— Miss Gousseïev, êtes-vous membre du Parti communiste ?

— J'ai déjà répondu à cette question.

— Je vous la repose : êtes-vous membre du Parti communiste ?

— Non. Je ne l'ai jamais été.

— Vous ne l'avez jamais été ici, aux États-Unis, ou en URSS ?

— Nulle part. Ni ici, ni là-bas.

— Je suppose que vous ne pouvez pas le prouver.

— Vous ne pourrez pas prouver le contraire non plus, monsieur.

Une bonne entame de match. Marina ne sourit même pas. Moi, si. Elle avait eu le temps de se préparer. Cohn utilisait la plus vieille ficelle du métier : répéter inlassablement les mêmes questions. Exaspérer le témoin soumis à cette idiotie. Certains craquaient. À bout de nerfs, ils lâchaient ce qu'ils auraient mieux fait de taire. Marina Andreïeva Gousseïev ne paraissait pas du genre à perdre patience si vite.

— Hier, vous nous avez dit que le secrétaire général du Parti communiste d'URSS, Iossif Staline, avait tous les moyens de faire pression sur vous. Pourtant, vous prétendez n'être pas communiste. N'est-ce pas étrange ? Cela aurait pu être une protection.

Cette fois, elle sourit.

— Vous ne connaissez pas notre pays, monsieur. Encore moins Staline. En URSS, être un bon communiste n'a jamais protégé quiconque. La Sibérie est pleine de bons communistes. Les cimetières aussi. Le Goulag a été inventé pour les accueillir...

McCarthy l'interrompit :

— Précisément, Miss Gousseïev. Vous n'avez pas été arrêtée. Vous êtes bien vivante. Cependant, si on vous croit, vous n'êtes pas communiste. Comment expliquez-vous ce miracle ?

— Iossif Vissarionovitch m'a donné une chance.

— Une chance. Quelle chance ?

— Il m'a laissée devenir juive.

McCarthy, Nixon et Mundt s'esclaffèrent. Un même petit croassement méprisant et sec.

— Je suis pas sûr de vous comprendre, Miss Goussov, gloussa Nixon. Expliquez-nous ça.

Le regard de Marina flotta sur les sténos. Puis jusqu'à moi. Impossible de savoir si c'était volontaire ou une habitude du métier. Ce genre de coup d'œil avec lequel une actrice jauge une salle avant de se lancer. Quand même, je ne pus m'empêcher de lui faire un signe d'encouragement.

— Je vous l'ai déjà dit. Après la nuit du Kremlin, j'avais peur. Tous les jours, tout le temps. Pendant des années. Et j'ai appris que l'Oncle Abel, celui qui était derrière le cercueil de Nadedja Allilouïeva, avait été fusillé. Egorova aussi a été arrêtée. Je ne sais pas ce qu'elle est devenue. Après, ça a été Ordjonikidze et Boukharine. Eux, on a dit qu'ils s'étaient suicidés... J'osais à peine sortir de chez moi, parce qu'après j'avais encore plus peur d'y revenir. Je tournais cent fois autour de mon immeuble avant d'en pousser la porte. Je restais à écouter dans la cage d'escalier sans oser monter. Je devenais folle. Dans la rue, je ne supportais pas qu'on marche derrière moi. Mais tout le monde faisait pareil. Tout le monde avait peur des manteaux de cuir. Tout le monde tremblait. On se méfiait de tout...

Cohn l'interrompit d'un geste.

— Les « manteaux de cuir » ?

— On les appelait comme ça. Les agents de la Guépéou. Par la suite, la Guépéou s'est appelée le NKVD. Mais c'étaient les mêmes. En été aussi, ils portaient des manteaux

Deuxième journée

de cuir. Comme vos agents du FBI avec leurs imperméables et leurs chapeaux. Sauf que ça leur donne un air un peu plus mou que chez nous.

— Gardez vos commentaires pour vous, Miss, grommela Wood. Poursuivez.

— Les manteaux de cuir frappaient à une porte, arrêtaient quelqu'un, et on ne savait plus ce qu'il devenait. Vivant ou mort, impossible de l'apprendre. Sa femme, sa maîtresse, ses enfants n'avaient plus le droit de travailler. Ils devaient quitter leur logement. Il ne fallait plus les approcher. Ils étaient devenus contagieux. Il suffisait de leur sourire pour attraper leur mal. Le plus souvent, ils disparaissaient à leur tour. Personne n'y échappait. Ils ont arrêté Boukharine et Ordjonikidze. Des hommes puissants que j'avais vus au repas du 8 novembre 32 et qui plaisantaient avec Staline. Des professeurs, des médecins, des fonctionnaires, des écrivains, des employés... Parfois, un enfant qui était allé faire une course revenait et ne retrouvait plus sa famille. Tous disparaissaient du jour au lendemain, accusés de trotskisme, de défaitisme, d'insulte au bolchevisme. Une parole, une phrase, un rire vieux de vingt ans suffisait à vous condamner. Parfois, tous les ouvriers d'une usine étaient arrêtés au prétexte de sabotage. Des deux mille délégués au XVIIe congrès du Parti de janvier 1934, mille huit cents ont été assassinés dans les deux années qui ont suivi. Même Kirov, le puissant maire de Leningrad qui s'y était fait applaudir, a été assassiné. Staline est allé pleurer sur son cercueil. Ensuite, selon sa volonté, le NKVD s'en est pris à l'Armée rouge. Soixante-dix mille officiers, capitaines, commandants et généraux ont été exterminés... La pire des pestes nous rongeait : la peur. La très grande peur. Une panique qui brûlait la tête. Certains ne pouvaient plus voir leur reflet dans un miroir. Ceux qui ne supportaient pas se suicidaient. Cela semblait si apaisant, de mourir. C'était mieux que de vivre avec cette peur. Les suicides, on ne les comptait plus. Chaque fois que j'apprenais un nouveau suicide, je pensais à Nadedja Allilouïeva. Mais quand on n'avait pas le courage du suicide, il était difficile de ne pas devenir un monstre. La peur vous pourrit l'âme. On ne ressent plus rien d'autre. L'envie vous vient de caresser vos bourreaux...

— On a compris, Miss, la coupa Wood. Vous ne répondez pas à la question : pourquoi vous a-t-on épargnée ? Puisque Staline s'en prenait à tous ces gens, pourquoi pas à vous ?

Elle l'observa en refermant la bouche. Elle laissa le silence peser sur la salle sans quitter Wood des yeux. Un mauvais silence plein d'ombres où rôdaient les mots qu'elle venait de prononcer. Cohn intervint :

— Miss Gousseïev, répondez à la question, s'il vous plaît.

Elle ne lui accorda aucune attention. Elle continua de fixer Wood. Il se tortilla sur sa chaise. Cette fois, ce fut McCarthy qui gronda :

— Vous refusez de répondre ?

— Je vous réponds. Je vous dis : je n'ai pas peur de vous. J'ai eu peur pendant toutes ces années, mais aujourd'hui, c'est fini. Je n'ai plus peur. J'ai connu la peur pendant trop longtemps, elle ne m'impressionne plus. Les gens comme vous non plus ne m'impressionnent pas.

Pour la première fois, pendant deux ou trois secondes, je vis Wood mal à l'aise. Il était habitué aux cris, aux protestations, aux colères, aux larmes. Pas à ce calme.

La carapace de McCarthy et de Nixon était autrement plus épaisse. Rien de ce qui était humain ne les atteignait.

— Miss Goussov, pas de commentaires, grogna McCarthy. Répondez seulement à la question qu'on vous a posée.

— Pourquoi ? Vous n'écoutez pas mes réponses. Vous voulez des *oui* et des *non*. C'est stupide. La vie ne se réduit pas à des oui et des non. Ou peut-être la vôtre ? Ce ne doit pas être drôle.

Shirley réprima un gloussement. McCarthy ricana en tapotant devant lui le gros dossier qu'il n'avait toujours pas ouvert.

Deuxième journée

— Je vous déconseille ce ton, Miss. Il ne peut rien vous apporter de bon.

La tranquillité de McCarthy m'étonna. Je commençai à m'interroger sur ce qu'il avait sous la main. Mais Cohn ne laissa pas traîner les choses.

— Puisque vous ne jouez plus au théâtre, de quoi viviez-vous ?

— J'ai travaillé au cinéma. Il y avait deux grands studios officiels : Gorki Film et Mosfilm. Ils avaient toujours besoin de filles pour des petits rôles. Deux ou trois minutes ici et là. Parfois, je travaillais pour plusieurs films dans la même semaine. Parfois rien pendant un mois. Ça allait. Personne ne me posait de questions. Et personne ne m'a refusé un travail. C'est comme ça que j'ai rencontré Alexis Jakovlevitch Kapler.

— Vous pouvez épeler ce nom pour les sténos, Miss Gousseïev ?

Elle obéit en se tournant vers nous. Cette fois, elle ne poussa pas son regard jusqu'au mien.

— Jakovlevitch, c'est un nom juif ? demanda Nixon.

Elle feignit de ne pas entendre la question. Les autres aussi. Pour une fois, Cohn parut gêné.

— Poursuivez, Miss Gousseïev.

— Alexeï est un homme comme aucun autre. Peut-être vit-il encore. À Birobidjan, j'ai prié pour lui... Toutes les filles étaient amoureuses de lui. Moi aussi. C'est le premier homme que j'ai aimé. C'est un grand réalisateur. Il a compris que je mourais de ne pas retourner sur la scène. Une nuit, je lui ai confié pourquoi je ne pouvais plus jouer au théâtre. C'était la première fois que je racontais ce qui s'était passé au Kremlin. Cela faisait dix ans. J'allais bientôt en avoir trente. Alexeï a voulu me convaincre que je ne risquais plus rien. « Staline t'a oubliée, Marinotchka. Il ne sait même plus que tu existes. » Pourtant, non, j'avais encore peur. Puis les nazis ont envahi l'Union soviétique. En juin 1941. Il leur a suffi de quelques semaines pour prendre l'Ukraine, atteindre Kiev et encercler Leningrad...

L'inconnue de Birobidjan

— Nous connaissons cette histoire, Miss Gousseïev.

— Non, vous ne la connaissez pas ! Vous n'en avez pas la moindre idée. Vous n'avez jamais été dans un pays envahi par des millions de soldats allemands qui détruisent tout ce qu'ils approchent ! Vous n'avez jamais couru dans les rues sous les bombes sans savoir où trouver un abri... Les bombardements ont commencé en juillet. Personne ne s'y attendait. En août, les Allemands ont pris Kiev. Ils encerclaient Leningrad. Plus question de tourner des films. Les studios ont été transférés à Alma Ata. Alexeï a refusé de fuir. Il m'a dit : « Il faut tenir. Il n'y a pas que les bombes et les balles. Le théâtre aussi est une arme. C'est ta chance et ton devoir. Tu dois retourner sur scène. On va montrer aux barbares nazis que le théâtre russe est debout, Marinotchka. Tu verras, Staline lui-même viendra t'applaudir. »

Moscou

Août 1941, janvier 1943

Moscou n'était plus Moscou. En un seul après-midi de juillet 1941, la ville changea. Sans que sonne la moindre alarme, les bombardiers allemands noircirent le ciel d'été tel un grouillement de poux sur un tissu propre. Jusque tard dans la nuit, le hurlement des Stukas en piqué déchira les poitrines. Les bombes éventrèrent les maisons, mirent le feu aux immeubles. Bouche ouverte, yeux écarquillés, avalant la poussière, chacun s'aveugla d'horreur.

Les obus touchèrent le Bolchoï, la Vieille Place et les immenses bâtiments de l'université, rue Mokhovaïa. Les Heinkel et les Messerschmitt s'acharnaient sur les vieux quartiers aux maisons de bois. Les nazis espéraient s'en servir comme d'une mèche qui enflammerait toute la ville. Dans l'aube, des fumées âcres dansaient, voilant le soleil. De fins débris en suspension se déposaient en couches épaisses sur les trottoirs.

Depuis juin, il avait suffi de trois courtes semaines pour que la horde fasciste envahisse la Pologne et l'Ukraine. Désormais, elle n'était plus qu'à cent kilomètres de Moscou. Des files d'attente interminables se formaient devant les bureaux d'enrôlement. Tous voulaient partir pour le front. La guerre donnait un nouveau souffle à ce peuple courbé. La rage chassait la frayeur. La volonté de se battre, de repousser l'envahisseur, brisait l'humiliation et la peur que

Staline faisait régner sur l'URSS depuis dix ans. La fierté russe, disparue depuis si longtemps, renaissait enfin.

On couvrit les toits des immeubles de sacs de sable pour éteindre les fusées incendiaires. On dressa les canons fuselés de la défense anti-aérienne sur les terrasses les plus vastes. Tout le monde apprit bientôt à distinguer le rugissement des Heinkel de celui des Messerschmitt. Le feulement des Stukas en plongée brûlait les reins d'effroi. Crachant la mort, ils frôlaient les toits et mitraillaient les avenues, grêlant les façades, abattant les vieillards comme les enfants. Les Heinkel, eux, demeuraient en altitude. Leur ronronnement régulier, un peu mou, comme indifférent, annonçait le sifflement terrifiant des bombes.

Il fallut calfeutrer les vitres. Les nuits devinrent opaques. Pendant les alertes, beaucoup ne supportaient pas de se tenir dans les abris. La chaleur y était étouffante, l'écho des grondements vrillait les nerfs. Mieux valait être dehors, à aider à éteindre les incendies ou simplement à lever un poing vengeur contre le ciel.

Après avoir semé le chaos par l'effet de surprise, les Allemands se révélèrent aussi routiniers que méthodiques. Les bombardiers approchaient Moscou chaque nuit vers vingt-deux heures. Personne n'attendait le mugissement des sirènes pour se préparer. Les mères conduisaient leurs enfants dans les stations de métro. On s'y rendait avec un baluchon, une valise, des jouets. Certains apportaient un samovar. Des couvertures et des tapis étaient roulés entre les rails en guise de lit. Ici, plus rien du vacarme extérieur n'était perceptible. Il fallait attendre l'annonce des haut-parleurs : « Camarades citoyens, l'alerte est levée. » Ou, parfois : « Camarades citoyens, la menace est passée. »

On remontait à la surface. On retrouvait Moscou, immense et inquiète. On guettait un incendie dans sa rue, on comptait les ombres des façades pour s'assurer que son immeuble était intact.

Dans les premiers jours d'août, les femmes de Moscou se mirent à creuser des fossés antichars tout autour de la ville.

Deuxième journée

Une fosse longue de huit cents kilomètres ! Des milliers de tonnes de terre creusées à la pioche, charriées à la pelle et à la brouette. Elles étaient toutes là. Étudiantes, veuves, grand-mères aux mains calleuses, jeunes mariées qui n'avaient eu que le temps d'une nuit de noces.

Des ballons captifs se mirent à danser dans le ciel. La forêt de leurs câbles d'acier empêchait enfin le mitraillage mortel des Stukas. Des barricades bloquèrent les grandes avenues. Seuls les tramways et les camions charriant les milliers de chevaux de frise qui hérissèrent bientôt les routes de l'Ouest circulaient encore. Le mausolée de Lénine et le Bolchoï furent recouverts de gigantesques bâches peintes. Les pilotes allemands les confondaient avec des immeubles ordinaires.

Chaque nuit, les faisceaux bleus des projecteurs fouillaient l'obscurité. Ils butaient contre les nuages, le ventre allongé des ballons, ou se dissolvaient dans l'immensité brillante d'étoiles. Lorsque les rais de lumière agrippaient la silhouette des avions, les salves de la DCA jaillissaient sans discontinuer. Les balles traçantes griffaient la nuit. Des milliers de traits éblouissants fusaient vers l'infini. On aurait cru l'œuvre d'un enfant fou. La nuit moutonnait de fleurs de feu aussi blanches et éphémères qu'une buée. Des explosions pourpres signalaient les coups au but. Les jets dorés du kérosène enflammé déchiraient les ailes, éventraient les fuselages. Parfois, on apercevait les corolles dansantes des parachutes. Sur les toits et dans les rues, tout le monde braillait de joie.

Cependant, les rumeurs des victoires de la Wehrmacht enflaient. Le manque d'informations ne faisait que les encourager. Depuis les premiers jours de la guerre, il était interdit de posséder des postes de radio. Ceux-ci n'étaient autorisés que dans les ateliers, le métro et les lieux publics. Les *politruk*, les « commissaires politiques de guerre », veillaient à leur usage. Les nouvelles qu'on y entendait contenaient davantage d'exhortations au courage, au devoir et à la lutte que de réalités sur les combats et la position des fronts.

On en apprenait bien plus par le bouche à oreille. Minsk, puis Smolensk, et même Kiev étaient tombées. Leningrad était encerclée. La meute de la Wehrmacht était entrée dans Odessa et poussait vers la Crimée. Une rumeur folle se chuchota d'oreille à oreille. Les Allemands avaient fait prisonniers un million de soldats de l'Armée rouge dans les vastes champs de blé de l'Ukraine que plus personne ne moissonnerait.

Et les Panzers avançaient toujours sur Moscou. Kilomètre après kilomètre. L'ordre fut donné d'évacuer de la ville tous les enfants de moins de quinze ans. Les gares de Kazanski et de Kourski débordèrent de parents à bout de nerfs et d'enfants en larmes. Des trains de marchandises, vaguement aménagés pour le transport humain, les emporteraient vers l'Oural, la Sibérie ou la Caspienne. Moscou parut soudain encore plus immense et plus sombre.

Depuis des années, comme la plupart des Moscovites, Marina occupait une chambre dans un appartement communautaire, une *kommounalka*, comme l'on disait. L'immeuble, boulevard Protopopovski, près du parc botanique, avait un jour possédé tout le confort bourgeois. Ses vastes salons avaient été découpés en chambres de neuf ou dix mètres carrés. Depuis trois ans, Marina jouissait d'une chambre pour elle seule. Un luxe. Au cœur de la dernière nuit d'août 1941, une bombe atteignit le côté de l'immeuble. Elle en détruisit les trois étages supérieurs. La façade s'effondra après la fin de l'alerte. Une conduite de gaz mal fermée explosa. Le feu ne fut éteint qu'à l'aube.

Le peu que Marina possédait disparut dans l'incendie. À la place de sa chambre, il ne restait que les volutes rousses d'une fumée puante. Dès la première lueur du jour, les femmes se mirent à fouiller cendres et gravats. La rage leur donnait la force de soulever des moellons comme s'il s'agis-

Deuxième journée

sait de simples fétus. Elles ne sentaient plus leurs mains brûlées. Des rigoles de larmes ravinaient leurs joues talquées de crasse. Dans leurs visages gris, leurs yeux paraissaient éteints.

Marina n'eut pas envie de pleurer ni de se joindre à leurs efforts. Les semaines passées à creuser les tranchées de défense antichars l'avaient épuisée. Ses mains étaient hors d'usage. Elle ne parvenait même pas à les refermer. Ses paumes s'étaient couvertes d'ampoules devenues des plaies que les pelles et les pioches rouvraient chaque jour comme des lames.

Pourtant, chaque matin jusque-là, il avait fallu recommencer à charrier la montagne de glaise. Et chaque matin le supplice était à hurler. On ne pensait qu'à se mettre à genoux pour enfouir ses paumes dans la terre comme on éteint un brandon. Les larmes brouillaient la vue, le souffle restait dans la poitrine.

Toutes les femmes en étaient là. Certaines beuglaient des injures contre les Fritz pour se donner du courage. Pas question de renoncer. La honte d'abandonner aurait été pire que le supplice. Alors, on s'obligeait à reprendre les pelles. La douleur envahissait tout le corps. Elle s'élançait des épaules jusqu'au ventre avec une douceur molle, nauséeuse. Puis cédait peu à peu. S'anéantissant comme une onde s'évanouit sur la surface d'un lac.

Mais maintenant, devant les ruines de son immeuble, à la seule pensée de soulever une pierre ou une planche, Marina frissonnait d'horreur.

Et qu'avait-elle à sauver ? Une valise de vêtements, des livres, quelques objets venus d'un passé sans bonheur. Une pile de scripts de films déjà tournés où elle n'avait eu à apprendre que des rôles médiocres. Rien qui méritât qu'on retourne des briques pour le sauver.

Au contraire, elle vivait recluse depuis trop d'années dans cette chambre pour ne pas ressentir du soulagement à la voir disparaître. Ces murs n'avaient été que ceux d'une prison. La vie communautaire était terrifiante. Tout était bon pour entamer une dispute : un sac de provisions posé dans le couloir, une dizaine de minutes de trop passées dans la salle de bains ou des lampes allumées dans la cuisine. Jamais Marina n'avait déposé quoi que ce soit de précieux dans cette chambre, jamais elle ne s'y était attachée, de crainte qu'un jour les manteaux de cuir du NKVD s'en emparent. Pour cette même raison, jamais un homme n'y avait dormi avec elle. Ni même fait l'amour.

Durant ces dix longues années, elle avait eu quelques amants. Si l'on pouvait appeler ainsi de furtives rencontres. Des baisers, des étreintes défiantes vite oubliées. Elle ne s'attardait pas, évitait de voir ces hommes dormir près d'elle. Ce sommeil d'amant repu ravivait trop le souvenir de la petite salle de cinéma du Kremlin.

Elle alla s'étendre sur un banc du parc botanique tout proche. Elle plaça son sac sous sa tête, reposa doucement ses mains sur son ventre. Elle était là tout entière. Sa vie, son destin se tenaient dans son corps, les mauvais vêtements qu'elle portait, le vieux sac de cuir qui soutenait ses cheveux poussiéreux. Il contenait ses papiers, ses timbres de nourriture, une paire de gants déchirés, un carnet, deux livres, un châle roulé en boule et quelques produits de maquillage inutiles depuis longtemps.

Les nuages s'épaississaient. Il n'y avait pas un souffle d'air. Ce serait encore une journée étouffante. La fumée de l'incendie mal éteint stagnait au-dessus du quartier. Plus personne ne remuait les briques et les pans de plâtre. Les familles que Marina avait côtoyées depuis si longtemps s'en allaient vers un nouveau refuge. Quelques-unes avaient déniché des charrettes. D'autres poussaient des voitures d'enfant, une bicyclette grinçante. Tout ce qui pouvait transporter quelque chose. Marina aurait pu se joindre à elles. On l'aurait accueillie comme on accueillait ceux qui n'avaient plus rien. Elle ne bougea pas. Elle ne songea même pas à se montrer ou à dire adieu. Elle n'avait que le désir du repos.

Deuxième journée

Plus tard, très souvent, elle se souvint de cet instant comme de celui qui avait décidé du reste de son existence. Et, au contraire de ce qu'elle pouvait craindre alors, cela commença par un grand bonheur.

Au milieu de la matinée, l'orage qui menaçait éclata. Marina avait fini par s'endormir sur le banc. Le tonnerre la réveilla. Tout lui revint d'un coup : la bombe, l'incendie, sa chambre disparue. Les premières gouttes d'une pluie tiède s'écrasèrent dans les allées du parc. En quelques minutes, ce fut le déluge. Marina n'eut que le temps de rejoindre le boulevard pour se mettre à l'abri sous une porte cochère.

La fraîcheur soudaine de l'orage la fit frissonner. Elle n'était vêtue que d'une légère robe de toile. Rien de beau ni d'élégant, seulement un vêtement solide. Elle sortit le châle de son sac et s'en couvrit les épaules. Elle se sentait abandonnée, incapable de penser. Pourtant, elle devait se décider. Que faire ? Où aller ?

C'est ainsi, devant le ruissellement de l'orage, qu'elle songea à se rendre aux studios Mosfilm. Voilà deux mois qu'elle n'y avait pas mis les pieds. En juin, Grigori Mikhaïlovitch Kozintsev l'avait fait travailler dans un film de qualité : *Une certaine nuit*. Un rôle où elle pouvait montrer ce qu'elle valait. Le premier depuis longtemps. Kozintsev était respecté. Malgré l'omniprésence de la censure, ses films demeuraient ambitieux. Marina savait qu'elle l'avait impressionné. Il aimait le théâtre autant que le cinéma. Il en avait parlé avec elle.

— Marina Andreïeva, où est ton ambition ? Ta place est au théâtre. Tu vas bientôt avoir trente ans. C'est criminel, de gâcher tant de promesses !

Elle n'avait pas eu à lui répondre. Les bombardiers de la Luftwaffe rugissaient dans le ciel de Moscou. Les tournages avaient été interrompus.

Aujourd'hui, si elle songeait aux studios, ce n'était pas pour y jouer. Là-bas, elle trouverait des vêtements, peut-être même un lit. En espérant que les bombes n'aient pas tout détruit.

La Mosfilm occupait un vaste parc dans le quartier Ramenki, près d'une boucle de la Moskova. Il y avait des sources, des ruisseaux, des buttes boisées, des ponts, des datchas et de fausses granges de l'Oural où se tournaient les extérieurs. D'immenses hangars abritaient les plateaux. Une foule de décorateurs y montaient et démontaient de fausses cloisons d'appartement, des façades de ruelles ou des écuries. On pouvait y accueillir des wagons, des calèches ou des autobus. Un atelier de tracteurs y avait même été reconstitué.

Cependant, le quartier Ramenki était très à l'ouest de Moscou, la zone la plus touchée par les bombardements. Plus Marina s'en approchait, plus elle redoutait que les studios aient été réduits en poussière.

Mais non. Tout ici avait été épargné. Pas une bombe, pas un obus n'avait effleuré les bâtiments ou les arbres du parc. La barrière métallique de l'entrée principale était cadenassée. Comme ceux qui, un jour, avaient voulu éviter les contrôles à l'entrée, Marina connaissait d'autres passages.

Elle fit le tour du parc. Derrière une haie de lilas, elle se glissa par-dessus un vieux portail de bois. Une allée en courbe contournait les pièces d'eau jusqu'aux hangars. À l'exception de détritus repoussés à la hâte, ils étaient vides. Les portiques avaient été démontés. Il ne subsistait plus un fil sur les rampes d'éclairage, pas le moindre morceau de décor. Pas même une chaise.

Marina s'approcha du bâtiment administratif. Le réfectoire avait été déménagé, comme le reste, si bien vidé que personne n'avait éprouvé le besoin d'en fermer les portes à clef. Elle hésita. Tout était si calme! Depuis quand n'avait-elle pas entendu pareil silence?

Quantité de bureaux et de réduits occupaient l'étage. Au moins aurait-elle un toit. Il lui suffirait de trouver un tapis

Deuxième journée

ou même quelques cartons pour se faire une couche. Elle était assez épuisée pour dormir à même le sol.

Ses pas résonnèrent sur le carrelage. Le couloir de l'accueil et la large volée d'escaliers étaient sans lumière. Elle poussa des portes. Ici et là, il restait des armoires vides, parfois une table. Elle grimpa au second, l'étage des réalisateurs, comme on l'appelait. Elle eut une surprise.

Le long bureau encombré de tables à dessin, de classeurs, de tableaux noirs et de fauteuils avait été vidé lui aussi. Mais il possédait une arrière-pièce munie d'un lavabo, d'une penderie et d'un étroit divan. Les metteurs en scène s'y reposaient. Certains y passaient parfois la nuit. Une alcôve qui avait la réputation d'avoir abrité bien des secrets. La couchette était encore là, recouverte d'un kilim. Les vieilles photos de plateau étaient toujours punaisées sur les murs. Quelques livres et des dossiers s'entassaient sur les étagères. Un samovar électrique trônait sur une table basse, avec des verres et une petite serviette. Des rideaux pendaient devant l'étroite fenêtre. Marina les tira. Elle s'allongea sur le divan, ferma les yeux et s'endormit en guettant le silence.

Un éclair traversa ses paupières. Elle se réveilla brutalement. Le noir autour d'elle était absolu. Elle avait la sensation de n'avoir dormi que quelques minutes.

Elle perçut une présence, un frôlement. Elle se redressa en hurlant.

Une voix s'exclama :

— Marina Andreïeva !

— Qui est là ? Qui êtes-vous ?

— N'ayez pas peur ! C'est moi, Kapler...

— Alexeï Jakovlevitch ! Que faites-vous ici ?

— Pardonnez-moi, Marina Andreïeva...

Ils reprirent leur souffle tous les deux. Elle rit nerveusement.

— Mon Dieu, quelle peur vous m'avez faite !

— Je ne m'attendais pas à trouver quelqu'un. Ne m'en voulez pas...

L'inconnue de Birobidjan

— Non, non, je vous en prie ! Ne vous excusez pas, Alexeï Jakovlevitch...

— Dans le noir, j'ai dû vous frôler. Pour un peu, je tombais sur vous.

— Il fait nuit ?

— Tout à fait nuit. Comme il se doit après le coucher du soleil.

— Oh ! J'ai l'impression de n'avoir dormi qu'une minute...

— Il ne reste plus très longtemps avant l'arrivée des cafards du ciel. Peu de chance qu'ils se montrent en retard. Les Fritz sont très ponctuels, comme vous le savez.

Kapler grogna, amusé.

— Nous chuchotons comme deux gosses qui se cachent dans le noir, alors que personne ne peut nous entendre ni nous voir. L'électricité est coupée dans tout le bâtiment. Par chance, nous ne sommes pas tout à fait aveugles.

Le faisceau d'une lampe de poche éclaira le mur opposé à la fenêtre. Dans la pénombre, Marina devina le visage souriant de Kapler.

— J'aimerais être plus romantique, Marina Andreïeva. Vous jurer que je vous ai reconnue à votre seul parfum ou à vos soupirs ensommeillés. Mais non. J'ai entendu un souffle. J'ai eu une peur bleue et j'ai poussé le bouton de cette lampe de poche sans réfléchir. Le monstre, c'était vous.

Marina sourit à son tour. La légèreté de Kapler la réconfortait. Sa présence la rassurait. Elle connaissait Kapler de réputation depuis des années. Pour la première fois, ils avaient travaillé ensemble, sur le film de Kozintsev. Kapler en avait révisé le scénario. Il tournait lui-même des films, des documentaires plus que des fictions. Souvent, des réalisateurs réclamaient son regard sur leur propre travail. Grigori Kozintsev affirmait que Kapler savait deviner les promesses ou les pauvretés d'une œuvre mieux que quiconque.

Il avait une réputation d'infatigable séducteur. Dans les studios, on ne comptait plus ses conquêtes. Ce qui pouvait

Deuxième journée

paraître étrange. Alexeï Jakovlevitch n'avait pas la beauté pour lui. Une silhouette trop courte, un peu lourde, un visage banal, des paupières sombres. Mais lorsqu'il se mettait à parler, à conter, son charme le transformait.

Jusqu'ici, peut-être à cause de cette réputation, Marina l'avait tenu à distance. Kapler respectait cette froideur. Bien que, de temps à autre, son regard se teintât d'une tendresse ironique qui semblait signifier qu'il comprenait pourquoi elle agissait ainsi.

Et le voilà qui surgissait de la nuit auprès d'elle. Elle en éprouvait du soulagement. Plus que du soulagement : de la reconnaissance.

En vérité, elle était bien heureuse de n'être plus seule. Heureuse que ce fût lui, Kapler, et aucun autre.

Il éteignit sa lampe de poche.

— Pardonnez-moi de nous replonger dans le noir, Marina Andreïeva. Ce n'est pas par prudence envers les poux du ciel. Il me faut faire durer la batterie de cette lampe aussi longtemps que possible. Ils ont emporté l'engin qui permet de la recharger avec tout le reste à Alma Ata.

Marina l'entendit qui s'asseyait par terre, au pied du divan. Elle s'adossa contre le mur, tira un bout du kilim sur ses mollets nus.

— J'ignorais que les studios avaient été déménagés, dit-elle. Je l'ai découvert tout à l'heure.

— Ordre express de notre vénéré Grand Frère, le camarade Staline. Pour une fois, je suis d'accord avec lui. Le cinéma soviétique est une arme de l'intelligence bien trop précieuse pour laisser Hitler s'en emparer. Vous auriez dû voir ça. Les hangars ont été vidés en trois jours. La plupart de nos camarades du métier se sont entassés dans les trains avec le matériel, direction les steppes du Kazakhstan. Cela ressemblait un peu à la fuite des troupeaux devant l'orage.

— Et vous êtes resté, Alexeï Jakovlevitch…

— Vous devriez m'appeler Lioussia, Marina Andreïeva. Vous savez bien que tout le monde m'appelle Lioussia. Je préfère. Ça me donne l'impression de n'être que le souffle d'un oiseau. Lioussssia... Surtout dans le noir. En plein jour, la réalité joue trop facilement contre moi.

Ils rirent.

— Non, je ne les ai pas suivis, reprit Kapler. Je me méfie de ces grandes transhumances. Ce mauvais esprit de contradiction qui ne me quitte pas, je suppose. La vanité, aussi. Je me dis que je pourrais être plus utile ici que dans ce lointain là-bas. C'est très présomptueux, bien sûr.

Alexeï Jakovlevitch bougea dans le noir pour dégourdir ses jambes. Il demanda avec douceur :

— Et vous, Marina Andreïeva, est-il indiscret de vous demander ce que vous faites ici ?

— J'espérais trouver quelques vêtements portables parmi les costumes.

— Oh...

— Et peut-être aussi un toit pour dormir !

Elle lui raconta le bombardement de son logement. Puis comment, depuis plus d'un mois, elle avait creusé des tranchées antichars avec des dizaines de milliers de femmes. Kapler n'attendit pas qu'elle se taise pour rallumer sa lampe de poche. Le rayon lumineux chercha les mains de Marina. Elle les plaqua contre son ventre.

Kapler protesta.

— Je vous en prie. Montrez-moi vos paumes.

Avec délicatesse, il attira ses poignets. Elle déplia ses doigts gonflés. Sous la lumière crue, ses blessures étaient plus horribles à voir qu'en plein jour. Les croûtes craquelaient, ouvertes sur la chair vive. Des lambeaux des tissus avec lesquels elle avait tenté de se protéger s'y étaient incrustés. Un liquide jaunâtre, vaguement sanglant, suintait du bord crevassé des plaies. Le simple effleurement de Kapler tira une plainte à Marina.

— Il faut vous soigner, Marina Andreïeva. Vous ne pouvez pas laisser vos mains dans cet état.

Marina les retira de la lumière.

Deuxième journée

— Quelques jours sans serrer un manche de pioche ou de pelle, et ça disparaîtra.

— Non. Certainement pas. Vous n'êtes pas la première que je vois avec des plaies pareilles. Si vous ne les soignez pas, elles s'infecteront, et vous serez incapable de vous servir de vos mains. En ce moment, il ne faut pas trop compter que le temps soigne quoi que ce soit.

La voix de Kapler s'était faite grinçante et amère. Il éteignit la lampe de poche. Marina l'entendit qui se levait dans l'obscurité.

— Il y avait une armoire à pharmacie par ici. Dans un bureau ou un débarras au fond du couloir. Avec un peu de chance, elle n'aura pas été vidée et...

— Lioussia! Lioussia! Écoutez!

Ils reconnurent le grondement. Très lointain encore. Mais leurs oreilles étaient exercées. Kapler ricana.

— Aussi parfaitement à l'heure que des amants à leur premier rendez-vous.

Le hululement des sirènes explosa.

— Il n'y a pas d'abri, ici, poursuivit Kapler en élevant la voix. Tout au plus une cave sous la cuisine. Voulez-vous que je nous y conduise?

— Non. Surtout pas. Je déteste être enfermée là-dessous, à guetter les bombes. J'ai l'impression de les attirer plutôt que de m'en protéger. Je préfère ne pas bouger.

Il ne répondit pas. Le vacarme des sirènes s'éteignit. Le grondement des avions enflait de seconde en seconde.

Marina devina que Kapler se rasseyait sur le sol. Elle n'aurait su dire s'il avait peur.

— Cela ne me fait rien de rester seule ici, si vous voulez descendre, Alexeï Jakovlevitch.

— Pas question! Je préfère de beaucoup être sous votre protection qu'aller me terrer sous les cuisines. Mais je vous serais reconnaissant de ne plus me donner de l'Alexeï Jakovlevitch. Si nous devons être ensevelis sous ce bâtiment, je préfère être un bel oiseau qu'un petit bonhomme.

Il n'y eut pas de rire. Malgré eux, ils guettaient ce moment désormais bien connu où les vitres et les murs se mettaient à vibrer sous le vacarme de la DCA.

Marina s'inclina vers lui.

— Vous ne devriez pas rester par terre. Il y a de la place sur ce divan. Autant être un peu à l'aise.

Les premiers claquements saccadés d'une batterie antiaérienne les surprirent quand même. De longues salves qui n'en finissaient pas. Elles paraissaient toutes proches. Puis ce furent des explosions. Des bombes incendiaires, peut-être. Loin. Plus au nord de la ville. Le quartier ne semblait pas encore visé. Mais les murs du bâtiment étaient si minces qu'ils frissonnaient comme du papier.

Malgré l'obscurité, Marina ferma les yeux. Son cœur battait plus fort. Ses mains se mirent à lui faire mal. On aurait cru que les plaies s'ouvraient seules. Un étrange effet de la peur. Comme si la terreur cherchait à repousser son sang hors de son corps. Il faisait soudain chaud dans la pièce. Étouffant. Il fallait garder la bouche ouverte pour respirer.

Elle eut vaguement conscience que Kapler bougeait dans l'alcôve. Il y eut un bruit d'eau. Les tirs de la DCA, le bourdonnement des Heinkel, les coups sourds des explosions réclamaient toute son attention. Pourtant, elle le savait : il ne fallait pas chercher à reconnaître chaque son. Ne pas guetter le martèlement des bombes, les hurlements des moteurs signalant des avions touchés. Ne pas imaginer le mal qui s'approchait.

Impossible.

C'était comme si on l'avait devant soi. Des pas de géant. Des semelles d'acier et de feu qui écrasaient tout, fendaient les murs de la ville. Fendaient la terre.

— Marina Andreïeva...

Elle sursauta. Kapler lui effleurait l'épaule, lui parlait à l'oreille.

— Marina Andreïeva, enveloppez vos mains dans ce linge mouillé. Cela calmera un peu la douleur, en attendant mieux.

Deuxième journée

La serviette humide frôla son bras nu. Marina la serra précautionneusement entre ses paumes. C'était vrai. La fraîcheur du linge la soulageait un peu.

Comment Kapler avait-il su qu'elle avait si mal ?

Était-ce ainsi qu'il séduisait les femmes, en devinant ce qu'elles cachaient ?

Elle lutta contre les larmes qui lui encombraient soudain la gorge. Une émotion brute, animale, qui lui contractait le ventre. La folie du dehors ne cessait pas. La mort pilonnait tout ce qui était debout. La vie s'étouffait dans l'épaisse poussière de la guerre. Les hommes n'étaient plus qu'une volonté de destruction. Pourtant, dans ce néant gorgé de haine, il en restait un, un presque inconnu, pour deviner sa douleur et lui offrir une serviette humide afin de l'apaiser.

Ils se turent un long moment. Il sembla soudain que des explosions éclataient plus près. Kapler se remit à parler.

— Marina Andreïeva, au cas où les poux du ciel nous chieraient dessus, je veux que vous sachiez une chose. Je suis pleinement d'accord avec Kozintsev : vous ne devez plus gâcher votre talent au cinéma. Plus jamais. Votre place est au théâtre. Je vous ai attentivement observée pendant le tournage. Vous n'aimez pas la caméra. Vous détestez cet œil de verre. Il vous effraie. Vous ne savez pas vous placer quand on dirige l'objectif sur vous. Pardonnez-moi d'être brutal, mais dès que l'opérateur vous cadre, on croirait que vous avez des tchékistes aux trousses ! Ça passe parce que vous êtes belle. Un réalisateur se ferait damner pour la beauté d'une femme, on le sait. Néanmoins, ce n'est pas votre beauté qui nous intéresse, Marina Andreïeva. C'est ce qu'elle recouvre. C'est la mécanique à l'intérieur. C'est autre chose que la beauté, ça. Vous me comprenez ? Vous savez bouger, marcher, vous asseoir. Vous savez faire la différence entre un pas dans la rue et la marche dans un champ. À un seul mouvement de votre bras, à une inclinaison de votre nuque, on comprend ce que votre âme retient dans le silence. Sans compter que vous savez maîtriser votre voix et oublier d'être vous-même. Oui, ça, mon Dieu, ça, c'est le plus important ! Si peu d'acteurs sont capables de ressentir plus loin que leur gros cœur et leur petite intelligence ! Vous avez débuté au théâtre, n'est-ce pas ? Je me suis renseigné. Pardonnez-moi. La curiosité ! Donc, je me suis renseigné, et on m'a dit : « Ah, Marina Andreïeva, bien sûr ! Elle était un de nos meilleurs espoirs, mais voilà, elle a disparu. Un jour, pffuit ! Pourquoi ? On se le demande. » Qu'est-ce qui vous a pris, Marina Andreïeva, de vous perdre au cinéma ? Pendant toutes ces années ? Avec des Donskoï, des Alexandrov, des Loukov ! Des types qui... Mieux vaut que je me taise. Quelle folie ! Je vous le répète : vous avez le devoir de retourner au théâtre. Oui, oui, vous m'avez entendu : le devoir. Surtout aujourd'hui. Le théâtre est comme la musique : il est né avec l'homme. Il fait partie des cellules de la vie humaine depuis des milliers d'années. Ce n'est pas seulement une affaire de bonne ou de mauvaise pièce. Le théâtre, c'est l'humain qui se montre à l'humain. Et sans théâtre, Marina Andreïeva, nous serons jusqu'à la fin des temps comme nous sommes à l'instant : de pauvres animaux perdus dans le noir. Aveugles, tremblants de peur devant la mort qu'on ne voit pas venir...

Kapler parlait, parlait, parlait. Ivre de mots, comme les mères qui s'apaisent en contant des histoires à leur enfant afin que la nuit leur paraisse moins épouvantable. Marina l'écoutait avec gratitude. Non parce qu'il parlait d'elle. Phrase après phrase, il repoussait les ailes des bombardiers et éloignait le chaos du dehors qui n'en finissait pas.

Elle regretta que ses mains soient en mauvais état et ne puissent serrer les siennes. Elle sourit à travers ses larmes, ne doutant pas qu'il saurait le deviner.

— Les volontés du destin sont étranges, Marina Andreïeva, poursuivit Kapler. Voilà des semaines que je dois venir dans cette pièce récupérer quelque chose qui m'est précieux : une copie de *La Punaise*, de Maïakovski. Il est toujours prudent d'égarer ce qui vous est précieux. Elle est là, dans ces vieux classeurs que Kozintsev a sagement oublié d'emporter. Je voulais monter cette pièce au Théâtre d'art l'hiver dernier. Ça n'a pas été possible. La poésie de Maïakovski est officiellement merveilleuse, mais son ironie montre, tout aussi officiellement, un nihilisme incompatible avec la réalité bolchevique... Vous n'avez pas connu Vladimir Vladimirovitch, n'est-ce pas? Vous n'aviez pas vingt ans quand il a achevé sa pièce. Mais si vous l'aviez entendu, vous l'auriez aimé! « Ma pièce *La Punaise* est une affaire de cirque et de feu d'artifice! C'est une pièce avec des *tendances animées*. Rendre vivantes l'agitation, la propagande, la tendance, voilà la difficulté et le sens du théâtre d'aujourd'hui. Les gens de théâtre ont pris l'habitude de devenir des emplois. Le comique, l'ingénue, que sais-je... Des offices de bureaucrates tatillons et dénués d'imagination! Voilà ce qui engendre l'horreur archaïque du théâtre d'aujourd'hui. Le théâtre a oublié qu'il était spectacle. Qu'il était le feu d'artifice de l'âme et la table des protestations! Les acteurs ont un devoir : être la vie qui nous prend à la gorge et nous pousse dans les reins... »

La voix de Kapler, singeant celle de Maïakovski, s'enrouait. Marina s'engourdissait à l'écouter. Le grondement des Heinkel faiblit enfin. Les salves de la DCA cessèrent. Le hululement des sirènes annonça la fin de l'alerte.

Le silence revint. Ils étaient épuisés l'un et l'autre.

— C'est terminé, murmura Marina. C'est terminé pour cette nuit.

Alexeï Jakovlevitch ne répondit pas. Il quitta le divan en grognant, tâtonna pour atteindre le lavabo. Marina l'entendit boire au robinet. D'une voix caverneuse, il proposa une tasse d'eau. Tandis qu'elle buvait, il dit :

— Je crois qu'il est plus sage de rester ici pour la nuit. On s'en ira discrètement à l'aube. Installez-vous sur le divan, Marina Andreïeva. Je trouverai bien de quoi me faire un nid.

Dans le noir, un sourire dans la voix, Marina répondit :

— Si je dois vous appeler Lioussia, vous allez devoir trouver autre chose que des Marina Andreïeva.

Il eut un petit rire sec, annonça qu'il allait faire un tour dans le bâtiment. Dénicher l'armoire à pharmacie, si elle existait encore. Il alluma brièvement sa lampe de poche pour sortir de l'alcôve. Ses pas résonnèrent dans le bureau vide, atteignirent le couloir. Marina se glissa sur le côté, se roulant en boule, la tête sur le coussin, pour plus de confort. Elle tenta encore de guetter les pas d'Alexeï Jakovlevitch. Abandonna aussitôt.

Elle avait bien assez épié de bruits pour cette nuit. Elle s'endormit sans s'en rendre compte.

Quand elle se réveilla, une lumière dorée traversait les rideaux. L'air de l'alcôve était asphyxiant. Kapler dormait profondément, le buste adossé au mur, la tête reposant sur son bras, les jambes hors du canapé. Il avait laissé autant de place que possible entre eux. Son visage était lisse, paisible, mais son souffle lourd. Un peu de sueur luisait sur ses tempes. Les boucles drues de ses cheveux noirs recouvraient son bras. Il portait une fine chemise de coton bleue. Il l'avait largement déboutonnée. Une veine battait à petits coups espacés sous la peau fine de son cou. Marina l'observa longuement. Aucun mauvais souvenir ne vint lui brouiller les yeux.

Dehors, dans le parc autour du bâtiment, des oiseaux pépiaient avec énergie, comme s'il s'agissait d'un jour comme un autre.

Elle quitta le divan avec précaution, entrouvrit la fenêtre sans tirer le rideau. L'air frais de l'aube pénétra dans l'alcôve, le jacassement des oiseaux enfla, impérieux. Elle se dévêtit devant le lavabo. La serviette serrée sous l'avant-bras, elle se nettoya tant bien que mal. Elle s'efforçait d'être silencieuse. Elle aurait voulu se laver les cheveux. Kapler se réveilla.

Elle lui fit face, toute nue qu'elle était. Il se redressa sur son coude, fixa sa silhouette découpée par la lumière du

Deuxième journée

matin. Il sourit, sans un mot. Elle tendit ses mains écorchées et déclara :

— Alexeï Jakovlevitch... Lioussia... Je voudrais pouvoir vous caresser, mais je n'ai pas les mains pour le faire. Heureusement, j'ai encore une bouche pour vous embrasser. Si vous le voulez bien.

Ce fut ainsi qu'ils firent l'amour pour la première fois.

Kapler accueillit Marina dans son appartement de la rue Leisnoï. Avant la guerre, il le partageait avec un couple de décorateurs de la Mosfilm. Comme les autres, ils avaient quitté Moscou pour Alma Ata. Dans toutes les pièces, des croquis de mise en scène, des photos, des étagères de livres recouvraient les murs. Le mobilier hétéroclite et bizarre provenait des tournages.

Alexeï Jakovlevitch parvint à se procurer des antiseptiques et des crèmes pour soigner les mains de Marina. Les plaies furent longues à cicatriser. Il lui dénicha aussi des vêtements. Robes, pantalons, pulls, chemisiers, sous-vêtements, et même des bas, deux manteaux d'hiver et des bottes fourrées. Rien n'était neuf, bien sûr, mais tout était de bonne qualité. Kapler expliqua ce miracle par le marché noir. Il connaissait beaucoup de femmes qui se débarrassaient volontiers de vieux vêtements pour quelques roubles avant de quitter Moscou. Ou de s'enrôler dans des bataillons féminins de défense.

En quelques jours, aussi bien qu'aux hommes fraîchement instruits, on leur apprenait le maniement des fusils, des mitrailleuses et des postes de DCA. On leur fournissait des vareuses et des casques de soldats morts. Beaucoup se procuraient de grandes capes doublées sur lesquelles elles cousaient l'écusson rouge encerclé d'épis de blé de la Fédération soviétique de Russie. Souvent, à la place des casques, elles portaient un simple fichu noué sous le menton.

Cette année, on ne vit pas venir l'automne. Le vent d'ouest, lourd de pluie, charriait le martèlement des canons et des chars. Plus personne ne croyait aux annonces officielles de la radio. Dans les queues interminables pour trouver de la nourriture s'échangeaient les rumeurs les plus terrifiantes. Des femmes y lisaient les lettres reçues du front. Des chiffres stupéfiants passaient de lèvres en lèvres. Les Fritz n'étaient plus qu'à cinquante kilomètres des faubourgs. Ils avaient pris Toula, encerclé six cent mille soldats de l'Armée rouge à Viazma, forçaient le passage au nord. Moscou allait être prise au piège, comme Leningrad ! Déjà, les Heinkel et les Messerschmitt s'avançaient moins loin au-dessus de la ville afin de mieux en pilonner les défenses.

La panique vidait les rues. Les gens fuyaient. Ils s'entassaient dans des trains, grimpaient sur les toits des autobus en partance. On en voyait dans les camions qui transportaient les blessés du front.

Un froid humide et le ciel immensément gris ajoutèrent à l'atmosphère morbide de la défaite qui envahissait tout. La pluie se mit à tomber sans discontinuer. La *raspoutitza* commença. Chemins et routes se transformèrent en torrents de boue. Les hommes s'y enfonçaient jusqu'aux genoux. Les chenilles des tanks disparaissaient jusqu'aux moyeux. Camions et voitures n'avançaient plus. La guerre ralentit un peu, comme un forcené reprend son souffle.

Les théâtres étaient fermés. Certains, tel le vieux théâtre Vakhtangov, rue Arbat, avaient été à demi détruits. Une ou deux fois, Alexeï Jakovlevitch entraîna Marina au Théâtre d'art. L'entrée en était protégée par un mur de sacs de sable. Quelques acteurs discutaient bruyamment dans le foyer. Il n'était question que de la guerre et de la prochaine arrivée des Allemands.

Kapler s'énerva. Pourquoi voulaient-ils déjà être vaincus ?

De retour dans l'appartement de la rue Leisnoï, il débarrassa l'une des pièces inoccupées. Il la transforma en un décor succinct de *La Punaise*. Un peu cérémonieusement, il déposa le texte dans les mains de Marina.

Deuxième journée

— La guerre n'empêche pas de travailler. Aucune guerre n'a tué le théâtre depuis Aristophane. Tu dois travailler. Le talent n'est pas tout. Tu as du retard à rattraper...

Marina devait apprendre tous les rôles de *La Punaise*.

— Homme ou femme, vieille toupie ou jeunot boutonneux, tu dois être capable de tout jouer.

Le froid redoubla. La neige se mit à tomber à gros flocons. La ville ralentit encore. Des barricades furent dressées sur les avenues, les boulevards, bloquant ce qui restait de circulation. L'air glacé bourdonnait nuit et jour des échos de la bataille qui se rapprochait. On ne pouvait s'empêcher d'écouter, de comparer. Ce coup n'était-il pas plus proche que le précédent ? Et celui-là plus fort encore ? On racontait que ces salauds de Fritz possédaient des canons monstrueux, capables de tirer des obus à plus de cent kilomètres.

Une de ces fins d'après-midi qui vous laissaient sur les nerfs, Marina, pour la première fois, joua en entier la pièce de Maïakovski devant Alexeï Jakovlevitch Kapler.

Elle joua comme il le lui avait demandé. Les vieilles et les jeunes, les femmes et les hommes. Pas de costume. Elle ne portait qu'un pantalon et un chandail noirs. Ses mouvements, ses mains, son visage et sa voix devaient seuls produire le comique du spectacle et l'illusion de vérité.

À la fin, elle salua aussi sérieusement que si elle avait été sur scène. Des larmes brillaient dans les yeux d'Alexeï Kapler. Il l'enlaça, la baisa en tremblant.

— Ne meurs pas. Ne meurs jamais !

Cette nuit-là, ils firent l'amour avec plus de tendresse et de lenteur que jamais, s'efforçant d'effacer par leur plaisir le martèlement obsédant des canons.

Plus tard, quand le vacarme des bombardiers cessa, Marina lui raconta la nuit de novembre 1932 où elle avait dansé avec Staline. Elle raconta ce qui s'était passé dans la petite salle de cinéma et ce qu'elle savait de la mort de Nadedja Allilouïeva.

Quand elle se tut, Alexeï Jakovlevitch ne posa pas de questions. Ne fit pas de commentaires. Il la maintint serrée contre lui. Elle finit par s'endormir. Au petit matin, quand elle se réveilla, il avait toujours les yeux ouverts et la tenait toujours entre ses bras.

Dans les derniers jours de novembre 1941, le froid gela les chemins de boue. Les routes redevinrent praticables. Les Panzers approchèrent à cinquante kilomètres de Moscou. Puis, en quelques jours, le thermomètre descendit jusqu'à moins vingt-cinq. Les croûtes de neige se firent coupantes. Les soldats de la Wehrmacht gelèrent sur place. Leurs maigres manteaux ne les protégeaient plus. Le froid épuisait leurs dernières forces. Les soldats de l'Armée rouge, qui tentaient une contre-offensive, commencèrent à en trouver sur le bord des chemins. Ils s'étaient effondrés dans les fossés, raides comme des statues, le visage grimaçant sous la pellicule de glace.

À Noël, il fit moins trente. La neige s'épaissit d'un mètre de plus. Après la nouvelle année, dans la première semaine de 1942, la température descendit encore de quelques degrés. Les avions et les tanks de la Wehrmacht refusèrent de démarrer. Les mains des conducteurs gelaient sur les volants. L'hiver, le plus féroce depuis des décennies, devint le maître de la guerre. Il sauva Moscou et peut-être bien l'URSS tout entière.

Staline avait fait revenir des centaines de milliers de soldat du front de Mandchourie. L'Armée rouge s'élança contre l'envahisseur épuisé. À son tour elle progressa à une vitesse foudroyante. Pour la première fois, aux portes de Moscou, on vit marcher des milliers d'Allemands vaincus et dépenaillés.

L'orgueil et la rage de vaincre s'emparèrent de l'âme russe. Repousser la horde malfaisante d'Hitler était donc possible. Il ne s'agissait plus de travailler uniquement pour la gloire meurtrière de Staline : le peuple russe ne songeait qu'à la libération de sa terre bien-aimée.

Deuxième journée

Au début du mois de mars 1942, juste avant la nuit, Marina revint rue Leisnoï chargée de cabas. Elle venait de passer des heures à la recherche de quelques kilos de choux et de pommes de terre. L'appartement bruissait de voix. Alexeï Jakovlevitch était entouré d'une dizaine d'hommes et de femmes.

À travers la fumée de cigarette, elle reconnut des visages. Des écrivains, des acteurs, des peintres, des décorateurs. Des gens qu'elle avait quelquefois croisés dans son travail. Elle n'aurait pu les appeler par leurs noms mais elle savait une chose : ils étaient tous juifs et amis de Lioussia.

Elle entra dans la pièce avec ses cabas. Ils se levèrent pour la saluer. L'embarras figeait leurs sourires. Marina n'y aurait pas prêté attention si le regard de Kapler n'avait brillé d'ironie.

Elle porta ses sacs à la cuisine. De retour, elle s'immobilisa dans le couloir pour écouter la conversation. Plusieurs personnes parlaient en même temps. Des mots, des phrases de yiddish s'entremêlaient au russe. Kapler n'était pas le plus calme. Sans surprise, il était question de la guerre, de la défense de Moscou, du peuple russe. Et des Juifs.

— On ne va pas rester les bras croisés sous prétexte qu'on est juifs! s'énervait une femme. Juive, j'ai compris que je l'étais seulement l'an dernier, quand on m'a balancé ces pétitions de merde à la figure. Russe, je le suis depuis toujours.

— Les Fritz sont d'accord avec toi, Ileana : Slaves ou Juifs, pour eux, c'est pareil, la coupa une voix d'homme. *Undermenshen*! Des sous-hommes, voilà ce qu'on est.

— Alors, ça me fait deux raisons d'entrer au Comité !

— La question n'est pas d'être contre les fascistes, Ileana, protesta un autre. Aujourd'hui, tout le monde est antifasciste. Même un nourrisson soviétique est un combattant de l'antifascisme. La question, c'est de le clamer sous le prétexte qu'on est juifs. Pourquoi se faire remarquer une fois de plus? Ces pétitions de merde, comme tu dis, elles n'ont pas été lancées par hasard. Staline et le Parti nous ont laissés tranquilles pendant vingt ans. Maintenant, ça recommence...

— Les pétitions, je m'en fous, Semion. Les nazis ne lancent pas des pétitions : ils tuent. Et ils nous extermineront jusqu'au dernier. Ils ne s'en cachent pas. Tu sais ce que les nazis font en Pologne, en ce moment même, pendant qu'on parle ? L'idéologie du grand Reich planétaire d'Hitler, les lois antijuives dans toute l'Europe, c'est pour nous transformer en cadavres. Rien d'autre...

— Qui te dit que notre cher Iossif n'a pas la même idée, Ileana ?

— Ne sois pas stupide ! Tu insultes les hommes qui meurent à Stalingrad pendant que tu es assis sur ta chaise !

— Je suis de l'avis d'Ileana. J'ai confiance en Mikhoëls. Il faut le soutenir. Plus nous serons nombreux au Comité, mieux ça vaudra...

— La question n'est pas d'avoir confiance en Mikhoëls, Natacha. Nous l'aimons tous. Nous le suivrons jusqu'en Sibérie, s'il le faut. Mais je ne veux pas mourir idiot. Et je n'ai pas oublié Erlich et Alter.

— Lioussia...

— Laisse-moi parler, Ileana. J'ai passé l'âge et l'envie de jouer les aveugles. Pour ceux qui l'auraient oublié, je vous rappelle que le Comité antifasciste juif n'est pas une idée de Mikhoëls ou d'Ehrenbourg. Elle est sortie de la tête du camarade Lavrenti Beria et du NKVD.

— Non ! Tu ne peux pas dire ça. On la doit à Erlich et à Alter, deux types de Pologne qui ne sont pas des vendus.

— Certainement non. Et j'ai le plus grand respect pour eux... s'ils vivent encore ! Mais la première fois qu'on a entendu parler de ce Comité, c'était l'été dernier. Erlich et Alter sortaient tout droit de la Loubianka. Erlich a fait une réunion avec Mikhoëls. Ileana peut le confirmer, elle y était, comme moi. Il nous a assuré que Beria et Staline le soutenaient. Le Comité antifasciste juif allait devenir le plus grand mouvement de résistance juive au nazisme ! Il jubilait

Deuxième journée

comme un enfant. Deux mois plus tard, le NKVD l'a arrêté, avec Alter. Et maintenant, où sont-ils ? Vous ne le savez pas. Moi non plus. Mais je sais que Staline n'est pas devenu le sauveur des Juifs. Il a besoin des Juifs – non, il a besoin de l'argent de la « juiverie internationale », comme ils disent – pour défendre la cause de Staline. Pas la nôtre...

Il y eut un court silence glacé après les paroles de Kapler. Puis une voix d'homme déclara :

— Lioussia a raison. On le sait. Mikhoëls sera président du Comité, mais ils ont déjà nommé Lozovski et Fefer pour le contrôler. Ils ont beau être juifs, ils courent faire leur rapport au NKVD chaque matin.

— Et alors ? Rien ne se fait sous le ciel du Petit Père des Peuples sans sa bénédiction. La belle nouvelle ! Je me fous des mouchards de Beria. Tout ce que tu viens de dire, Lioussia, Mikhoëls le sait. Et sûrement plus. Pourtant, il accepte la présidence du Comité. Et Ehrenbourg y va aussi. Il ose dire en public : « Je suis russe et, comme tous les Russes, je défends ma patrie. Mais les nazis m'ont rappelé une autre chose : que ma mère s'appelait Hannah. Que je suis juif. Et que je le suis fièrement. » C'est comme s'il giflait à pleine main ceux qui ont fait tourner ces pétitions de merde l'an dernier... C'est déjà ça.

Marina se pétrifia. Elle comprenait enfin l'expression ironique de Kapler et l'embarras des autres.

Ces « pétitions de merde... », elle les avait signées.

Des appels furieux à *débarrasser le cinéma, le théâtre et la culture soviétique en général de la* juiverie cosmopolite *qui envahit l'art et corrompt les valeurs soviétiques...*

Deux fois son nom était apparu au bas de ces appels à la haine. Noyé parmi des centaines d'autres. Mais ceux qui étaient là le savaient. Aucune chance qu'ils l'aient oublié.

Lioussia aussi était au courant. Impossible qu'il en soit autrement. Le savait-il depuis leur premier baiser ?

Elle retourna dans la cuisine. S'affaira à des choses inutiles. Ses mains tremblaient. Ses gestes étaient aussi lents que si du plomb lui coulait dans les veines.

Finalement, elle n'y tint plus. Elle quitta la cuisine, songea une seconde à rejoindre Kapler et ses compagnons. Elle n'osa pas, se glissa silencieusement dans la pièce des « répétitions ». Le froid la fit frissonner. Elle demeura dans la pénombre, s'enveloppa d'un des manteaux qu'elle avait essayés en guise de costume et se blottit dans l'unique fauteuil du « décor ».

Que Kapler fût juif, elle ne l'ignorait pas, évidemment. Elle l'avait toujours su. Quelle importance ? Quand ils s'étaient rencontrés sur le tournage de Kozintsev, elle avait oublié ces pétitions depuis longtemps. On signait parce qu'il fallait signer. Comme on détestait les Juifs par habitude. Mais les Juifs, ce n'était personne en particulier. C'était seulement la fureur de voir des hommes et des femmes réussir là où l'on réussissait moins. De les voir puissants quand on ne l'était pas. Pauvres quand on ne supportait plus de l'être.

L'homme devant lequel elle s'était mise nue n'était pas un Juif. Il était Alexeï Jakovlevitch Kapler. Celui dont elle désirait les caresses, le rire et la tendresse.

Mais Lioussia... Que pensait-il quand il la tenait dans ses bras, quand il la faisait travailler, quand ils piquaient leurs fous rires ? Se moquait-il vraiment qu'elle ait signé ces pétitions ?

Le souvenir de toutes ces dernières semaines remonta vers elle tel un vent glacé. Dans l'obscurité gelée de la pièce, la honte lui tint chaud.

L'appartement résonnait des éclats de voix. Elle connaissait ces réunions exaltées. Chacun cherchait à parler plus fort que son voisin. On s'invectivait brutalement pour s'embrasser la minute suivante. On riait, on buvait. D'habitude, même si elle n'était pas de celles qui pouvaient débattre sans fin, elle aimait ça. D'une certaine manière, elle était comme eux. Elle pensait même comme eux !

Elle aurait pu s'avancer vers eux. S'excuser. Elle aurait peut-être dû.

Elle n'en avait pas la force. Elle devinait d'avance leurs regards et leur air. Impossible. Son orgueil le lui interdisait.

Deuxième journée

Son orgueil luttait désespérément contre la honte. Lui trouvait des raisons pour ne pas s'humilier davantage. Et puis, elle ne faisait pas partie de leur monde. Elle ne saisissait pas leurs plaisanteries. Ils parleraient yiddish pour se moquer d'elle, qu'elle n'y comprenne rien. Une manière de lui montrer qu'elle n'était pas des leurs. Qu'elle ne le serait jamais.

La réunion dura si longtemps qu'elle s'était assoupie quand Kapler entra dans la pièce.

— Marinotchka?

Elle était tellement engourdie qu'elle ne se leva pas. Kapler n'alluma pas, laissa la porte entrouverte. La lumière du couloir dissolut l'ombre. Il vint s'asseoir sur le sol, à côté du fauteuil où elle s'était réfugiée. Marina ne put s'empêcher de songer à l'alcôve de la Mosfilm, quand il s'était assis dans l'obscurité au pied du divan.

Elle n'osa pas le toucher, lui caresser la tempe et le cou, comme elle aimait à le faire. Pas même lui prendre les mains. Il dit :

— Ce n'était pas la peine de te cacher. Tu aurais pu venir avec nous. C'était l'heure des décisions vitales.

L'ironie et la tristesse grinçaient dans sa voix éraillée par le tabac. Son haleine sentait la vodka. Comme elle ne répondait pas, il ajouta :

— Il gèle, ici. Ça fait du bien, après ces heures de palabres. Mon Dieu, ce qu'on peut parler! C'est à cause de Mikhoëls. Il est à Tachkent avec la troupe du GOSET. Il crée un « Comité antifasciste juif ». Les types du GOSET sont des militants. Théâtre yiddish, culture yiddish, etc. Et nous, nous sommes des « Juifs d'occasion ». La question est de savoir si nous participons. Losovski, Ehrenbourg et d'autres se sont déjà inscrits. Il paraît que Staline verrait ce comité d'un bon œil. Mais tout le monde a la trouille. Ce genre d'initiative peut se retourner contre nous. Ce ne serait pas la première fois. C'est notre bonne vieille histoire : il n'est jamais bon pour un Juif de se faire trop remarquer.

Marina connaissait Solomon Iossifovitch Mikhoëls de réputation. Il dirigeait le GOSET, le Théâtre national juif.

L'inconnue de Birobidjan

Elle ne l'avait jamais rencontré ni n'avait assisté à une seule de ses représentations. Pourtant, le GOSET était célèbre d'un bout à l'autre de la Russie. La troupe jouait exclusivement des pièces yiddish en yiddish. Elles avaient un immense succès auprès du public, juif ou pas juif. Depuis des années, Mikhoëls était considéré comme l'un des maîtres du travail d'acteur. Le plus grand depuis Stanislavski. De nombreux comédiens non juifs suivaient son enseignement. Certains allaient en cachette le voir et le revoir jouer afin de comprendre son travail.

Kapler rit. Un rire sans entrain, pas aussi grinçant qu'il l'aurait souhaité.

— Bon, la suite est connue d'avance. On va tous s'inscrire au Comité. Tout le monde le savait avant de boire le premier verre. Mais c'est toujours pareil, on ne peut rien décider sans se noyer dans les mots !

Il lui saisit les mains, pressa ses paumes gelées contre son visage brûlant, soupira doucement.

— Tu aurais dû venir avec nous. Pourquoi te geler dans cette pièce ?

— Lioussia, depuis quand sais-tu que j'ai signé ces pétitions ?

— Quelle importance ?

— Dis-moi.

— Avant de te voir sur le tournage de Kozintsev. Ce n'est pas si grave. Tout le monde signe ce genre de pétitions, Marinotchka. Elles n'ont aucune importance.

Il avait parlé trop vite. D'une voix trop indifférente. Un bon acteur, lui aussi. S'il lui cachait la vérité, s'en apercevrait-elle ?

Il baisa ces paumes qu'il avait massées avec tant de tendresse pour en apaiser les plaies. Elle demanda encore :

— Ce soir, tout le monde le savait ?

— Ceux qui l'ignoraient sont au courant, désormais.

— C'est difficile de le croire, pourtant, moi, je l'avais oublié.

Deuxième journée

— Oh, dans ce pays, il y a tant de papiers sur lesquels il faut inscrire son nom !

— Ne fais pas semblant, Lioussia. Je sais lire. Je savais ce que je signais. Je devais même être un peu d'accord.

— À quoi bon revenir là-dessus ?

— Je veux que tu saches.

Dans la pénombre, elle devina son sourire.

— Marinotchka, mon cœur... Seuls les très purs bolcheviks croient qu'il est absolument nécessaire de tout savoir.

— J'ai eu peur, Lioussia. J'avais peur d'avoir des problèmes pour travailler si je ne signais pas. C'était déjà difficile sans ça.

— Je sais... On devrait aller dormir, je suis éreinté.

— J'imagine ce qu'ils peuvent penser. L'antisémite couchant avec Alexeï Jakovlevitch Kapler quand elle ne sait plus où trouver un toit.

— Kapler couche avec qui il veut. Tout Moscou sait ça ! Et tant mieux.

— Mais j'ai lu les pétitions. Je savais ce qu'elles signifiaient. Ça ne m'a pas choquée. Je trouvais ça normal. Sans importance. Des choses qu'on dit par réflexe. Qu'on écoute sans broncher.

Il rit en se relevant. Un rire plus franc, cette fois. Il l'attira à lui.

— Ne t'en fais pas. Tu es mon antisémite préférée. À petites doses, ces saloperie ont du bon, tu sais. Sinon, comment se souviendrait-on qu'on est juifs ? Qu'on l'est éternellement, avant d'être né et après notre mort ? C'est une histoire trop ancienne pour qu'on y échappe.

— J'ai pensé venir m'excuser pendant qu'ils étaient tous là.

— Tu aurais pu. Je crois que ça leur aurait plu.

— Je n'en ai pas eu le courage. Leur air, quand je suis arrivée... Je n'ai pas pu. Ce n'était pas possible.

— Bien sûr. Et mets-toi ça en tête : je ne te demande pas d'excuses, Marinotchka. Je sais qui tu es. Ça me suffit.

Alexeï Jakovlevitch s'endormit comme une masse. Marina mit longtemps à trouver le sommeil. Elle ne cessait de repenser aux réponses que lui avait faites Lioussia. Plus elle y pensait, plus elle était certaine qu'à leur rencontre il ignorait qu'elle avait signé ces torchons antisémites. Il ne l'avait appris que ce soir. De la bouche de ceux qui étaient là.

Au matin, dans la douceur du réveil, ils firent l'amour. Un désir et une tendresse qui ne semblaient pas différents de ce qui les avait noués pendant des semaines. Pourtant, Marina le devina : c'était là des caresses d'adieu.

Tôt ou tard, cela devait arriver. Elle le savait depuis leur premier baiser. Kapler était Kapler. Son besoin de liberté, son goût de la séduction l'emporteraient éternellement vers de nouvelles amantes. Kapler lui avait offert six mois de bonheur. Que cela s'achève ne pouvait être une surprise. C'était déjà un immense cadeau de la vie.

Elle tenta de se persuader que la soirée de la veille et les pétitions antisémites n'y étaient pour rien. Mais c'était un mensonge. Impossible de se raconter des histoires.

Leur séparation fut cependant douce et naturelle. Kapler se rendit au commissariat à la guerre. Là, on l'adressa à la rédaction de *Kranaïa Zvezda*, « *L'Étoile rouge* ». Ce journal de l'armée était devenu le plus lu de l'URSS. On faisait la queue dans le gel le jour de sa parution. Ses articles étaient rédigés sur le front même. Les journalistes étaient des écrivains. Les plus célèbres d'entre eux étaient des Juifs, comme Vassili Grossman ou Ilya Ehrenbourg. Ils prenaient tous les risques pour montrer la guerre et l'héroïsme des soldats soviétiques. Leurs reportages paraissaient peu censurés.

Kapler fut aussitôt envoyé sur la Volga. Il n'annonça la nouvelle à Marina que le matin de son départ. Il refusa qu'elle l'accompagne à la gare.

— Pas d'adieu ni d'au revoir pour nous, Marinotchka. Ces choses-là sont faites pour ceux qui se quittent. Nous, nous

Deuxième journée

sommes les fils de la vie qui s'enlacent et se délacent. Rien ne peut nous séparer.

C'était un jour de glace et de soleil. Il lui baisa les lèvres, lui fit promettre pour la centième fois de poser sa candidature au Théâtre d'art dès qu'il rouvrirait ses portes. Il disparut dans la rue aveuglante de neige.

Vivre seule dans l'appartement de la rue Leisnoï devint insupportable. Marina restait hébétée de solitude et de chagrin. La honte et le regret empoisonnaient sa peine. Une autre existence devait commencer.

À son tour, elle se présenta au commissariat à la guerre. Elle fut affectée à un atelier d'armement, tout près du boulevard Grouzinski. Avant la guerre, on y produisait des robinets et des poignées de porte. Désormais, on y assemblait des grenades à main que les soldats du front appelaient des « saucisses ». Chaque journée de combat en dévorait des dizaine de milliers.

Seules les femmes travaillaient dans ces ateliers. Il en allait ainsi partout. Les hommes tuaient, mouraient ou soignaient leurs blessures avant de retourner se battre. Les femmes faisaient vivre le pays. Rien ne poussait sans elles. Pas un pain ne sortait d'un four sans qu'elles l'aient pétri, pas une soupe n'était versée sans qu'elles aient cultivé, ramassé et tranché les choux et les pommes de terre. Elles produisaient tout, des millions de calots et de casques, les caresses aux enfants comme l'acier des tanks ou l'assemblage sophistiqué des nouveaux Mig.

La tâche de Marina fut d'abord des plus simples. Avec quatre autres ouvrières, elles disposaient les grenades dans les caissettes de transport. Chaque grenade pesait près de huit cents grammes. Le soir, elles en avaient soulevé plusieurs centaines. Elles ne sentaient plus leurs épaules. Les repas étaient avalés en vitesse dans la cantine de l'atelier. Cela permettait de rentrer à la tombée de la nuit et de s'effondrer dans un sommeil épais jusqu'à l'aube suivante.

Après quelques semaines, Marina obtint une chambre dans un appartement où logeaient des femmes de son atelier. Elle cessa de se réveiller le matin en songeant à Kapler.

Presque un an après le commencement de la guerre, en mai 1942, le Théâtre d'art annonça sa réouverture pour la fin de l'été. Marina s'était promis de tenir la promesse faite à Kapler. Elle demanda l'autorisation exceptionnelle de quitter l'atelier un peu plus tôt. Les journées étaient belles et longues. Elle marcha jusqu'au théâtre. La première promenade qu'elle s'offrait depuis longtemps. Lorsqu'elle pénétra dans le passage Kamergersky, des enfants jouaient à la guerre en criant le long de la belle et sobre façade blanche du théâtre. Elle poussa la porte rouge sang. Le cœur battant, elle s'avança dans le hall décoré des portraits de Tchekhov et de Stanislavski que reliait l'emblème d'une mouette.

Timidement, elle frappa à la porte du secrétariat. Quand elle demanda à être reçue par le camarade directeur, la secrétaire la dévisagea. Elle devait avoir la soixantaine et son œil de glace devait rarement se réchauffer. Marina n'aurait pas été surprise qu'on la prie de revenir dans trois jours, dix jours ou jamais. Le nom du directeur brillait sur une grosse plaque de cuivre sur la porte de son bureau : Oleg Semionovitch Kamianov. Un nom juif. Un homme qui ne pouvait pas avoir ignoré, lui non plus, les pétitions antisémites.

Pourtant, non. Elle n'attendit pas plus d'un quart d'heure. Un petit homme chauve boudiné dans un costume à l'ancienne et au regard doux grossi par des lunettes cerclées de métal surgit au côté de la secrétaire. Il tendit les bras.

— Camarade Gousseïeva !

Il s'adressa à elle comme à une vieille connaissance.

— Ne soyez pas surprise, Marina Andreïeva. Je vous attendais. Lioussia Kapler m'a tellement parlé de vous. Quel bonheur de vous voir de retour au bercail !

Deuxième journée

Kamianov ne fut pas seulement aimable et intarissable. Il rédigea une lettre très officielle. Marina la soumit à la politruk, la commissaire politique de son atelier. On la questionna pendant une bonne heure. Quinze jours plus tard, elle fut déplacée sur une nouvelle chaîne de l'atelier. On y fixait les manches des « saucisses » aux têtes de charge. Un travail délicat mais physiquement moins éprouvant. Surtout, chaque jour, elle pouvait quitter l'atelier à quinze heures pour rejoindre le théâtre.

Elle découvrit très vite qu'aucune pièce n'y était en répétition officielle malgré l'annonce de la proche réouverture. Les acteurs s'y comptaient sur les doigts d'une main. Les actrices y étaient un peu plus nombreuses, mais cela obligeait à un choix contraignant. En outre, Kamianov ne parvenait pas à connaître les œuvres autorisées par la censure. Il passait des heures interminables et inutiles au téléphone. Personne ne voulait prendre la responsabilité d'une décision. Chacun savait qu'il fallait attendre la volonté du Kremlin. Il en allait ainsi depuis bien avant la guerre.

Fin juillet, l'ouverture du théâtre fut repoussée au mois de novembre. Kamianov proposa que chacun mette cette pause à profit pour travailler un pot-pourri de scènes piochées dans le répertoire. Ce ne serait pas du temps perdu. Plutôt un véritable travail d'atelier, comme l'aimait le grand Stanislavski, le fondateur du Théâtre d'art. Pour quelques temps les acteurs seraient leur propre public. Un public impitoyable...

Marina accueillit ce délai avec soulagement. Le trac de se retrouver devant un véritable public la taraudait déjà. Pourtant, ce n'était rien comparé à la terreur qu'elle croyait avoir vaincue et qui lui ôtait de nouveau le sommeil. Que se passerait-il quand Staline apprendrait – car il l'apprendrait – qu'elle était de retour sur scène ?

Cent fois Kapler l'avait assurée que Staline ne se souciait plus d'elle : « Tu dois retourner sur scène. C'est ton devoir. Le théâtre russe est debout. Il a besoin de toi. Staline lui-même viendra t'applaudir. »

L'inconnue de Birobidjan

Comme elle aurait voulu partager cette certitude ! Staline n'oubliait rien. Jamais. Qui pouvait en douter ?

Malgré tout, peut-être Lioussia avait-il raison. Si Moscou n'était plus menacée, la guerre était plus dure et plus meurtrière que jamais. Les Allemands atteignaient les portes du Caucase et de la Volga. Stalingrad était enserrée dans un étau mortel. Peut-être Staline avait-il aujourd'hui d'autres chats à fouetter que d'effacer le souvenir d'une petite actrice consommée un soir de beuverie au Kremlin ?

Comme toujours, le destin lança les dés à sa façon.

Un soir neigeux de fin novembre, Kamianov convoqua Marina dans son bureau. Derrière les verres épais de ses lunettes, des cernes sombres engloutissaient les yeux épuisés du directeur. Il demanda à Marina si elle avait reçu des nouvelles de Kapler. Elle répondit que non. Elle lui avait écrit plusieurs lettres sans savoir s'il les recevrait.

Kamianov opina.

— J'ai lu ses reportages dans *L'Étoile rouge...* Vous aussi, n'est-ce pas ?

Bien sûr, qu'elle les avait lus et relus. Kamianov tenta de sourire. Il alluma une cigarette, grommela à voix basse :

— Je ne retrouve pas toujours son style, cependant. Ces petites phrases qu'on lit par-ci, par-là, du genre : *La foi et l'amour de nos glorieux soldats ont accompli un nouveau miracle...* Ce n'est guère son penchant. On trouve ces fioritures à l'identique dans les reportages de Grossman et d'Ehrenbourg. Peut-être la *Krasnaïa Zvezda* n'a-t-elle plus qu'un seul correcteur ?

Il eut un rire silencieux. Sa main gauche glissa sur son crâne chauve. Son regard se voila. Son fils, comme des millions de fils, était dans l'enfer de Stalingrad. Lui y était pour tuer ou pour se faire tuer.

— Au moins, murmura Kamianov, que ces articles soient publiés, c'est une bonne nouvelle qui nous arrive.

Marina approuva d'un signe. Elle s'était répété mille fois la même chose. Elle comprenait et partageait la tristesse de

Deuxième journée

Kamianov. Mais l'avait-il fait venir seulement pour s'inquiéter de Lioussia ?

Le directeur devina ses pensées. Il se redressa, son expression se ranima.

— Moi aussi, j'ai une bonne nouvelle pour vous, camarade Gousseïeva.

Il écrasa sa cigarette dans un cendrier déjà comble, saisit un dossier. Des feuillets serrés plus ou moins en ordre dans une grosse chemise cartonnée couleur prune.

— Ce théâtre va enfin pouvoir revivre. Pas à la fin du mois, comme on l'espérait. Il faut encore repousser la date de la première de quelques jours. Mais on devrait pouvoir jouer avant Noël. C'est très bien, avant Noël. Noël est une fête de théâtre. Et puis ce sera avec... Non, je vous laisse découvrir !

Il fit glisser le dossier sur son bureau. Elle en bascula la couverture. Elle ne put retenir un cri. Trois noms occupaient la première page :

SHAKESPEARE
HAMLET
traduction de
BORIS LEONIDOVITCH PASTERNAK

Kamianov alluma une nouvelle cigarette et fit danser ses mains dans un geste de prudence.

— Rien n'est encore tout à fait définitif, Marina Andreïeva. Néanmoins, j'ai plus que de l'espoir. C'est une traduction tout ce qu'il y a de plus officielle. Commandée à Pasternak par le bureau de la Culture, avec l'accord des camarades du Politburo et de...

Il lança un petit coup d'œil comique vers le plafond.

— Une volonté tout ce qu'il y a d'officielle, elle aussi. Ce serait bien le diable si on trouvait à y redire. Pasternak l'a achevée il y a dix jours ! Vous imaginez ça ? Si nous voulons être prêts, il faut se mettre au travail dès maintenant. On n'affronte pas Shakespeare en un tournemain, n'est-ce pas ? Le rôle d'Ophélie est pour vous. C'est évident, n'est-ce pas ! Dès la première seconde, cela s'est imposé. Marina Andreïeva est Ophélie ! *Et moi, la plus malheureuse et la plus triste des femmes / Ayant de ses serments bu le miel, la musique, / Je vois cette raison si noble et souveraine / Comme un carillon faux, rude et désaccordé / D'une jeunesse en fleur la forme sans rivale / Brisée par la folie...* Oui, oui, Marina Andreïeva, c'est pour vous !

Kamianov s'était levé pour déclamer. Il y avait dans son ton une brûlure amère, narquoise. Savait-il ? Lioussia lui avait-il confié le secret de Marina ? La citation qu'il avait choisie ne pouvait être due au hasard. Elle contenait un si parfait double sens.

Il se rassit, tira nerveusement sur sa cigarette.

— Je sais, Marina Andreïeva. *Hamlet* est une pièce d'hommes. Ophélie ne tient pas longtemps la scène. Cependant, elle est l'unique fleur vivante sur ce charnier de fureur virile... Pour votre retour, c'est parfait. Et puis, écoutez ça ! J'ai encore une nouvelle magnifique. J'ai eu Pasternak au téléphone ce matin. Boris Leonidovitch rugissait de plaisir. Il accepte d'assister à une ou deux répétitions. N'est-ce pas tout ce que l'on peut espérer ?

Dès ce jour, les acteurs se mirent au travail avec ardeur. Les répétitions duraient jusque tard dans la nuit. Jouer Shakespeare dans une traduction du grand Pasternak était un rêve. Il fallait s'en montrer digne. La perspective d'offrir ce spectacle au peuple de Moscou pour ce Noël de guerre, le second qu'endurait l'URSS, exaltait toute la troupe.

Après deux semaines intenses sur la scène, Marina peinait à se concentrer sur son travail à l'atelier. La fatigue engourdissait ses gestes, ses doigts étaient moins rapides. Il lui arriva une fois de s'endormir, la tête basculée sur la grenade qu'elle venait d'assembler. La responsable de la chaîne la réveilla d'une bourrade.

— Tu ferais mieux de pioncer la nuit, Gousseïeva ! Tu nous fais perdre la cadence, camarade. Si tu continues à roupiller, tu vas faire une ânerie. C'est pas des colombes, qu'on a entre les mains...

En compagnie de la chef de chaîne, Marina fut convoquée devant la politruk. Peut-être cette femme aimait-elle le théâtre ? Ou Pasternak, ou les actrices ? Marina expliqua pourquoi elle manquait de sommeil, la politruk s'extasia :

— Vous allez jouer pour Noël ?

— Je l'espère. Le directeur n'a pas encore la confirmation définitive du commissariat à la Culture. Mais elle devrait arriver. Il ne reste plus que quelques jours avant Noël. Nous devons être prêts.

— Sais-tu que je ne suis jamais entrée dans le Théâtre d'art, camarade Gousseïeva ?

— Je pourrai t'avoir deux places pour une représentation, camarade commissaire. Pas pour Noël, bien sûr. Mais tout de suite après.

— Tu ferais ça ?

— Je suis certaine que le camarade directeur arrangera ça. Nous te le devons bien. Tu as été accommodante avec moi.

La joie de la politruk faisait plaisir à voir. Elle baissa la voix :

— Crois-tu que le camarade Staline sera dans la salle le jour de Noël ? Tout le monde sait qu'il adore le théâtre. Il aime tout ce qui est l'art, n'est-ce pas ? Le cinéma, la littérature... C'est parce qu'il est comme ça que les Fritz n'auront jamais Stalingrad, camarade Gousseïeva ! Staline sait que la guerre, ça ne se fait pas qu'avec des grenades et des tanks.

Avec le même enthousiasme, elle signa une décharge. Marina fut exceptionnellement dispensée de son travail à l'atelier jusqu'au lendemain de la première.

Elle saisit le papier d'une main tremblante. Que Staline pût être dans la salle le soir de Noël, pourquoi n'y avait-elle pas pensé ? La politruk avait raison : n'adorait-il pas le théâtre et « tout ce qui était l'art » ?

Le lendemain, grâce à sa nouvelle liberté, elle arriva au théâtre un peu avant midi. S'avançant dans le passage

Kamergersky, elle les aperçut qui sortaient d'une voiture. Une ZIS 101 aux ailes recouvertes de boue. Quatre manteaux de cuir. Ce jour-là, même leurs chapkas étaient identiques. L'un deux portait des lunettes à l'épaisse monture et une serviette à la main. Deux autres, des moustachus, le suivirent dans le bâtiment. Le quatrième, un tout jeune type au visage dur de paysan, resta debout près de la ZIS.

Le sang lui battant dans les tempes, Marina s'obligea à continuer son chemin naturellement. Le jeune type alluma une cigarette. Il protégea la flamme de son briquet en se tournant face au mur. Marina passa dans son dos sans qu'il lui prête attention.

Hors de sa vue, elle hésita. Avait-elle raison de se comporter comme une fuyarde? Ces types du NKVD se souciaient-ils d'elle? Peut-être n'étaient-ils là que pour donner des instructions à Kamianov en vue de la prochaine ouverture?

Ou pour lui annoncer que Staline serait dans la salle?

Si Iossif Vissarionovitch devait être présent pour la première, elle ne pourrait jamais se montrer sur scène.

Il était possible aussi que les manteaux de cuir soient ici pour elle. Elle les imaginait sans peine ordonnant à Kamianov de lui retirer le rôle d'Ophélie. Ou même de la mettre à la porte.

La vieille peur qui l'avait hantée pendant des années était tout entière revenue. Cette obsession. Cette certitude de n'être qu'une proie sous des griffes patientes.

Par défi autant que par impatience de savoir de quoi il retournait, elle décida d'entrer dans le théâtre. Elle contourna le bâtiment et se glissa à l'intérieur par la petite porte qu'utilisaient les acteurs les soirs de représentation. Il était encore tôt. Les loges, les couloirs, la scène étaient déserts. Seules quelques femmes de ménage bavardaient dans les cintres.

Marina ne quitta ni son manteau ni son bonnet de laine. Avec précaution, elle grimpa l'escalier de service jusqu'au

Deuxième journée

premier étage. Il donnait sur le palier, à l'opposé du grand escalier. Elle entrouvrit la porte et s'immobilisa.

Des voix provenaient du bureau de Kamianov. Elle reconnut celle du directeur. Un ricanement le fit taire. Marina aurait juré qu'il s'agissait du type aux lunettes. Elle ne parvenait pas à saisir ce qu'il disait. Ses mots résonnaient dans les couloirs, perdant leur sens. Néanmoins le ton était sans équivoque, dur, méprisant.

Elle laissa la porte du palier se refermer doucement.

Que se passait-il ? Pourquoi s'en prenaient-ils à Kamianov ?

Le bourdonnement des voix continua. Elle ne percevait plus celle du directeur. Quelques minutes s'écoulèrent. Les voix se firent soudain plus nettes : les manteaux de cuir étaient dans le couloir. Elle entendit leur salut grinçant, moqueur :

— À bientôt, camarade Kamianov.

Ils s'éloignèrent. Leurs pas résonnèrent sur les marches de pierre du grand escalier. Le silence retomba.

Marina patienta une poignée de secondes. Elle entrebâilla la porte, guettant l'apparition d'une secrétaire. Le couloir resta vide et silencieux. Les femmes devaient être terrées dans leurs propres locaux.

Elle glissa sur le plancher jusqu'au bureau de Kamianov. Kamianov se tenait prostré dans son fauteuil, la tête entre les mains. On aurait dit un homme en pleurs. Marina baissa les yeux, voulut faire un pas un arrière. Le plancher craqua sous ses bottes. Kamianov se redressa, la reconnut.

— Marina Andreïeva !

La panique le défigurait. Il bondit hors de son fauteuil, se précipita sur elle.

— Vous êtes folle ? Que faites-vous ici ?

Il la tira si violemment à l'intérieur de la pièce qu'elle faillit tomber. Il claqua la porte, marmonna encore :

— Vous êtes complètement folle !

— Camarade directeur...

Il plaqua la main sur sa bouche, l'empêchant de poursuivre. Ses lèvres articulèrent des mots sans les prononcer : *Taisez-vous ! Taisez-vous !*

D'un battement de paupières, Marina fit signe qu'elle comprenait. Kamianov retira sa main. Il jeta un coup d'œil désemparé sur les murs, se retourna vers Marina comme s'il la découvrait seulement. Dans un élan inattendu, il lui attrapa les épaules, l'attira contre lui. Un grognement douloureux le fit trembler. Il la relâcha, s'écarta pour prendre une cigarette dans le paquet à demi déchiré sur son bureau. Ses doigts jaunis de nicotine tremblèrent jusqu'à la troisième bouffée.

Quand il dévisagea à nouveau Marina, il avait l'air d'un noyé.

Il lui fit encore signe de se taire, rouvrit la porte du bureau et guetta dans le couloir.

— Venez...

Un chuchotement. Marina le suivit. Il fila, emprunta l'escalier par lequel elle venait de monter. Deux minutes plus tard, il la poussa dans un petit local tout en longueur. Une odeur acide de désinfectant rendait l'air à peine respirable. Sur les étagères, ainsi qu'une foule aveugle et silencieuse, patientait une centaine de perruques. Elles représentaient toutes les coiffures et toutes les modes depuis l'époque des Romanov.

Kamianov s'affala sur une chaise.

— C'est fini ! C'est fini. Ils vont fermer le théâtre avant qu'on puisse donner une seule représentation !

— Fermer le théâtre ?

— On n'aurait pas dû répéter *Hamlet*.

— Mais...

— C'est Pasternak, le problème. « Très mauvaise traduction de Pasternak, camarade Kamianov. Une œuvre tendancieuse, idéologiquement confuse. »

Kamianov essayait de singer la voix du type du NKVD. Il ne parvenait qu'à trahir la terreur qui encombrait sa gorge.

Deuxième journée

— C'est ma faute. J'aurais dû me méfier. Ils ne supportent plus Pasternak. On m'avait prévenu. Je ne croyais pas que c'en était déjà là... Je me suis précipité.

— Mais pourquoi fermer le théâtre ? Nous pouvons monter une autre pièce...

— Punition, punition, camarade Gousseïeva... Il ne fallait pas répéter ! Moi, je voulais tellement... *Hamlet* et Pasternak, c'était une si belle affiche pour Noël !

Kamianov ricana. Il ôta ses lunettes pour masser ses yeux douloureux.

— Qu'est-ce que ça pue, ici !

Il remit ses lunettes, chercha une cigarette dans ses poches. Son paquet était resté sur le bureau. Il leva la tête vers Marina.

— Je ne fume pas, camarade directeur...

Kamianov la dévisagea bizarrement, les traits défaits. Il lui agrippa le poignet.

— Marina Andreïeva...

Il chuchotait.

— Ils ont arrêté Kapler cette nuit.

Elle ouvrit la bouche sans qu'un son en sorte.

— Il était à Moscou depuis une semaine, cet imbécile... Vous l'ignoriez ? Moi aussi. Ce n'est pas nous qu'il était venu voir. Ce crétin ! Un foutu crétin, je vous le jure ! Vous ne devinerez jamais. Jamais !

— Jamais quoi ?

— Avec qui il... Oh, mon Dieu ! Du suicide. Devant tout le monde. Depuis une semaine. Plus, certainement. On les a même vus à l'opéra ! Ça, le Bolchoï, ils ne sont pas près de le fermer ! Et Kapler déteste l'opéra, je le sais...

— Avec qui, camarade Kamianov ?

— *Svetlana Allilouïeva !*

Marina se figea. La puanteur de la pièce l'étouffa d'un coup.

Kamianov se frotta le visage en marmonnant comme pour lui-même :

— Svetlana Allilouïeva. La fille bien-aimée de Staline ! La fille de Nadedja Allilouïeva ! Oh, l'idiot ! Comme s'il avait besoin de celle-ci aussi ! Une gamine de seize ans !

— Où est-il ?

— Kapler ? Où voulez-vous qu'il soit ? Où ils vont tous. À la Lubianka. Le temps qu'ils l'envoient en enfer.

Ils se regardèrent comme des aveugles.

— Et vous, Marina Andreïeva...

Marina s'appuya contre le mur. L'odeur de désinfectant lui tirait les larmes des yeux.

— Marina Andreïeva, ce n'est pas seulement que votre nom est sur la liste des acteurs. Pour vous et Kapler, ils savent.

Le pauvre Kamianov n'imaginait même pas ce qu'*ils* savaient ! Et voilà, l'attente prenait fin. Le monstre refermait ses mâchoires.

— Vous ne devez pas rester à Moscou, Marina Andreïeva. Prenez les devants, n'attendez pas. Vous n'avez pas de la famille quelque part ?

Elle secoua la tête. Ce n'était pas une réponse. Elle ne pouvait pas parler. La peur lui comprimait le cœur.

Kamianov tira un papier de son veston, y griffonna quelques mots.

— C'est l'adresse de Mikhoëls. Vous connaissez Mikhoëls ? Il est à Moscou. Pas pour longtemps. Allez le voir de ma part, Marina Andreïeva. Il peut vous aider. Il est toujours bon avec les acteurs...

Marina grommela une protestation. Mikhoëls ! Comme si le héros du théâtre yiddish allait pouvoir la sauver. Pauvre Kamianov !

Il glissa de force le bout de papier dans la poche de son manteau.

— Maintenant, il faut que je remonte. On va se demander où je suis. Filez... Ne restez pas dans le théâtre. Ne revenez pas.

Sa voix se brisa. Il serra les mâchoires. Quand sa main pesa sur la poignée, son murmure fut presque inaudible.

Deuxième journée

— Il y a des jours comme ça. Des jours du diable. Ce matin, j'ai reçu une lettre de Stalingrad. Pas de mon fils. D'un camarade à lui. Nicolaï, lui... Lui, il a trouvé la paix. La seule paix qui nous reste dans ce monde de fous.

Marina quitta le théâtre comme une voleuse. Elle sursautait à chaque craquement de pas dans la neige, changeait de trottoir sans raison. Alors que le froid givrait les sourcils des passants, elle brûlait sous son manteau.

Elle dut résister à l'envie d'aller rue Leisnoï, à l'appartement de Lioussia. Il devait être surveillé. L'appartement où elle avait sa chambre aussi. Où aller pour échapper aux yeux de la Lubianka ?

Mon Dieu, pourquoi Kapler avait-il fait ça ? Se montrer avec la fille de Staline ! Kamianov avait raison. Un suicide.

Ou une vengeance.

Lui seul savait ce qui s'était passé entre Staline et elle. Pourquoi chercher à séduire cette fille de seize ans, empruntée et presque laide ? C'était s'attirer la foudre, sans l'ombre d'un doute.

Kapler et Svetlana Allilouïeva !

Non, ce n'était pas une histoire d'amour. Impossible. Lioussia avait enfin trouvé le moyen de se venger de Staline pour la nuit passée avec Marina dans le cinéma du Kremlin. Et peut-être aussi des pétitions antisémites. Un moyen qui allait lui coûter dix ans dans un camp. Ou la vie !

Oh, le fou, le fou !

Comment avait-il pu faire ça ?

Marina se rendit compte que des larmes gelaient sur ses joues. Elle pleurait. On commençait à l'examiner avec curiosité. Elle devait se calmer. Réfléchir. Trouver une issue.

Peut-être délirait-elle ? Kapler avait été si bon, si doux avec elle. Comment aurait-il pu vouloir se venger ainsi ?

Ça ne tenait pas debout. Alexeï Jakovlevitch était un don Juan. Il lui fallait des conquêtes. Les plus folles, les plus bizarres, de préférence. N'était-ce pas la raison pour laquelle il l'avait séduite ? Elle, l'antisémite, la paria de Staline. N'était-ce pas un pari insensé ?

Elle erra pendant deux ou trois heures en ressassant ses questions et ses peurs. Finalement, comme inconsciemment, ses pas la portèrent jusqu'à l'atelier. Peut-être la laisserait-on reprendre sa place dans la chaîne de travail ? Assembler des grenades pour les soldats qui mouraient par centaines de milliers à Stalingrad, comme le fils de Kamianov, n'était-ce pas une punition suffisante ?

Mais non. Avant même qu'elle eût ôté son manteau dans le vestiaire, la politruk apparut.

— Dans mon bureau, camarade Gousseïeva.

La femme ne souriait plus. Elle ne montrait plus aucune passion pour le théâtre. Elle dévisageait Marina bizarrement. Comme si, jusque-là, elle ne lui avait pas accordé assez d'attention. Elle saisit une enveloppe posée sur son bureau. Une enveloppe nue, sans un nom, sans autre marque que l'écusson officiel des courriers gouvernementaux.

— Un officier du Kremlin a apporté ça pour toi, camarade.

La politruk considéra l'enveloppe, la retint quelques instants entre ses doigts. Une lettre du Kremlin ! Son pouce hésita à frôler l'écusson rouge et or. Mais on avait dû lui faire comprendre qu'il n'y avait aucun honneur à en attendre. Elle la tendit à Marina.

Le revers de papier se déchira sous les doigts gelés de Marina. La peur lui cisaillait le ventre. Elle avait du mal à respirer. L'enveloppe contenait une feuille de papier pliée en quatre.

Deux jours. En souvenir. I.

Marina relut sans comprendre. L'écriture était élégante, claire.

La politruk annonça :

Deuxième journée

— Tu ne travailles plus ici, camarade Gousseïeva.
Marina comprenait enfin. *I*, c'était lui. *Iossif.*
Elle avait sous les yeux l'écriture de Staline.
Il lui offrait deux jours pour disparaître de Moscou.
Deux jours et pas d'arrestation. Le cadeau de Iossif Staline pour la nuit du 8 novembre 1932 !
Marina chancela. Sa main chercha le dossier d'une chaise.
La politruk lui toucha l'épaule, la poussa vers le seuil.
— Tu ne dois pas rester ici.
Pendant qu'elle traversait l'atelier, le regard des femmes pesa sur elle. La politruk avait déjà dû répandre la nouvelle. Il n'y eut pas un mot. Le cliquetis des pièces de métal manipulées suffisait.
Marina se retrouva dans les rues glaciales, aveuglantes de blancheur. Elle ne chercha pas à voir si on la suivait. Elle devait réfléchir. Elle pouvait rentrer chez elle.
Deux jours. Elle ne doutait pas de la parole de Iossif Vissarionovitch.
Elle s'effondra sur son lit. Elle fut aussitôt prise d'une sorte de fièvre, tremblant de froid, claquant des dents sans parvenir à se réchauffer. Au bout d'une heure, enroulée dans une couverture, elle ressortit de sa chambre. Elle fouilla la cuisine commune, entra dans les autres chambres et finit par mettre la main sur une petite bouteille de vodka à demi pleine. Elle la vida d'un trait. Trois longues gorgées brûlantes. L'abrutissement l'apaisa enfin. Elle s'endormit. Rêva de Lioussia hurlant le rôle d'Ophélie dans les ruines de Stalingrad. Il tirait la fille de Staline derrière lui. Une rousse sans âge ni visage, nue dans la neige et qui laissait des traces de sang à chacun de ses pas.
Marina se réveilla au cœur de la nuit, nauséeuse, couverte de sueur et glacée. Elle alla boire de l'eau. La porte d'une chambre s'entrouvrit. Demain, ses colocataires lui demanderaient de déguerpir.
De retour dans sa chambre, elle lut et relut les mots de Iossif Vissarionovitch.

Deux jours. En souvenir. I.
Pourquoi ? Pourquoi cette clémence ?
Quel piège contenait-elle ?
Et où aller ? Où aller ?

Rejoindre les gens du cinéma à Alma Ata ? Non. Personne ne l'embaucherait sur un tournage. Alma Ata était devenue une autre Moscou. Là-bas aussi les manteaux de cuir faisaient la loi.

Il ne lui restait qu'à rejoindre les troupes de femmes sur le front. Il y en avait des milliers qui allaient mourir chaque jour en héroïnes. Ce serait un bel et glorieux adieu. Ou encore, elle pouvait disparaître dans les innombrables ateliers et usines de guerre de l'Oural et de la Sibérie. On l'y accueillerait à bras ouverts. Là, elle pourrait mourir silencieusement pour le théâtre. Et peut-être bien mourir tout court.

C'était cela, le cadeau de Iossif Vissarionovitch Staline ? La disparition et l'oubli sans avoir recours au Goulag ?

Est-ce qu'il l'avait aimée ? Est-ce qu'il avait eu pour elle un fragment d'amour ? Quelques secondes de tendresse pendant qu'il la baisait sur le canapé du cinéma ? C'était cela dont était capable le grand Staline ? Une poussière d'affection qui vous évitait les balles de fusil ou la vie de squelette en Sibérie ?

Allongée dans le noir, Marina rit. Un rire mauvais de femme ivre.

Puis à nouveau elle délira, appela Kapler.

Pourquoi as-tu fait ça, Lioussia ? Pourquoi as-tu attiré le malheur sur nous ?

C'est seulement au matin qu'elle songea à l'adresse de Mikhoëls que Kamianov avait fourrée dans la poche de son manteau.

« Allez le voir de ma part, Marina Andreïeva. Mikhoëls peut vous aider. Il est toujours bon avec les acteurs... »

Était-il possible que le maître du théâtre yiddish puisse l'aider ? Comment un Juif comme lui pourrait-il s'opposer à la volonté de Staline ?

Deuxième journée

Quelle illusion !

Une pensée amère lui vint. Était-ce cela, la vengeance de Kapler ? Voulait-il la pousser à s'humilier devant Mikhoëls ? Qu'elle, la signataire des pétitions antisémites, se traîne devant le Juif Mikhoëls pour implorer son aide ?

Voilà qui ferait un beau spectacle. Une belle leçon !

Non. Elle délirait. La peur, la honte la rendaient folle.

Il lui restait à peine vingt-quatre heures lorsqu'elle se présenta au domicile de Mikhoëls. La maison bourdonnait de monde. Au premier coup d'œil, la femme de Mikhoëls devina son état. Elle la fit entrer dans un salon où s'agitaient des enfants. Sans la questionner, elle lui apporta un bol de bouillon brûlant.

— Buvez ça, mon petit. Solomon Iossifovitch ne va pas tarder. Il est toujours à faire mille choses à la fois. Il vous recevra dès son retour. Réchauffez-vous en attendant, vous en avez besoin.

Elle ne posa pas de question, ne chercha pas à connaître la raison de sa venue. Comme Marina hésitait à prendre le bol de bouillon, elle l'encouragea d'une caresse dans les cheveux. Marina tressaillit sous le contact. Les larmes lui brouillèrent la vue. Depuis quand une femme qui aurait pu être sa mère avait eu un geste pareil envers elle ?

Mikhoëls ne fut de retour qu'une heure plus tard. Il fit entrer Marina dans une minuscule pièce encombrée de papiers et de livres, l'observa en souriant avant de s'exclamer :

— Eh bien, camarade Gousseïeva, tu as fini par te décider !

Marina le regarda sans comprendre. Mikhoëls gloussa, moqueur. Il avait le plus étrange visage que l'on puisse voir. Sans doute très laid. Le menton immense et prognathe, la bouche épaisse, constamment mobile. Une couronne de cheveux frisés et ébouriffés cernait un front sans fin, lisse et brillant. Les touffes broussailleuses de ses sourcils se rejoignaient à la naissance d'un nez parfait pour les caricatures antisémites. Ses yeux étaient sans cesse en mouvement, et la lumière y changeait si bien que leur couleur paraissait muer. Pourtant, aussitôt qu'elle s'animait, cette laideur devenait fascinante d'intelligence et de vie. Et à présent Mikhoëls se réjouissait de la stupeur de Marina.

— Tu te demandes ce que je raconte, camarade? Bien sûr. Comment ce bougre de Mikhoëls devine-t-il ce que mon âme et mon cœur chuchotent à peine? Ah, voilà! voilà un mystère! C'est qu'on m'a tant parlé de toi, camarade Marina Andreïeva, qu'il me semble te connaître.

— Moi?

— Eh oui, toi. Et qui m'a parlé? Tes bons amis. Kapler, Kamianov... Ils t'adorent. Cet idiot de Kapler! Dieu sait où il va se retrouver.

— Lioussia vous a parlé de moi?

— Plus qu'il n'en faut. Il paraît que tu es douée. Je ne peux pas juger, il faudrait que je te voie sur la scène. Kamianov confirme : « Pas sans défauts. Brillante, douée. Mais pas assez de travail. » Moi, j'ajoute : dommage, mais guérissable avec le désir d'apprendre.

Il fit une grimace. Marina rougit, abasourdie. Mikhoëls devint brusquement sérieux.

— Voilà, tu comprends, maintenant. Et, donc, je sais aussi que notre Grand Frère Staline s'en prend à toi, d'accord?

Marina resta silencieuse. Le regard de Mikhoëls se fit impérieux.

— Je dois quitter Moscou demain soir.

— Hmm... C'est court, mais possible. Ils t'ont laissé ton passeport intérieur?

Marina le sortit de son sac. Un carnet rouge à la couverture fatiguée, frappée de l'écusson bolchevique sans lequel il n'était pas question de se déplacer hors de Moscou. D'un œil expert, Mikhoëls vérifia qu'il était valide.

— Parfait... Que penserais-tu d'aller apprendre les secrets du théâtre yiddish au Birobidjan?

Deuxième journée

— Au Birobidjan...
— Tu connais ?
Quelle ironie ! Bien sûr, qu'elle connaissait. Et depuis longtemps ! Depuis que « papa » Kalinine avait annoncé fièrement, un verre de vodka à la main, la naissance de l'oblast, la région juive autonome au fin fond de la Sibérie, un soir de novembre, dix années plus tôt, quand tout avait commencé.
— Eh bien, tant mieux, approuva Mikhoëls. Comme ça, je n'ai pas à t'expliquer.
— Ce n'est pas possible..., murmura Marina.
— Bien sûr que si. Pour ce qui est d'y envoyer des acteurs, c'est moi qui décide. C'est mon petit pouvoir de roi du théâtre yiddish. C'est un grand et beau projet, ce Birobidjan. Un rêve qui pourrait peut-être bien exister. Au moins quelque temps encore.
— Je ne suis pas juive.
Le visage de Mikhoëls parut se soulever comme un battement d'ailes joyeuses.
— Pas juive du tout. Ça aussi, je le sais. Kapler m'a raconté.
Il se moquait de son embarras. L'allusion aux pétitions était limpide. Marina détourna la tête, les joues chauffées de honte.
— Bon, il n'y a pas que des Juifs, au Birobidjan. C'est comme dans le reste du monde : on fait un peu de place aux *goyim*...
Mikhoëls s'esclaffa. Il plissa ses paupières, ne laissa plus filtrer que le mince éclat de son regard.
— Bien sûr, tu devras t'habituer aux Juifs. À cette culture, ces manières-là de vivre qui n'ont pas été tellement à ton goût. Mais tout le monde peut changer de goût, n'est-ce pas ? Kapler m'a assuré que, sans le savoir, tu avais de bonnes dispositions pour devenir une Juive acceptable. Bien sûr, pas une vraie *meydl* de chez nous. Néanmoins, assez pour tenir le rôle...

Marina ne trouva rien à lui opposer. Mikhoëls s'amusait beaucoup. Sur scène, son rire était sa plus grande force. Il pouvait bouleverser une salle en la faisant rire de ce qui n'était pas drôle.

Il redevint sérieux. L'air attendri, il saisit les mains de Marina.

— Tu vas comprendre. Je vais te donner ta première leçon de Juif. Quand un *goy* apprend un malheur, il est malheureux et il voudrait que tout le monde soit malheureux avec lui. Le Juif, un vrai Juif de plusieurs générations de mère en mère s'entend, il va se secouer. Il fixe son malheur droit dans les yeux et il s'exclame : *Nisht gedeyget... Nisht gedeyget!* « Pas de soucis, pas de soucis! » Et tu sais pourquoi ? Non... Tu ne peux pas savoir. C'est parce qu'il pense à son anniversaire...

Le rire était revenu sur les traits de Mikhoëls. Marina l'écoutait, perdue, tout en devinant le sourire qui montait en elle.

— Et pourquoi il pense à son anniversaire, ce bon Juif de plusieurs générations de mère en mère ? Parce que chez nous, le jour de notre anniversaire, on nous souhaite : *Biz houndert oun tzvantzig!* Vit jusqu'à cent vingt ans !

Mikhoëls se tut. Marina eut une légère grimace d'incompréhension.

— Cent vingt ans, ce n'est pas un chiffre pris au hasard. C'est l'âge de Moïse à sa mort. Alors, à ton anniversaire, on te souhaite de mourir aussi vieux que Moïse... tu sais pourquoi ? Non... tu ne sais pas. Tu ne peux pas savoir...

Mikhoëls était debout, à présent, et il faisait le clown, s'adressant à Marina comme il aurait apostrophé un gamin dans le public :

— C'est que le jour de son cent vingtième anniversaire, tout le monde s'est précipité sur Moïse pour le lui souhaiter. Mais, cette fois, on lui a souhaité *a gutn tog*, une bonne journée! C'est qu'il avait eu tout le temps de s'accoutumer à son malheur, Moïse !

Deuxième journée

Le rire de Mikhoëls explosa. Un rire si contagieux que Marina le sentit rouler dans sa poitrine, pousser les larmes hors de ses yeux. Et ils rirent ainsi, elle à travers ses larmes et lui avec son regard sérieux, jusqu'à ce qu'il se rassît près d'elle.

— Juive ou pas, je vais te dire, ma fille, au Birobidjan, ce n'est pas la question. Si tu le veux, tu deviendras juive. Pour une actrice comme toi, ce sera un effort de rien du tout. Tu apprendras. Tu apprendras le yiddish. Peut-être même l'hébreu. Ça peut être utile. Tu apprendras ce qu'on est. Tu verras, rien de plus facile. Pourtant, je ne t'y envoie qu'à une condition : que tu travailles le métier et que je sois fier de toi. Que tu deviennes ce que tu dois devenir : une grande comédienne. Une comédienne juive qui sache se moquer d'elle-même. Voilà le prix à payer pour faire partie de la famille. C'est ça, le Birobidjan, notre nouvelle Israël. Un pays où l'on doit être grand et fier de ce que l'on est. C'est tout ce qui compte.

Washington, 23 juin 1950

147ᵉ audience de la Commission des activités anti-américaines

On l'écouta sans l'interrompre. Trois heures d'affilée. Peut-être plus. Et sans que Cohn, Wood ou l'un des sénateurs aboient des questions stupides. Du jamais vu au cours d'une audition de l'HUAC.

Tout au plus Nixon et McCarthy eurent-ils un mauvais rictus lorsque Marina avoua avoir signé des pétitions antisémites. Çà ou là, Cohn ébauchait une question. Chaque fois Wood le retenait d'un coup d'œil, opinant en direction de la Russe :

— Poursuivez, Miss.

Elle reprenait le fil de son histoire comme si de rien n'était. Ces messieurs esquissèrent même un sourire en écoutant sa plaisanterie yiddish. Peut-être désiraient-ils eux aussi vivre cent vingt ans ?

Une belle performance. Qui l'épuisait. Sous ses yeux, les cernes étaient plus sombres, plus creux. À la différence de la veille, où la colère enrayait la fatigue, elle paraissait fragile. Plus d'une fois il avait fallu tendre l'oreille pendant qu'elle parlait. À d'autres moments, son regard se vidait. Elle ne nous voyait plus, elle faisait face à ses souvenirs. La pointe de ses doigts tremblait.

De temps à autre, l'émotion brouillait ses mots, sa voix paraissait ne plus sortir de sa gorge. Sa lèvre supérieure brillait sous une fine laque de sueur. De loin en loin, elle pressait les mèches de sa chevelure sous la barrette de métal,

Deuxième journée

comme pour y puiser de la force. Elle repliait ses doigts, les appuyait contre sa tempe, apaisant le tumulte invisible qui la tourmentait.

Tout cela ne semblait pas être des trucs d'actrice.

Ou peut-être que si ?

À d'autres moments on devinait l'effet dans la voix. Le sourire narquois sous le visage lisse. Et puis cette manière de vous offrir le bleu de ses yeux. Ou cette façon qu'elle avait eue de tendre les mains, paumes offertes. Dans un même réflexe, chacun y avait cherché les traces des plaies que son amant, Kapler, avait si bien soignées. Il ne fallait pas beaucoup d'efforts pour l'imaginer sur scène. Pourtant, dans la seconde suivante, sa voix faisait frissonner. On n'y percevait plus que la perte et une tristesse obsédante.

Maintenant, le front incliné, elle se taisait. Un visage de femme dans l'abandon. Elle caressait machinalement la carafe vide devant elle. Aujourd'hui, elle n'avait pas manqué d'eau. Quelqu'un y avait veillé. Ses menus mouvements de la main, ses joues trop pâles, l'ourlet de ses lèvres, la blancheur de son cou dévoilé par le col avachi de la robe, tout en elle dégageait une sensualité vulnérable, un peu lasse, qui vous contraignait à détourner les yeux.

Les mains suspendues au-dessus de sa machine de sténo, Shirley se retourna vers moi. Nos regards se croisèrent. L'émotion mouillait ses yeux. Je me forçai à sourire. Pour un peu, on aurait applaudi.

Oui, Marina Andreïeva Gousseïev était une fichue bonne actrice.

Mais en face d'elle, elle avait des loups. Et quelque chose ne tournait pas rond. Ces messieurs avaient été sages comme des collégiens. Bien trop sages. Une sagesse qui ne devait rien au talent de Marina, ni à une intervention divine. J'en aurais mis ma main à couper.

Une audience de l'HUAC, c'était un chaudron de questions. Loi numéro un : mettre le témoin sur le gril. Ne pas le laisser respirer, ne pas le laisser penser. Briser ses phrases, l'empêcher d'être cohérent, le contredire, le rendre fou. Pourquoi Wood avait-il retenu Cohn? Pourquoi Nixon et McCarthy n'avaient-ils pas ouvert la bouche?

McCarthy avait à peine écouté Marina. Son attention paraissait concentrée sur ce gros dossier qu'il avait devant lui. J'aurais donné cher pour savoir ce qu'il contenait. À plusieurs reprises, il en avait tiré des feuillets pour les glisser à Nixon et à Wood. L'un et l'autre, en retour, lui avaient adressé des coups d'œil approbateurs. Et maintenant Wood faisait tomber son maillet.

— Ça suffira pour aujourd'hui. Nous vous avons écoutée longuement, Miss Gousseïev. À l'avenir, je vous demanderai d'être plus succincte dans vos déclarations. Vous n'êtes pas ici pour épancher vos souvenirs, et les histoires de Juifs ne nous intéressent pas.

Cette fois, Nixon et McCarthy rigolèrent franchement. Wood se tourna vers Cohn.

— Demain, concernant ce Birobidjan, je souhaite que l'on entende votre spécialiste de la CIA avant le témoin, procureur Cohn.

— Il sera là, monsieur.

— Et capable de nous donner des précisions sur la mission de cet agent de l'OSS?

— Je l'ai demandé.

— Donc, la séance est levée. L'audition reprendra demain matin à onze heures.

Les flics étaient déjà derrière Marina. Elle se dressa dans sa robe chiffonnée. Les menottes claquèrent sur ses poignets; elle grimaça. Je ne pus m'empêcher de la suivre des yeux jusqu'à la porte.

McCarthy refermait déjà son dossier en parlant bas avec Nixon. Les autres sénateurs les entourèrent. Wood parut découvrir ma présence.

— Monsieur Kœnigsman, l'audience est close. Nous vous prions de quitter la salle. Les membres de la Commission ont à délibérer à huis clos.

Deuxième journée

J'enfournai mon carnet de notes dans ma serviette et vissai mon chapeau sur mon crâne. Shirley retirait la bande de sa sténotype. Elle me lança un clin d'œil quand je la frôlai.

Des collègues faisaient le pied de grue derrière la porte de la salle. Il me fallut subir les plaisanteries habituelles sur le copinage et les passe-droits des New-Yorkais. Une jalousie qui ne me déplaisait pas.

Je lâchais quelques niaiseries pour m'en débarrasser. Non, la Russe n'avait pas avoué qu'elle était une espionne. Oui, les membres de la Commission étaient toujours convaincus qu'elle en était une. Non, elle n'avait encore rien dit au sujet de l'agent de l'OSS... Je me défilai pour rejoindre le parking. La voiture de Shirley n'était pas la plus difficile à repérer : un convertible Ford de 46 couleur framboise avec une capote crème. Un grigri navajo en perles de topaze pendait au rétroviseur. Un porte-bonheur que j'avais offert à Shirley trois mois après notre première nuit ensemble. Il était toujours là.

Elle me rejoignit sans se presser. À la voir chalouper entre les voitures, élégante et légère, j'eus un pincement de regret. Ou de jalousie.

Elle eut un sourire innocent.

— Tu as conscience qu'il ne te reste plus que vingt-quatre heures avant de m'ouvrir la porte du restaurant ?

— Je ne t'ouvrirai pas la porte. Chez Georges, des types en tenue d'amiral sont payés pour ça. Tu peux préparer ton nécessaire à maquillage : vingt heures trente demain.

Elle glissa sa clef dans la serrure de la Ford et se débarrassa de son gros sac. Shirley me connaît trop bien. Elle n'attendit pas que je lui pose la question pour m'annoncer :

— Impossible de savoir de quoi ils discutent. Ils sont toujours dans la salle, mais seulement entre eux. Wood nous a fichues dehors nous aussi.

Je m'y attendais. Ce n'était pas plus plaisant.

— Tu n'en as aucune idée ?

— Aucune. Tout ce que je peux te dire, c'est que McCarthy et Nixon étaient dans le bureau de mon patron ce matin à neuf heures et demie. Le sénateur Mundt les a rejoints une heure plus tard. Ils ont passé plusieurs coups de fil. Dont deux au FBI et un au CID, la police militaire.

Je souris. Je pouvais faire confiance à la curiosité naturelle de Shirley.

— Cohn n'était pas avec eux ?

Elle secoua la tête.

— Ce dossier que lisait McCarthy pendant que Marina parlait...

— Ah ? Vous en êtes déjà au prénom ?

— Nous avons entamé une relation télépathique... Sérieusement, Shirley. McCarthy avait déjà ce dossier sous le bras en arrivant chez ton patron ou il est ressorti du bureau de Wood avec ?

Elle eut un rire moqueur, ferma les paupières. Impossible de savoir si c'était pour chasser quelque idée mauvaise ou pour mieux se rappeler.

— Il l'avait.

— Merci.

— Pas de quoi. Je mets ça sur ta note. En plus du restaurant, cela va de soi.

Un terrain glissant. Je préférais éviter.

— Shirley, tu as déjà assisté à une audition où on ne coupe pas la parole à tout bout de champ au témoin ?

— M-mm... C'était bizarre, c'est vrai. Mais elle raconte drôlement bien. On ne se lassait pas de l'écouter. Mundt soufflait comme une mamie devant le meilleur épisode de son feuilleton radio.

— Oui, mais Mundt n'a rien dit. Comme les autres. Pas un mot. Pourtant, tu peux parier que Nixon et McCarthy ne sont pas des amoureux du théâtre.

— C'est ce que tu penses, qu'elle joue ?

Je grommelai sans répondre. Shirley me sourit, amusée. On se tut quelques secondes.

Deuxième journée

— Aide-moi à baisser la capote de la voiture, veux-tu ?

Quand ce fut fait, Shirley prit un foulard dans son sac et le noua sur sa tête. Elle vérifia dans le rétroviseur que sa mèche tombait naturellement sur son front et montra une nouvelle fois sa capacité à deviner mes pensées.

— Dis toujours, Al.

— Quoi donc ?

— Ce que tu veux me demander mais que tu hésites à me demander. Je te dirai si c'est dans tes moyens.

Je ne peux m'empêcher de rire. En vérité, je dus me retenir pour ne pas lui plaquer un baiser dans le cou. Ça, ça n'était pas du tout dans mes moyens.

— OK. Tu as vu sa robe ? Demain, elle aura l'air d'un sac abandonné à Central Station. On croirait que personne ne se soucie de lui passer du linge propre.

— Comment ça se fait ? Elle doit bien avoir une ou deux copines. Les actrices ne sont pas des filles solitaires.

Shirley avait raison. Les acteurs et les actrices vont en bandes. Marina avait certainement des collègues, peut-être même des amies, parmi ceux de l'Actors Studio. Mais c'était l'un des effets d'une convocation devant la Commission. Soudain, vous n'aviez plus d'amis, à peine quelques connaissances. Parfois plus de famille. Maintenant que Marina était derrière les barreaux, le désert allait s'étendre à perte de vue autour d'elle.

— Je ne peux pas me pointer chez elle pour vider ses placards, Shirley. Tu saurais deviner sa taille ?

Elle hocha la tête.

— La mienne, à peu près. En plus maigre et plus osseuse, non ?

Son ton en disait plus long que je ne le devinais.

— Elle doit pouvoir porter mes vieilles robes. Ça suffira ou tu es prêt à investir ?

Je me suis senti bêtement rougir.

— Peut-être qu'il vaudrait peut-être mieux que tu... Pour les bas... Pour les...

Je ne suis pas spécialement pudique ou timide. Mais j'eus du mal à prononcer les mots. Je sortis précipitamment mon portefeuille, évitant le regard de Shirley. Elle s'empara des billets en gloussant. Je jetai un coup d'œil à ma montre.

— Je passe chez toi dans deux heures, ça ira ?

Elle opina en s'asseyant dans la Ford. Je remarquai seulement que son foulard était assorti au rouge framboise du convertible. Avant de tirer sur le démarreur, elle me saisit le poignet.

— Al, dis-moi quelque chose. Sans mentir.
— Promis, juré.
— Tu en ferais autant pour moi ?
— Shirley ! Tu ne te retrouveras jamais accusée d'espionnage devant ces fous furieux.
— Il y a plein de moyens de se retrouver en prison, Al. L'homicide pour jalousie est très courant.
— En ce cas, je ferais mieux que t'apporter une valise. Je te fournirais un bon avocat.

C'était ce que je m'apprêtais à faire pour Marina.

Je rejoignis ma propre voiture. Un coupé Nash vert sombre dont j'étais assez fier. Dans la matinée, avant l'audience, j'avais pris rendez-vous avec T. C. Lheen. Bien peu connaissaient ses véritables prénoms, Theophilius Clarendon.

Longtemps, l'arme absolue de T. C. avait été d'être un petit homme rond, chauve et disgracieux. Des lunettes cerclées d'écaille distordaient son regard de myope. Quand il souriait, sa bouche, à peine dessinée, s'effaçait pour de bon. Il usait jusqu'à la corde les mêmes costumes passe-partout, et on ne lui connaissait qu'une douzaine de cravates. Une apparence des plus trompeuses. Sous son crâne rond et nu s'agitait une intelligence réjouissante.

Il approchait de la soixantaine et était l'un des hommes les mieux informés de Washington. Comment s'y prenait-

Deuxième journée

il? Mystère. La liste de ceux qui se repentaient de l'avoir sous-estimé était désormais trop longue pour qu'il puisse surprendre encore. Depuis quelques années, il se tenait dans une demi-retraite. Il ne s'intéressait qu'aux cas assez désespérés pour avoir toutes les chances de mordre la poussière. Il était plein aux as et l'argent ne l'avait jamais attiré. L'orgueil était son unique moteur. Cet orgueil particulier des êtres à part qui se savent irrémédiablement exilés du reste du troupeau.

Je l'avais connu avant la guerre. On ne peut pas prétendre que nous étions amis. T. C. Lheen n'a jamais été assez sentimental pour avoir des amis. Pour ainsi dire, on s'accordait un respect mutuel devant notre manière à chacun de négocier les tournants de l'existence. Plus d'une fois nous avions eu l'occasion de nous rendre de menus services. En deux ou trois occasions, T. C. avait fait plus que me rendre service. Et si Marina Andreïeva Gousseïev était aussi innocente qu'elle l'affirmait, personne ne pourrait mieux la tirer des griffes du diable que T. C. Lheen.

Il habitait à l'extrémité du Georges Washington Memorial Parkway. Sa maison disparaissait sous les arbres centenaires. Ulysse, un serviteur noir en nœud papillon et costume blanc impeccable, me salua en habitué de la famille. Il me conduisit au bord de la piscine. Elle surplombait le Potomac et la longue rive boisée du nord. Ce lieu parfait et des serviteurs à l'élégance princière étaient les seuls luxes que je connaissais à T. C.

Il lisait dans une bergère d'osier. En guise de salut, il m'indiqua un fauteuil en face de lui. On ne se serra pas la main. Il détestait les contacts physiques avec ses clients. Peut-être bien avec le reste de l'humanité. La rumeur courait qu'il n'avait jamais eu d'aventures charnelles, qu'elles fussent d'un genre ou d'un autre. J'en doutais. Se fier à ce que montrait T. C. menait rarement à la vérité.

Il n'attendit pas qu'Ulysse m'ait versé un large bourbon pour demander :

— Comment s'en sort votre protégée russe ?

Je souris. Au téléphone, je ne lui avais pas parlé de Marina. Je pris le temps d'allumer l'une des cigarettes qui remplissaient une coupe en forme de tulipe. T. C. glissa un signet entre les pages de son bouquin. Rampant sous les lettres du titre, *The Creeping Siamese,* une rousse ouvrait la bouche sur un interminable cri. C'était le dernier bouquin de Dashiell Hammett, un auteur d'Hollywood très porté sur l'alcool. Depuis un an, McCarthy s'acharnait à le rendre impubliable en le faisant passer pour un dangereux communiste. J'avais entendu raconter que T. C. avait accepté de l'abriter sous son aile. Je ne voyais aucun hasard à la présence de ce bouquin sur la table à côté de nos verres. T. C. suivit mon regard et gloussa comme un enfant heureux de retrouver les petits cailloux marquant son chemin.

— Mon cher Al, vous ne pouvez pas être le seul journaliste autorisé à suivre les ébats patriotiques de McCarthy et consorts sans que cela passe inaperçu.

— Dites-moi ce que vous savez déjà. Cela m'épargnera de la salive. La journée est loin d'être finie pour moi.

— Pas grand-chose. Hormis son nom et ce qui est sorti de l'audience d'hier : une fille qui a couché avec Staline, espionnage soviétique et, surtout, le meurtre d'un agent de l'OSS. Vos amis de l'HUAC ne pouvaient pas rêver d'un plus joli poisson.

— Ce ne sont pas mes amis, grognai-je. Vous le savez.

— Pourtant, vous êtes leur journaliste préféré. Ils vous ont invité à les admirer en huis clos.

T. C. eut la délicatesse de pas préciser « leur journaliste juif... » Je lui en sus gré, je savais qu'il le pensait. Je lui racontai l'arrangement conclu par Wechsler et le *Post* avec le sénateur Wood. Il opina sans faire de commentaires. Je suppose que c'était ainsi qu'il obtenait une grande partie de ses informations. D'une pique, il amenait ses interlocuteurs à soulever le rideau des coulisses pour ne pas avoir l'air stupide devant lui.

Deuxième journée

— Pourquoi cette femme vous intéresse-t-elle tant, Al ?
— Sans doute parce que Nixon et McCarthy font tout pour l'asseoir sur la chaise électrique et que ce serait un beau gâchis... Pas seulement un gâchis : une grande saloperie.
— Hmm ?
— Elle a quelque chose qui ne ment pas.
— Sa beauté ?
— Entre autres. Bien sûr, c'est une actrice. Une bonne. Elle connaît tous les trucs pour vous embarquer, créer l'illusion... Elle s'en sert, et pourtant... plus je l'écoute, moins je sens le mensonge.

T. C. trempa ses lèvres dans son verre avant de me faire remarquer :

— Les bons menteurs sont toujours ceux que l'on croit sincères, Al. Sinon, ils changeraient de métier.
— T. C., vous n'assistez pas aux audiences : cette fille débite plus d'horreurs sur Staline que j'en ai entendues dans la bouche des fous furieux de l'HUAC ! Et elle ne se contente pas de vagues idées. Elle raconte ce qu'elle a vécu dans ce foutu pays. C'est à vous donner la chair de poule !

T. C. se contenta d'opiner avec un petit air narquois. À ses yeux, je n'étais qu'un indécrottable naïf.

— OK, d'accord... On ne peut être certain de rien ! Et je veux bien mettre mon intuition au clou. Elle ignore tout des règles du jeu. Elle croit qu'en racontant son histoire elle va s'en sortir. Ils la laissent parler tout son saoul en attendant de lui enfoncer la tête sous l'eau. Elle n'a pas plus de preuves de ce qu'elle raconte qu'elle n'a de robe de rechange ! Une espionne, une vraie, n'irait pas s'embourber dans une histoire pareille...
— Ou elle ferait le pari du « plus c'est gros, plus ça passe ». Cette histoire de coucherie avec l'Oncle Joe, vous y croyez ?

Je haussai les épaules. T. C. avait raison de douter. C'était son boulot. Moi, j'avais entendu Marina parler de cette nuit au Kremlin et que j'en avais encore des frissons dans la nuque.

— Ce que je crois, T. C., c'est que dans trois jours McCarthy, Nixon et toute la bande lui colleront sur le dos le meurtre de ce type, l'agent de l'OSS. Ils ont compris la même chose que moi : elle nous raconte toute cette histoire parce qu'elle n'a rien d'autre. Si elle avait la moindre preuve de son innocence, elle nous l'aurait déjà sortie. Ils le savent. Ils ont flairé le sang comme ces chacals qui tournent autour des bêtes à l'agonie. Ils ont tout leur temps, ils sont déjà vainqueurs. Un peu de patience, et la curée n'en sera que meilleure. Que Marina soit espionne ou pas, qu'elle ait tué ou non l'agent Apron, on ne le saura jamais. Elle est déjà en taule, seule, complètement isolée. On ne lui a même pas apporté une paire de bas de rechange. Qu'est-ce qu'elle peut faire ? Il ne lui reste plus qu'à raconter son histoire quand on lui en donne l'occasion. Peut-être qu'elle l'a compris, qu'elle joue le temps, elle aussi ? Qu'elle se repasse son passé avant de se faire massacrer ? Je ne sais pas. La seule chose certaine, c'est que McCarthy et ses copains ne vont pas tarder à nous sortir leur grand numéro de prestidigitateur. Et je n'ai aucune envie de les regarder faire en baissant les yeux.

Je savais T. C. assez cynique pour sourire de mon indignation. Il s'en abstint, esquissa une moue d'approbation. Ses yeux grossis par les loupes de ses lunettes s'écartèrent de mon visage. Il gratta une allumette et incendia pensivement une cigarette.

— Vous pensez à l'affaire Hiss ?

Bien sûr, que je pensais à l'affaire Hiss. Depuis que Wood m'avait demandé de quitter la salle d'audience, je ne pensais qu'à ça.

L'hiver dernier, de New York à San Francisco, le procès de « Hiss, le traître », « Hiss, l'espion », avait occupé toutes les unes. Né dans une famille de cols-bleus comptant chaque dollar, Alger Hiss n'avait pas deux ans lorsque son père s'était suicidé. Malgré cela, il avait accumulé les bourses et accompli un beau parcours. Études de droit à Harvard, inté-

Deuxième journée

gration dès 1933 de l'équipe de conseillers de F. D. Roosevelt, puis entrée au Département d'État cinq ans plus tard. Devenu spécialiste de l'Extrême-Orient, nommé au bureau des Affaires politiques spéciales en 1944, il s'était tenu derrière le fauteuil de Truman à Yalta avant de participer à la naissance des Nations unies. Une ascension parfaite. Du moins jusqu'en 1948, année où les audiences de l'HUAC commencèrent à devenir le cauchemar d'un bon nombre de citoyens américains.

Le 3 août 1948, pressuré par Nixon et quelques autres, un ancien membre du Parti communiste américain, Whittaker Chambers, fournit des noms de « camarades ». Celui d'Alger Hiss fut prononcé. Une divine surprise. Hiss n'avait jamais caché son soutien aux démocrates, c'était un vrai libéral, un homme de gauche. Atteindre Hiss, c'était atteindre le président Truman et cette « clique de gauchistes » qui occupait la Maison Blanche. En outre, pour Nixon et ses soutiens républicains, Hiss avait commis, quinze ans plus tôt, un crime impardonnable : conseiller légal d'une instance fédérale de régulation agricole, il s'était opposé à la destruction des petits fermiers de l'Arkansas par les puissantes compagnies d'agro-business.

Nixon et l'HUAC n'avaient qu'un problème : Chambers ne possédait aucune preuve de ce qu'il affirmait. Nixon résolut la question avec l'aide de Hoover. Le patron du FBI rêvait de « prouver » que les démocrates n'étaient que des *comies*, des espions communistes masqués, capables de livrer le pays à Staline.

Il y eut alors un premier miracle. Chambers déposa devant l'HUAC une épaisse liste de documents confidentiels provenant du bureau de Hiss. Il affirma que Hiss lui-même les lui avait fournis. Hiss protesta. Chambers à nouveau n'avait aucune preuve.

Alors il y eut un second miracle. Quatre mois plus tard, Chambers conduisit le FBI dans une ferme que possédait Hiss dans le Maryland. Ils « trouvèrent » là cinq rouleaux de pellicules dissimulés dans une citrouille. Le FBI et la Commission affirmèrent que ces photos étaient celles de documents classifiés du Département d'État. À ce jour, personne n'a pu le vérifier. À l'exception d'une page aussi anodine que le bottin du téléphone, les photos ne furent jamais produites. Le jour même où Nixon exhiba ces rouleaux de pellicule devant la presse, ils disparurent dans les coffres du FBI.

Un ultime miracle acheva le tour de passe-passe. Le FBI « découvrit » soudain une vieille machine appartenant à Hiss. Un coup de chance : c'était celle avec laquelle il était censé avoir copié les documents sensibles...

Truman en personne dénonça la farce. Depuis janvier dernier Hiss était derrière les barreaux. Nixon et McCarthy se sentaient pousser des ailes. Des ailes de vautours affamés. Il leur fallait une victime pour un nouveau numéro de magie ! Marina était parfaite pour le rôle. Sans le savoir, elle comblait leurs rêves les plus fous.

T. C. but une nouvelle gorgée de bourbon.

— Je vous écoute, Al. Racontez-moi l'audience d'aujourd'hui. En détail.

J'essayai de ne rien oublier. J'insistai sur le comportement de McCarthy et j'ajoutai ce que Shirley m'avait confié un peu plus tôt, cette réunion dans le bureau de Wood avant l'audience et les coups de téléphone passés au FBI et au CID.

Quand j'en eus fini, le crépuscule approchait doucement. On était dans les longs jours du solstice. La nuit allait prendre son temps, mais les reflets du Potomac étaient déjà aussi opaques que mon humeur. T. C. leva un sourcil étonné.

— Jamais entendu parler de ce Birobidjan.

Je lui répétai ce que Sam Vasberg m'en avait appris la veille au téléphone.

— J'en saurai plus demain, après l'intervention de l'analyste de la CIA.

Deuxième journée

— S'ils vous laissent l'entendre...
— Pour l'instant, je fais encore partie de la fête.

T. C. opina. Il se désintéressait déjà de la question. Autre chose le tracassait. Je craignais de comprendre quoi.

— Al, je vais être sincère avec vous. Que Nixon, McCarthy et la clique de l'HUAC soient des salopards, nous sommes d'accord. On sait de quoi ils sont capables. Ça ne signifie pas que les Soviétiques soient des anges ou que Staline n'ait pas semé quelques grandes oreilles dans le pays. Votre Russe pourrait très bien en être une. Noyer le poisson dans des discours fleuves est un truc assez courant chez les espions. Les vrais. Ceux qui sont formés en pro.

— Une drôle de formation. Je ne vois pas comment elle s'en sortira avec ça...

— Précisément, Al. C'est l'astuce. On ne voit pas, et quand on voit, il est trop tard.

Je ne répondis pas. T. C. pouvait avoir raison ou se tromper. Il n'avait pas vu Marina raconter. Ça faisait une différence de taille entre nous, mais ne résolvait pas la question.

Comme le silence se prolongeait, j'allumai une nouvelle cigarette. T. C. me gratifia de son bizarre sourire. Je devais avoir l'air d'un type ayant besoin d'encouragements.

— Je vous écoute, dis-je en soufflant la fumée.

— Pour ce dossier qui vous turlupine, j'ai peut-être une idée. La rumeur court ces jours-ci que le FBI est sur une piste sérieuse concernant l'affaire de Los Alamos...

L'affaire de Los Alamos, ce n'était rien moins que le vol des secrets de fabrication de la bombe atomique par Staline. L'été précédent, les Soviétiques avaient fait sauter leur première bombe, *Joe 1*. On ne savait rien de sa véritable puissance. Tout de même, l'onde de choc de *Joe 1* avait ébranlé Truman en personne. Tous les experts étaient d'accord. Cinq ou six ans plus tôt, les physiciens soviets ne connaissaient rien à la fission nucléaire. Ils en avaient volé la recette là où elle se fabriquait. Chez nous : dans notre centre atomique de Los Alamos.

L'inconnue de Birobidjan

— Des rumeurs tournent depuis mai, m'expliqua T. C. Le FBI aurait mis la main sur un physicien venant d'Angleterre. Un type nommé Klaus Fuchs, un Allemand, communiste de la première heure. Il a fui en Angleterre en 34, les nazis voulaient lui faire la peau. Il était à Los Alamos de 44 à 46. Il y a mis au point les calculs théoriques de la bombe, la fission du Césium 235 et d'autres babioles du genre. Il n'a jamais cessé d'être un agent des Soviets. Les services britanniques l'ont arrêté il y a six mois. En mars, il a reconnu avoir fait parvenir toutes les données possibles aux Russes depuis dix ans.

J'eus un sifflement d'admiration.

— Ce n'est pas tout. Fuchs a livré quelques noms de camarades aux Anglais. Il y a trois semaines, le FBI a arrêté son « courrier », un gars du nom de Harry Gold. Celui-là non plus n'a pas l'air d'être resté muet longtemps. Ils sont en train de remonter la chaîne, Al. La semaine dernière, le FBI a mis la main sur un certain David Greenglass. Juif, ingénieur mécanique à Los Alamos en même temps que Fuchs. Gold l'aurait payé pour qu'il fauche des documents... Peut-être bien que c'est des informations de ce genre qui traînaient dans ce dossier qui passionnait McCarthy. D'autant que...

T. C. se tut avec un air de bateleur. Je ne comblai pas le silence. Inutile. Il allait s'en charger.

— D'autant que le procureur général en charge des dossiers de Gold et de Greenglass n'est autre que ce vieux Saypol. Le patron de Cohn qui siège tous les jours à la Commission et qui soigne votre Russe. Je suppose que vous voyez le tableau, maintenant ?

Bien sûr que je voyais. La boucle était bouclée.

Si Nixon et McCarthy parvenaient à prouver que Marina Andreïeva Gousseïev était liée d'une manière ou d'une autre à ces types, ils prouveraient par la même occasion qu'un agent de Staline vivait et espionnait tranquillement chez nous depuis des années tout en vidant nos armoires secrètes.

Deuxième journée

Si, par-dessus le marché, elle avait assassiné l'agent de l'OSS, autant dire qu'ils avaient gagné le gros lot. Ils tiendraient la preuve de ce qu'ils clamaient depuis des mois : non seulement le président Truman laissait les Rouges s'amuser chez nous comme bon leur semblait, mais il ne se donnait même pas la peine de protéger l'État. À moins qu'il n'ait choisi de protéger les Soviets !

Je soupirai en écrasant mon mégot. Je me resservis un doigt de bourbon sans demander l'autorisation à T. C. Au moins, n'avais-je pas eu à poser de questions pour qu'il m'offre ce que j'étais venu chercher.

— Une situation amusante, Al. Si l'on ne s'attache pas trop aux personnes. Amusante et, ma foi, intrigante. Je veux bien vous donner un petit coup de pouce. Mais ce que je trouverai ne vous plaira peut-être pas.

— Je suis un journaliste, T. C. Vous savez que seule la vérité et les faits vérifiés m'intéressent.

J'essayai de mettre de la fermeté dans mon ton. T. C. ne parut guère convaincu. Son rire fluet me poursuivit alors que j'engageais ma Nash dans la longue ligne droite de Washington Parkway pour revenir en ville. Cette fois, la nuit tombait.

Shirley habitait un élégant trois-pièces dans les immeubles récents de Massachusetts Avenue. Le balcon de sa chambre donnait sur la longue coulée de Rock Creek Park. Je savais qu'il était délicieux d'y prendre son petit déjeuner. Elle m'ouvrit dans un kimono doré où des hirondelles voletaient entre des têtes de pivoines judicieusement disposées. Elle ne souriait pas. J'avouai bêtement la vérité :

— Désolée, Shirley, je suis en retard.

Elle s'écarta pour me laisser entrer. J'abandonnai mon chapeau sur un vase sans fleurs. Shirley portait un parfum que je ne lui connaissais pas. Subtil, épicé, doucement ambré. Peut-être un parfum français, cadeau d'un type ayant les moyens.

Un sac usagé en toile écossaise patientait au milieu du salon. Shirley me demanda si je voulais voir ce qu'elle y avait rangé. Je déclinai l'offre. Elle avait préparé deux verres sur la table basse et un pichet de lemon-gin. On était embarrassés comme des gosses. C'était la première fois que je remettais les pieds dans cet appartement depuis des mois. Pendant une dizaine de secondes, il me sembla que je pouvais effacer tous ces mois d'un geste. C'était plus que tentant. Dans un bref instant d'hallucination, la chair de Shirley sous la soie du kimono chauffa ma paume. Je respirai son parfum comme si ses lèvres effleuraient les miennes.

Elle dut s'en douter. Elle n'ignorait pas grand-chose des mécaniques masculines. Elle s'écarta de moi, désigna le sac à ses pieds.

— Tu comptes le lui donner dans la salle d'audience, Al? me demanda-t-elle sans même avoir l'air de se moquer.

J'y avais un peu réfléchi. Pas beaucoup.

— Je dois pouvoir le lui faire parvenir à la prison. L'attention d'un ami. Si tu n'as pas mis de bombe dedans, ça devrait passer.

— À moins que les matonnes se chargent de le vider.

C'était une possibilité. Quasi une probabilité si Marina avait été une condamnée de droit commun. Je fis la moue.

— Peut-être pas vidé, seulement allégé.

Shirley esquissa un sourire.

— Ce serait dommage. Je lui ai trouvé une si jolie nuisette.

Comme je m'efforçai de rester de marbre, elle ajouta sur le même ton :

— Tu ne pourras pas lui faire parvenir le sac comme ça, Al. Miss Gousseïev est une hôte spéciale du FBI. Pas de visite, pas de courrier.

J'aurais dû m'en douter.

— Comment le sais-tu ?

— Je suis repassée au travail après avoir fait tes emplettes. Le bureau du procureur venait d'envoyer l'ordonnance de Cohn.

Deuxième journée

Je grommelai un juron. Shirley l'avisée... Elle me tourna le dos pour aller prendre une enveloppe sur l'écritoire qui occupait une alcôve derrière le canapé. Elle me la tendit.

— J'en ai profité pour te préparer ça...

Je dépliai le papier à en-tête du sénateur Wood, président de l'HUAC. Ce n'était rien moins qu'une autorisation de visite à Marina Andreïeva Gousseïev. Un graffiti acceptable ornait le tampon du sénateur.

— Tu es folle, Shirley ! Tu sais ce que tu risques ?

— Pas autant que toi en présentant ça à la prison demain matin. J'ai passé un coup de fil. Ils attendent ta visite à sept heures trente. Tu apportes des vêtements de la part de la Commission et tu dois les remettre en main propre à l'espionne. T'assurer qu'elle est bien traitée.

On s'est regardés. Ses yeux brillaient de mille petites flammes.

— Ne t'inquiète pas. Je me suis fait passer pour Lizzie, la patronne du secrétariat. Elle a un épouvantable accent texan très facile à imiter. Et on a un vieux compte à régler, toutes les deux.

Je hochai la tête, à demi convaincu. Peut-être parce que je ne pus éviter de songer que j'avais un bon bout de route jusqu'à l'Old County Jail. L'heure de la visite fixée par Shirley ne me laissait plus beaucoup d'espoir pour un petit déjeuner sur le balcon de sa chambre.

Elle remplit les verres de lemon-gin, frôla mes doigts en m'offrant le mien. Je respirai de nouveau son parfum. Elle recula d'un pas. Depuis longtemps mes pensées n'étaient pour elle qu'un livre ouvert.

— Trop tard pour une petite fiesta. Bois ce verre, puis prends le sac et ton chapeau, Al.

— Shirley...

— Tu dois dormir, mon chou. Tu auras une longue journée, demain. Te lever tôt pour admirer le réveil d'une espionne russe et être en forme le soir pour dîner avec une femme qui compte bien retenir toute ton attention.

L'inconnue de Birobidjan

Je méditai ces paroles jusqu'à mon appartement. Peut-être était-ce pour leur échapper que je compulsai mes notes prises pendant l'audience au lieu de me mettre sagement au lit. Il était près d'une heure du matin quand je relevai le nez. Depuis deux ou trois heures, j'avais tapé une vingtaine de pages de l'histoire de Marina. L'évidence maintenant me sautait aux yeux. Je n'allais pas me contenter des articles pour le *New York Post*. J'allais écrire un bouquin. Raconter la véritable histoire de Marina Andreïeva Gousseïev telle que je l'apprenais.

Troisième journée

Washington, 24 juin 1950

147ᵉ audience de la Commission des activités anti-américaines

J'arrivai à l'Old County Jail vers sept heures moins le quart. Il faisait jour depuis longtemps et j'aurais bien bu un nouveau pot de café. Le surveillant en chef à qui je tendis mon autorisation de visite ne m'en proposa pas. L'en-tête du Sénat et le tampon du bureau de Wood lui parurent suffisants. Je le priai de me rendre mon sésame :

— C'est une autorisation permanente. Elle ne contient pas de date limite et j'aurai peut-être à revenir.

Peu probable, en vérité. Ma visite à Marina Andreïeva Gousseïev n'allait pas rester inaperçue bien longtemps. Laisser traîner ce faux derrière moi, c'était permettre à Cohn et compagnie de remonter jusqu'à Shirley.

Le surveillant-chef hésita, haussa les épaules et me rendit le papier. Je dus tout de même signer le registre des visiteurs. J'y inscrivis un nom de comédie qui m'avait déjà été bien utile : Art Edwards.

On me poussa dans la salle de fouille. Deux surveillantes m'y firent ouvrir le sac que je n'avais pas lâché. À part un nécessaire de toilette et une paire de chaussures plates, il n'y avait que les vêtements prévus. Les deux femmes prirent leur temps pour les palper. Le choix de Shirley les enchantait. La nuisette en soie grise était plus sobre que je le craignais. Comme la combinaison de nylon noir à dentelle, les culottes, bas et soutien-gorge, elle portait encore l'étiquette de Woolsow. Shirley n'avait pas donné dans l'économie.

— Ce n'est pas moi qui les ai choisis, rétorquai-je en réponse aux œillades des surveillantes.

— On se demandait, ricana l'une.

— Si vous n'avez pas choisi, vous avez payé, lança l'autre. Ça se voit à votre air.

Une femme perspicace. Je m'en sortis comme je pus. Elles me conduisirent jusqu'aux box du parloir. Les murs de l'Old County Jail n'avaient pas été repeints depuis des lustres. Les plafonds s'écaillaient, la crasse s'accumulait sur les moulures des fenêtres et sur les barreaux. Le carrelage des couloirs était si usé qu'il était devenu incolore. Une odeur entêtante de désinfectant industriel s'insinuait partout. À un croisement de couloirs, derrière une double grille donnant accès aux cellules, j'entrevis la salle commune des douches. Ici, un pot-pourri écœurant de parfums bon marché et d'eaux de toilette supplantait les effluves du désinfectant. Durant une brève poignée de secondes, je songeai au parfum de Shirley. Je n'avais pas vu d'eau de toilette dans le sac. Un oubli.

Le parloir n'était qu'un boyau étroit doté d'une porte vitrée à chaque extrémité. Une grille d'acier doublait les vitres. J'abandonnai mon chapeau et le sac sur la table, aussi large qu'un plateau-repas. Je repoussai les chaises métalliques et restai debout en attendant Marina.

Durant l'heure de route qui m'avait amené ici, j'avais imaginé cet instant et ce que j'allais dire. J'aurais pu m'en abstenir. Elle arriva dans la tenue verte des prisonnières. Une sorte de blouse large aux plis rêches qui lui descendait jusqu'aux genoux. Ses mollets nus dans des savates déjà portées par une cinquantaine de convicts paraissaient étrangement pâles. Comme son visage gris, ses traits bouffis. Pour la première fois, je voyais ses cheveux dénoués. Des mèches plates qui s'embrouillaient contre ses tempes et couvraient à demi ses joues. Seules ses lèvres possédaient un peu de couleur sous une pulpe craquelée.

Troisième journée

Je ne parvins pas à la trouver laide. On avait plutôt envie de la prendre dans ses bras pour qu'elle puisse se reposer un peu. S'abandonner. J'avais oublié qu'en taule la grasse matinée s'interrompt à six heures trente du matin.

Elle ne parut pas étonnée de me voir. Plutôt sans émotion. Passive et patiente, comme si ma présence devant elle, dans cette prison, n'était qu'une des péripéties imprévisible qui peuplaient désormais son temps. Peut-être était-ce dû à la fatigue. Elle s'immobilisa à deux mètres de moi. Le bleu de ses yeux me fixa. Elle attendit que je parle.

La surveillante qui l'accompagnait ferma la porte en restant à l'intérieur. Je pris un air important. Mon autorisation de visite réapparut entre mes doigts, le tampon du Sénat bien visible.

— Je veux rester seul avec le témoin.

La femme lorgna sur le papier en faisant cliqueter son trousseau de clefs. Je crus qu'elle allait refuser. Peut-être eus-je vraiment la tête d'un emmerdeur arrogant ? Elle grommela que j'avais une demi-heure, pas davantage, et sortit. J'attendis qu'elle passe derrière la vitre grillagée pour ouvrir le sac.

— Je vous ai apporté des vêtements et un nécessaire de toilette, Miss Gousseïev.

Un pli se creusa entre ses sourcils. Elle noua ses doigts comme pour réprimer un frisson. Je lui souris.

— J'ai pensé que vous aimeriez pouvoir changer de robe.
Elle ne se détendit pas. Elle demanda :
— Qui êtes-vous ?
— On s'est vus à l'audience...
— Je sais. La carafe d'eau. Et le président vous a appelé « monsieur Kœnigsman ». Qui êtes-vous ? Qui vous envoie ?

Elle avait bonne mémoire – si j'avais besoin d'une confirmation. Pas le genre de femmes non plus à accepter les cadeaux. Je m'assurai que la matonne n'était plus derrière la porte vitrée et priai le bon Dieu pour qu'il n'y ait pas de micro dans la salle.

— Personne ne m'envoie, Miss Gousseïev. Je suis venu parce que je vous crois. Je pense que vous n'avez pas tué l'agent de l'OSS et que vous n'êtes pas une espionne.

Pas un cillement de paupière. Pas un souffle de plus. Le bleu de ses yeux glissa vers l'ombre comme un ciel de nuit.

— Je suis journaliste. J'écris pour le *New York Post*. Je peux vous aider.

— Vous mentez.

— Non, pourquoi je...

— Vous mentez. Les policiers m'ont prévenue : personne n'a le droit de venir me visiter ici, en prison. Surtout pas les journalistes.

— J'ai une autorisation, Miss...

Je m'apprêtai à la ressortir de ma poche. Elle ne m'en laissa pas le loisir.

— Pas la peine. Vous n'êtes pas journaliste non plus. Les journalistes n'ont pas le droit d'écouter ce que je dis à l'audience.

Son accent était revenu, alourdissant ses phrases.

— Miss Gousseïev... Marina... Écoutez-moi ! Je *suis* journaliste. Mon journal a passé un accord avec le président de la Commission, le sénateur Wood. On me laisse assister à l'audience. Je ferai un papier sur vous. Un grand article qui racontera votre histoire...

Elle m'interrompit, dénoua ses mains pour pointer la poche de mon veston.

— C'est une fausse autorisation ? Vous avez payé ?

Je réfléchis à toute vitesse à ce que je pouvais lui dire de convaincant. Pas grand-chose.

— Je vous ai apporté des vêtements pour que vous soyez plus à l'aise devant eux. J'assiste aux audiences de l'HUAC depuis deux ans. Ils ne vont pas vous faire de cadeau. Le sénateur McCarthy et le représentant Nixon ont besoin que vous soyez une espionne pour leurs magouilles politiques. Que ce soit faux, ils s'en moquent. Ils fabriqueront les preuves nécessaires avec le FBI. Tout le monde croira que vous avez tué ce type, Apron. Et vous passerez le restant de vos jours en prison.

Elle haussa les épaules, eut un geste qui me serra la gorge.

— Mais je peux vous aider ! Rendre votre histoire publique. La vraie histoire, celle que vous racontez. Il y a des gens bien, dans ce pays. Nous ne sommes pas tous aussi mauvais que Nixon et McCarthy...

Elle avait croisé les bras sous sa poitrine pendant que je parlais. Sa blouse se relevait au-dessus de ses genoux et avait plus que jamais l'air d'un sac. La fatigue et la peur la vieillissaient. J'avais l'impression de la voir au bout d'un tunnel, dans une dizaine d'années. Elle murmura :

— Vous avez dit « ce type »... Michael... Il ne faut pas l'appeler « ce type ».

Nous étions toujours debout, à deux ou trois mètres l'un de l'autre, raides comme des piquets. J'éprouvai le besoin de m'éloigner. J'allai me placer derrière la table. La distance parut l'apaiser. Elle jeta un coup d'œil vers la porte.

— Si votre autorisation de visite est fausse, je dois prévenir la gardienne.

— Non, je vous en prie.

— Ils s'en serviront contre moi.

— Je vous promets que non. Si cela devait vous mettre dans le pétrin, je lâcherai la vérité.

Elle se tut. Le bleu de ses yeux changea à nouveau. Plus brillant. Sa voix aussi se modifia. Je ne compris rien aux sons que j'entendis, sinon qu'elle me parlait en russe !

Un frémissement amusé passa sur ses traits. Mon étonnement dut lui paraître sincère. Elle décroisa les bras, passa les mains sur son visage comme pour le défriper.

— Vous n'êtes pas avec eux ?

— Avec McCarthy et la clique ? Certainement pas !

Elle secoua la tête avec agacement.

— Non. Avec ceux de New York.

Je ne comprenais pas. Elle insista :

— Les bolcheviks du consulat. Eux aussi sont après moi. Ils sont puissants. Ils peuvent obtenir des autorisations comme la vôtre.

Je n'y avais pas pensé une seule seconde. Elle haussa les épaules.

— Question stupide, n'est-ce pas? Si vous êtes avec ceux du consulat, vous n'allez pas l'avouer. Au moins, maintenant, vous savez que moi aussi, je sais.

— Je n'ai rien à faire avec ces types-là! Je ne les connais pas...

— Bien sûr.

Elle hocha la tête, une grimace crispée sur les lèvres. Je n'essayai pas d'argumenter. C'était de la folie. Mais je comprenais.

— Kœnigsman, c'est un nom juif. Vous êtes juif?

— Oui.

Elle était très réveillée, à présent. Tendue comme un arc. Elle tira à elle l'une des chaises. Le crissement du métal sur le carrelage me hérissa la nuque. Elle frôla le dossier de la paume avant de s'asseoir sur l'extrême bord. De nouveau, je songeai à des gestes d'actrice. Un savoir précis, mille fois répété et dont elle connaissait l'effet. Et aussi celui de son regard tandis qu'elle me demandait :

— C'est pour ça que vous croyez que je n'ai pas tué Michael, parce que vous êtes juif?

L'ironie éraillait sa voix.

— Non... Je ne sais pas pourquoi je le crois. Mais je le crois.

J'avais décidé d'être sincère jusqu'au bout des ongles. Je n'imaginais pas d'autre manière de m'extirper de sa suspicion. Elle me toisa en silence. Je fus tenté de lui parler de T. C. Lheen. De lui expliquer que je connaissais un avocat qui pourrait l'aider. Mais je n'osai pas. Ce n'était pas le moment. Elle ne voulait rien de moi. Elle menait le bal, et je n'avais qu'à suivre la danse. Je me tus comme si j'avais oublié les tirades de mon propre rôle. En quelques minutes,

Troisième journée

elle était parvenue à transformer ce sordide parloir de prison en une scène. J'étais devenu à la fois son public et un vague personnage secondaire.

Elle ferma les paupières un instant, resta silencieuse avant de rouvrir les yeux et d'observer le mur devant elle.

— C'est étrange, les souvenirs. Depuis que je vis ici, dans votre pays, j'avais presque oublié... Je *voulais* oublier. Être neuve pour une nouvelle vie ! Et maintenant, à cause des questions qu'on me pose à l'audience, tout me revient sans cesse. Comme si j'avais plongé dans un fleuve sans plus pouvoir retourner vers la rive. C'est à peine si je peux dormir. Cette nuit, j'ai revécu toutes ces journées du voyage jusqu'au Birobidjan aussi nettement que si je me retrouvais dans le train. C'était long ! Si long et si froid. Dix, douze jours. Peut-être plus. Et autant de nuits. D'abord dans un vieux wagon aux banquettes de bois. Au centre du wagon, il y avait un poêle entouré d'une grille. On y brûlait de grosses bûches. Dans le noir, les plaques de fonte rougeoyaient. On a quitté Moscou avant l'aube. Il y avait surtout des femmes. Beaucoup allaient dans les usines d'armement de Gorki. Des femmes âgées, dures, qui s'étaient décidées à rejoindre leurs filles et leurs petits-enfants dans l'Oural, maintenant que les Allemands ne menaçaient plus Moscou. Avec des baluchons, des malles, des cabas. Il ne fallait rien abandonner d'utile et de précieux... Certaines avaient enfilé plusieurs couches de vêtements les unes sur les autres. Deux ou trois manteaux, des épaisseurs de jupons, des blouses. Il avait fallu les aider à grimper dans le wagon. Elles ne pouvaient plus bouger les bras. Elles riaient comme des fillettes pendant qu'on leur retirait toutes ces couches. Dans le fond du wagon, deux ou trois hommes lançaient des plaisanteries. Des vieux édentés qu'on n'avait pas envoyés à la guerre, des sans-famille, sans femme ni belle-fille pour prendre soin d'eux. Ils lorgnaient sur les cabas pleins de nourriture et de vodka. Les vieilles les rabrouaient comme des gamins, leur juraient qu'ils n'y toucheraient pas. Ou alors qu'ils devraient se comporter en hommes. En vrais... Ça plaisantait, ça criait et riait fort. On aurait cru que ces femmes partaient en vacances, tout heureuses de ce qui les attendait au bout du voyage. Mais ça n'a pas duré. Quand le train a pris son rythme, quand on a deviné les ombres de Moscou qui disparaissaient, plus personne n'a plaisanté. Terminé, le rire. On ne pensait plus qu'à une chose. Toute cette vie, ce passé, ces émotions qu'on abandonnait dans la grande Moscou. Les bonnes et les terribles. Ce genre de pensées que l'on a quand la mort est proche. Moi comme les autres. J'avais la gorge nouée. Comme si je me doutais que jamais je ne reverrais Moscou.

Elle m'avait oublié. Comme elle avait oublié les murs de cette prison. Je n'osais pas faire un geste, pas même m'asseoir. Pas question de rompre le fil. Elle avait retrouvé cette manière de raconter qui me fascinait pendant les auditions. Mais, cette fois, le spectacle s'adressait à moi seul.

— Après le rire du départ sont venues les larmes. Les femmes n'ont plus parlé que de la guerre. Des hommes qu'elles y avaient perdus ou qu'elles craignaient de ne plus revoir. Des fils, des frères, des maris. Même de leurs amants. Elles les appelaient par leurs petits noms d'amour. Elles racontaient leurs manies, leurs défauts, le moment de leur rencontre, leurs odeurs, les mots doux qu'ils avaient prononcés en partant pour la machine de mort. Tout ce qui leur manquait chaque soir et les empêchait de s'endormir les yeux secs. Certaines avaient tant pleuré qu'elles n'y parvenaient plus. Celles-là, dès le premier jour, elles ont bu. Elles se sont soûlées lentement jusqu'à la nuit. Autrement, elles n'auraient pas pu dormir. J'écoutais et je me taisais. Elles ne s'en étonnaient pas. J'étais la plus jeune de tout le wagon. Elles ne s'intéressaient pas à moi. Elles n'avaient pas l'humeur à la curiosité.

Encore un petit silence, une respiration.

— J'ai pris l'habitude d'aller chercher des bûches pour alimenter le poêle. Quand on s'arrêtait dans les gares, il y avait toujours du bois sur les quais, mais il fallait se dépêcher. À peine le convoi ralentissait-il que des gens jaillissaient des wagons pour galoper jusqu'aux tas de bûches. Comme j'étais la plus jeune, j'allais vite. Depuis le marchepied, les femmes du wagon me regardaient courir. Elles me criaient des encouragements. On se serait cru dans une vraie course... C'était drôle. J'avais emporté trop peu de nourriture. J'ai eu vite fini mon panier. Elles m'ont nourrie comme une enfant. « Mange, mange Marinotchka ! Il faut que tu puisses nous rapporter du bois ! »

Je souris avec elle par réflexe, jetai un coup d'œil à ma montre. Il nous restait un petit quart d'heure. La gardienne passait et repassait derrière la porte vitrée. Marina n'y prêtait pas attention. Je me décidai à m'asseoir. Elle ne s'en aperçut pas.

— Les questions sont venues. Juste ce qu'il fallait. Elles ont demandé où j'allais et pourquoi. Je n'ai pas dit : « Je vais me cacher au Birobidjan. » J'ai juste dit : « À l'Est, loin de Moscou. » Elles ont hoché la tête. « Tu ne vas pas à Gorki, alors ? – Non, plus loin. – Tu vas à Perm ? – Plus loin encore. » Cette fois, elles savaient. Au-delà, il n'y a que la Sibérie. « Tu as de la famille, là-bas ? » Pourquoi n'ai-je pas dit la vérité ? Peut-être parce que je devinais qu'au mot « juif » elles changeraient d'attitude. J'ai fait un petit mensonge en hochant la tête. C'était presque vrai. Je ne le savais pas encore, mais la grande famille des Juifs m'attendait. Les femmes n'ont pas insisté. Elles croyaient comprendre. Elles imaginaient que j'allais rejoindre un mari, un amant dans l'un des milliers de camps de rééducation. Les camps du Goulag. Tout le monde les connaissait. Quand elles n'avaient pas d'enfants, plus de famille, certaines femmes allaient vivre près du camp où leur homme était prisonnier. Elles s'emprisonnaient elles-mêmes pour vivre encore une forme d'amour.

Marina ne me parlait pas. Elle murmurait ses souvenirs comme une caresse pour s'apaiser. Il me fallait tendre l'oreille. Peut-être se racontait-elle son histoire ainsi quand elle était seule dans sa cellule. Peut-être que non. Peut-être que tout cela n'était encore qu'un merveilleux artifice théâtral et qu'elle avait besoin d'un public. Pourtant, ça ne changeait rien à sa sincérité. J'aurais aimé que T. C. puisse l'entendre comme je l'entendais. Ça l'aurait rendu moins cynique. Pour la première fois depuis son entrée dans le parloir, j'avais conscience qu'elle était nue sous sa blouse. Comme si ses mots et sa peau suffisaient à la protéger.

— Pendant tout ce temps, j'ai été « Marinotchka, la fille qui allait rejoindre son zek, son homme prisonnier ». À Gorki, beaucoup sont descendues. D'autres, moins nombreuses, sont montées dans le wagon. Celles-ci se rendaient à Perm, de l'autre côté de la Volga, quelques-unes allaient vers Kouïbichev. Dans tous les bourgs où le train s'arrêtait, il en grimpait de nouvelles. Elles s'installaient avec leur cabas, leur odeur de neige, de glace. Le froid devenait plus dur. La chaleur du poêle n'était plus aussi efficace. On gardait nos manteaux durant la nuit. Après il y a eu Kazan, Sverdlovsk. On était partis de Moscou depuis quatre jours. On avait passé les montagnes et on était encore à une demi-journée de Tcheliabinsk quand le train s'est arrêté à cause d'une congère. Il faisait nuit, on ne voyait rien. Au matin, le chef de train a annoncé que la neige recouvrait la voie sur au moins une demi-verste. On nous a donné des pelles, et chacun, femme ou homme, est allé déblayer les rails. La neige était si épaisse que ça a pris toute la journée. Une belle journée très claire et très froide. Nous étions à mi-pente. Au-dessous de la voie la forêt scintillait de givre. Au-dessus, le terrain ondulait, adouci par la neige qui crissait sous nos pelles. Creuser la neige n'était pas fatigant. Rien à voir avec les tranchées de Moscou. Après ces jours passés dans le vacarme et le ballant infernal du train, c'était même un plaisir. Le silence était merveilleux. Les voix ne portaient pas. Notre haleine formait au-dessus de nous un petit nuage glacé, immobile, qui se maintenait dans l'air.

Troisième journée

Quand le soleil s'est incliné, les milliards de cristaux de vapeur ont scintillé. Il semblait qu'une nuée d'or nous couronnait. Les femmes étaient si émues qu'elles se sont signées. À la nuit tombée, avant que le train reparte, les poêles ont rougi comme jamais. La nourriture est sortie des paniers. Ceux qui avaient de la vodka ont débouché les bouteilles. Dans tous les wagons, c'était la fête.

Elle avait ramassé ses jambes contre sa poitrine. Enlaçant ses mollets et s'appuyant des talons contre le rebord de la chaise, elle se balançait doucement, comme une enfant ou comme je l'avais vu faire par des hommes pieux à la synagogue. Son visage avait changé. L'épuisement gris s'effaçait. L'âge s'éloignait. J'aurais pu l'imaginer, assise sur le bord d'un lit, racontant son voyage à des enfants luttant contre le sommeil.

— C'est à Tcheliabinsk que tout a changé. Là, il y avait une douzaine de familles sur le quai. Des enfants, des hommes jeunes ou vieux, des grand-mères tenant les bébés dans des couvertures. Certains s'arrimaient à des bagages fatigués, d'autres à quelques baluchons. Des vêtements différents, des visages différents. Des airs anxieux. De la peur, de la fatigue. Les contrôleurs les ont poussés dans le premier wagon, derrière la locomotive. On entrait dans le ventre de la Sibérie. La glace recouvrait les vitres. Le jour les traversait avec difficulté. Une femme a demandé qui était ces familles. Un homme a répondu : « Des Juifs pour le Birobidjan. » Il a expliqué que des trains arrivaient à Tcheliabinsk depuis la Crimée. Il a dit : « De temps en temps, les Juifs en débarquent. Il paraît que ça chauffe pour eux là-bas, avec les Boches. » C'est comme ça que les choses se sont passées. Que je suis devenue juive avant même d'être arrivée à Birobidjan. Pour la première fois je me suis sentie un peu comme eux.

« À Omsk, le convoi a été séparé. Une partie allait tout droit vers Novossibirsk, l'autre descendait vers la Chine et le lac Baïkal. Encore une fois un officier de l'Armée rouge et un politruk ont contrôlé nos passeports intérieurs et nos billets. Ils dirigeaient les voyageurs selon qu'ils s'arrêtaient à Irkoutsk ou continuaient. Ils ont été étonnés de voir mon billet. Le politruk m'a observée sous toutes les coutures – "Toi, tu vas dans le wagon des Juifs du Birobidjan, camarade." Dans ce wagon, il n'y avait que des banquettes de bois et pas de compartiments. Les enfants dormaient sur les sacs ou dans les casiers à bagages. Les bords des fenêtres étaient calfeutrés avec des journaux pour que la suie de la locomotive ne rentre pas. Ils m'ont dévisagée. Des regards soucieux, incertains, fatigués. Qu'est-ce que je faisais là, moi qui étais seule ? Il a fallu du temps avant qu'un vieil homme qui ne parlait qu'à peine le russe ose me demander où j'allais. J'ai répondu : "Birobidjan." Il a souri, tout surpris. Il m'a demandé : "*Yid*?" Un mot yiddish que je n'avais jamais entendu. J'en ai deviné le sens et ai fait oui de la tête. Oui, j'étais yid moi aussi ! Ils m'ont fait de la place. Je n'avais pas beaucoup de bagages. »

Elle eut un rire doux. Elle me regarda pour la première fois depuis qu'elle racontait. D'un coup le bleu de ses yeux se voila de larmes. Elle secoua la tête.

— Ils étaient tous si heureux, si impatients d'arriver au Birobidjan ! Comment auraient-ils pu imaginer ce qui les attendait ?...

Le bruit de la porte qu'on déverrouillait l'interrompit. La surveillante apparut.

— Terminé !

Marina se figea une fraction de seconde. En se levant, elle attrapa les anses du sac avant que la surveillante s'en empare.

— Ils croient me punir avec ce *farher* stupide, dit-elle en me dévisageant. Mais je suis heureuse. Je revis chaque minute. Bientôt, je retrouverai Michael.

La surveillante la poussa vers la porte.

— C'est fini.

Sur le seuil du parloir, Marina se retourna.

Troisième journée

— Qui sait ? *Meshané mazl ?*

Dans mon dos, la porte d'entrée des visiteurs s'était ouverte sans que je m'en rende compte. Une autre surveillante s'y tenait.

— Qu'est-ce qu'elle raconte ?

— C'est une expression yiddish, dis-je en récupérant mon chapeau. Ça signifie que la chance va peut-être tourner.

— Yiddish ? Le charabia des Juifs ?

— Je crois bien, oui.

Ça n'a pas eu l'air de lui plaire.

L'homme de la CIA convoqué par Cohn était irlandais. Petit et grassouillet, la quarantaine, un visage de rouquin. Pas du tout le genre d'espion à l'œuvre dans les films d'Hollywood. Une serviette de cuir sous le bras, il pénétra dans la salle d'audience et fixa Marina avec l'excitation d'un gosse devant la cage d'un singe. Elle ne lui accorda pas un regard. Pas plus qu'elle ne m'en avait accordé un lorsque les flics l'avaient conduite jusqu'à son siège. Nul n'aurait pu deviner notre rencontre dans le parloir de l'Old County Jail trois heures plus tôt.

J'avais à peine eu le temps de passer une heure chez moi afin de noter ce qu'elle m'avait raconté avant de rejoindre le Sénat. La femme qui était maintenant devant nous n'avait rien à voir avec la prisonnière épuisée que j'avais tirée de sa cellule. J'avais envie de croire que ma visite à la prison l'avait requinquée. Elle avait fait son apparition en robe d'été verte, le buste recouvert d'un caraco blanc. Une fois débarrassée de ses menottes, elle avait ôté le caraco, dévoilant ses bras nus et le col de sa robe, si droit qu'il offrait à peine une échancrure sur la poitrine. Une robe parfaite pour la circonstance. Sage mais enserrant suffisamment sa taille et sa poitrine pour que ces messieurs de la Commission ne perdent rien de sa sensualité. On aurait cru qu'elle l'avait déjà portée cent fois. Elle s'était aussi maquillée discrètement. L'ombre du mascara soulignait le bleu de ses iris. Ses lèvres avaient perdu cette pâleur crayeuse que je leur avais vue un peu plus tôt.

Shirley s'était retournée pour m'adresser un clin d'œil. Elle pouvait être fière de son choix. J'espérais cependant que Cohn, Wood et la clique de la Commission ne possédaient pas assez de jugeote pour se demander à qui leur témoin devait cette nouvelle apparence.

De toute évidence, c'était le cas. L'Irlandais de la CIA les intéressait davantage que les nouvelles robes de Marina Andreïeva Gousseïev. Dès qu'elle fut assise, Wood joua de son marteau. L'audition reprit. Plus play-boy que jamais, mèche gominée et costume de chintz gris souris, Cohn salua amicalement son témoin :

— Pouvez-vous donner votre nom et profession à la Commission ?

— Roy Markus O'Neal. Analyste stratégique à la CIA.

— Vous avez conscience que vous déposez sous serment ?

— Oui, monsieur. Dans la limite de ce qui m'est autorisé.

— Cela va de soi. Avez-vous connaissance, de par vos fonctions, d'une région ou d'un État de l'Union soviétique dénommé le Birobidjan ?

L'Irlandais tira quelques fiches de sa serviette. Il les consulta en opinant.

— Oui, monsieur, cette région existe. L'oblast autonome juif de Birobidjan, comme l'appellent les Soviétiques. La capitale s'appelle aussi Birobidjan. Une région à peine plus grande que le Massachusetts. Elle borde le fleuve Amour qui trace la frontière entre l'URSS et la Mandchourie. Non loin de Harbin, la capitale mandchoue. À peu près à trois ou quatre cents kilomètres, selon les routes.

O'Neal adressa un sourire narquois aux membres de la Commission.

— Je suppose que vous n'êtes pas familiarisés avec la géographie de ce coin du globe. On est à moins de cinq cents kilomètres à vol d'oiseau des côtes du Pacifique, huit cents de l'île japonaise d'Hokkaidō. Donc très loin de Moscou.

Troisième journée

Huit ou neuf mille kilomètres. Et ce n'est pas un paradis. Il faut vraiment avoir envie d'aller là. Faut imaginer la taïga sibérienne, les mélèzes à perte de vue, les marais, les moustiques, une terre où rien ne pousse, le froid terrible l'hiver et la canicule l'été. Voilà pour la géographie. Mais, dans cette histoire de Birobidjan, la géographie, c'est essentiel.

— Que voulez-vous dire ? demanda Wood.

— Le Birobidjan n'est pas seulement un État de l'Union soviétique, monsieur, c'est un État juif. Le premier État juif depuis la Bible, avant même la création d'Israël, il y a quelques années. Une des plus jolies astuces de Staline, il faut le reconnaître.

— Vous pouvez nous expliquer ça, monsieur O'Neal ? interrogea McCarthy en haussant un sourcil.

L'Irlandais eut une moue de satisfaction. Bien sûr, qu'il le pouvait. Il n'attendait que cela. Il n'avait plus besoin de lire ses fiches, il était dans son élément.

— Les Français appellent ça un coup de billard à trois bandes, monsieur. Comme vous le savez, depuis avant la Révolution de 1917, on ne compte plus les Juifs chez les communistes. On pourrait même dire que le communisme est une affaire de Juifs, jusque tout en haut, au Kremlin. À la fin des années 20, il y avait plus de Juifs que de non-Juifs au Politburo et chez les épouses des haut placés. Certains ont commencé à s'en inquiéter. Quelqu'un autour de Staline a alors eu une brillante idée. Je crois bien que c'est le vieux président, Kalinine. Depuis des siècles, les Juifs n'avaient plus de pays. On trouvait des Juifs partout, de l'Allemagne à l'Union soviétique, dans toute l'Europe, mais ils n'avaient pas leur propre nation. Pourquoi ne pas leur en donner une ? Une bonne astuce. De quoi prouver au reste du monde que les bolcheviks étaient des gars généreux tout en réglant le problème des Juifs. Je veux dire, sans passer par les violences habituelles, les pogroms et ces trucs-là... Bien sûr, de leur côté, les Juifs ne demandaient pas mieux. Depuis le temps qu'ils souhaitaient avoir un pays à eux ! Ne restait plus qu'un problème à régler : où placer ce nouveau pays sur la carte de l'URSS ? C'est là que l'Oncle Joe a été très malin.

O'Neal se ménagea une pause. C'était du mauvais théâtre. Son débit était rapide et ses gestes lents. Il prononçait mal et avalait ses mots. Les doigts de Shirley et de sa collègue, volant sur les claviers de sténo, peinaient à le suivre. À deux mètres de lui, le front incliné, Marina, immobile, fixait ses mains sur la table devant elle. Impossible de savoir si elle l'écoutait.

— Les Juifs proposèrent de s'établir en Crimée ou en Ukraine. Beaucoup d'entre eux vivaient dans ces régions depuis dix ou douze générations. Mais la Crimée et l'Ukraine, c'étaient des régions riches. Beau climat, jolie terre, du soleil... Trop de belles choses pour que Staline les abandonne aux Juifs. Sans compter que les bolcheviks détestaient l'Ukraine. Un pays de paysans que Lénine avait voulu mettre à genoux. Il fallait trouver un autre endroit. Ça a pris deux ou trois années de réflexion, et les Japs ont fourni la solution à Staline. En 1931, ils ont envahi la Mandchourie. Ils se sont installés à Harbin comme chez eux. Autant dire qu'ils campaient sur le fleuve Amour. Ils pourraient franchir la frontière de l'URSS quand bon leur semblerait. On peut penser ce qu'on veut de Staline, mais ce n'est pas le genre à se laisser endormir. Il a vite compris ce qu'il risquait. Il a regardé la carte et a vu le grand vide devant les Japonais de Mandchourie : le Birobidjan. Il n'en a pas fallu plus pour le décider. En 32, le Birobidjan est devenu une « région autonome juive ». Le tour était joué. Peut-être que les Juifs n'étaient pas plus contents que ça d'aller s'enterrer au fond de la Sibérie. Mais, après tout, ce n'était pas un camp de concentration, et l'Oncle Joe leur offrait un pays. Ils n'allaient pas faire la fine bouche ! Et, ma foi, tout un petit monde a poussé dans ce trou perdu : des écoles, des usines, des kolkhozes, des casernes. On ne connaît pas les véritables chiffres, mais nos sources estiment

Troisième journée

à vingt ou trente mille les Juifs qui ont émigré là avec leurs synagogues et leur yiddish. Il faut dire qu'il n'y a pas eu que des Juifs. Aussi les autres, les vrais Russes, que la distance avec Moscou devait rassurer, je suppose. Et, en fin de compte, comme vous le savez, les Japs ont préféré nous attaquer à Pearl Harbor plutôt que s'en prendre à l'Oncle Joe. Peut-être bien que cette histoire de Birobidjan a pesé son poids dans le choix des Japonais...

Il y eut un bref silence, comme pour laisser le temps au fracas de Pearl Harbor de traverser la salle. Le sénateur Mundt esquissa un signe de croix. Comme l'Irlandais ouvrait à nouveau la bouche, Nixon leva la main pour l'interrompre. O'Neal ne se laissa pas faire.

— Pardonnez-moi, monsieur le représentant, il y a encore un détail. Je crois que ça vous intéressera. Cette colonie du Birobidjan a eu un certain succès auprès des Juifs étrangers à l'Union soviétique. En fait, ici, chez nous, elle a été plutôt en vogue au début de la guerre.

— Comment ça?

— Il faut vous souvenir, monsieur, qu'à l'époque la politique des États-Unis était de soutenir Staline. Le président Roosevelt a beaucoup donné aux Russes. Mais ça ne suffisait pas à Staline. Les Soviets ont fait du battage autour de leur projet. Ils ont présenté le Birobidjan comme un État ouvert : tous les Juifs du monde pouvaient y immigrer. Pas besoin d'être communiste. Du moins, c'est ce qu'ils prétendaient. Les Juifs eux-mêmes se sont organisés pour obtenir du soutien ici et là. Par exemple, l'Agro-Joint a fourni toutes sortes d'équipement agricole...

— L'Agro-Joint?

— L'American Jewish Joint Agricultural Corp., monsieur. Il y a eu aussi des collectes d'argent.

— Des Juifs américains ont vraiment émigré là-bas? s'étonna Nixon. Dans cette steppe bolchevique?

— Quelques centaines, oui, monsieur. L'esprit de l'époque y était assez favorable, même chez nous. Avec les nazis au pouvoir en Allemagne, je veux dire... Un Juif soviétique, un acteur, Solomon Mikhoëls, a fait une tournée chez nous, à Hollywood et à New York. Pour donner des conférences sur un Comité antifasciste juif. Un de ces comités qu'adorent les Soviets. Ce Mikhoëls a eu un joli succès. Des salles combles. Et quarante ou cinquante millions de dollars ramassés.

Il y eut des murmures parmi les sénateurs, autant à cause de la somme évoquée qu'au nom de Mikhoëls. Cohn et Wood se tournèrent vers Marina pendant qu'O'Neal ajoutait :

— C'était ce qu'espérait Staline, avec cette histoire de Comité juif : amasser autant de dollars que possible. On peut dire qu'ils se sont bien débrouillés.

McCarthy se trémoussa sur son fauteuil.

— À votre avis, ils venaient chez nous uniquement pour l'argent ?

L'Irlandais eut une moue dubitative. Il glissa un regard vers nous comme s'il se demandait si nous étions capables d'entendre ses secrets.

— Pouvez-vous répondre au sénateur McCarthy, monsieur O'Neal ? intervint Wood.

L'Irlandais reprit son air sentencieux.

— Ma foi, nous avons toujours pensé que cette tournée des Juifs antifascistes était une astuce pour mettre en place un réseau d'espionnage. Des espions juifs, bien sûr, des gens motivés pour la cause : faire en sorte que l'Oncle Joe soit aussi fort que l'Oncle Sam, si vous voyez ce que je veux dire...

— Vous pourriez être plus spécifique ?

— Pas beaucoup, monsieur. Il faudrait que vous demandiez par écrit des documents sur l'OSS. Ce que je peux vous préciser, c'est que cet acteur, ce Mikhoëls, le président du Comité, servait sans doute de couverture à ceux qui l'accompagnaient. Nous savons qu'ils étaient tous des agents du NKVD. Mikhoëls faisait les conférences et ramassait

Troisième journée

l'argent. Eux s'occupaient autrement. Remarquez, Staline ne leur en est pas reconnaissant. Il les fait supprimer les uns après les autres...

— Mikhoëls est mort ?

Le cri de Marina fit tressaillir l'Irlandais. Elle était debout et lui faisait face. O'Neal la toisa, la bouche méprisante. De toute évidence, il était persuadé que l'actrice lui faisait un numéro. Marina s'approcha d'un pas, les flics posèrent la main sur son épaule. Elle répéta :

— Mikhoëls est mort ?

Cohn et Wood échangèrent un coup d'œil.

— Vous pouvez répondre au témoin, monsieur O'Neal, déclara Cohn.

L'Irlandais haussa les épaules.

— Si vous ne le savez pas déjà, Miss, Solomon Mikhoëls est mort à l'automne 48. Officiellement renversé par un camion en se rendant à la gare de Minsk. Nos sources sont certaines : c'était un crime maquillé. Celui qui l'accompagnait, un journaliste, Vladimir Golubov, a été tué lui aussi. D'ailleurs, pour ce qu'on sait aujourd'hui, tous ceux qui ont participé à ce comité ont été supprimés ou envoyés geler quelque part en Sibérie.

Marina se rassit, livide. Je l'entendis murmurer : « Lioussia ! » Les autres aussi. Il y eut un moment d'embarras chez ces messieurs. La sincérité de son émotion était évidente. Et ils ne pouvaient pas avoir déjà oublié ce qu'elle avait raconté, la veille, sur la création houleuse du Comité.

O'Neal eut un petit rictus à l'adresse de McCarthy et de Nixon.

— Pour être franc, ces deux dernières années, Staline a supprimé pas mal de Juifs en vue. Cette histoire du Birobidjan ne les a pas beaucoup protégés, finalement.

— Monsieur O'Neal, intervint McCarthy, êtes-vous au courant d'une mission de l'OSS au Birobidjan pendant la guerre ?

Ce fut amusant de voir le visage de l'Irlandais changer. Son air satisfait s'effaça. Sa voix se modifia. Il se mit à marquer un temps avant chaque réponse, à peser ses mots.

— Je peux certifier que cela a existé.

— Dans quelle condition ?

— Ma foi, il n'y a pas que l'Oncle Joe pour avoir de bonnes idées, pas vrai ? Puisqu'il entrouvrait les portes avec cette histoire d'immigration juive et d'aide pour la guerre contre les nazis, il aurait été bête de ne pas en profiter.

— Vous voulez dire, envoyer des agents là-bas ? demanda benoîtement le sénateur Mundt en ouvrant de grands yeux.

L'Irlandais hésita, fit la moue.

— Il s'agissait d'en savoir un peu plus sur le Birobidjan, et surtout sur ce que les Japs trafiquaient de l'autre côté du fleuve Amour, monsieur. On se battait dans le Pacifique, si vous vous rappelez. L'OSS avait obtenu une information sur une usine d'armes chimiques installée à Harbin, une ville de Mandchourie à deux encablures du Birobidjan. C'était une bonne base d'approche...

Marina avait relevé la tête. Elle écoutait attentivement. La tristesse s'était effacée de ses yeux. Ce qui y brillait était plus près de la colère.

Wood demanda :

— L'agent Apron était de ceux-là ?

O'Neal secoua la tête.

— Je ne suis pas autorisé à vous en dire plus, monsieur. J'avais prévenu le procureur Cohn à ce sujet.

Il sortit une grosse enveloppe de sa serviette, la montra à Wood.

— Ces documents ne peuvent être lus que par des personnes accréditées.

Du menton il nous désigna, les sténos et moi. Il retrouvait son petit air de type qui en sait plus que tout le monde.

— J'ai l'autorisation de les laisser sous votre responsabilité, monsieur.

McCarthy opinait légèrement à chacune de ses phrases. Je commençais à me demander si ces deux-là n'avaient pas

Troisième journée

mis au point ensemble ce numéro. Si c'était le cas, ils avaient omis de compter avec Marina Andreïeva Gousseïev. Elle gâcha leur spectacle avec un ricanement. Toisa l'Irlandais avec mépris.

— Vous faites des cachotteries parce que vous ne savez rien. Du Birobidjan, vous ne savez rien non plus. Et Michael n'était pas seulement un espion. C'était un vrai médecin. Tout le monde l'aimait. Il a sauvé des vies, juives ou non. Il se sentait bien, là-bas. Il n'avait aucune envie de revenir ici.

Wood ne laissa pas le temps à O'Neal de répondre.

— Eh bien, il serait peut-être temps que vous nous racontiez comment vous avez rencontré l'agent Apron, Miss.

Birobidjan

Janvier 1943

Le drame commença la veille de leur arrivée. Birobidjan n'était plus qu'à six cents verstes. Un peu avant la nuit, le train s'arrêta dans une bourgade pétrifiée par le gel. Sous un auvent de bois, un panneau rouge voilé de givre annonçait :

YEKATERINASLAVKA
OBLAST DU FLEUVE AMOUR

Le hall de la gare, éclairé par une seule ampoule, était vide. Sur le quai, personne n'attendait de passagers. Aucun voyageur embarrassé de bagages ne guettait l'arrivée du convoi. Adossé à un maigre tas de bûches, un vieil homme somnolait près d'un brasero. Entre les oreillettes rabattues de sa chapka on devinait sa peau lisse et brune, ses yeux fendus. Un chaudron de soupe fumait sur les braises rougeoyantes.

Le train s'immobilisa dans un fracas de freins. Des soldats sortirent de l'ombre. Une trentaine, fusil en main, visage emmitouflé dans une écharpe de feutre. L'étoile rouge brillait sur leurs chapkas. Ils se postèrent devant les portes des wagons. Un lieutenant au visage cuit par le froid lança des ordres d'un ton rogue. Wagon après wagon, en commençant par ceux de queue, les soldats libérèrent les femmes qui allaient chercher le bois et remplir des pots de

Troisième journée

soupe. Pour la première fois depuis le départ de Moscou, ce ne fut pas la ruée. La dernière voiture à pouvoir s'approvisionner fut celle des Juifs. Marina ne sortit pas, elle se contenta d'entasser au pied du poêle la dizaine de bûches récoltées pendant que les enfant se jetaient sur le bidon de soupe que l'une des femme avait pu obtenir.

Une fois la dernière porte refermée, les soldats passèrent la bretelle de leur fusil à leur épaule. Tapant des bottes sur la neige, ils déambulèrent sur le quai. Tout devant, des cheminots remplissaient le tanker et la citerne de la locomotive. Le halètement placide de la chaudière rythmait l'attente. Celle-ci dura. Sans raison, le train ne repartait pas. Bientôt, la nuit fut complète.

Une ampoule s'alluma sous l'auvent. L'Asiatique avait disparu depuis longtemps avec son chaudron vide. Les dernières braises de son brasero s'éteignaient dans la neige.

L'impatience monta. Les uns et les autres commencèrent à poser des questions. L'inquiétude attisa l'énervement. Ici et là, tout au long du convoi, des femmes ouvrirent les portes des wagons, apostrophèrent les soldats. Leurs voix aiguës de colère griffaient l'air glacé. Que se passait-il ? Pourquoi le train ne repartait pas ? Qui avait décidé d'empêcher les passagers de se dégourdir les jambes ? Combien de temps cela allait encore durer ?

Sous leurs écharpes, les soldats ne répondaient pas. Ils secouaient la tête, faisaient signe de rentrer dans les voitures. Quelques-uns reprirent leur fusil en main. Une jeune femme s'emporta. Elle sauta sur le quai, saisit la manche du soldat le plus proche. Un garçon d'à peine vingt ans. Le givre pailletait ses sourcils. La mauvaise lumière ôtait toute vie à son regard. Il repoussa la femme du plat de la main. Durement. Elle glissa, tomba sur les fesses, cria. Le soldat pointa le canon de son arme sur sa poitrine. Elle cessa de crier. Il arma la culasse. Le claquement du métal graissé résonna sous l'auvent. Les autres soldats l'observaient de loin, sans plus taper des bottes. Chez les Juifs, des femmes avaient entrouvert la porte, mais aucune ne s'était mêlée à la dispute. Le soldat fit un signe de son fusil. La femme se remit debout. Une de ses compagnes descendit la rejoindre. Elle lui prit le bras et l'entraîna vers le marchepied. Le soldat ne baissait pas son arme. Ses yeux étaient devenus aussi pâles que ses sourcils. Les femmes remontèrent dans leur wagon. Des portes claquèrent tout au long du convoi. Un autre silence s'installa.

Ce n'était pas la première fois que le train s'éternisait dans une gare. D'ordinaire, chacun savait pourquoi : l'eau pour le tanker était gelée ; le bois ou le charbon manquait ; les conducteurs cuvaient la vodka bue trop vite... Des événements ordinaires pour un pareil voyage. Cette fois, c'était différent. Jamais encore les soldats n'avaient bouclé les voyageurs comme des prisonniers. Et que faisaient-ils là, ces soldats ? Dans l'extrême est de la Sibérie ? Alors que l'Armée rouge affrontait les Allemands à Stalingrad et sur la Volga ?

Des questions sans réponse.

Après une heure, peut-être deux, un coup de sifflet déchira la nuit. Ce n'était que la relève des soldats pétrifiés de froid. En quelques minutes, la nouvelle patrouille se confondit avec la première. Les soldats tapèrent des bottes devant les wagons avec seulement plus d'énergie.

L'attente recommença. Dans le wagon des Juifs, on parlait bas. Les enfants n'osaient plus ni jouer ni se disputer. Les yeux fuyaient vers les vitres. Exceptionnellement, on ne les avait pas masquées avec les rideaux de feutre pour se protéger du froid. Pourtant, à quoi bon regarder ces vitres ? La glace et la nuit les rendaient aussi opaques que des puits de néant.

Depuis Omsk, il n'était pas de jour sans qu'un geste ou un petit événement rapproche Marina de ces étrangers anxieux et agités. Tantôt ils n'étaient que bruit, rires et bavardages exubérants. L'instant suivant une lassitude morne les accablait. Rien, pas même les enfants, ne leur tirait alors un sourire.

Troisième journée

Envers elle, ils pouvaient se montrer familiers aussi bien que d'un respect excessif, presque ironique. Ils n'avaient pas rechigné à lui faire une place dans le wagon déjà surpeuplé. Un vieux wagon à grains qu'on avait aménagé à la hâte avec de mauvais bancs de bois. Quatre fenêtres carrées laissaient entrer un peu de lumière, mais la glace et le givre voilaient la vue. Le bois des cloisons retenait l'aigreur des lieux jamais aérés, de la sueur, de la suie, des seaux de toilette. Dès qu'on y entrait, on était assailli par la puanteur, puis on s'accoutumait.

Malgré le petit poêle, plus ils progressaient vers l'est, plus le froid s'intensifiait. Les femmes remarquèrent vite que, la nuit, Marina portait tous ses pulls les uns sur les autres et s'enroulait dans son manteau. L'une d'elle dénoua un gros baluchon pour en tirer une couverture de laine bariolée. Elle la lui tendit.

— *Matoné, matoné...*

Elle souriait en hochant la tête. Marina hésita. Le vieil homme qui baragouinait un peu de russe et semblait être le patriarche agita les mains.

— *Matoné*, cadeau. Elle dit cadeau. Faut accepter.

Marina voulut protester. Une fillette s'avança, prit la couverture des mains de celle qui devait être sa mère et la lança sur les épaules de Marina. Elle répéta le mot russe du grand-père :

— *Podarok... Podarok... Matoné !*

Tout le monde se mit à rire.

De ce jour, échanger quelques mots avec les enfants, les uns en russe, les autres en yiddish, devint un jeu. *Kartofl* signifiait « pomme de terre », *khaverté* : « amie » ; un « non juif » se disait *goy*, « poisson » : *fish* ; *shvarts broyt* signifiait « pain noir », *muter* : « mère », et *kikhl* : « biscuit »...

Se comprendre, plus ou moins, était surtout une affaire de gestes et de grimaces. Une pantomime trompeuse adorée des enfants. Marina partageait leurs rires, mais la sévérité taciturne des parents continuait à l'impressionner. Comme s'il s'était agi d'apprendre un rôle pour la scène, elle étudiait à la dérobée cette manière qu'ils avaient de baisser le front ou d'incliner la tête en parlant. Elle tentait de reproduire la danse de leurs mains, le plissement de leurs paupières, ces moues qu'ils opposaient aux caprices des enfants et même ces grands sourires qui soulevaient si haut leurs sourcils.

Parfois, c'étaient eux qui l'observaient et la jaugeaient. Les femmes surtout, ou le patriarche, qui devaient se demander ce que cette jeune juive allait faire à Birobidjan, sans homme, sans enfant, sans famille. Avaient-ils deviné la vérité ? C'était bien possible. Comment pouvaient-ils ne pas se rendre compte qu'elle était une goy ? La honte la saisissait. L'envie lui venait de clamer la vérité : « Je vous mens, je ne suis pas des vôtres. Je vais seulement me cacher parmi vous pour ne pas devenir une zek ! »

Elle se cloîtrait dans son coin. Rouvrait pour la centième fois l'un des livres qu'elle avait emportés avec elle mais qu'elle ne pouvait pas lire par manque de lumière. Ou fermait les yeux, murmurant telle une prière ces vers qu'elle avait découverts comme si Pasternak les avaient écrits pour elle :

> *Tout se tait. Je suis monté sur scène*
> *Et j'écoute, adossé au montant*
> *De la porte, la rumeur lointaine*
> *Qui annonce ce qui m'attend*[1]...

Maintenant, il ne devait plus être loin de minuit. Deux fois déjà la garde avait été relevée. Le frappement des bottes des soldats sur la neige gelée du quai de la gare de Yekaterinaslavka devenait obsédant. Le halètement de la locomotive n'avait pas cessé, il paraissait seulement plus lent, plus faible. Une seule lampe à huile brûlait au centre du wagon. Le poêle rougeoyait faiblement. Les femmes comptaient les

---

1. *Le Docteur Jivago*, traduction des Éditions Gallimard.

Troisième journée

bûches et ne le rechargeaient qu'au dernier moment. Le froid durcissait les visages. On se serait cru dans un terrier. Des yeux luisaient dans les ombres figées. Personne ne parlait ni ne tentait de dormir. Pas même les enfants. Pourtant, il n'y avait rien d'autre à faire qu'attendre.

Marina sursauta. Une silhouette se dressait devant elle sans qu'elle l'ait vue venir. Elle reconnut le vieil homme. Le blanc de sa barbe formait une tache floue. Il demanda :

— Tu sais ? Toi, tu sais ?

Marina s'assit, pas certaine de comprendre. Le patriarche répéta :

— Ici, pourquoi. Le train ?

Il fit un geste vers le fond du wagon.

Marina secoua la tête.

— Non, je ne sais pas. Ils n'ont rien dit.

— Soldats pour nous ?

— Non ! Tout le train. Pas nous. Tout le monde pareil !

Elle aussi gesticulait, parlait mal. Le vieux la considéra en silence. Elle crut qu'il cherchait à poser une autre question. Non. C'était à elle de parler. Elle retrouva le mot appris avec les enfants : *geduld*, pour patience. Elle le murmura :

— *Geduld, geduld...*

Le patriarche se détourna, grogna :

— *Geduld*, toujours *geduld* ! Pour quoi faire ?

Un nouveau coup de sifflet les tira de leur torpeur. Il y eut un grondement d'ordres. Les mousquetons des fusils cliquetèrent. Dans le wagon, les hommes se mirent debout. La porte coulissa dans un grincement de ferraille. La nuit sibérienne bondit à l'intérieur. Le vent se levait.

Fusil à l'épaule, un soldat entra, tenant une lampe au kérosène. Le lieutenant qu'ils avaient déjà vu sur le quai des heures plus tôt apparut. Et derrière lui un long jeune homme maigre qui ne devait pas avoir trente ans. Son manteau de fourrure, serré à la taille par une ceinture de cuir aussi large qu'une main, était trop grand pour lui. Quand son visage pénétra dans l'éclat de la lampe, l'insigne du NKVD brilla sur sa casquette fourrée. Un commissaire politique, un politruk.

Le soldat referma la porte. Il sentait la laine gelée. Des glaçons dansaient entre les fils de son écharpe. Il la laissa sur son visage. Le kérozène projetait une violente lumière bleue. Les enfants, à demi assoupis, se protégèrent les yeux de la main. Le politruk déboutonna le haut de son manteau. Le lieutenant ôta sa chapka, dévoilant un crâne chauve et livide. Ses yeux étaient injectés de sang, le gel avait tracé de fines crevasses noires sur ses joues. Il réclama les papiers, l'haleine puant l'alcool. Le patriarche n'eut pas à traduire. Chacun comprit et tendit les précieux documents.

C'était un rituel. Leurs passeports avaient déjà été vérifiés cent fois. Ils devaient l'être encore. Le politruk les réunit dans son poing. Il les parcourut, lança des noms d'une voix très grave et très jeune à la fois, comme s'il venait à peine de muer. Il prononçait mal, à la russe. Les Juifs ne comprenaient pas. Il devait répéter. Il le faisait avec un sourire. On comprenait que ce n'était pas la première fois. Une sorte de jeu pour lui. Il scrutait longuement celui ou celle qui s'était avancé.

Le patriarche lui donna des documents écrits en yiddish.

— Birobidjan, on va à Birobidjan. C'est prévu. Officiel, très officiel.

Le lieutenant secoua la tête et grommela quelques mots indistincts. Le politruk le fit taire de la main. Il examina les documents du vieil homme. Ne fit pas de commentaire. Saisit enfin le passeport de Marina et la lettre en yiddish rédigée par Mikhoëls à l'intention du comité exécutif de la région de Birobidjan. C'était un contrat d'engagement pour deux années au théâtre juif de Birobidjan.

Le soldat ôta son écharpe. Il s'appuya contre la cloison du wagon. Une croûte noire recouvrait ses lèvres gercées. Il ne devait pas être plus âgé que le politruk. Celui-ci releva les yeux des papiers de Marina. Il promena son regard sur elle comme pour détailler son corps sous les couches de vêtements.

— Tu es actrice, camarade Gousseïeva ?

— Comme il est écrit sur mon passeport, camarade commissaire.

— Et tu vas faire l'actrice au Birobidjan ?

— Oui.

— Les théâtres de Moscou ne te conviennent pas ?

Les lèvres du politruk s'étiraient, provocantes. Marina lui renvoya son sourire.

— Ils sont surtout fermés, en ce moment, camarade commissaire.

— Et tu as envie de vivre avec les yid ?

Marina fut prise au dépourvu par le mépris de son ton. Elle jeta un coup d'œil à ceux qui l'entouraient. Les adolescents s'étaient placés avec les hommes. Tendus, les traits tirés, mesurant leur souffle. Les femmes ne quittaient pas le lieutenant et le politruk des yeux. Une fillette s'enroula dans le manteau de Marina, s'agrippa à ses jambes.

— Je suis juive, comme eux, dit-elle.

Elle devina le sang qui lui rougissait les joues. Le lieutenant ne laissa pas le politruk lui répondre.

— Tu parles leur langue, camarade ?

D'un coup de menton, il désigna les émigrants.

— Non, pas beaucoup. Je ne viens pas...

Le lieutenant l'interrompit en se tournant vers le politruk.

— Quel bordel ! On les a laissés venir jusqu'ici sans les prévenir, une fois de plus ! Trois ou quatre mille verstes en train, et personne pour les retenir ! Qui fait son boulot, sur cette foutue ligne ? À quoi servent ces saloperies de rapports que je me tue à rédiger, tu peux me le dire ?

Le politruk haussa les épaules. Marina demanda :

— Que se passe-t-il, camarade lieutenant ?

— La frontière mandchoue est à moins de cinquante verstes de cette gare, camarade ! S'il faisait jour, tu verrais peut-être bien les camions et les tanks des Japonais.

— Des Japonais ?

Le lieutenant la dévisagea avec fureur.

— Nom de Dieu, oui, les Japonais ! Ils occupent la Mandchourie depuis dix ans. Tu ne le sais pas, camarade actrice ? Et que nous sommes en guerre avec le Japon, tu ne le sais pas non plus ? Les nouvelles n'arrivent pas, à Moscou ? Que crois-tu que nous fassions ici, à piétiner jour et nuit par moins trente, camarade ? Le camarade Staline nous demande de protéger la frontière et de faire la chasse aux espions. Et on s'y emploie. Parce qu'il a raison. Il faut toujours traquer les espions, sur les frontières. On ne sait jamais ce qu'on trouve quand on fouille sous ces couches de crasse...

Il toisa les familles juives en ricanant. Sa colère, une vieille colère rancie de s'être fait piéger dans ce coin perdu de Sibérie, lui tordait la bouche. Le politruk intervint :

— Nous sommes dans une zone militaire interdite, camarade. Aucun étranger ne s'arrête ici. Même chose pour le Birobidjan. Voilà dix mois que l'immigration y est interdite.

— Interdite. Non... ce n'est pas possible. Personne ne nous a dit...

Sous le choc, les mots peinaient à franchir les lèvres de Marina. Le politruk haussa les épaules.

— Quelqu'un a dû oublier. C'est la guerre. Tout ne peut pas être parfait.

— Mais nous avons nos papiers...

Le politruk lui tendit la liasse des documents.

— Tu as tes papiers, camarade. Moi, j'ai mes ordres. Personne ne descend du train avant Khabarovsk.

— Mais qu'est-ce qu'on va faire ? Ces gens viennent de...

— Ça va. Je sais d'où ils viennent. Changement de programme. C'est tout.

Il reboutonna son manteau. Marina devina les murmures autour d'elle. Le soldat se décolla de la cloison, releva sa lampe, le fusil à la main. Le politruk tira sur la porte. Marina saisit la manche du lieutenant alors qu'il couvrait son crâne de sa chapka.

Troisième journée

— Où va-t-on aller ?

Sans répondre, le lieutenant se dégagea d'un coup de coude. Avant de sauter sur le quai, le politruk lança :

— Vous irez où on vous dira d'aller. Ceux de Birobidjan ont l'habitude. Ils sauront quoi faire de vous.

Le train repartit au milieu de la nuit. Il s'ébranla sans que le moindre coup de sifflet annonce son départ. Marina n'avait pas eu grand-chose à expliquer à ses compagnons de voyage. Le patriarche avait demandé :

— Birobidjan ? Fini, pas possible ?

Elle avait voulu parler des Japonais, de la guerre, des espions. Le vieillard l'avait interrompu avec un ricanement.

— Guerre, pas la guerre, pareil pour les Juifs. Birobidjan pareil. Même chose partout. Pas de place pour les Juifs.

Marina avait été sur le point de protester. Pourtant ce n'étaient pas des mots qui étaient venus, mais des larmes. Un flot de larmes. Une houle trop longtemps retenue, amère, pleine de honte.

Le patriarche avait hoché la tête. Ensuite, il y avait eu des cris, de la colère, des discussions sans fin. Marina n'en comprenait pas un mot. Les sons liquides et rauques du yiddish flottaient autour d'elle, la repoussant dans sa solitude. Elle s'était retirée sur sa banquette, incapable de trouver le sommeil. Qu'allait-elle faire, si elle ne pouvait entrer au Birobidjan ? Où aller ? Qu'allait-il se passer à Khabarovsk ?

À Moscou, on connaissait ce nom de la Sibérie : Khabarovsk. Si on le prononçait, c'était pour évoquer ceux qui y disparaissaient dans l'abîme des camps de travail du Goulag.

Les camps de zeks ! Voilà ce qui les attendait.

Voilà le cadeau de Iossif Vissarionovitch Staline. Il ne l'avait pas fait arrêter par les manteaux de cuir. Elle n'avait pas connu les couloirs de la Lubianka. Le train qui l'emmenait à Birobidjan était un train ordinaire. Aucun obstacle, aucune tracasserie ne l'avait empêchée d'obtenir l'aide de

Mikhoëls. Pourquoi se serait-il donné cette peine, puisqu'elle se jetait d'elle-même dans l'enfer des zeks ?

Car bien sûr Iossif Vissarionovitch savait où elle fuyait. Et savait qu'elle n'y parviendrait jamais. Qui mieux que lui et que le NKVD savaient que le Birobidjan était une zone militaire fermée où nul ne pouvait entrer ?

Staline savait tout. Toujours. Pourquoi l'avait-elle oublié ? Pourquoi avait-elle cru à...

À quoi ? À sa poussière d'affection ? À sa nostalgie au souvenir d'une nuit d'ivresse et de fausse tendresse avec une petite actrice ?

Quelle naïveté ! Elle devenait vraiment juive ! Aussi crédule que ces pauvres gens qui fuyaient les massacres nazis avec l'espoir qu'on les accueillerait à l'autre bout de la Sibérie !

Jamais Staline ne cesserait d'être Staline. N'y avait-il pas eu assez de mensonges et de douleurs pour le prouver ?

Secouée par le ballant du train, elle fut incapable de dormir. Les questions, la peur l'étouffaient. Une ou deux fois, elle se releva pour alimenter le poêle. Malgré le froid, les femmes l'oubliaient. Serrées les unes contre les autres, elles chuchotaient jusqu'à l'ivresse.

L'épuisement fit enfin son œuvre. Marina s'endormit un peu avant le jour. Un mauvais sommeil, de mauvais rêves que le marmonnement des voix, le vacarme du train ne cessaient de traverser.

Un grincement de ferraille plus violent que les autres la réveilla. Des doigts de soleil faisaient danser des ombres dans le wagon. Les enfants se bousculaient devant les fenêtres. Ils en avaient fait fondre la glace avec une plaque du poêle. Essuyant de la manche le givre que leur haleine faisait sans cesse renaître, ils scrutaient l'immense plaine de neige. Les bagages, les baluchons, les manteaux étaient rangés comme s'ils devaient être transportés sur le quai au prochain arrêt.

Durant quelques secondes, Marina crut à un miracle. Avait-on appris quelque chose pendant qu'elle dormait ?

Troisième journée

Allait-on malgré tout descendre à Birobidjan ? Mais non, c'était impossible. Ce n'était qu'une folie. Une absurdité. Ces femmes et ces hommes n'avaient-ils donc pas compris ce qui les attendait ?

Puis elle vit leurs visages. La dureté des yeux rougis. Les lèvres serrées. Les regards de pierre.

Si, bien sûr, ils savaient.

Mais ils se tenaient prêts. Ils se préparaient au pire. Ce n'était pas la première fois que cela leur arrivait. Ils en avaient l'expérience. N'avaient-ils pas fui devant les nazis ?

L'une des femmes s'aperçut que Marina ne dormait plus. Elle versa un peu de thé brûlant dans un gobelet de fer, s'approcha. Pendant que Marina buvait, elle désigna la valise et le sac ouverts, les vêtements éparpillés, la trousse de toilette. De la main, elle lui fit signe de ranger à son tour. Elle aussi devait se tenir prête.

Marina haussa les épaules. La femme insista, lui frôla la joue d'une caresse. Marina se souvint du geste maternel de l'épouse de Mikhoëls. La caresse de cette femme possédait la même tendresse endurante, compréhensive. Les sourcils levés, un éclat moqueur dans le regard, la femme agita les mains. On aurait cru qu'elle faisait passer une balle invisible d'une paume à l'autre. Elle murmura :

— *Meshané mazl ! Meshané mazl !*

Marina entendait ces mots pour la première fois. « La chance tourne ! »

Qui peut savoir quand la chance tourne ?

Oui, un jour ou l'autre, cela advient. Le malheur aussi se lasse. Il faut se tenir prêt, être patient. N'était-ce pas ce qu'elle avait dit elle-même au patriarche : *Geduld, geduld !*

Elle prépara ses bagages. Sans cesser de penser que c'était absurde. Jamais sa valise et son baluchon ne se poseraient sur le quai de la gare de Birobidjan.

Pour s'apaiser, elle s'approcha des enfants. Ils lui firent de la place devant les vitres. Des fillettes lui enlacèrent le cou comme elles l'auraient fait avec une grande sœur. Le train avançait à peine plus vite qu'un traîneau. La steppe blanche, infinie, mollement ondulée, glissait sous leurs yeux. On n'y devinait aucune route. Pas même la trace d'un animal. Lorsque la voie longeait un escarpement, un talus, la fumée grasse de la locomotive poudrait la neige d'un énorme coup de pinceau noir. Une balafre de suie qui s'enfonçait dans le blanc comme l'encre d'un tatouage dans la peau.

Un garçon cria. Un mur de rondins surgit dans un repli de neige. De la fumée zigzaguait dans l'air scintillant. Dans l'heure qui suivit, d'autres isbas apparurent. Les enfants les pointèrent du doigt à grands cris. Derrière, les parents restaient assis, silencieux. Les yeux clos, le patriarche paraissait dormir, ses mains enveloppées de mitaines croisées sur son ventre.

Les isbas devinrent plus grandes. Entourées de granges. Le train traversa un village. Des gens se dressèrent sur un traîneau, levèrent le bras pour saluer. Leurs lèvres bougeaient mais on ne les entendait pas. Les enfants crièrent en retour, agitant les mains contre les vitres.

Un chemin de neige longea la voie. On y vit d'autres traîneaux, de longues maisons de bois, une houle cassée de toits recouverts de neige, de la fumée bouffant hors des cheminées, les entrepôts d'une scierie, la haute cheminée d'une briqueterie, un écriteau en yiddish. Le patriarche se leva, vacillant dans le ballant du train. Ils entraient dans Birobidjan.

Pendant des jours, le cœur battant d'espoir, ils avaient attendu ce moment. À présent, ils serraient les poings pour masquer le tremblement de leurs mains. Les visages s'étaient figés. Les enfants redevinrent silencieux, s'écartèrent des fenêtres. Marina évita les regards qui se tournaient vers elle. Le sifflet du train annonçant la gare les pétrifia.

Le convoi s'immobilisa dans le crissement habituel de ferraille. Du fronton souligné de rose et orné de lettres hébraïques qui annonçaient Birobidjan, ils ne virent rien. Au-dessus de l'auvent, une immense banderole en cyrillique recouvrait la façade :

Troisième journée

Tout pour le front, tout pour la victoire

Comme la veille à Yekaterinaslavka, des soldats prirent place le long des wagons, fusil au poing. Personne ne chercha à descendre sur le quai. Pourtant, leur porte coulissa presque aussitôt. L'officier qui s'engouffra dans leur voiture portait les étoiles de capitaine sur le col de son manteau. Un homme au visage large, charnu et sans âge, la barbe courte semée de friselis de givre. On devinait difficilement ses yeux sous les paupières gonflées par les veilles et l'alcool. Une femme le suivait. Une politruk. Grande, sanglée dans une tunique molletonnée, les hanches larges, le pantalon bouffant enfoncé dans des bottines de feutre. Deux épaisseurs de foulards lui recouvraient la tête. Ce fut elle qui réclama les passeports en tendant sa paume gantée de cuir. À son côté, indifférent, le capitaine marmonna en yiddish :

— *Kontrol! Kontrol!*

Les documents changèrent de main en quelques secondes. La politruk ne les consulta pas. La liasse de papiers dans le poing, elle redescendit aussitôt sur le quai. Le temps que la porte coulisse, Marina entrevit un petit groupe d'hommes et de femmes. Les femmes portaient des paniers, de grandes bassines fumantes. Tous jetèrent des regards avides à l'intérieur avant d'être effacés par le roulement de la porte qui se refermait. À l'intérieur aussi, on les avait vus. Il y eut un murmure. Le capitaine hocha la tête, rigolard.

— Oui, oui, de quoi manger. *Broyt, puter* et *bortsch*. Tout à l'heure, tout à l'heure. Après le contrôle. Patience. *Geduld!*

Il tira une blague à tabac de sa poche et, du pouce, en bourra une pipe recourbée. Il avait repéré Marina derrière les femmes. Il lui adressa un clin d'œil. Elle détourna la tête. Il alluma sa pipe, lança à nouveau quelques phrases en yiddish mêlé de russe. Seul le patriarche répondit.

Il désigna du menton les uns et les autres. Marina devina qu'il expliquait d'où ils venaient. Le capitaine l'écoutait, tirant sur sa pipe à petites bouffées, lorgnant encore sur Marina. Le vieux prononça le nom de Birobidjan, l'officier agita sa pipe.

— Non, non! Impossible : interdit. Birobidjan *farmakht*!

Une femme éclata, s'écria :

—*Azoy?*

Elle repoussa la main du patriarche qui voulait lui imposer le silence, montra les enfants, débita un flot de mots avant de se taire d'un coup. La porte du wagon s'ouvrit. Demeura ouverte. Le froid chassa la chaleur d'un souffle. La politruk entra, la liasse des passeports toujours dans la main. Elle fixa Marina.

— Tu es la camarade Gousseïeva ?

Marina fut si surprise qu'elle ne réagit pas. La politruk répéta :

— Tu es la camarade Gousseïeva ou tu ne l'es pas ?

— Oui... C'est moi.

— Descends sur le quai.

— Mais pourquoi ?

— Descends et tu sauras. Dépêche-toi ou tu vas faire geler tout le monde.

La pipe entre les dents, le capitaine marmonna :

— Prends ce qui vient, ma fille, discute pas.

Il lui saisit le bras, la poussa dehors. Marina respira l'odeur de la neige, du métal chaud. Le froid lui mordit la gorge, transperça ses vêtements. Elle était sans manteau. Elle claqua des dents, esquissa un geste pour rouvrir la porte.

— Attends !

La voix jaillit derrière elle. Une voix de jeune fille.

— Tu vas prendre froid après la chaleur du wagon.

Une fille d'à peine vingt ans, blonde, boulotte, au grand sourire. Elle jeta une couverture sur les épaules de Marina.

— Camarade actrice Marina Andreïeva Gousseïev ?

La jeune fille s'écarta pour laisser place à deux hommes. L'un d'eux était âgé, petit, un visage de paysan, creusé de rides mais le regard clair sous de gros sourcils broussailleux. L'autre devait avoir à peine plus de trente ans. Un homme d'une parfaite beauté. Un visage de prince aux yeux dorés, une bouche mobile, des lèvres ourlées, vaguement féminines, des épaules hautes, fermes. Marina murmura que oui, c'était elle. Le froid lui durcissait le menton.

— Sois la bienvenue au Birobidjan, camarade Gousseïeva !

— Bienvenue ? Ici...

Il rit. Un beau rire de gorge, profond, comme on les travaille pour la scène.

— De quoi es-tu surprise, camarade ?

Marina chercha le regard de l'autre homme. Il demeura impassible. Elle serra la couverture autour d'elle. Elle tremblait de tout son corps.

— À Yekaterinaslavka, on nous a dit que ce n'était pas possible, que Birobidjan était « zone militaire interdite ». Qu'on ne nous laisserait même pas descendre du train...

— Eh bien, tu vois, tu es descendue !

Le jeune homme souriait. Un sourire léger, gracieux. Il tenait la lettre de Mikhoëls dans sa main gantée.

— Il y a toujours des malentendus. Ceux de Yekaterinaslavka font comme s'ils ne comprenaient pas. C'est vrai, nous sommes en zone militaire. À cause des Japonais, comme tu dois le savoir. L'entrée de nos camarades non russes y est interdite jusqu'à la fin de la guerre. Mais ça ne te concerne pas. Tu n'es pas une immigrante étrangère, camarade Gousseïeva. Ton passeport intérieur dit que tu viens de Moscou. Tu as une lettre d'embauche de Solomon Mikhoëls pour notre théâtre... C'est tout à fait différent.

Il inclina la tête et le buste en un salut théâtral, tendit la main à Marina.

— Je suis Metvei Levine, directeur du théâtre yiddish de Birobidjan. Ton directeur, si tu le veux bien.

Le sourire était aussi éclatant que la neige, la main longue et nerveuse. Marina tendit la sienne, abasourdie. L'homme aux gros sourcils agita un journal en yiddish qu'il tenait dans sa main gantée et déclara :

— La camarade devra quand même se présenter devant le comité, Metvei. Se présenter et être acceptée par la commissaire. Il ne faudrait pas l'oublier...

Une voix rabotée par le tabac, habituée à donner des ordres. Levine approuva d'un signe.

— Je te présente Shmuel Klitenit, camarade Marina Andreïeva. Shmuel a raison. Il connaît toutes ces procédures : il est le vice-secrétaire du comité de gestion de Birobidjan. Mais je suis certain qu'il n'y aura pas de difficultés.

Marina les écoutait à peine. Le froid lui serrait les tempes. La tête lui tournait. Les mots entraient en elle comme des aiguilles. Elle n'était pas certaine de comprendre. Elle n'allait donc pas repartir ? Elle allait rester au Birobidjan ?

Le soleil sur la neige du quai était aveuglant. Le long du convoi les portes des voitures s'ouvraient, les soldats accompagnaient les femmes qui allaient chercher du bois. Les bras chargés de bûches, certaines se tournaient vers l'avant du train, curieuses.

Des éclats de voix retentirent. La politruk et le capitaine réapparurent sur le marchepied du wagon. Ils sautèrent sur le quai. Le groupe d'hommes et de femmes, qui se relayaient pour ne pas déposer les bassines de soupe dans la neige glacée, s'approcha de la porte coulissante. Des phrases en yiddish fusèrent. Tout le monde parlait en même temps. Questions et réponses se mélangeaient. Des femmes pleuraient en s'embrassant, les hommes serraient des mains. Une fillette cria vers Marina :

— *Pani* Marina !

On la dévisagea avec surprise. Elle se tourna vers Levine et Klitenit.

— Eux, ils vont où ?

— Khabarovsk, comme prévu !

La politruk avait entendu sa question et y répondait avant les autres. Elle ajouta :

Troisième journée

— Si tu as des bagages, tu ferais bien de les descendre avant la fin de la distribution de soupe. Le train repart juste après. Mets-toi bien dans la tête que tu n'es pas encore en règle, camarade. Le directeur Levine dit que tu es engagée au théâtre. Il a le document. On verra, le comité décidera.

Elle s'écarta aussi brusquement qu'elle s'était approchée. Le capitaine donnait des ordres, pressait la distribution de soupe.

— Ça suffit, les larmes ! Ça suffit, le train va repartir.

Il héla des soldats, leur ordonna de se rapprocher. Metvei Levine toucha le bras de Marina.

— La commissaire a raison, tu devrais descendre tes bagages.

Il la poussa vers le wagon. Une écuelle de soupe à la main, le patriarche la fixa. Elle s'immobilisa, incapable de faire un pas de plus. D'autres visages se levaient vers elle, puis se détournaient. Que pensaient-ils ? Qu'elle les abandonnait ! Qu'elle les trahissait, qu'elle n'était pas des leurs !

Elle se tourna vers Levine, ôta la couverture de ses épaules et la lui tendit.

— Ce n'est pas possible. Je ne peux pas rester ici. Je dois aller avec eux.

Levine ouvrit la bouche pour protester. Un cri d'enfant jaillit au-dessus d'eux :

— *Pani, pani* Marina !

C'était la fillette qui l'avait appelée un peu plus tôt. Elle tendait la couverture bariolée. Derrière elle, un homme apparut, portant le sac et la valise de Marina.

Elle ne bougea pas. Levine la pria une nouvelle fois de prendre ses bagages. L'homme les lui tendit. Elle secoua la tête, les mots hors d'atteinte. Levine lança :

— Nadia, occupe-toi de ses bagages !

La jeune fille blonde qui avait protégé Marina du froid un peu plus tôt attrapa la valise qu'on lui tendait, puis le baluchon et la couverture, que la fillette lui abandonna. Les soldats tenaient déjà les poignées de la porte. Marina cria. Les

L'inconnue de Birobidjan

enfants ouvraient des yeux immenses. Des femmes serraient leurs visages humides entre leurs paumes. Le patriarche fit un petit geste de la main, un adieu ou une caresse dans l'air. La porte du wagon se ferma. La locomotive cracha un jet de vapeur. La fumée s'enroula au-dessus d'eux et voila le soleil. Les roues du train tournèrent. Marina s'élança. La longue main de Levine agrippa son bras.

— Non ! Je t'en prie, camarade. Ça ne sert à rien.

Dans les semaines qui suivirent, Marina demeura hantée par la pensée de ce convoi disparaissant derrière un talus de neige.

La fumée de la locomotive stagna longtemps au-dessus des rails vides, telle une nuée de ténèbres dans le ciel resplendissant de soleil. Aveuglante, la neige immaculée se reflétait contre la grande verrière en demi-lune du fronton de la gare. Le quai se vidait. Le petit groupe venu attendre le train disparut dans le hall. Leurs bassines vides tintèrent comme des cloches dans l'air glacé. Les soldats s'éloignèrent, nonchalants, sans avoir repris le rang. La brume dorée de leur haleine moutonnait entre les canons de leurs fusils. La politruk, suivie du capitaine, était déjà hors de vue. Klitenit, le vice-président du comité, s'écarta de Levine pour rejoindre à son tour le hall de la gare. Marina lui barra le chemin.

— Que vont-ils devenir ? À Khabarovsk, que vont-ils devenir ?

Metvei Levine répondit à la place de Klitenit :

— Des gens s'occuperont d'eux. Ce n'est pas la première fois.

Marina l'ignora, patienta pendant que Klitenit tirait un paquet de cigarettes de sa tunique. Un paquet neuf, aussi rouge que le drapeau soviétique. Il ôta un gant pour en faire sauter la bande, déchirant les lettres dorées de CCCR.

— Peut-être qu'on les renvoie d'où ils viennent, marmonna-t-il en glissant une cigarette sous sa moustache jaunie.

Troisième journée

Peut-être aussi qu'on les installe quelque part en attendant la fin de la guerre.

— Dans un camp ? Un camp de zeks ?

Levine intervint à nouveau. La camarade Gousseïeva devait être épuisée. Il fallait se défier du soleil d'hiver, à Birobidjan, il masquait la férocité du froid... Pourquoi n'allait-elle pas boire un thé, au chaud au buffet de la gare ?

Ni Marina ni Klitenit ne lui prêtèrent attention. La jeune Nadia fixait Marina avec fascination. Elle lui recouvrit les épaules de la couverture bariolée. Marina l'enroula contre sa poitrine. Klitenit l'observait. Il inspira une longue bouffée de sa cigarette, puis en exhala la fumée, qui s'accrocha aux poils de sa moustache.

— Tu veux la vérité, camarade ? La vérité, c'est qu'on n'en sait rien, de ce qu'ils deviennent. Une chose est sûre : ils auraient mieux fait de ne pas mettre les pieds dans ce train.

— Peut-être qu'ils n'avaient pas le choix ?

— C'est possible. Très possible. Mais nous non plus, on n'a pas toujours le choix.

Sans un mot de plus, il s'éloigna. Nadia tira Marina par le bras.

— Il ne faut pas rester ici. Tes larmes gèlent sur tes joues. Elles vont t'arracher la peau.

De la pointe des doigts, Marina tâta la pellicule craquante de larmes gelées. Elle pleurait sans s'en rendre compte. Nadia lui retint le poignet.

— Surtout, ne touche pas ! Tu vas te déchirer la peau et tu auras le visage couvert de croûtes.

Ensuite, pendant un long moment, ce fut comme une nausée d'ivresse. Marina ne résista pas quand Levine et Nadia la poussèrent tel un pantin dans la gare. Après tant de jours passés à lutter contre le froid, Marina suffoqua dans la chaleur du hall. Ne plus sentir le ballant du train, ne plus respirer la puanteur du wagon, l'odeur de métal chaud, de la rouille et de la suie, lui fit tourner la tête. Elle eut à peine conscience des regards qui la scrutaient lorsqu'ils traversèrent le hall d'accueil où un immense portrait de Staline recouvrait un mur. Avec ses tables rondes drapées de nappes blanches, la salle du buffet lui parut aussi aveuglante que la taïga enneigée.

À la demande de Nadia, un serveur aux traits asiatiques apporta un bol d'eau à peine tiède. La jeune fille y trempa un mouchoir, l'imprima sur les joues de Marina. La glace des larmes fondit. Marina gémit. Il lui semblait que mille aiguilles piquaient sa chair.

Un autre portrait de Staline était suspendu au-dessus du bar. Une photographie retouchée peinte avec des tons doux. Il y apparaissait jeune, tendrement souriant. Plus jeune et plus tendre qu'il l'avait été quand Marina s'était trouvée nue sous ses mains. Et ses yeux, d'où qu'on se trouve dans la salle du buffet, paraissaient pouvoir vous fouiller jusqu'aux tréfonds de l'âme.

Pendant quelques secondes, Marina eut la sensation délirante qu'il la regardait bel et bien. Un sanglot de panique retenu depuis des heures, des jours et peut-être bien des années, manqua de l'étouffer. Nadia redoubla ses caresses, Levine s'agenouilla. Toute la salle maintenant les observait. Marina marmonna des mots heureusement incompréhensibles. Ou peut-être ne les prononça-t-elle pas, s'adressant seulement mentalement à Iossif Vissarionovitch : « Tu vois, je suis là. Tu l'as voulu, je suis là ! »

Nadia et Levine se méprirent, murmurèrent qu'elle ne devait plus rien craindre, que tout allait bien se passer, qu'elle était désormais en sécurité.

— Personne ne te fera repartir de Birobidjan, je te le promets, assura Levine en lui serrant les mains avec chaleur.

Les yeux clos elle approuva, chassant du mieux qu'elle le pouvait cette folie du regard de Iossif Vissarionovitch qui lui brûlait la poitrine. Nadia lui baisa la joue, Levine se redressa en souriant de toute sa beauté.

— Nadia va s'occuper de toi, Marina Andreïeva. Elle te montrera tout ce dont tu auras besoin. Tu verras, c'est une

Troisième journée

fille formidable. Par chance, il y a une chambre libre juste à côté de la sienne dans la datcha principale. Tu pourras t'y installer à ton aise. Et je t'attends au théâtre demain matin tôt. Nadia t'y conduira.

En un geste cérémonieux, inattendu, Levine lui saisit à nouveau la main et s'inclina comme s'il allait lui faire un baisemain. Des regards le suivirent jusqu'à la porte. Nadia annonça :

— C'est mon cousin.

Marina demeura sans réaction. La jeune fille précisa :

— Metvei : c'est mon cousin. Si j'ai pu venir ici, c'est grâce à lui. Il a émigré au Birobidjan juste avant la guerre. Avant, il dirigeait le théâtre juif de Lipestsk. Tout le monde dit que c'est un grand directeur. Mais en fait, il est écrivain. Presque un poète. Il écrit des pièces en yiddish. Il a même traduit *Les Trois Sœurs* de Tchekhov, et sur l'affiche il y a écrit *fartaïtcht un farbesert*, « traduit et amélioré », par Metvei Levine. Tu verras...

Le serveur déposa des verres de thé devant elles. Frissonnante, Marina serra le sien entre ses mains glacées. Nadia se tut, avala de petites gorgées fumantes en l'observant de ses immenses yeux noirs scintillants de curiosité.

— Tu lui as plu, reprit-elle. Je l'ai vu tout de suite, que tu lui plaisais. Il est tellement content d'avoir une nouvelle actrice. Et qui vient de Moscou !

Elle eut une grimace enfantine.

— Il est beau, n'est-ce pas ? Toutes les femmes de Birobidjan le trouvent beau. Il faut dire qu'ici, un homme comme lui...

Elle s'interrompit, rougissante. Marina sourit.

— Il t'a appelée Nadia, mais...

— Nadia Sarah Leventhal. Je vais bientôt avoir dix-neuf ans. Je veux devenir institutrice. Je n'en croyais pas mes yeux, tout à l'heure, sur le quai, quand la politruk t'a fait descendre du train. Si Metvei n'avait pas insisté, en ce moment tu filerais vers Khabarovsk avec les autres. Je crois que la grosse Zotchenska – c'est son nom, à la politruk : Mascha Zotchenska – le craint un peu. Ou peut-être qu'elle est amoureuse de lui ? Comme toutes les autres...

Le rire de Nadia était doux et cruel, plein de jeunesse. Depuis quand Marina n'avait-elle plus entendu cette joie, cet appétit de vivre ?

Quand Marina se fut réchauffée, Nadia l'entraîna à travers les rues de Birobidjan.

— Viens, il faut préparer ta chambre avant la nuit. Il fait nuit très tôt, ici. Et on n'a pas beaucoup de lumière dans les chambres. Il faut faire attention.

En ce mois de janvier 1943, Birobidjan était une bourgade transie et terrée sous la neige. Le soleil rasant de l'après-midi déformait les ombres dans les quelques rues tout en longueur. On y croisait peu de monde. Dans la très large avenue face à la gare, des silhouettes pressées filaient, inclinées sous des sacs à dos. Des enfants allant faire une course surgissaient au coin des rues perpendiculaires. Un traîneau aux clochettes bruyantes. Un vieil homme suivi d'une mule à la hure prise de givre qui répondit d'un grognement inaudible au salut de Nadia.

Étrangement, derrière les talus de neige, il semblait y avoir plus d'arbres que de maisons, comme si le bourg surgissait de la forêt. Toutes les constructions étaient en bois et beaucoup n'étaient pas encore terminées. Nadia pointa du doigt une grande étendue plate qui cessait brusquement à la lisière d'une forêt de bouleaux.

— C'est notre fleuve : la Bira. Pas le fleuve Amour ! Ne te trompe pas, gloussa-t-elle sous sa capuche de fourrure. Pour l'Amour, il faut aller plus loin. Bien plus loin ! Demain, je t'y emmènerai. Tous les jeunes de Birobidjan s'y retrouvent pour faire du patin, les garçons comme les filles. Viens, on va par là, maintenant.

Elles s'engagèrent dans une autre rue, plus étroite, bordée de bâtisses de rondins. Certaines étaient peintes de couleurs

Troisième journée

vives, d'autres, récentes, laissaient voir le bois noirci par l'humidité. D'autres encore, inachevées, ne possédaient pas de toit, et leurs charpentes surgissaient dans le bleu du ciel comme des pattes d'insectes géants. Ici et là, derrière d'épais volets entrebâillés, on devinait des ateliers, des petits commerces. Et partout des écriteaux en russe et en yiddish.

— Tout ce dont on a besoin, on le trouve au grand marché, déclara Nadia. C'est l'endroit que j'aime le plus dans Birobidjan. C'est juste un hangar avec un toit immense, mais quand tout le monde est là, à vendre et à échanger, c'est comme une fête. En hiver, un peu moins, bien sûr. Ceux qui se sont installés dans des fermes viennent moins souvent. Avec la neige et les traîneaux, c'est pas facile. Voilà, on arrive chez nous...

La datcha principale était de celles construites par les premiers immigrants, au début des années 30. Pour cette raison, elle avait été dévolue à l'accueil provisoire des nouveaux venus.

— Mais tu sais comment c'est, le provisoire. Moi, je suis là depuis deux ans, et je ne sais pas jusqu'à quand encore. Chaque fois que j'en parle à Metvei, il me dit : « Pourquoi veux-tu partir d'ici, c'est très bien pour une jeune fille... » Je suppose qu'ils me laisseront là jusqu'à ce que je me marie ! Toi, tu auras peut-être plus de chance.

Ici comme à Moscou, ou dans n'importe quelle ville d'Union soviétique, la plupart des gens vivaient dans des maisons communes. Cependant, les datchas spécifiquement construites pour la vie communautaire étaient mieux conçues que les immeubles bourgeois aux appartements massacrés, transformés en taudis pour entasser le plus de familles possible. Ouvrant de part et d'autre d'un grand couloir central, les chambres étaient spacieuses. Chacune possédait la même petite lucarne, un lit monté sur un coffre, une table, des rayonnages. La cuisine commune, seule pièce à être dotée de l'électricité, possédait plusieurs foyers, une longue table et des bancs. Des braises rougeoyaient dans deux grands samovars. De lourds vaisseliers peints étaient surchargés de vaisselle, les murs décorés d'images découpées dans des revues. L'inévitable portrait de Iossif Vissarionovitch était suspendu tout près du plafond, entre deux poutres, ce qui ôtait beaucoup d'élan à son regard.

Nadia ne tenait pas en place. Elle empoigna la main de Marina et l'attira à l'autre bout du couloir en faisant la grimace.

— Je vais te montrer tout de suite ce qui ne va pas te plaire, annonça-t-elle.

C'était la salle d'eau commune. Il n'y avait ni lavabo ni baignoire. En guise de douche, un baquet de zinc était fixé sur un portique. Il fallait le remplir d'eau chaude pour qu'il se vide par un tuyau de caoutchouc rose. Le sol de bois était spongieux, gorgé d'humidité glacée. De vieux miroirs pendaient au mur.

— En été, ça va encore, mais maintenant... Tu feras comme nous. On garde une cuvette d'eau dans notre chambre pour tous les jours, et quand on veut être propres, on va à l'isba chaude. Pour les filles, c'est le vendredi, la veille du shabbat. Même si personne ne fait shabbat. C'est bien, on est entre femmes. Il y en a qui savent masser. Tu aimeras, j'en suis sûre...

Marina dut tenir encore quelques heures avant de pouvoir s'allonger sur son lit.

Le premier vrai lit depuis deux semaines. Une couche de laine qui ne bougeait pas, qui tenait chaud. Entourée de silence.

La tête lui tournait. Nadia avait tourbillonné autour d'elle pour installer sa chambre. Même s'il y avait eu très peu à faire. Quelques autres locataires de la datcha, toutes des femmes, étaient venues la saluer. On lui avait apporté du thé, des biscuits. On s'était enquis d'où elle venait et pourquoi. Nadia avait répondu à sa place. Avait raconté par le menu l'arrivée à la gare. Les femmes avaient embrassé Marina. Qu'elle fût actrice ne les impressionnait pas et les ravissait. Elles lui vantèrent le théâtre : le plus beau bâtiment de Birobidjan. Elle verrait demain. Comme tant de choses. Toute une vie commençait.

— Sois la bienvenue à Birobidjan ! Dieu te bénisse ! Si tu as besoin de nous, tu demandes. Ici, il faut s'entraider. On est là pour ça. Au début, ce n'est pas facile, mais tu verras, on s'y fait. Ce n'est pas si mal. Par ces temps d'enfer, tu peux bénir le Ciel qui t'envoie ici, ma fille. Il y en a qui sont bien plus mal lotis !

Et aucune n'avait soupçonné que Marina Andreïeva Gousseïev n'était pas juive. Déjà, comme si sa seule présence valait toutes les preuves, elle était des leurs. Elle devenait une autre.

« Le Ciel qui t'envoie ici... » Si cette femme avait su !

Le visage de Iossif Vissarionovitch revint la hanter. Pas le visage jeune et tendre de la photographie qui l'avait happée dans le buffet de la gare. Le vrai visage aux joues grêlées qu'elle avait caressé dans la nuit de novembre 32 ne s'était jamais effacé de sa mémoire. Mais, tout au contraire de ce qui était arrivé dans la gare, il avait perdu un peu de son pouvoir de terreur.

Comme si le froid et l'immensité de la Sibérie qui pétrifiaient la datcha et la ville accomplissaient déjà leur œuvre. Comme si elle était parvenue au bout de l'épreuve en s'engloutissant dans cette ville minuscule, à peine née, étrangère.

Birobidjan.

Sa prison et tout l'espoir de sa nouvelle vie de femme juive !

— Marina Andreïeva, n'est-ce pas le plus merveilleux théâtre du monde ?

La voix de Metveï Levine résonnait dans les cintres. Vêtu de noir, il faisait sonner ses bottines sur la scène. Un chandail au col croisé soulignait la finesse de sa silhouette et l'harmonie de ses traits.

— Tu vas l'aimer. Ce théâtre a une âme. Une âme qui ne va cesser de forcir.

Marina l'observait avec fascination. La beauté de Levine était presque trop parfaite. Il en jouait avec l'art de celui qui connaît son pouvoir depuis longtemps.

À peine une heure plus tôt, dans le grand gel du jour tout juste levé, Nadia avait accompagné Marina jusqu'au théâtre. Le bâtiment était d'une modernité inattendue. Une façade très géométrique, un haut fronton rectangulaire bordé de deux coulées étroites de vitrage à encadrement métallique. Sur son faîte, au-dessus de l'orbe tendu d'un balcon, de grandes lettres rouges annonçaient en cyrillique et en yiddish :

Théâtre juif d'État

Le porche central était soutenu par des colonnes de béton peintes d'un blanc éblouissant. De part et d'autre, deux ailes parfaitement proportionnées ouvraient leurs baies vitrées face à l'immense esplanade enneigée qui reliait le théâtre au fleuve pris par les glaces. À l'arrière de cette façade d'une magnifique simplicité s'étendait le long corps central du théâtre, enveloppant la grande salle et les resserres à décors. C'était là, sur le côté, que Nadia avait conduit Marina. Une porte secondaire rouge donnait accès aux couloirs privés du bâtiment. Nadia avait tiré sur le câble d'une cloche intérieure. Sans attendre que la porte s'ouvre, elle était repartie en courant vers la rue principale, criant :

— Tu ne peux pas savoir comme je suis contente que tu sois là, Marinotchka ! Et Metvei aussi. Tu verras.

Quelques secondes plus tard, Levine avait ouvert la porte lui-même. Il avait ri de la découvrir emmitouflée, par-dessus son manteau et son bonnet, dans la grande couverture multicolore offerte par les Juives du train.

— Marina Andreïeva ! Qui te reconnaîtrait sous toutes ces épaisseurs ? Le froid n'est pas si terrible. Tu t'y feras bientôt, comme nous tous.

Troisième journée

La saluant avec effusion, s'enquérant de son installation dans la datcha commune. Avait-elle tout ce qu'il lui fallait dans sa chambre ? S'y sentait-elle bien ? Les femmes l'avaient-elles bien accueillie ? Elle ne devait pas craindre de réclamer l'aide de Nadia.

— Sous ses airs de petite femme, ce n'est encore qu'une enfant. Mais charmante et si pleine de vie ! Tu peux compter sur elle autant que sur moi.

Quant à la régularisation administrative de son arrivée au Birobidjan, elle ne devait pas s'en inquiéter. Tout se passerait bien, ce n'était qu'une formalité. D'ailleurs, il l'accompagnerait tout à l'heure devant la commissaire. Il avait son mot à dire au comité en tant que directeur du théâtre...

Marina l'avait remercié. La sollicitude démonstrative de Levine l'étourdissait autant que la chaleur du théâtre, la profondeur du sommeil où elle avait sombré la nuit précédente ou la nouveauté de chaque chose. Depuis quand n'avait-elle pas dormi dans une obscurité et un silence pareils ? À son réveil, elle avait eu la sensation d'avoir été transportée dans un monde inconnu, mystérieux. Le moindre geste, la moindre habitude devaient être réappris.

Levine devinait, comprenait. Il l'avait aidée à se débarrasser de la couverture et du manteau. Lui avait saisi le coude pendant qu'elle ôtait ses bottes de feutre. Marina avait perçu la chaleur de ses longues mains délicates contre son bras malgré les couches de vêtements.

— Les premiers temps à Birobidjan sont toujours étranges. Nous l'avons tous vécu. Surtout quand on arrive de la ville. De Moscou, ce doit être encore pire : une vraie province. Même pas celle de Tchekhov. Mais nous, nous construisons un nouveau monde, n'est-ce pas ? Et grâce à lui.

Il désigna la grande photo de Staline suspendue derrière son bureau. Marina se dégagea doucement de son emprise. La pièce était meublée avec soin et décorée selon la tradition soviétique des bureaux des hommes de pouvoir. Des affiches de propagande de l'Armée rouge et des bannières brodées d'écussons et d'inscriptions yiddish alternaient sur les murs avec des photos de scène. On y voyait Metvei Levine maquillé et en costume, seul ou avec d'autres acteurs, jouant ou saluant le public. Sur l'un des clichés, où Levine devait être plus jeune d'une dizaine d'années, Marina reconnut le visage si particulier de Mikhoëls grimé et costumé.

Levine avait guetté sa surprise.

— Je connais Solomon Mikhoëls depuis très longtemps. Il a été mon maître. Sans lui, ce théâtre ne serait pas ce qu'il est.

— Je n'avais pas compris que tu jouais aussi.

— Pour diriger un théâtre comme celui-ci, il faut savoir tout faire : l'acteur, le metteur en scène. Et même écrire et adapter. C'est ce que faisaient nos célèbres anciens, n'est-ce pas ?

Levine vibrait de fierté.

— Il faut dire aussi que notre troupe est aujourd'hui bien réduite. D'ailleurs, tu ne vas pas pouvoir rencontrer nos camarades acteurs avant quelques jours. Ils sont en tournée à Khabarovsk. C'est une de nos tâches : assurer des spectacles dans les villes de la région. Et c'est bon pour le Birobidjan...

Il avait tiré deux verres de thé bouillant d'un samovar électrique.

— La fée électricité arrive jusqu'au théâtre, comme tu peux le constater. Ce n'est hélas pas encore le cas dans tout Birobidjan. Prends ton verre, s'il te plaît, et suis-moi. Il est temps que tu voies le cœur de notre merveille.

Ils avaient parcouru en vitesse le foyer, les loges, les ateliers des costumières et des décorateurs avant de traverser le fouillis habituel des coulisses pour enfin pénétrer dans la cage de la scène. Levine bascula le manche d'un gros interrupteur. Deux projecteurs éblouirent le plancher pâle du plateau.

Troisième journée

— On use des projecteurs mais, quand il le faut, la tradition est respectée : on se contente des photophores à bougie.

Il montra les vasques de verre qui bordaient le devant de la scène face à pénombre de la salle. L'espace était plus vaste que Marina ne l'avait imaginé. Côté jardin, une estrade suspendue doublait le plateau. Levine expliqua que des musiciens s'y tenaient à l'occasion, « entre terre et ciel, comme cela doit être avec la musique ! ».

À la manière italienne, un rideau pourpre accroché aux cintres refermait la portion la plus haute du cadre. Les côtés étaient masqués par deux étroites tentures tombant en plis amples. Levine bascula le manche d'un second interrupteur. Un énorme lustre à pampilles illumina la salle.

Celle-ci dessinait un rectangle profond aux angles arrondis. De part et d'autre d'une large allée centrale s'étageaient les rangées de fauteuils en bois sombre. Une fausse rambarde en coursive remplaçait le balcon. Sur son fond rouge sang se détachaient de longues lignes de caractères hébraïques. Au-dessus, les murs étaient décorés de fresques. En trompe-l'œil, des images, vives et réalistes, représentaient les débuts de l'immigration au Birobidjan, des danses, le défrichage des forêts. Elles alternaient avec les visages, encore inconnus pour Marina, des pères du théâtre yiddish : Avrom Goldfaden, Mendel Mokher Sforim, Cholem Aleikhem et Itzhak Leibush Peretz. Tout au fond, au-dessus de l'entrée, un haut portrait de Staline recevait l'éclat d'un lumignon doré.

Levine s'accroupit, posa son verre sur le plancher de la scène. Face à la salle, il répéta :

— Une âme... La sens-tu, Marina Andreïeva ? Écoute...

Toujours accroupi, le visage tendu, il se tut. Il n'y eut plus que le silence froid, l'odeur de poussière humide, un peu âcre, si communs dans les théâtres vides.

Levine se redressa doucement.

— Un théâtre n'est pas seulement fait de la brique de ses murs et de la chair de ses acteurs. Il a un cœur violent et une âme. Celui-ci possède l'âme des milliers d'années de notre histoire.

Il parlait bas, détachait les mots avec soin. Sa main droite accompagnait ses paroles de brèves glissades, comme s'il caressait l'air. Marina demeura silencieuse.

— Bien sûr, tu es sans voix. Tu ne t'attendais pas à cela, n'est-ce pas ? Un pareil joyau ici, au milieu des isbas et des loups de la taïga, qui pourrait y croire ? La copie d'un vieux théâtre de Varsovie... Pourtant, l'âme ne suffit pas, Marina Andreïeva. Ton arrivée est un don du ciel ! Il y a encore cinq ans de cela, la troupe comptait plus de vingt comédiens, une demi-douzaine de musiciens, un directeur artistique et une trentaine de techniciens et d'administratifs. Aujourd'hui, je n'ai plus que trois comédiennes. L'une n'a pas deux ans d'expérience et les deux autres jouent depuis trop longtemps. Il me faut écrire des adaptations inutiles pour des pièces que nous reprenons sans cesse... Alors qu'il nous serait possible de tenter ici des choses si merveilleuses, si ambitieuses. Birobidjan n'est-il pas l'avenir du théâtre yiddish ?

— Camarade directeur...

— Non, non, je t'en prie ! Surtout pas de « camarade directeur » entre toi et moi.

Il se rapprocha, mains tendues, tête inclinée. Un geste d'acteur. Marina s'écarta vers le devant du plateau.

— Je veux que tu saches la vérité, camarade Levine. Nadia m'a raconté ce que je te dois. Comment tu as convaincu la politruk de me laisser descendre du train.

— Oublie Mascha Zotchenska. Elle ne compte pas.

— Je ne parle pas le yiddish. Les seuls mots que je connaisse, je les ai appris ces derniers jours, dans le train. Avec les enfants de ces pauvres gens qu'on a envoyés à Khabarovsk.

Elle avait parlé fort. Sa voix résonna dans le vide du plateau, plus dure qu'elle ne l'aurait voulu. Levine ne montra pas de surprise.

Troisième journée

— Ma foi, tu n'es pas la première à arriver ici sans parler le yiddish. Tu devras seulement travailler un peu plus si tu veux lire les vieux textes. Mais aujourd'hui, on ne joue plus aussi souvent en yiddish qu'avant...

— Je croyais...

— Les choses changent, Marina Andreïeva. Tu comprendras mieux quand tu connaîtras notre histoire.

— Mais le plus important, c'est que je n'ai pas joué devant un public depuis longtemps. Depuis plus de dix ans, en vérité. Toutes ces dernières années, jusqu'aux premiers jours de la guerre, j'ai surtout travaillé pour la Mosfilm. L'été dernier, le camarade Kamianov, le directeur du Théâtre d'art, m'a confié le rôle d'Ophélie. Mais au dernier moment nous n'avons pas été autorisés à jouer...

Levine leva la main pour l'interrompre.

— Mikhoëls t'envoie ici, cela suffit pour moi.

— Je n'ai jamais travaillé avec Mikhoëls. Il a seulement été bon avec moi.

— Donc, tu n'as jamais joué une pièce de notre répertoire ?

Marina se contenta d'acquiescer d'un signe. Levine l'observa, sourcils légèrement froncés, mains jointes devant la bouche. L'éclat des projecteurs brillait dans ses pupilles noires. Une observation insistante. Marina se détourna légèrement.

Depuis combien de temps ne s'était-elle pas trouvée ainsi sous le regard d'un homme ? Ce qu'il voyait, elle le savait. L'angoisse des dernières semaines, les interminables journées de train, la nourriture hasardeuse, les mauvaises nuits, le froid et la solitude, rien ne l'avait embellie. Ce matin, dans le miroir que Nadia lui avait prêté, elle avait découvert les traits d'une inconnue. Une femme de trente ans, pâle, aux cernes sombres et larges, le front déjà strié de fines rides, la bouche amère. Une femme qui oubliait sa beauté et sa séduction.

Elle se redressa, du bout des doigts assura le peigne qui retenait son chignon, trouva l'ironie d'un sourire.

— Tout ce qui vient de Moscou n'est pas un don du ciel.
Levine opina, amusé.
— Il me suffit que ce soit un don de Solomon Mikhoëls. Il t'a vue jouer, il a compris.
— Camarade...
— Metvei, s'il te plaît. Et laisse-moi te lire ce que Solomon dit de toi.
Il tira la lettre de Mikhoëls de la poche de son pantalon.

> *Cher camarade directeur du GOSET de Birobidjan, très cher Metvei,*
> *Si les conditions de ton beau théâtre de Birobidjan le permettent dans ces temps si difficiles, je te serais reconnaissant d'accueillir la perle étrange que je t'envoie. Marina Andreïeva Gousseïev, c'est son nom, est un drôle d'oiseau. Elle n'en sait pas plus sur le théâtre yiddish qu'une goy. Je crains que son ignorance des Juifs, et même du doux parfum de la judaïté, soit encore plus insondable. Le Dieu de Moïse a négligé son éducation. En contrepartie, il lui a accordé toutes les qualités et les grâces que l'on doit attendre d'une actrice. À la condition d'encore un peu de travail, et je sais que tu es homme de travail, cher Metvei, je ne doute pas que la camarade Gousseïeva puisse offrir à nos frères quelques-unes des grandes émotions de notre vénéré théâtre yiddish.*

Marina était incapable de prononcer la moindre parole, parvenait difficilement à lutter contre les larmes. D'où venait la bonté de Mikhoëls ? Pourquoi avait-il recouvert son mensonge sous ce flot de compliments ? Kapler et Kamianov l'avaient-ils véritablement convaincu de son talent ?
Levine esquissa un geste vers la larme qui coulait sur sa joue. Elle détourna le visage, il baissa la main.
— Sais-tu ce qui est le plus extraordinaire, Marina Andreïeva ? demanda-t-il doucement. Hier, je n'avais aucune raison d'aller attendre l'arrivée du train. C'est un

pur hasard. L'envie, soudain, m'a pris d'accompagner Nadia. Un caprice. Je n'avais même pas de temps à perdre. D'ailleurs, j'étais sur le point de repartir... C'est lorsque je t'ai vue descendre du wagon que j'ai su. Le hasard cessait d'être un hasard. Tu comprends cela ?

Marina devina qu'il avait envie de la toucher. Peut-être en un autre moment l'aurait-elle désiré, elle aussi. La beauté de Levine, sa voix étaient attirantes. Sa gentillesse aussi. Son admiration flatteuse. Son assurance réconfortante... Si tout cela possédait un peu de sincérité. N'était pas l'artifice d'un homme trop habitué à séduire. Comment aurait-elle pu en juger ? Trop de fatigue, trop d'émotions l'abrutissaient.

Elle se raidit comme on repousse un songe. Murmura un remerciement.

— Pardonne-moi, je crois que ce voyage m'a plus épuisée que je le pensais.

Levine approuva d'un sourire, jeta un regard à sa montre.

— Viens, il est temps que nous allions saluer les camarades du comité.

Dans les coulisses, du plat de la main, il fit basculer les interrupteurs, laissant l'obscurité effacer la scène derrière eux.

Comme Levine l'avait prévu, Mascha Zotchenska, la politruk, et le comité ne s'opposèrent en rien à l'immigration temporaire de Marina. Outre la politruk et Klitenit, quatre femmes et un seul homme, le plus âgé, immigrant des débuts du Birobidjan, composaient le comité.

Avant quiconque, Levine prit la parole. Il assura que l'arrivée d'une nouvelle et grande actrice moscovite dans la troupe du Birobidjan était non seulement un honneur pour la culture de la région autonome, mais également un apport indispensable à la troupe qu'il dirigeait. Après deux années de disette, la présence de Marina permettrait enfin de monter de nouveaux spectacles. N'était-ce pas ce que tout le monde attendait avec impatience en ces temps si durs de guerre et de privations ? Évidemment, il n'était pas question de discuter, et encore moins de contourner, les restrictions apportées à l'immigration dans la région. Le cas de la camarade Gousseïeva relevait seulement d'une validation temporaire de deux ans de son passeport intérieur. Il s'agissait de combler enfin la vacance d'un poste de travailleuse culturelle. Un vide préjudiciable à l'œuvre même du GOSET. Combien de fois Levine n'avait-il pas réclamé, et jusqu'à Moscou, une candidate ? En outre, allait-on insulter le grand Solomon Mikhoëls, acteur fabuleux et président du Comité antifasciste juif, en repoussant l'aide qu'une fois encore il apportait au peuple du Birobidjan ?

Levine parlait avec la verve et l'assurance d'un homme accoutumé au respect. Comme Zotchenska, les autres femmes du comité peinaient à détourner leurs regards de son beau visage. Leurs traits sévères, endurcis par la rudesse de la vie sibérienne, paraissaient s'apaiser comme sous une caresse. Le vice-président Klitenit écoutait patiemment, paupières mi-closes, la moustache constamment noyée par la fumée de ses cigarettes. Son vieux collègue opinait, adressait des sourires bienveillants à Marina. Fugacement, Marina eut conscience que l'influence de Levine sur le comité devait être très différente de celle d'un simple directeur de théâtre.

Cependant, elle n'eut guère l'occasion d'y songer. Elle dut remplir une petite liasse de formulaires. Son passeport intérieur fut rapidement tamponné, son nom inscrit dans le registre des Juifs du Birobidjan. La réunion du comité s'acheva sur des vœux de bienvenue. On s'inquiéta de son logement et de ses besoins avec amabilité, on lui promit toute l'aide dont elle aurait besoin et de venir l'admirer le plus tôt possible. Mon Dieu, comme Levine avait raison ! Jusque dans les villages les plus reculés du nouvel État juif, et même dans les garnisons de l'Armée rouge stationnées sur les rives de l'Amour, on se languissait de voir de nouvelles pièces du GOSET.

Troisième journée

Klitenit eut finalement l'honneur de clore la décision du comité. Il ne s'embarrassa pas d'un discours. Quand chacun fut debout, Mascha Zotchenska chuchota un instant avec Levine. Il sourit, murmura à son tour. Pour la première fois, Marina entendit le rire de la politruk.

Lorsqu'ils sortirent de la salle de réunion, un photographe fut convié. Il réunit tout le monde devant les bustes de Lénine et de Staline qui encadraient les marches du bâtiment. Lui aussi avait été bâti en brique, dix ans plus tôt, juste après le théâtre. Comme tous les bâtiments administratifs de l'Union soviétique construits après la mort de Lénine, il ressemblait à un caveau massif et pompeux.

Nadia, venue attendre Marina et son cousin Metvei, posa parmi les autres. Dès le lendemain, deux photos ornaient la première page du *Birobidjaner Stern*, le plus ancien et très officiel journal yiddish du Birobidjan. Nadia avait couru le chercher sous la neige qui tombait dru. À la une, à côté de la photo de groupe prise devant le bâtiment du comité, un large portrait de Marina occupait un bon quart de la page.

Sur le cliché de groupe, on voyait distinctement le regard de Zotchenska levé vers Levine tandis qu'il fixait l'objectif, sa main reposant sur l'épaule de Marina. À son côté, Klitenit, l'air matois, tenait son éternelle cigarette. Les autres souriaient mécaniquement. Sur son portrait, Marina trouva son visage plus marqué encore qu'elle l'imaginait.

La photo reproduisait le bleu de ses yeux par un gris dense, souligné par l'ombre des cernes, assombris au point qu'on l'aurait crue maquillée à la manière des actrices des films muets. Sa chevelure en désordre voilait sa joue droite. Une mèche frôlait sa bouche, qui s'entrouvrait sur un murmure inaudible. Un visage fragile, étonné, qui fixait l'objectif comme si une menace inattendue allait en surgir.

Elle jeta le journal sur le lit de Nadia.

— Brûle-le! Je ne veux plus me voir avec cette tête. On croirait que j'ai cent ans!

Nadia protesta, promit tout au contraire de découper la photo.

— Tu ne sais pas te voir. De toute façon, inutile de brûler le journal. À cette heure-ci, il est dans toutes les maisons juives de Birobidjan !

Nadia traduisit la légende accompagnant le cliché. Le journal jouait sur le mot *stern*, « étoile », et son propre titre. Au-dessous, l'article décrivait Marina comme une protégée du grand Solomon Mikhoëls. Il était question de ses rôles pour la Mosfilm, de son engagement au Théâtre d'art de Moscou. Le papier se concluait sur « les cours de perfectionnement en yiddish » qu'elle allait prendre dès le lendemain.

— D'où sortent-ils tout ça ? Je n'ai pas échangé une parole avec le photographe.

— Ne cherche pas : c'est Metvei, assura fièrement Nadia. Il sait très bien y faire avec les journalistes. Tu verras, quand vous commencerez une nouvelle pièce, le *Birobidjaner* ne parlera plus que de ça pendant deux jours ! Ce qui compte, c'est que maintenant tout le monde te connaît.

Quand Marina suggéra qu'elle aurait préféré rester inconnue pour quelques jours ou quelques semaines de plus, Nadia poussa des hauts cris.

— Et pourquoi ? Tu devrais être très contente, au contraire. Tu es une actrice. Les actrices, c'est fait pour qu'on les admire. On rêve d'elles et on oublie la guerre ! À partir de maintenant, tu es notre nouvelle *stern* !

Des éclats de voix résonnèrent dans le couloir et la cuisine de la datcha : à leur tour, les femmes avaient découvert le *Birobidjaner*. La chambre de Nadia se remplit de rires. Les plaisanteries fusèrent.

— Quand tu te seras un peu remplumée, Marina Andreïeva, tu seras la plus belle femme de Birobidjan. Les hommes vont faire la queue pour t'apporter des choux au théâtre...

— Tu verras, ici, c'est le cadeau le plus précieux. Même pour les mariages, ils nous en offrent.

— À moins que Metvei soit trop jaloux et l'enferme dans les loges !

Troisième journée

Nadia rougit. Les moqueries redoublèrent :
— Nadia chérie, ton Metvei, il faut en rire ou en rêver.
— Sauf qu'en rêver tout le temps, ce n'est pas sain !
— Tu sais bien qu'il n'est pas pour nous, ton beau coq !
— Pour la nouvelle star, c'est autre chose...

Alors qu'elles apportaient du thé, l'une d'elles se mit à fredonner la chanson du fleuve Amour. Durant un instant, les rires cessèrent. Toutes ensemble, les yeux soudain brillants, elles reprirent le refrain :

*Coulent, coulent,
méandres de mon fleuve,
hanches de la femme sans passé,
eaux lentes du long amour,
où se baignent les innocents.*

*Coulent, coulent,
méandres de mon fleuve,
hanches de la femme sans passé,
eaux lentes du long amour
où se noie le géant des illusions.*

Deux jours plus tard, la ritournelle tournait encore au fond du cœur de Marina lorsque, dans la pénombre de la salle de théâtre, un homme se leva et l'applaudit.

Une heure durant, solitaire, à la lumière des photophores de l'avant-scène, elle avait arpenté le plateau. En silence, avec le seul frôlement de ses pas pour accompagnement. Un étrange et puissant exercice mis au point par Mikhoëls et proposé par Levine :

— Joue sans prononcer un mot. Pense les répliques, vis ton texte de l'intérieur. Qu'il te sorte par tout le corps sauf par la bouche. Bouge, déplace-toi comme si tu le jouais véritablement. Au millimètre près. Appuie un peu le jeu du visage. Rien qu'à te voir, on doit comprendre... On doit tout ressentir. Avoir envie de rire et de pleurer.

Marina avait choisi le rôle d'Ophélie. Elle l'avait tant répété à Moscou, au Théâtre d'art. Et puis, la traduction de Pasternak n'était-elle pas devenue elle aussi silencieuse ?

Après avoir repris encore et encore la première scène de l'acte III, quelque chose s'était produit. Il lui semblait que la plainte et la colère d'Ophélie résonnaient encore autour d'elle. Pourtant, pas un son n'était sorti de sa gorge.

Un brutal claquement de mains la fit sursauter. Elle cria.

— Metvei, c'est toi ?

La silhouette se dressa. Très grande. Ce n'était pas Metvei, mais un autre homme, avec des reflets blonds dans les cheveux. Il s'avança dans l'allée centrale. Des vêtements ordinaires, une tunique de laine, un foulard rouge et ocre autour du cou. De longues mains au duvet doré qui tenaient le *Birobidjaner Stern*. Quand il parla, son accent rendit son russe à peine compréhensible :

— Pas question de peur. Bravo. Vous êtes très bonne.

— Qui êtes-vous ?

— Docteur de Birobidjan. Mon nom : Michael. Américain. Michael Apron.

Il s'était assez approché pour qu'elle distingue ses traits. Son ventre se serra. Une sensation inconnue. Une douleur entre la peur et la joie. Sans raison.

Peut-être l'effet de ce qu'elle venait de jouer. De s'en être assez bien sortie. L'homme la dévorait de ses grands yeux clairs. Il disait :

— J'ai reconnu : Shakespeare. Ophélie. Pas vrai ?

Elle répondit bêtement :

— Américain ?

— Juif, aussi. Je soigne. Docteur Apron !

Il rit comme si c'était une plaisanterie.

— Je suis ici depuis...

Il conclut sa phrase de la main, agitant le journal, l'ouvrant sur la photo prise devant le bâtiment du comité.

— Il fallait vous voir en vrai. La photo trop mauvaise.

Washington, 24 juin 1950

147ᵉ audience de la Commission des activités anti-américaines

— Miss Goussov ! Miss, Miss !
McCarthy levait la main.
— Vous arrivez dans cette ville... Birobidjan, en janvier 1943 ?
— C'est ce que je viens de dire.
— Et vous rencontrez l'agent Apron presque aussitôt ?
— Oui.
— En êtes-vous certaine ?
— Quand Michael est venu me voir au théâtre, cette première fois, c'était au moins une semaine avant qu'on apprenne la victoire de l'Armée rouge à Stalingrad. Il y a eu une grande fête. On était sûrs qu'on allait gagner la guerre... C'était tout début février. Je m'en souviens très bien.
— N'était-il pas inhabituel qu'un étranger, un Américain, vive ainsi au Birobidjan ? Vous venez d'expliquer que la région était « zone militaire interdite ». Vos commissaires politiques refoulaient les nouveaux immigrants. Ils se méfiaient des espions. Vous l'avez raconté en détails... Et Apron allait et venait sans se cacher, exerçait comme médecin ?
— Un Américain qui parlait mal le russe ! renchérit Nixon en ricanant.
— Michael ne le parlait pas mal. Il faisait semblant.
— Semblant ?

— Il parlait comme on pensait que devait parler un Américain. C'était sa manière de se cacher.

Marina Andreïeva leur sourit. Il y avait longtemps que le rouge à lèvres avait disparu de sa bouche.

— Comment le savez-vous ?

— Il me l'a dit.

— Quand ça ?

— Plus tard. Quand il a décidé de m'emmener avec lui aux États-Unis parce qu'il m'aimait. Il ne voulait pas qu'on soit séparés...

Sa voix sonna bizarrement sur ces derniers mots. Profonde, basse, avec cette vibration tendre et ténébreuse que peut avoir une corde de violoncelle. Son visage était figé, lisse. Presque heureux. Elle fixait un point bien au-delà de la salle. Durant une ou deux secondes, ce fut comme si elle s'échappait tout entière, esprit et chair, dans un temps qui nous était inaccessible.

Je me rappelai ce qu'elle m'avait confié dans le parloir de la prison. Cela lui faisait du bien de raconter son histoire. Ce devait être vrai. Elle ne montrait plus rien de cette tension qui l'épuisait la veille. Elle offrait plutôt un air serein. Et assez de légèreté pour se payer la tête de McCarthy et de Nixon. Son regard revint sur eux.

— En réalité, Michael parlait très bien le russe. Et aussi le yiddish. Il faisait semblant d'apprendre. Tous les jours, il notait de nouveaux mots sur un carnet. Ensuite, il les prononçait mal pendant des semaines, s'améliorait peu à peu. Ça nous amusait. Il allait même à l'école de yiddish. Je suppose que c'est ce qu'on enseigne aux espions, chez vous, non ?

Cette dernière phrase était adressée à O'Neal.

Depuis un moment, je gardais un œil sur l'Irlandais de la CIA. Il avait été très attentif, prenant de brèves notes sur un petit calepin, pendant que Marina parlait. Une ou deux fois, il avait paru surpris. Il ôtait alors ses lunettes pour en essuyer les verres. Le genre de gars à les essuyer dix fois par jour, l'air négligent, mais sans perdre une miette de ce qui tombait dans ses oreilles.

Depuis que McCarthy était intervenu, il était beaucoup moins à l'aise. Il ne répondit pas à Marina. Il lança un regard noir au sénateur. Peut-être bien que McCarthy venait de faire une connerie. De poser une question qu'il aurait mieux fait de garder pour lui.

Et, pas de chance, Wood ne s'était aperçu de rien. Il crut bon d'insister :

— Vous n'êtes pas là pour interroger les témoins, Miss. Monsieur O'Neal, l'agent Apron était-il au Birobidjan en 43 ?

O'Neal soupira.

— Monsieur, je ne suis pas autorisé à parler des missions de nos agents. Pas ici, en tout cas.

Ses yeux de myope se promenèrent sur la table des sténos, glissèrent sur Shirley pour s'arrêter sur mon visage. Je lui souris. Il détourna aussitôt la tête.

— Vous trouverez tous les éléments relatifs à cette mission dans le dossier que je vous ai fourni au début de l'audience, ajouta-t-il.

Wood eut une moue embarrassée. Il tripota la grosse enveloppe restée devant lui, fut sur le point de l'ouvrir pour consulter les documents. À son côté, McCarthy marmonna quelques mots à voix basse. Nixon s'inclina pour saisir l'enveloppe. Wood reposa sa paume dessus. Il avait encore envie de rester le maître de cette mascarade. Il se tourna vers Cohn, notre dandy de procureur, qui demeurait bien silencieux. Mais Wood n'eut pas le temps d'ouvrir la bouche. Marina lança :

— Si ce monsieur, votre espion, ne veut pas répondre, moi, je peux. C'est bien ce que je dois faire ici, non ? Dire toute la vérité ?

Devant moi, Shirley et sa collègue ne purent retenir un gloussement.

Cohn s'exclama :

— Miss Gousseïev...

— Je dois dire ce que je sais, non ? C'est vous qui me l'avez demandé. Vous m'avez fait jurer de dire la vérité, rien que la vérité, toute la vérité. Sinon, je suis parjure, n'est-ce pas ?

Elle marqua un minuscule silence, comme avant le coup de grâce.

— Le russe, Michael l'avait appris à l'école. À Berditchev, en Ukraine. Une ville où vivaient beaucoup de Juifs. Le yiddish, il l'a appris avec ses parents. Tous les Juifs de Berditchev parlaient le yiddish. Deux ou trois ans après la Révolution, son père est mort. C'était la famine. Les Juifs mouraient beaucoup, à cette époque-là. Mais le père de Michael n'est pas mort de faim. La Tcheka l'a tué parce qu'il avait volé des œufs pour sa femme et pour son fils. Michael avait quatorze ans. Dès que cela a été possible, sa mère est partie avec lui pour l'Allemagne. Ils y sont restés trois ans. Il n'y avait pas de travail. Ils ont pris un bateau et sont arrivés à New York. D'abord dans le Lower East Side, puis à Brooklyn. Les Juifs d'Ukraine y étaient nombreux. Ils s'entraidaient. La mère de Michael a retrouvé du travail. Elle brodait très bien. Michael a appris l'anglais. Ça n'a pas été difficile pour lui : il parlait déjà le russe, l'ukrainien, le yiddish et l'allemand. Il était doué pour les langues, mais il voulait devenir médecin. Depuis toujours. Il m'a dit : « Aussi loin que je me souvienne, où qu'on aille, quels que soient la ville ou le pays, il y avait des malades autour de nous. Je détestais ça. » Pendant ses études, on lui a proposé d'être espion. À cause de toutes les langues qu'il connaissait. Et aussi parce que ceux qui le recrutaient savaient qu'il détestait les bolcheviks et Staline à cause de la mort de son père. Il n'a pas accepté tout de suite. Seulement quand ils lui ont proposé de se rendre au Birobidjan comme médecin. Là, c'était différent. Il pourrait exercer, soigner. C'était un bon médecin. Tout le monde l'aimait, pas seulement les Juifs. Il allait jusque dans la campagne. Même en hiver avec la neige.

Son accent nous amusait. Personne ne se doutait de rien. Pourtant, avec le comité...

— Monsieur le président !

O'Neal s'agitait depuis un moment. Il interrompit brutalement Marina.

— Monsieur le président, je ne crois pas qu'il soit bon de laisser votre témoin poursuivre. Son témoignage sur un agent de l'OSS ne peut pas être crédible...

— Pourquoi ? Je répète ce que Michael m'a raconté.

— Miss Gousseïev...

— Si vous pensez que je mens, dites-nous ce que vous savez... On verra bien.

— Je ne suis pas ici pour discuter de la personnalité et du passé d'un agent...

— Alors, pourquoi êtes-vous ici, monsieur ?

C'était le sénateur Mundt. Il ne s'était pas beaucoup manifesté jusque-là. À présent, il se tenait raide derrière son micro, la colère lui soulevant les sourcils et plissant son grand front pâle. Plus que jamais il arborait cet air hautain, vaguement supérieur, d'universitaire qui a déjà tout compris.

— Venez-vous juste témoigner devant cette commission que vous ne pouvez rien dire ?

— Il était entendu avec le procureur Cohn que mon témoignage concernerait les informations disponibles sur le Birobidjan ! protesta l'Irlandais. Pas la mission d'un agent...

— Le procureur Cohn a ses compétences, la Commission a les siennes, monsieur O'Neal. Et il est bien question des conditions de la mort de l'agent Apron...

McCarthy tenta d'intervenir :

— Sénateur Mundt, on pourrait...

Mundt, ne lui accordant pas un regard, laissa éclater son irritation :

— Monsieur le président, je ne vois pas ce qui empêche M. O'Neal de répondre à des questions qui n'engagent pas la sécurité de l'État ! Cette mission au Birobidjan est achevée depuis cinq ans. Depuis hier, le nom de l'agent Apron est

L'inconnue de Birobidjan

public. Si M. O'Neal doit contredire Miss Gousseïev, nous devons l'entendre.

Malgré sa fureur, Mundt était parvenu à prononcer le nom de Marina correctement. Peut-être commençait-elle à lui plaire ? Elle lui en fut reconnaissante, lui adressa un sourire et déclara doucement :

— Michael m'a dit qu'il était arrivé à Birobidjan au printemps 42. Quelques mois après l'attaque de Pearl Harbor par les Japonais.

Wood était dépassé. Il leva son marteau. Mundt ne le laissa pas faire.

— Vrai ou faux, monsieur O'Neal ? C'est une précision que vous pouvez nous confirmer, j'en suis sûr ?

L'Irlandais chercha de l'aide auprès de McCarthy et de Nixon. Ils restèrent imperturbables. Wood reposa son marteau en grommelant :

— Pouvez-vous répondre au sénateur Mundt, monsieur O'Neal ?

— Il faudrait vérifier dans les documents, répondit l'Irlandais avec un geste d'agacement.

— Monsieur O'Neal..., commença Mundt.

— Je vous réponds, monsieur. Je ne me souviens pas avec précision de la date. Je vous ai expliqué ce matin qu'on avait profité d'une opportunité pour envoyer des gars chez Staline. C'était presque officiel. Quand Hitler a envahi l'URSS, pendant cinq ou six mois on a bien cru que les Soviets allaient prendre la pâtée. C'était dans notre intérêt, de leur filer un coup de main. On a envoyé des camions, des machines-outils, du matériel médical et même des armes... Et puis, quand les Japs nous sont tombés sur le dos à Pearl Harbor, la Mandchourie nous a inquiétés. C'était leur base arrière, sous le nez de Staline. Et lui, il ne pouvait pas être au four et au moulin, pas vrai ? Lancer toutes ses divisions contre les nazis à Stalingrad et surveiller ses fesses à l'autre bout de la Sibérie ? Sans compter qu'on avait des informations comme quoi les Japonais trafiquaient des armes nou-

Troisième journée

velles pour la bataille dans le Pacifique. Ils avaient des usines pour ça à Harbin, en face du Birobidjan. C'était notre job, de s'intéresser de plus près à ça. On a profité d'un contingent d'aide médicale pour le Birobidjan. Il y avait pas mal d'argent et de matériel. Les Soviets n'ont pas été trop zélés...

Mundt s'obstina :

— Donc, si je résume, vous confirmez la déclaration du témoin. Votre agent est entré chez les Soviets en 42 ?

O'Neal pointa du doigt le dossier posé devant Wood.

— Le rapport contient les détails de l'opération auxquels vous pouvez accéder.

Le marteau de Wood s'abattit avant que Mundt réagisse à nouveau.

— Les explications de M. O'Neal sont suffisantes pour l'instant, Sénateur. Je partage son avis : il est préférable que la Commission examine ce dossier avant de poursuivre l'audition.

Wood consulta sa montre, ajouta sèchement :

— Il est temps de déjeuner. Nous reprendrons dans trois heures.

Là, il nous surprit tous. Il y eut un joli ballet de regards. Mundt, hautain, fusilla Wood de ses yeux gris. Wood fourra le précieux dossier dans sa sacoche et marmonna quelques mots qui tirèrent un rictus à Nixon. Cohn quitta sa place en fixant McCarthy. McCarthy eut une moue d'approbation avant de jeter un coup d'œil à l'Irlandais. O'Neal surveillait Marina tout en bouclant sa serviette. Elle, elle déplia avec soin son caraco blanc. Elle l'enfila sagement avant que les flics fassent cliqueter les menottes.

Elle ne donna pas le moindre signe d'avoir conscience de ma présence.

Après que les flics eurent emmené Marina, la salle se vida en un clin d'œil. Cohn disparut par la grande porte en compagnie de l'Irlandais, suivi de près par McCarthy et

Nixon. Ils étaient entre gens de bonne compagnie, ils devaient avoir beaucoup à se dire.

Je ne m'attardai pas non plus. Devant moi, Shirley bataillait pour dégager le rouleau de la machine de sténo. Sans aucune galanterie, je la laissai se débrouiller. Au passage, je glissai un billet dans son sac à main. J'aurais donné cher pour savoir ce que racontait le dossier d'O'Neal concernant la mission d'Apron. Je n'espérais pas de miracle. Peu de chances que Wood le laisse traîner sur son bureau. Pourtant, on ne savait jamais. Les bonnes secrétaires possèdent des yeux de lynx et des oreilles de chat. Shirley était très au-dessus du lot dans toutes les catégories.

Ma Nash m'emmena aux bureaux du journal, derrière Vernon Avenue. La circulation du milieu de journée était dense. Le vent avait tourné à l'est. L'asphalte des rues luisait et les parapluies étaient de sortie. Un petit crachin rendait la ville triste et molle.

L'agence, désertée pour le déjeuner, était aux trois quarts vide. Deux ou trois secrétaires tiraient sur des sandwichs pour économiser quelques *cents*. Je trouvai un message sur ma machine à écrire. Sam Vasberg, mon patron de New York, avait appelé. Il voulait que je lui retourne la politesse dès que possible.

Sam pouvait attendre. Je fis tourner le cadran de mon téléphone. La voix égale d'Ulysse résonna dans le combiné, m'annonça que j'étais bien à la résidence de maître T. C. Lheen. Je dus patienter deux ou trois minutes avant d'entendre le grognement qui servait de salut à T. C.

— J'ai des nouveautés, T. C.

— Je vous écoute, mon ami.

Je lui racontai par le menu l'audience du matin. Je n'insistai guère sur le Birobidjan, plutôt sur ce que j'avais appris d'Apron. J'achevai sur la petite bagarre entre Mundt et ses collègues de la Commission.

— Mundt a l'air d'avoir une dent contre McCarthy. On dit qu'il est assez proche de Nixon mais mou quand il s'agit de s'engager. Peut-être qu'il est simplement un peu moins enragé qu'eux? Possible aussi que Marina lui plaise? Je tâcherai d'en apprendre davantage. Quant au type de la CIA, O'Neal, c'est un de ces ronds-de-cuir qui se prennent pour des maîtres de l'espionnage. Donner une parcelle d'information lui arracherait le cœur. Vous auriez dû voir sa tête quand Marina a lâché le morceau sur le passé d'Apron.

— La question, c'est de savoir si votre Russe dit la vérité sur ce brave garçon. Elle peut avoir tout inventé.

— Elle peut. Mais O'Neal ne l'a pas contredite.

— Si la contradiction est dans ce dossier remis à Wood, pas besoin de le faire en public.

Je lui expliquai que j'avais peut-être un moyen d'en savoir plus sur ce dossier. J'ajoutai :

— La CIA peut elle aussi raconter n'importe quoi sur Apron. Ce ne serait pas la première fois.

— Vrai.

— J'ai pensé qu'on pourrait faire un bout d'enquête nous-mêmes. Ça ne doit pas être trop compliqué. Si Apron était véritablement médecin, il a dû s'inscrire dans un organisme de santé quelconque. Et il a sans doute fait ses études à New York. Je dois parler avec Sam, à New York. Pas impossible que le nom d'Apron soit familier à quelques Juifs de Brooklyn ou du Lower East Side.

Il y eut un silence à l'autre bout du fil. J'entendis le craquement d'une allumette. Ce fut comme si je voyais la fumée flotter autour du visage rondelet de T. C. lorsqu'il me dit :

— Il faut espérer que ce type ait été sincère avec votre Russe. Comment pouvez-vous être sûr que ce nom, Apron, n'était pas un nom d'emprunt? C'est peut-être ça que ce O'Neal ne veut pas rendre public : sa véritable identité. Il y a une sorte d'étiquette et de superstition chez les gars de cette sorte : ne jamais être celui qu'on croit.

T. C. avait raison. Je n'y avais pas pensé. Pas une seconde.

Je ne pus m'empêcher de grommeler :

— Il était son amant et...

— Tous les espions ont des maîtresses.

— Je voulais dire qu'il...

Je m'arrêtai. Ce que j'allais dire ne tenait pas debout. T. C. ne m'épargna pas :

— Qu'il l'aimait ? Qu'en savez-vous, Al ? Elle le croit peut-être. Ou cherche à vous le faire croire. À vous et à la Commission. C'est de bonne guerre. Et alors ? Notre seule certitude pour l'instant, c'est la mort de cet agent. Votre Russe est la seule personne à savoir comment. Mais elle doit se méfier du moindre mot : elle risque de griller sur la chaise. En vingt ans de carrière, je n'ai jamais vu que ça inclinait à dire la vérité.

— T. C...

— Qu'est-ce que l'amour, si jamais c'est de cela qu'il s'agissait, peut bien changer, Al ?

Il enfonça le clou avant qu'un son sorte de ma gorge.

— Et depuis quand un agent de l'OSS se balade-t-il chez l'ennemi avec son nom de famille ?

— Ça a bien dû se faire à l'occasion. Pas plus tard que pendant la dernière guerre. La vérité est parfois plus trompeuse qu'on ne l'imagine.

T. C. approuva par un rire léger. Rien de réconfortant.

Il voyait juste, et je le savais. Tout ce qui était sorti de la bouche de ce type, Apron ou Mister Nobody, était suspect. À commencer par cette belle et triste histoire de sa vie qu'il avait racontée à Marina.

— OK. De toute façon, on ne le saura qu'en fouillant, marmonnai-je avant de changer de sujet. Il y a un truc qui m'intrigue. Cohn n'a pas pipé mot, ce matin.

— Il a peut-être la tête ailleurs. Ça remue pas mal autour de ce type qu'ils ont arrêté la semaine dernière. Ce Greenglass dont je vous ai parlé hier. Possible aussi que Cohn nous ménage une surprise. Apparemment, son bureau était très occupé, ce matin, avec le FBI de New York...

Troisième journée

— Nom de Dieu ! La perquisition chez Marina !

Comment avais-je pu l'oublier ? Cohn nous l'avait annoncée à l'audience, hier.

— Exact. Possible que vous en entendiez parler cet après-midi... s'ils n'ont pas fait chou blanc. Il vous faudra tendre l'oreille. Ce garçon a l'imagination fertile.

— OK. Je vous rappellerai ce soir, T. C.

— Pourquoi pas.

— Je sais ce que je vous demande, T. C. Je n'ai pas l'intention de vous faire bosser gratis.

— Un bon sentiment de votre part.

— Sans compter les frais.

— Très juste.

— Je vais m'arranger pour que le *Post* en couvre une partie. Je sais d'avance que ça n'ira pas loin. Pour le reste, je crains que mon salaire ne soit pas au niveau de vos honoraires.

— Bien possible.

— J'ai une proposition à vous faire.

— Ah ?

— J'ai décidé d'écrire un bouquin sur cette histoire. Je ne veux pas me limiter aux articles pour le *Post*. Je vous propose une partie des droits. Par contrat, bien sûr.

J'entendis le craquement d'une nouvelle allumette. Il prit tout son temps avant de me donner son opinion :

— Vous comptez empêcher McCarthy et Nixon d'envoyer votre Russe dans le couloir de la mort grâce à un roman ?

— Je peux toujours essayer. Les journaux, les radios deviennent trop timides dès qu'il s'agit de contredire McCarthy. Même le *Post*. Ils ont trop peur de passer pour de mauvais Américains. Ou pour de dangereux comies. Un bouquin peut faire plus de bruit. Et d'un bout à l'autre du pays.

— Et s'il s'avère que votre Russe n'est pas la blanche colombe de vos vœux ?

— L'histoire n'en sera pas moins bonne. L'héroïne non plus. Ça sera juste un autre livre. L'histoire d'une désillusion. Probable qu'il se vendra mieux encore. On ne rencontre pas une femme de ce calibre tous les jours.

— Et élégante, avec ça, m'a-t-on répété. Elle portait une jolie robe, ce matin. Apportée à l'Old County Jail par une âme secourable, je suppose...

— T. C...

— La description qu'on m'a faite du visiteur matinal vous faisait honneur, Al.

— Qui vous a raconté ça ?

— Si je vous répondais, que deviendraient mes honoraires ? Je croyais qu'elle était sous le régime des témoins spéciaux du FBI ? Pas de courrier, pas de visite ?

— J'avais une autorisation.

— Illégale, bien sûr.

T. C. m'en bouchait un coin. Je m'étais abstenu volontairement de lui parler de ma visite à la prison. Sans trop savoir pourquoi. Parce que je voulais garder ce moment avec Marina pour moi seul ? Pour ne pas mettre Shirley dans le coup ?

J'étais furieux, mais plus encore inquiet.

— Qui d'autre le sait ?

— Personne qui puisse vous nuire pour l'instant. Et puisque je suis votre avocat, je ferai le nécessaire pour que ça continue. À combien se monte ce pourcentage que vous me proposiez tout à l'heure ?

— Je pensais autour de vingt.

— Trente me paraît plus adapté.

— Je suppose que je n'ai pas le choix ?

— Votre Russe est soupçonnée d'appartenir à un réseau qui a barboté les plans de la bombe atomique, ceux des radars de défense et ceux du dernier prototype de B52. Il est possible qu'elle soit un des chefs de la bande. Tout ça alors que nous sommes dans une année électorale assez chaude... Il ne s'agit pas d'une paumée qui s'est effeuillée devant les ivrognes de Loo-Land Avenue, Al. Ne plaisantez pas avec les petits hommes en gris du FBI. Vous n'avez pas idée de ce qu'Hoover et ses esclaves peuvent vous balancer sur la tête.

— Ça ne change rien, T. C. Nixon et McCarthy ont trop de cartes en main. La Commission est un show obscène. Personne n'est là pour y entendre la vérité. Il faut bien que quelqu'un se dévoue.

— Alors, suivez mon conseil. Ne vous jetez plus dans la gueule du loup sans me prévenir. Ce sera toujours plus facile de vous fournir un bâton pour lui tenir la mâchoire ouverte que de vous repêcher dans son estomac.

Je n'eus pas beaucoup de temps pour digérer le conseil de T. C. La sonnerie me rappela à mon devoir dès que je reposai le combiné.

— Salut, Al.

La voix de Sam Vasberg. Il n'avait pas eu la patience d'attendre mon appel. Ça m'étonnait de lui.

— Raconte-moi où tu en es.

Je dus me répéter. Je m'abstins une fois de plus de décrire ma visite matinale à la prison. Je ne mentionnai pas non plus l'accord que je venais de conclure avec T. C. Cela pouvait attendre et m'éviterait une discussion pénible sur mes notes de frais.

Comme d'habitude, Sam me laissa parler sans faire de commentaires. Je passai un bon quart d'heure à lui raconter l'arrivée de Marina au Birobidjan et ce qu'O'Neal nous avait appris de ce coin perdu de Sibérie. Malgré le silence et les grésillements de la ligne, je savais qu'il m'écoutait sans en perdre une miette. Ce n'est que lorsque je racontai l'émotion de Marina en apprenant la mort de Solomon Mikhoëls qu'il réagit.

— Ah, ils se sont finalement décidés à le supprimer?

— À Minsk. En maquillant son assassinat en accident de la circulation, selon O'Neal.

— Ça n'a pas dû être trop difficile. Ce sont les champions du maquillage. Et ce type de la CIA a raison : la tournée de

Mikhoëls a rapporté gros à l'Oncle Joe. Pas seulement en millions de dollars. Pendant quelque temps, les Soviétiques étaient devenus des héros, par ici. J'ai retrouvé mon article et mes notes sur la conférence de Mikhoëls au stade Polo Ground, en juillet 43. La guerre battait son plein. Les Boches venaient de céder devant Stalingrad, l'Armée rouge poussait fort sur la Volga, et nous, on entrait dans Palerme...

Et Marina était à Birobidjan depuis cinq ou six mois, calculai-je.

— Un sacré succès, reprit Sam. Le stade était plein à craquer. Cinquante mille personnes. Des Juifs de Brooklyn et du Lower East Side, pour la plupart. Du beau linge, aussi : Einstein, Chaplin, Thomas Mann, Eddie Cantor, Menuhin, le violoniste... Une liste amusante : McCarthy en a déjà flanqué la moitié hors du pays !... Mais à l'époque, on pouvait dire du bien des Soviets. Et Mikhoëls s'exprimait remarquablement. Un type étonnant. Très laid mais prodigieux dès qu'il ouvrait la bouche et bougeait. Il n'était pas là en tant qu'acteur. Il était le président du Comité antifasciste juif. Son message était simple : les nazis voulaient exterminer les Juifs du premier au dernier. Il ne s'agissait pas d'un pogrom. Pas d'une de ces crises de haine que l'Europe connaissait depuis deux mille ans. Cette fois, c'était différent. Les Boches voulaient nous supprimer pour de bon. Il a eu des phrases dont je me souviens encore : « Vous, nos frères, rappelez-vous que dans notre pays, en URSS, sur les champs de bataille, c'est votre destin qui se joue. Pas de rêves, pas d'illusions ! La haine d'Hitler ne vous épargnera pas. Aucun océan ne sera assez vaste pour vous cacher. Les cris d'Ukraine, de Minsk et de Bialystok vous réveilleront. Rappelez-vous que nous sommes un même peuple. La grande guerre patriotique de libération menée par le peuple soviétique est la vôtre... » Quand il s'est tu, on était sonnés. Il n'y a pas eu d'applaudissements. Pas tout de suite. On avait la chair de poule. La plupart de ceux qui étaient là avaient fui l'Europe en 32 ou 33, après l'arrivée d'Hitler au

Troisième journée

pouvoir. Eux ou leurs parents. Pas la peine de leur faire un dessin... Un sacré moment.

Jamais Sam n'avait aligné autant de phrases ! J'entendis le tintement d'un verre. J'en aurais bien bu un moi-même. La bouteille qui logeait habituellement dans le tiroir de mon bureau était à sec. Depuis quelques jours, je négligeais beaucoup de choses.

Sam brisa le silence :

— Cela étant, mes notes sont plus intéressantes que le papier. Ça pourrait t'être utile. Je t'ai envoyé le tout par courrier interne.

— Merci.

— Ça reste incomplet. Certaines choses se passaient d'être écrites sur une feuille de papier, à ce moment-là.

— Tu pourrais me les expliquer maintenant ?

— Possible.

Après quoi il redevint silencieux pendant plusieurs secondes. Rien qui me surprit. Je connaissais sa manière de procéder. Je savais à présent pourquoi il tenait à m'avoir au téléphone. Je tirai un carnet et un crayon du fatras de mon bureau. Quand j'entendis Sam avaler une nouvelle gorgée, je grognai :

— Je t'écoute...

— Avec cette tournée, Staline s'est servi de Mikhoëls comme d'un cheval de Troie. Un champion quand il s'agit de cacher ses sombres forêts derrière de jolis arbres, l'Oncle Joe.

— Explique.

— Au tout début de la guerre, à l'occasion d'un article sur les camps de Japonais autour de Seattle, j'ai rencontré un type du FBI. Un gars pas imperméable à l'intelligence. On a sympathisé. Cinq ou six semaines après la tournée de Mikhoëls, après qu'il a lu mon papier, il m'a dit : « Sam, je crois qu'il est temps que tu piges deux trois trucs sur les valseurs de l'Oncle Joe. »

— Il a dit ça : « Les valseurs de l'Oncle Joe » ?

— Une bonne image. Sur la piste, tu regardes le meilleur danseur et tu oublies de faire attention aux autres. Ceux qui dansent dans l'ombre et s'occupent d'un tout autre job. La tournée de Mikhoëls ne servait pas seulement à collecter des dollars et de la sympathie.

— Il le savait ?

— Probable que non. Ou s'en doutait et passait l'éponge. Il n'avait pas le choix. Sans Staline il ne pouvait pas sortir d'URSS, et l'urgent était de mobiliser les Juifs des États-Unis...

— Et ces autres « danseurs » ?

— La sympathie envers les Soviets que soulevait Mikhoëls était un bon préalable au recrutement de Juifs prêts à rendre service autrement qu'en sortant leur portefeuille. C'était le job d'un autre membre du Comité antifasciste juif : Itzik Fefer. Poète yiddish et agent du NKVD. Mikhoëls donnait ses conférences et lui récoltait les fruits mûrs. Il les mettait en contact avec des agents soviets qui les prenaient en main. Des pros du NKVD, ceux-là, avec des cartes diplomatiques de vice-consuls à New York. Deux en particulier : Leonid Kvasnikov et Alexandre Feklisov.

Je notai en vitesse les noms.

— Ça a marché ?

— Mieux qu'on pourrait l'imaginer. Pour beaucoup, c'était la conclusion logique des discours de Mikhoëls. Staline et les Rouges étaient en première ligne contre Hitler. Les États-Unis, les Anglais et l'URSS étaient alliés. Si la seule arme capable d'arrêter les nazis et d'empêcher le massacre des Juifs était la bombe atomique, l'Amérique ne devait pas la garder pour elle-même. Il fallait aider les Russes à l'avoir. Moralement, ça se tenait.

— Tu as été tenté ?

Sam eut un de ses rares petits rires.

— Les choses étaient un peu confuses, pas vrai ? Heureusement, je n'avais pas à choisir. Je n'avais aucune information à fournir à l'Oncle Joe.

Troisième journée

Je songeai à mes propres années de guerre. Elles n'avaient pas duré longtemps. Trois années, de 44 à 47, en Angleterre puis à Berlin. Rien d'héroïque, mais une bonne expérience pour apprendre ce que signifie la confusion.

— Je vois.
— La question est de savoir jusqu'où, Al.
— Éclaire-moi.
— Le nom de Klaus Fuchs te rappelle quelque chose ?

Je ne pus m'empêcher de sourire. Ce type obsédait tout le monde.

— Je crois que je vais finir par connaître sa bio par cœur, Sam. La grosse tête de Los Alamos qui a envoyé les secrets de la bombe à Moscou. Les Anglais l'ont arrêté en janvier. Il est passé aux aveux en mars. Il y a même eu un papier dans le *Post*.

— Une chose que tu ne sais peut-être pas, c'est ce qu'il a répondu aux Anglais quand ils lui ont demandé pourquoi il nous avait trahis. « Pourquoi parlez-vous de trahison ? Sans Staline et les millions de Soviétiques qui sont morts pour détruire Hitler, les États-Unis et l'Angleterre n'existeraient plus. Le vrai crime serait que vous soyez les seuls à posséder la bombe atomique. Ç'aurait été un vol de la science. Tous ceux qui m'ont aidé à empêcher ce vol sont des héros. »

— Pas mal, comme défense ! Ce qui était valable pour certains il y a huit ou dix ans l'est toujours. C'est ça ?

— Oui. Sauf que Fuchs raconte des craques. On n'est plus en 43. On ne se bat plus contre Hitler. Aujourd'hui, l'ennemi est de l'autre côté du Pacifique, et il nous fauche les armes qui devraient nous permettre de l'obliger à se tenir sage.

Il y eut une pause. Sam devait finir son verre.
Je dis :

— Je suis au courant, pour Fuchs, Sam, et aussi pour les noms qu'il a lâchés aux Anglais et au FBI. Les arrestations de ces dernières semaines. Je sais aussi que le jeune Cohn est sur le coup, comme pour Marina Gousseïev.

— Alors, tu vas encore mieux me comprendre. Ça bout, Al. Ta Russe est suspendue au-dessus du chaudron. Ils vont bientôt avoir tout ce qu'il faut pour l'y faire tremper. Et peut-être auront-ils raison. Ils sont en train de démonter ces saloperies de réseaux soviets maillon après maillon. Et il ne s'agit pas d'une comédie pour faire plaisir à Nixon et à McCarthy.

— Sam...

— Non. Toi, écoute-moi. Cesse de faire le malin, Al, ou tu plongeras avec cette bonne femme. Ce serait triste pour moi : je t'aime bien et tu es un bon journaliste. Et si tu plonges, c'est tout ce qu'on a construit dans ce foutu journal que tu fais plonger. Ça, je ne le permettrai pas.

— Je ne suis pas sûr de te comprendre, Sam. Où veux-tu en venir ?

— Simple : assiste aux audiences, utilise tes oreilles et tes dix doigts pour écrire tes papiers. Point. Ne joue pas aux anges gardiens. Tu n'as pas les ailes pour ça. Tu saisis ou tu veux un dessin plus complet ?

Un mauvais frisson me fit serrer le combiné. Sam avait-il appris ma visite du matin à l'Old County Jail ? Non, je n'avais pas envie qu'il approfondisse le dessin. Comment pouvait-il savoir ? Et si vite !

J'allumai une cigarette pour chasser l'inquiétude de ma voix.

— Je peux te demander un truc, Sam ? Tu fréquentes toujours ce bon ami du FBI dont tu me parlais tout à l'heure ?

Il y eut un toussotement à l'autre bout du fil. La voix de Sam s'adoucit.

— Toujours. Il fait partie de la famille, aujourd'hui. Il a épousé une de mes cousines. Il aime encore se confier de temps à autre. On n'imagine pas combien un agent du FBI peut être solitaire. Et puis, ils sont quelques-uns à en avoir marre de passer pour des guignols. Pour des types qui ne penseraient qu'à fabriquer des fausses preuves. À l'occasion, ça lui permet de me montrer un mauvais clou qui traîne sur le sol avant que j'y pose le pied.

Troisième journée

— OK. Message reçu.
— Parfait.
— Il me faudrait un coup de main à New York. Tout à fait dans les règles. Les archives de la fac de médecine ou les fichiers des assurances doivent avoir gardé la trace d'un médecin du nom de Michael Apron. S'il a vécu à Brooklyn, quelqu'un se souvient peut-être de lui ? Ce n'est pas si vieux.
— Je vais voir ce qu'on peut faire.

On a raccroché chacun de notre côté sans effusion excessive. J'écrasai le mégot de ma cigarette. Ma main tremblait légèrement.

T. C. s'était trompé. Il n'était pas le seul à connaître ma balade du matin à la prison. On pouvait même dire que les nouvelles allaient vite. Je me demandai qui était au courant, en plus du FBI. Cohn, Wood, McCarthy ? Probable.

Dans un instant de panique je composai le numéro de T. C. Ulysse répondit. Monsieur n'était pas là. Il déjeunait dehors, est-ce je voulais laisser un message ?

Je donnai mon nom, remerciai Ulysse, rallumai une cigarette pour calmer mes doigts. J'avais sérieusement besoin de réfléchir et de boire un verre. Je quittai l'agence et me retrouvai devant une bière et un bourbon dans un bar de Vernon Street. Je commandai aussi un sandwich. Quand le serveur le déposa devant moi, mon estomac me fit savoir qu'il n'en voulait pas. J'avais peur.

Une question tournait dans ma tête. *Ils* savaient, pourtant *ils* me laissaient faire. Pourquoi ?

Quand l'alcool eut glissé dans ma gorge, j'essayai de mettre un peu d'ordre dans le chaos qui me servait de cervelle. Pas la peine d'essayer de deviner comment on m'avait repéré à la prison. Trop de réponses possibles. Au moins avais-je eu la présence d'esprit de ne pas y laisser la fausse autorisation de Shirley. Je l'avais toujours en poche.

Je n'hésitai pas longtemps. Désormais, cette autorisation bidon ne servirait plus qu'à attirer des ennuis à Shirley. Je quittai mon siège pour aller faire un tour aux toilettes. J'y déchirai en menus morceaux le papier à en-tête du bureau de Wood et les regardai disparaître dans les égouts.

En revenant m'asseoir j'étais déjà plus calme. Une idée m'était venue. Ou plutôt revenue. Elle m'avait effleuré en vitesse sans que j'y prête attention. Wood avait imposé un peu trop facilement ma présence aux audiences. Il y avait vu son intérêt, pas de doute. Pourtant, il n'avait pas pu décider seul. Il lui avait fallu obtenir l'accord du reste des membres de la Commission. Et, soudain, je ne voyais aucune bonne raison pour que McCarthy et Nixon le lui aient donné.

Le huis clos de l'audience était de la frime, du théâtre. Dans deux jours, trois au plus, ils épateraient la galerie en sortant un lapin de leur chapeau. Marina serait coupable, et ils en fourniraient la preuve. Avoir à ce moment un témoin à l'intérieur, un journaliste qui puisse raconter comment ils avaient mené l'audience et découvert le pot aux roses, leur ferait une jolie publicité. Sauf que je ne pouvais pas être ce témoin. Ils le savaient. Il leur fallait un type souple. Un pisse-copie à leur botte. Une denrée qui ne manquait pas à Washington mais parmi laquelle on ne pouvait pas me compter. En ce cas, pourquoi m'avaient-ils ouvert la porte ?

Question qui s'ajoutait à la précédente : puisqu'ils savaient, pourquoi les petits hommes gris du FBI n'étaient-ils pas déjà venus me cueillir ? Ces derniers temps, on les avait vus arrêter des journalistes pour moins que je n'avais fait.

Réponse : parce qu'il se pouvait bien que depuis le début de cette histoire je me sois fait manipuler comme un enfant de chœur.

S'il n'y avait pas de bonnes raisons pour qu'ils me laissent assister aux audiences, il pouvait y en avoir de mauvaises.

Je vidai un second verre et visualisai assez bien le tableau. McCarthy et Nixon avaient reniflé le bon coup. Rien ne pouvait leur plaire davantage qu'un faux pas de ma part. Qu'un journaliste de gauche, juif de surcroît, contourne la

Troisième journée

loi pour défendre une vraie espionne soviétique, et fausse juive, serait la preuve de ce grand complot anti-américain qui les faisait prospérer. Un divin cadeau pour les prochaines élections de novembre !

« Ça bout ! » avait dit Sam. Il avait raison. Ça faisait plus que bouillir.

Bien sûr, ils auraient besoin de preuves. Mais les preuves se fabriquaient. Il leur suffisait de me laisser patauger dans la vase, et je leur fournirais tout ce dont ils auraient besoin.

Ou peut-être ces preuves existaient-elles réellement ?

McCarthy et sa clique étaient-ils assez futés pour imaginer un piège si tordu sans avoir quelques certitudes ?

Ces réseaux d'espions juifs et soviétiques que le FBI mettait au jour, le vol des plans de la bombe A, Fuchs, tout ça n'était pas un leurre. Staline avait fait sauter sa bombe dix mois plus tôt.

Pour la première fois, le doute se forgea une place sérieuse dans ma tête. Qui était vraiment Marina Andreïeva Gousseïev ?

Ces types que le FBI avait arrêtés au cours des derniers jours avaient-ils prononcé son nom ou celui de Maria Apron ? Cohn avait-il déjà cette preuve dans sa besace et jouait-il au chat et à la souris ?

Sam et T. C. m'avaient mis en garde. Je faisais trop confiance à Marina. Trop vite, trop tôt. J'étais un trop bon public pour son art et sa beauté. Un vrai Juif sentimental ! Marina n'avait-elle pas réussi pendant des années à se faire passer pour ce qu'elle n'était pas ? Une Juive !

« Si tu plonges, c'est tout ce qu'on a construit dans ce foutu journal que tu fais plonger », avait dit Sam. Il pouvait bien avoir raison.

Tendu et de mauvaise humeur, je garai ma Nash sur le parking du Sénat. Je ne pus m'empêcher de guetter l'apparition des costards gris du FBI autour de la voiture. Mais non. Pas de comité d'accueil. Pas plus à l'entrée de la salle d'audience. Rien de surprenant. Le jeu continuait.

Personne ne sembla même prêter attention à mon entrée. Les sénateurs étaient déjà dans leurs fauteuils. La bande des trois, Wood, Nixon et McCarthy, plaisantait aimablement. Mundt feignait de s'occuper. O'Neal n'était plus là et Cohn n'était pas arrivé.

Voir Shirley en train de papoter avec sa collègue me soulagea. Je songeai avec un soudain plaisir au dîner que j'allais lui offrir Chez George le soir même. Non seulement elle le méritait, mais nous pourrions mettre de côté toute cette histoire pendant quelques heures, et cela me ferait le plus grand bien...

Lorsque j'approchai de la table de sténo, elle me tourna le dos. Sa collègue s'enduisait le revers des mains de traits de rouges à lèvres pour en comparer les couleurs. Elle avait disposé une demi-douzaine de bâtons entre les rouleaux vierges des machines sténo. On aurait pu se croire dans une parfumerie. Vexé, je m'apprêtai à protester en plaisantant, histoire de montrer à Shirley que je n'avais rien oublié de ma promesse, mais elle se retourna le temps d'un éclair. Le temps de m'imposer le silence.

Merde, que se passait-il ?

Peut-être rien. Peut-être Shirley était-elle seulement prudente pour deux, et à juste titre. Pas la peine qu'on nous voie papoter.

Je retrouvai mon humeur noire, m'assis à ma table et n'eus que le temps d'ouvrir mon carnet de notes avant que Cohn apparaisse. Marina le suivait, le visage clos, indifférent. Lorsque les flics lui ôtèrent les menottes, elle reproduisit ce petit rituel que je connaissais bien : ôter son caraco blanc, faire voler ses doigts jusqu'à sa tempe, y repousser une mèche derrière son oreille, vérifier les épingles de son chignon, reposer ses mains à plat devant le micro pour les regarder comme si elle était seule au monde.

Peut-être l'était-elle. Ou ses copains de l'ambassade, ces « autres », comme elle les avait appelés ce matin, veillaient-ils sur elle d'une manière ou d'une autre ?

Troisième journée

Je m'obligeai à l'observer comme si elle était la championne des espionnes. C'était possible. Tout était possible. Et si cela devait devenir vrai, il était temps que je m'endurcisse le cœur. Il risquait de saigner longtemps.

Les papotages cessèrent. Cohn eut un regard vers Wood. Le marteau tomba, le grand cirque commença.

— Monsieur le président, comme je vous l'ai annoncé hier, le FBI a perquisitionné ce matin le logement new-yorkais de Miss Gousseïev. La perquisition s'est achevée vers midi aujourd'hui. Les agents qui l'ont effectuée m'ont fait parvenir un premier rapport, que je peux vous résumer.

Cohn écarta quelques fiches devant lui. Il avait toute l'attention de son public. Sauf celle de Marina, qui ne paraissait pas même écouter.

— Ce logement correspond à la déclaration préliminaire du témoin. Une chambre avec bain, au deuxième étage d'un immeuble de logements meublés, Hester House, 35 Hester Street, Lower East Side, Manhattan. Miss Gousseïev l'occupe depuis le 17 février de l'an dernier. Les agents signalent n'avoir trouvé aucune cache ou objet particulier que l'on aurait voulu dissimuler à une fouille. Outre les vêtements et les objets de commodité habituelle, la chambre de Miss Gousseïev contenait une grande quantité de documents relatifs au théâtre. Des brochures et scenarii, le plus souvent ronéotés ou tapés à la machine, certains avec des interventions manuscrites du témoin. Parmi les livres, quatre sont en langue russe. Trois recueils de poèmes, dont un d'un auteur connu, Boris Pasternak. Le quatrième est un ouvrage technique sur le théâtre d'un certain Constantin Stanislavski. Selon la procédure habituelle, le FBI a saisi l'ensemble des documents et des livres pour les examiner plus attentivement. Nous aurons les résultats complets des analyses d'ici quelques jours.

Cohn marqua une pose. Il reposa la fiche qu'il tenait pour en prendre une autre, jeta un coup d'œil vers Marina et revint à Wood avec un aimable sourire.

— Avant la poursuite de l'audience, je voudrais demander au témoin quelques précisions sur ces documents...

Je ressentis un pincement au creux du ventre. Les autres s'étaient redressés dans leurs fauteuils. Nixon et McCarthy dévisageaient Marina en plissant les paupières. On aurait pu voir leurs oreilles frémir. Marina fixait toujours ses mains. On aurait cru qu'elle ne comprenait pas un mot d'anglais.

Wood battit des paupières.

— Procédez, monsieur le procureur.

— Miss Gousseïev...

Cohn fit rouler son stylo entre ses doigts. Encore un silence, comme pour laisser le temps à Marina de relever la tête.

— Miss Gousseïev, nous n'avons pas trouvé de lettres chez vous. Aucune lettre d'aucune sorte. C'est inhabituel. On a toujours du courrier chez soi. Vous n'avez pas d'ami?

Marina se décida à le regarder. Un regard lointain, surpris.

— Non... Pas d'ami.

— Vraiment personne ?

— Vous savez d'où je viens. On ne se fait pas des amis facilement quand on est étrangère. Encore moins quand les gens comprennent que vous êtes russe.

— Certain vous ont aidée, tout de même...

— Je connais ceux avec qui je travaille. Ils sont gentils. Mais ce ne sont pas des amis... Peut-être est-ce ma faute. En Russie, on se méfie de tout le monde. On ne sait jamais de quoi les amis sont capables. Même au Birobidjan, c'était difficile.

— Mrs Dorothy Parker, l'écrivain, est-elle une amie pour vous?

Il y eut un nouveau silence. Aussi dense qu'une pierre.

Ça y était. Cohn avait lancé son hameçon.

Marina fronça les sourcils, entrouvrit la bouche sans répondre. Cohn poussa son avantage, la voix aussi suave que s'il proposait une valse à une sexagénaire.

— Vous connaissez Dorothy Parker?

Troisième journée

— Oui. Je...
— Dans votre bibliothèque, nous avons trouvé un livre ayant pour titre : *The Portable Dorothy Parker*. Sur la page de garde, il y a une dédicace : *Pour ma très tendre et très chère Maria, qui peut compter sur ma fidélité de guerrière et sur toutes ces autres petites choses qui feront de nous des femmes invincibles.* Cette dédicace est datée du 20 septembre 1947. Je suppose qu'elle vous est adressée et que cette « Maria », c'est vous, puisque vous vous faites appeler Maria Apron ?
— Oui.
— Vous connaissez bien Dorothy Parker, Miss Gousseïev ?
— Je l'ai rencontrée il y a cinq ans, quand je suis arrivée à Hollywood. Elle m'a aidée. C'est elle qui m'a conseillé de quitter Hollywood pour New York.
— Savez-vous qu'elle est communiste ?
— Non. Et je ne crois pas qu'elle le soit. Elle ne m'a jamais rien dit qui me le fasse penser.
— Vous ignorez que le FBI a interrogé Mrs Parker sur ses activités politiques il y a deux semaines, et qu'elle a reconnu être communiste ?
— Oui.
— Les journaux en ont pourtant parlé.
— Je ne lis pas les journaux. Je ne les crois pas.
— À Hollywood, vous ne parliez pas de politique avec Mrs Parker ?
— Non. J'ai su ce qu'elle avait fait avant la guerre. Qu'elle avait fondé la Ligue antinazis pour assister ceux qui fuyaient l'Allemagne d'Hitler.
— Et ses activités récentes ? Vous deviez être au courant, puisque vous étiez proches ?
— Nous n'étions pas proches. Elle m'a aidée, elle m'aime bien...
— Vous savez qu'elle est une des meneuses du Mouvement des droits civiques ?
— Elle m'a expliqué ce qu'était ce mouvement : l'égalité des droits entre Noirs et Blancs.

— Qu'est-ce que vous en pensez ?

— Je trouve ça juste. J'ai dit à Dotie qu'en Union soviétique c'était déjà le cas. Nous y avons tous les mêmes droits, même s'ils se limitent au droit de disparaître dans un camp du Goulag.

— Qu'a répondu Mrs Parker ?

— Elle a ri.

— Connaît-elle votre véritable identité ?

— Mon nom russe ? Non.

— Vous vous êtes présentée à elle sous le nom de Maria Magdalena Apron ?

— Oui.

— Pourquoi ?

— Vous le savez.

— Parce qu'il aurait fallu que vous lui parliez de la mort de l'agent Apron ?

— Ça, et tout le reste.

— Que vous n'étiez pas juive ?

— Je la voyais pour qu'elle m'aide à trouver du travail. Ce n'était pas facile. À Hollywood, des centaines d'acteurs cherchent des rôles. Dotie Parker y est très connue. Elle écrit pour les grands studios.

— Elle vous croyait juive ?

— Oui. On a parlé du Birobidjan. Elle avait entendu une conférence de Solomon Mikhoëls pendant sa tournée de 1943. Elle avait été impressionnée. Elle voulait aider les Juifs du Birobidjan. C'était important pour elle.

— Elle aidait plutôt les Juifs que les autres, n'est-ce pas ?

— Non, c'est faux.

— Vous savez que Parker n'est pas son vrai nom, qu'elle s'appelle en réalité Dorothy Rothschild...

— Parker est son vrai nom. Son nom de femme mariée. Elle n'a jamais aimé son père, elle ne veut pas porter son nom. Elle me l'a raconté. C'est de notoriété publique. Ce n'est pas un mystère.

— Malgré ce que vous affirmiez tout à l'heure, vous êtes une intime de Mrs Parker. Une très bonne amie, même.

Troisième journée

— Dotie est la meilleure personne que j'aie rencontrée dans ce pays. Elle m'a aidée à travailler à Hollywood. Elle m'a fait comprendre comment le cinéma fonctionne. Et aussi pourquoi je ne suis pas faite pour lui. C'est grâce à elle que j'ai pu rencontrer des gens de théâtre.

— Vous oubliez de préciser que c'est également une personne généreuse. À votre arrivée à New York, Miss Gousseïev, vous avez logé pendant trois mois et demi au Volney Residential Hotel, 23 East 74 Street, Upper East Side. Une résidence chic entre la 5ᵉ Avenue et Madison. Le tarif est de deux cent soixante-quinze dollars par mois. Votre amie Dorothy Parker a réglé la note.

Cohn avait maintenant planté son hameçon. Une prise profonde. Nixon fit entendre un gloussement aigu. McCarthy sourit de toutes ses dents. Pour la première fois depuis son premier interrogatoire, les joues de Marina s'empourprèrent.

— Comment se fait-il que Mrs Parker se soit montrée si généreuse envers vous ?

— Demandez-le-lui.

— Répondez à la question, Miss, grogna Wood.

— Dotie ne fait pas attention à l'argent. Elle n'aime pas être riche.

— Pourtant, vous ne la considérez toujours pas comme une amie ? insista Wood.

— Je vous le répète, je n'ai pas l'habitude d'avoir des amis.

— Il se pourrait aussi que Mrs Parker vous ait aidée parce que vous faites partie du même réseau, de la même organisation communiste ?

— Bien sûr que non !

— Mrs Parker a reconnu qu'elle était communiste.

— Moi, je ne le suis pas ! Comment pourrais-je l'être, après ce qu'ils ont fait à Michael ?

— Alors pourquoi n'en avez-vous pas parlé à Mrs Parker ? Pourquoi n'avez-vous pas cherché à la faire changer d'avis ?

— Pourquoi l'aurais-je fait ?

— Ça ne vous gênait pas qu'une communiste paie votre résidence au Volney ?

— Je l'ai quittée pour ça, pour que Dotie ne paie plus mon loyer.

— Pas parce que vous saviez qu'elle était communiste ?

— Non ! Non !

— Pourquoi, alors ?

— Je ne me sentais pas à l'aise dans ce quartier riche, et pas à l'aise qu'elle paie. C'est tout.

— Parce que vous lui mentiez ? Parce que vous vous faisiez passer pour juive ? Parce qu'au Birobidjan vous mentiez à tous ?

— Peut-être.

— Ou vouliez-vous habiter dans un endroit plus discret pour votre travail d'espionnage ?

— Vous dites n'importe quoi !

— Mrs Parker vous a-t-elle parlé d'un homme nommé Otto Katz ?

— Non.

— Ce nom ne vous évoque rien ?

— Je l'ai entendu à Hollywood. Je crois qu'il avait été le mari de l'actrice Marlene Dietrich.

— Vous ne saviez pas que le FBI le recherchait et que votre amie Mrs Parker le connaissait bien ?

— Non.

— Connaissez-vous un nommé Harry Gold ?

— Non.

— Vraiment ?

— Pourquoi devrais-je le connaître ?

— Avez-vous déjà rencontré des personnes se nommant Morton Sobell et David Greenglass ?

— Non. Je ne sais pas qui c'est.

— Un nommé Joel Barr ?

— Non.

— Alfred Sarant ?

— Non.

— William Perl ?

Troisième journée

— Je n'ai jamais entendu ces noms.
— Vous n'avez jamais entendu le nom de Sobell, Morton Sobell ?
— Je viens de vous le dire.
— Pourtant, M. Sobell habite comme vous au 35 Hester Street, Lower East Side. L'appartement au-dessus de votre chambre, pour être précis, Miss Gousseïev.

Shirley et sa collègue suspendirent leur frappe. Le silence vibra comme une lame. McCarthy et Nixon découvrirent leurs dents dans un mauvais rictus. Le front de Mundt était aussi plissé qu'un champ de labour.

Et moi... j'avais cassé la pointe de mon crayon en entendant la plupart des noms que T. C. m'avait cités la veille !

Cohn abandonna sa fiche sur sa table avec un regard à l'intention de Wood.

— Monsieur le président, Morton Sobell est recherché par le FBI. Il a quitté son appartement avant-hier, le 22 juin. On suppose qu'il est en fuite au Mexique. Le cabinet du procureur général Saypol, auquel j'appartiens, détient la preuve que Sobell fait partie d'un réseau soviétique d'espionnage dont de nombreux membres agissent à New York.

— Je ne le connais pas ! s'écria Marina. Je ne connais pas mes voisins... Ça ne m'intéresse pas, de les connaître. Je n'ai pas l'habitude de... Ce n'est pas parce qu'un espion vit dans un immeuble que tous les habitants de cet immeuble sont des espions !

Elle parlait vite. Trop vite. Son accent était reparu et déformait ses mots. Pour la première fois depuis longtemps, elle ne maîtrisait pas sa voix. La peur était de retour sur son visage.

Cohn opina :
— Bien sûr, vous avez raison.

Son ton montrait à quel point il était satisfait. Il avait obtenu en dix minutes tout ce qu'il voulait : la preuve qu'on ne pouvait pas se fier à la parole de Marina Andreïeva Gousseïev ; et que, probablement, si on lui en donnait l'occasion, elle continuerait de mentir.

La mécanique de suspicion de l'HUAC s'alimentait au principe qu'il n'y avait *jamais* de fumée sans feu. Marina Andreïeva Gousseïev était entrée aux États-Unis sous un faux nom lié à la mort d'un agent de l'OSS, elle s'était fait passer pour juive, s'était fait entretenir par une « vraie communiste juive » et, comme par hasard, elle était la voisine d'un espion identifié par le FBI !

Et Dieu sait ce que Cohn et le cabinet de Saypol gardaient encore dans leur manche. Dieu sait ce qu'ils allaient « découvrir » dans les bouquins et les scripts récupérés pendant la perquisition. Des microfilms cachés dans des lettres ? Des textes codés ?...

Sam avait eu plus que raison. Ça bouillait.

Mes épaules me brûlaient à force d'être crispées. On fut plusieurs à allumer une cigarette. Cohn se rencogna dans son fauteuil.

— J'en ai terminé pour l'instant, monsieur.

Wood hésita, ne sachant pas trop par quel bout reprendre l'interrogatoire. Il consulta du regard Nixon, qui secoua la tête. Le numéro de Cohn avait dû être mis au point avant l'audience. McCarthy intervint :

— Miss Goussov, je voudrais qu'on en revienne à l'agent Apron. Que vous a-t-il confié de sa mission ?

Marina le fixa comme si elle n'avait pas compris la question. La peur lui tirait encore les traits. Le bleu de ses yeux se voila. Ce fut étrange, comme si la couleur de ses iris se diluait soudain, puis remontait de l'ombre, plus bleue, plus dure encore. Sa main droite se posa sur sa poitrine, les doigts frémissant dans l'échancrure de la robe comme s'ils cherchaient à palper un collier disparu ou peut-être d'autres doigts, la trace d'une caresse.

Une sorte de sourire lui revint en même temps qu'elle humidifiait ses lèvres. Elle secoua légèrement la tête. Sa voix redevint celle que l'on connaissait, seulement plus basse et plus lointaine dans le micro.

— Rien, souffla-t-elle. D'abord, il ne m'a rien dit. Il voulait seulement m'aimer.

Birobidjan

Février, mai 1943

Jusqu'aux derniers jours d'avril, l'hiver pétrifia le Birobidjan. Depuis toujours, Marina était accoutumée aux grands froids, mais elle ne connaissait rien du long hiver de Sibérie. Le froid n'y était pas plus intense et tranchant qu'à Moscou. On n'était pas à Arkhangelsk ou dans l'enfer de la Kolyma. Pourtant, il pesait sur tout, comme s'il avait détaché cette part du monde du reste de la planète.

L'immensité de la taïga avait perdu tous ses repères. La masse infinie de la neige effaçait toutes les formes. Les vastes forêts qui couvraient les collines avaient disparu. Creux et vallonnements se réduisaient au rythme monotone d'une houle immobile qui se répétait jusqu'à l'horizon telle une image sans début ni fin. Les plaines illimitées et les marécages devenaient des vides blancs où rien de vivant ne pouvait pénétrer. Les méandres des fleuves disparaissaient sous une glace si épaisse que les convois militaires préféraient y rouler pour atteindre la frontière mandchoue plutôt que de s'égarer à la recherche des routes et des chemins disparus.

La vie se bornait à Birobidjan et aux hameaux éparpillés de la région. Autour des isbas et des granges clairsemées, les pointes noircies de palissades à demi englouties surgissaient de la neige, traçant les limites de jardins invisibles. Ici et là apparaissaient les traces furtives des lièvres ou des lynx toujours en quête d'un miracle de nourriture, les rails d'un traîneau ou d'une paire de skis. Mais l'air et le ciel n'étaient qu'un autre gouffre. Tous les bruits qui accompagnaient la vie s'y engloutissaient. Les aboiements des chiens, le sifflement des skis, le crissement des traîneaux, le martèlement des mules et des chevaux, même le bourdonnement des camions et des quelques camionnettes encore capables de rouler, tout s'étouffait comme une illusion. On eût dit que les ondes sonores étaient elles aussi saisies par le givre.

La lumière alternait entre l'éblouissement le plus pur, le plus cristallin, et des ténèbres si compactes qu'elles suffoquaient l'éclat des lampes les plus puissantes. Des jours durant, le ciel demeurait sans un nuage, ou seulement strié de hautes traces. Les nuits étaient de glace pure et illuminées par l'acier des étoiles. La fumée des poêles montait des cheminées, maigrelette, aussi droite que des fils suspendus au bleu absolu. Puis le vent se levait. L'air se gorgeait d'une poudre cinglante de glace qui abrasait tout, les visages comme les rondins des isbas.

D'autres fois, un vent de foehn inattendu venait de Chine. Une mollesse accablante assourdissait les gestes et les sons. Un redoux éphémère gonflait d'immenses nuages au-dessus du fleuve Amour. Des nuées couleur de suie et gorgées de neige éteignaient le jour. Il neigeait et neigeait encore. Trois, cinq, dix jours d'affilée. Le monde disparaissait un peu plus. Les griffes des palissades s'effaçaient. Il fallait ressortir les pelles pour se tracer des sentiers et vaincre la prison de neige.

Jour après jour, Marina apprit cette vie, y forma ses gestes et de nouvelles habitudes. Nadia et les femmes de la datcha commune lui montrèrent comment se vêtir, dedans et dehors. Savoir quand il fallait sortir et quand il valait mieux ne pas affronter le froid. Ne pas se voiler la bouche avec trop de laine, qui s'humidifiait avec la respiration pour geler ensuite en vous arrachant les lèvres. Doubler les bottes de feutre avec de simples linges qu'on mettait à réchauffer à côté du poêle. Savoir trouver la bonne neige pour faire bouillir de l'eau. Et toujours garder un fichu, même à l'inté-

Troisième journée

rieur, car le froid, assuraient-elles, commence toujours par vous prendre à la tête.

Elle s'accoutuma aux odeurs fortes des intérieurs que l'on n'aérait presque jamais. À celle, suave et tiède, des caves où l'on déterrait, dans des banquettes de sable sec, carottes, betteraves et navets enfouis à l'automne, alors que les choux avaient été suspendus aux poutres des plafonds bas. Dans de froids réduits à l'arrière des cuisines, où de petits tonneaux de choucroute et de concombres maintenaient le parfum aigre de la saumure, séchaient des filets de poisson de la Bira, de longues bandes de viande salée et parfois des lièvres pris aux pièges dans les jardins.

Les femmes de la datcha l'avaient accueillie avec une curiosité amusée. Elles portaient des noms que Marina n'avait encore jamais entendus : Beilke Pevzner, Lipa Gaister, Boussia Pinson, Inna Litvakovna et Guita Iberman. Grand-maman Lipa était la plus âgée, elle assurait ne pas connaître réellement sa date de naissance. Guita n'avait que deux ans de plus que Nadia. C'était une fille bâtie comme un homme, au visage large toujours prêt au rire et au bonheur et qui se languissait de vivre un grand amour. Les autres étaient des femmes dures, solides, aux corps modelés par des années d'épreuves et de volonté, aux visages où l'âge s'effaçait sous les rides et les peines.

Depuis longtemps elles s'étaient accoutumées à la vie commune, bornant leur intimité à des petites manies, sachant s'accoutumer aux caprices d'humeur des unes et des autres, partageant des habitudes, des rituels, des colères et des tendresses qui les liaient, à leur manière, en une véritable famille. Elles se montraient capables d'autant d'exubérance dans la joie que dans les larmes. Grand-maman Lipa veillait sur Nadia et Guita aussi bien que s'il s'agissait de ses filles. De longues histoires les avaient chacune menées jusque-là. La tourmente de l'époque en avait fait des survivantes solitaires, sans mari, frère, fils ou fille.

Par Nadia, Marina apprit qu'Inna se rongeait les sangs à attendre des lettres de son mari. Elle avait trente-cinq ans, quoiqu'on lui en eût donné dix de plus. Son époux, Izik, était plus jeune qu'elle de cinq ans. Au grand désespoir d'Inna, dès les premiers jours de la guerre il s'était enrôlé dans l'Armée rouge, comme tous les hommes jeunes du Birobidjan. Durant les premiers mois, il avait écrit à Inna chaque semaine. Il avait été incorporé dans les régiments de Boudionny qui se battaient au pied du Caucase et défendaient les puits de pétrole de la Caspienne. Mais depuis l'automne précédent, Inna ne recevait plus de lettres. L'inquiétude lui faisait perdre la tête. Toutes les semaines, elle se rendait au comité pour demander qu'Izik soit transféré dans les troupes du Birobidjan qui surveillaient la frontière mandchoue. Bien sûr, cela n'arrivait pas. Les responsables du comité et la politruk Zotchenska la menaçaient de la faire enfermer. Pourtant, c'était plus fort qu'elle. Chaque semaine, après avoir attendu en vain une nouvelle lettre, Inna retournait les voir.

Boussia, elle, savait déjà ce qu'Inna redoutait tant. Au tout début du siège de Stalingrad, en l'espace d'un mois, son mari et ses deux fils avaient été tués. Boussia avait voulu mourir à son tour. Elle travaillait à la grande boulangerie de la rue d'Octobre. Il avait fallu l'empêcher de se jeter dans le four. Elle y avait déjà brûlé tous ses cheveux. Les femmes de la datcha l'avaient ensuite veillée jour et nuit. Boussia s'était débattue, les avait insultées et avait même tenté de mettre le feu à la maison pour en finir. Puis ses cheveux avaient repoussé, plus frisés qu'avant et blancs comme neige. Un jour, elle avait repris sa place à la boulangerie, et la vie avait recommencé.

L'histoire de Beilke était semblable à celle de millions de citoyens soviétiques. Avec son époux, Moïshé Pevzner, Beilke avait quitté Berditchev, en Ukraine, au tout début de la création de l'oblast juif de Birobidjan. À Berditchev, Moïshé était instituteur. Dès son arrivée à Birobidjan, il avait participé à la création d'une école yiddish. Très vite, il avait pris des responsabilités dans le comité exécutif de

Troisième journée

l'oblast, avant d'être élu comme représentant. Puis s'étaient abattues les grandes purges des années 36 à 38. Le Birobidjan n'avait pas été épargné, au contraire. Moïshé avait été arrêté avec tous les membres du comité. Ils avaient été condamnés comme « ennemis du peuple ». Beaucoup avaient été fusillés. Moïshé avait disparu parmi les squelettes vivants du Goulag. Beilke avait pris tous les risques pour savoir dans quel camp il avait été envoyé. En vain. Nul ne savait. Cela faisait maintenant six ans. Mais Beilke n'avait jamais voulu croire à sa mort ni quitter Birobidjan. Si son Moïshé devait un jour revenir, il la trouverait là. Craignant cependant pour ses enfants, elle les avait renvoyés à Berditchev, dans sa famille. Une décision terrible. Aujourd'hui que les nazis étaient en Ukraine, qu'étaient devenus les Juifs de Berditchev ?

— Je t'en prie, Marinotchka, il ne faut pas leur en parler, avait supplié Nadia. Elles ne veulent pas. Fais comme si tu ne savais pas. On n'en parle jamais, ici. Et nulle part. Personne ne le veut. Metvei non plus. Ne lui dis pas que je t'ai raconté tout ça. Il serait furieux contre moi.

Elles se tenaient serrées sur le lit de Marina. La nuit était tombée depuis longtemps. Nadia avait apporté une petite lampe à pétrole et des gâteaux au miel auxquels elles n'avaient pas touché.

Malgré la gravité et la dureté de ce qui était dit, c'était un moment tendre et presque doux. Depuis l'arrivée de Marina à Birobidjan, Nadia l'avait adoptée comme une sorte de grande sœur merveilleuse et inespérée. Marina ne pouvait s'empêcher d'en être émue. Jamais elle n'avait connu de pareilles relations avec une adolescente. Et malgré tout ce qu'elle voyait et vivait, Nadia demeurait une fille d'à peine vingt ans, belle d'une fraîcheur qui lui faisait envie. Elle possédait, intacte, cette force de pureté, ce goût acharné du rêve qui était la toute-puissance de la jeunesse. Les rêves et l'innocence de Marina avaient été pulvérisés à jamais, onze ans plus tôt, sur une banquette inconfortable du Kremlin.

Un instant aussi brûlant qu'un fer d'infamie, et qui l'avait conduite ici même. Comme toutes les femmes de l'isba, elle avait son histoire indicible. Comme elles, elle savait depuis longtemps qu'il n'y avait que le silence pour parvenir à vivre avec ces catastrophes enfouies. Et, à écouter ce que venait de lui confier Nadia, son drame n'était pas le plus terrifiant.

Nadia se méprit sur son silence.

— Marinotchka, je n'aurais jamais dû te raconter tout ça. Ce n'est pas si terrible, de vivre ici. Tu vas être heureuse avec nous. Tu verras, quand le printemps reviendra, c'est vraiment magnifique. Et il y a tellement de moustiques qu'on ne pense à rien d'autre qu'à se gratter!

Le rire revint. Elles grignotèrent des gâteaux. Marina voulut savoir si Nadia avait un amoureux.

— Un amoureux? Et où je le trouverais? Il n'y a plus d'hommes, ici. Des jeunes, je veux dire. Il faut attendre la fin de la guerre ou faire comme Guita.

— Qu'est-ce qu'elle fait?

— Elle va chez les goyim. Ils sont plus nombreux que nous. Tous les jeunes ne sont pas partis. Il y a toujours des types qui aiment bien les Juives. Moi, je ne pourrais pas.

— Et pourquoi, si tu trouves un garçon qui te plaît?

— Je ne suis pas sûre que Guita trouve des garçons qui lui plaisent. Elle dit seulement qu'elle ne va pas passer toute la guerre sans s'amuser. S'il faut dix ans pour vaincre les nazis, elle aura perdu toute sa jeunesse pour rien. D'entendre ça, Grand-maman Lipa devient folle! Quand elles se disputent, on croirait que la maison va s'effondrer. Tu verras.

Nadia enfouit son visage dans le coussin près de la joue de Marina.

— Moi, il me faut un vrai Juif et qu'il soit aussi beau que Metvei, ajouta-t-elle dans un murmure.

— Ah, voilà! C'est de lui que tu es amoureuse.

— Non, non, tu es folle.

— Oui?

— Jamais. Surtout pas.

Troisième journée

— Ah?

Nadia se redressa sur un coude, de nouveau sérieuse, scrutant Marina en fronçant les sourcils.

— Ne te moque pas de moi. Tu sais bien que ce n'est pas vrai. Metvei n'est pas un garçon. C'est un... Il aura une vraie femme.

— Comme la politruk? Mascha je-ne-sais-plus-quoi?

— Zotchenska. Non. C'est elle qui court après lui, pas l'inverse.

Nadia pointa un doigt vengeur sur la poitrine de Marina.

— C'est toi qu'il veut, je le sais!

— Tu ne sais rien du tout!

— Je connais Metvei. J'ai vu ses yeux. Ne me dis pas que, toi, tu n'as rien remarqué?

Nadia avait raison. Et ce n'était pas une pensée qui mettait Marina très à l'aise. Instantanément, elle en attirait une autre.

D'un ton léger, anodin, Marina demanda :

— Tu connais le médecin américain?

— Oh, lui... Bien sûr. Tout le monde le connaît. Ça fait un moment qu'il vit ici. Tu l'as vu?

— Il est passé au théâtre il y a quelques jours.

— Son nom me fait rire : Mister Doctor Michael Apron.

Elles s'amusèrent à le répéter à la mode des Américains, essayant de ne pas trop rouler les *r*.

— Tu le prononces bien! s'étonna Marina.

— Il nous a appris un peu d'anglais au dispensaire, l'an dernier. Il a donné des leçons de premiers secours aux femmes qui le voulaient. Et aussi pour devenir infirmières. J'aimais bien. Ça me plairait beaucoup d'être infirmière. L'été dernier, j'ai un peu aidé. C'est quelque chose que je saurais faire.

— Pourquoi n'as-tu pas continué?

— Metvei ne veut pas. Enfin : il veut bien que je devienne infirmière, mais pas avec l'Américain.

— Oh...

Marina n'en dit pas plus. Pas la peine. Elle caressa la joue de Nadia, qui se coula contre elle.

— J'étais certaine que tu le verrais à un moment ou à un autre, Mister Doctor Michael Apron. Les hommes le détestent parce qu'il est américain, qu'il n'est jamais sérieux dans les réunions et qu'il soigne tout le monde. Les Juifs et les goyim. Même les Chinois de la frontière. Toutes les femmes de Birobidjan l'adorent parce qu'il est doux et gentil et qu'il soigne très bien. Il paraît qu'il est très, très bien pendant les accouchements. Sauf que maintenant, il n'y a plus de femmes enceintes.

Nadia souriait, rêveuse.

— Il est venu te voir au théâtre ?

— Non, mentit Marina. Non, je ne l'ai aperçu que deux minutes. Comme ça. Je ne me rappelle même plus son visage.

Une vérité et un mensonge. Et, comme tous les mensonges, c'était un aveu.

Il était vrai que la rencontre avec l'Américain n'avait duré que quelques minutes. Quatre ou cinq au plus. Mais de son visage, elle se souvenait parfaitement. En vérité, c'était chaque détail de son apparition qu'elle se rappelait. Toujours avec le même étonnement. Et le même plaisir.

Apron était sorti de la pénombre de la salle pour grimper d'un bond sur la scène. Elle eut un mouvement de recul, renversant l'une des chaises placées là pour son exercice. Le choc de la chaise sur le plancher résonna dans la salle, les immobilisant. On aurait cru deux gosses pris en faute. Maintenant qu'ils étaient proches, Marina mesurait à quel point il était grand. Pour croiser son regard, elle devait lever la tête. Elle recula pour mieux l'examiner. Apron se méprit sur son intention. Il eut un murmure de protestation. Non, non, elle n'avait rien à craindre ! Il leva une main pour la retenir. Une main large, aux doigts étonnamment fins, un geste apaisant mais un peu comique. Bien sûr qu'elle n'avait pas peur de lui.

Troisième journée

Il déploya à nouveau le journal pour montrer sa photo. Elle eut une surprise. Elle avait cru tout à l'heure reconnaître le *Birobidjaner Stern*. Mais non. Ce journal en était la réplique parfaite, mêmes photos, mêmes titres, mêmes articles, mais il était en russe. Le titre, *Birobidjanskaya Zvezda*, était en cyrillique et signifiait toujours « L'Étoile de Birobidjan ». L'Américain masqua le portrait de Marina de la paume.

— Mauvaise photo. En vrai, vous êtes comme je croyais.

Sa prononciation estropiait les mots, les enveloppait d'un flottement léger, flou, qui paraissait dissimuler leur véritable sens. Marina ne sut quoi répondre. C'était ridicule, elle ne parvenait pas à faire autre chose que le scruter.

Il devait avoir un peu plus de la trentaine. Tout en lui désignait l'étranger. Ses cheveux trop longs, presque roux, frôlaient ses épaules en boucles épaisses. Dans l'échancrure de sa chemise de laine, sa peau était aussi laiteuse qu'une chair de femme. Une veine battait à coups rapides le long de son cou. Une barbe de deux ou trois jours, irrégulière, plus foncée que ses cheveux, durcissait ses joues et son menton. Une mince cicatrice imberbe zigzaguait de la lèvre inférieure jusque sous la mâchoire. Il avait une bouche trop courte, un peu perdue dans son grand visage. De longs séjours sous le soleil, la glace et le vent de la taïga avaient tanné ses tempes et ses joues. Ses sourcils étaient à peine dessinés. Ses yeux en paraissaient plus immenses, un peu gris et dorés. De fines rides striaient son front. La chapka y avait laissé une trace plus pâle. On ne pouvait pas dire qu'il était beau. Certainement pas. Pourtant, ça n'avait pas d'importance. Quelque chose d'autre attirait l'attention vers ce visage, ce grand corps.

L'attirait, elle, Marina.

Jamais sans doute une présence d'homme ne lui avait donné cette bizarre sensation d'inconnu et de familiarité. D'étrangeté et de bien-être réconfortant. Elle n'en laissa rien paraître. Pourtant elle était incapable de se conduire avec le naturel de l'indifférence.

Apron se déplaça sur le côté. Lui non plus, à présent, ne trouvait plus rien à dire. Il l'observait seulement avec un vague sourire, comme si cela suffisait. Sa fine cicatrice tirait un peu sur sa lèvre.

En y repensant, Marina songeait qu'ils devaient avoir l'air ridicules, tous les deux pétrifiés, à se fixer en silence.

Apron finit par rouler le journal en un tube très mince. Sous la lumière des photophores, à chacun de ses mouvements, un duvet doré dansait sur le dos de ses mains. Elle s'obligea à fuir son regard, s'inclina pour redresser la chaise tombée. Il déclara :

— Je pars. Je voulais pas déranger.

Elle voulut protester, dire un mot gentil. Elle serait sans doute parvenue enfin à lui parler s'il n'y avait eu un bruit dans les coulisses. La voix de Metvei Levine appela :

— Marina ?

Son pas résonna sur le plateau en même temps qu'il apparut. Son regard alla droit sur le dos d'Apron, figé par la surprise.

— Ah ! Tu es là, camarade docteur.

Apron répondit sans se retourner.

— Salut, camarade directeur. Curiosité. Juste curiosité. Je suis venu voir la nouvelle actrice de la photo. Et je dérange pas plus.

Levine s'approcha.

— Je te croyais en visite au dispensaire de Pirobraskevaska.

— Trop de neige pour aller si loin. La camionnette peut pas. Faudrait un traîneau. Mais trop loin et trop long pour le traîneau. Et une femme malade au kolkhoze Waldheim. Peut-être semaine prochaine j'irai ?

Il parlait sans quitter Marina des yeux. Avec plus de maladresse et un accent plus prononcé qu'il n'en avait eu jusque-là. Son sourire était devenu ironique, légèrement provocant.

Levine vint se placer à côté de Marina, expliqua :

Troisième journée

— Le camarade Apron est arrivé d'Amérique pour soigner les malades de l'oblast. Très courageux de sa part.

Apron sembla percevoir la moquerie dans le ton de Levine. Il allongea le bras pour tapoter doucement l'épaule de Levine de l'extrémité de son journal.

— Pas de courage, camarade directeur. Je suis un Juif de Birobidjan, aujourd'hui, pas vrai ?

L'Américain haussa les sourcils, comme s'il attendait une réponse. Levine se contenta d'un signe de tête. Apron éclata de rire.

— Non, pas vrai, hein ? Tu penses que non, Levine. L'Américain, ça devient jamais un Russe. Pourtant, je travaille, je travaille. Même le yiddish. Bientôt, tu verras...

Il s'amusait. Il jeta un coup d'œil en direction de Marina, tira de la poche de sa chemise un paquet de Sviezda marqué de l'étoile de l'Armée rouge que fumaient d'ordinaire les soldats.

— Il est interdit de fumer sur la scène, camarade docteur, dit Levine tandis que l'Américain plaçait l'embout de carton entre ses lèvres.

La tension entre les deux hommes était palpable. Face au corps puissant et désinvolte de l'Américain, la beauté et l'assurance de Levine paraissaient soudain artificielles.

Apron rempocha ses allumettes.

— Juste, juste ! J'allume pas.

Il lança le journal sur la chaise et, sans autre salut, se recula pour enjamber les photophores et sauter dans la salle. Dans l'allée centrale, il leur fit face.

— Tu as de la chance, camarade directeur. Tu vas faire du bon théâtre, maintenant.

Il attrapa la grosse veste de cuir doublée d'une peau de mouton qu'il avait abandonnée sur un siège et s'effaça dans la pénombre. Sous le portrait de Staline, la porte jeta un éclat de lumière et la haute silhouette de l'Américain disparut. Levine grogna :

— Qu'est-ce qu'il fichait là ?

— Il...

Marina désigna le journal abandonné sur la chaise. Il était à moitié déroulé et on y voyait à nouveau sa photo. Levine insista :

— Comment est-il entré ?

— Je ne sais pas. Je ne l'ai pas entendu. Je travaillais.

L'expression de Levine était déplaisante, et Marina n'aimait pas le ton sur lequel elle lui répondait. Trop déférent, trop défensif. Elle ramassa le journal.

— Je ne savais pas qu'il y avait deux *Étoile de Birobidjan*, dit-elle. L'un en russe, l'autre en yiddish.

— Il y a beaucoup de choses ici que tu ignores encore, Marina Andreïeva. Depuis quatre ans, le russe est redevenu notre langue officielle à la place du yiddish. Il n'y a pas que des Juifs, au Birobidjan. Il vaut mieux que tu le saches et que tu t'en souviennes.

D'un coup, le ton de Levine ne possédait plus rien de la gentillesse séductrice qu'il avait conservée depuis l'arrivée de Marina. Elle attrapa le grand châle qu'elle avait ôté pour répéter et s'en enveloppa. Elle sourit calmement. Un sourire de femme qui se sait belle et sait faire l'actrice.

— C'est exact, camarade directeur. J'ignore absolument tout de ce qui se passe ici.

Levine changea aussitôt d'expression.

— Pardonne-moi. Je ne voulais pas être désagréable. Cet Américain n'a rien à faire dans ce théâtre. Je n'aime pas le voir traîner ici.

— Je ne m'attendais pas à trouver des Américains ici. Je ne savais pas quoi lui dire.

— Pas *des* Américains. *Un seul.* Lui. Et ça suffit.

— Il est là depuis longtemps ?

— Plus d'un an. Je n'aime pas le savoir chez nous, mais la décision de le garder avec nous était justifiée.

— Le garder ici ? Il n'a pas émigré, comme les autres ?

— Il devait seulement convoyer l'aide des Juifs d'Amérique jusqu'ici et repartir. Et puis... nous n'avions qu'un dispensaire juif et pas de médecins capables de pratiquer des opérations simples. Pas de matériel non plus. La région était trop pauvre pour monter un petit hôpital. Les malades devaient aller à Khabarovsk. Quand c'était possible. Il y a eu beaucoup d'accidents et de maladies au début de l'immigration. Des décès, aussi. Les immigrants étaient fragiles, ils arrivaient de la ville... C'était très dur. Le Parti a fait ce qu'il pouvait. Mais le comité devait trouver de l'aide par lui-même. Les Juifs d'Amérique nous ont promis une assistance. Ça a pris du temps, et quand ils ont envoyé le matériel médical, la guerre venait juste de commencer. Apron est arrivé avec. Il devait apprendre à nos médecins à faire fonctionner les appareils et repartir. Mais tous les médecins capables étaient réquisitionnés pour le front de la Volga. Il n'en restait plus que deux. L'un est à Bidjan, à cent kilomètres d'ici, tout près de la frontière chinoise. Il ne veut pas se déplacer jusqu'ici, ils ont besoin de lui là-bas. Quant à l'autre, il est saoul dès qu'il se lève. Apron a proposé de transformer notre dispensaire en un petit hôpital avec une salle d'opération et de rester ici jusqu'à la fin de la guerre. Le conseil exécutif de Birobidjan en a discuté, on a transmis la proposition au secrétariat du Parti pour la région, qui a demandé l'avis de Moscou. Moscou a dit oui, et voilà. Une sage décision... De temps en temps, il faut savoir être pragmatique. Utiliser l'aide d'où elle vient, n'est-ce pas ?

Marina s'abstint de répondre. Le froid de la salle la fit frissonner. Levine le remarqua. Il tendit la main pour ajuster le châle sur son épaule.

— Mais c'est quand même un Américain, ajouta-t-il avec une grimace.

À son tour, il sortit un paquet de cigarettes. Des Slava, à l'écusson orange et au filtre élégant. Marina eut un rire moqueur.

— Je croyais qu'il était interdit de fumer sur le plateau ?

Levine eut un clin d'œil.

— Pour les Américains seulement.

Il retrouvait son assurance, son charme. Il alluma sa cigarette, souffla la première bouffée en rejetant le visage en arrière. Marina débarrassa la scène des quelques accessoires qu'elle avait disposés comme repère pour son exercice. Il l'observa, dit :

— Je regrette de n'être pas venu plus tôt, pendant que tu travaillais. J'avais une réunion importante.

— Pas grave. Il vaut mieux que tu n'aies encore rien vu. Beaucoup de déchets. Ce n'était qu'un début. Je reprendrai demain.

— L'Américain a eu l'air d'apprécier.

— Peut-être qu'il ne connaît pas grand-chose au théâtre. Est-ce qu'il est bon médecin ?

— Il paraît. Les femmes ne jurent que par lui. C'est surtout elles qu'il soigne.

Levine avait lancé ça sur le ton de l'humour et de la provocation. Mais son regard en disait plus. Marina sourit, amusée. Peut-être désireuse de le provoquer en retour, elle demanda :

— S'il fait bien son travail, qu'y a-t-il à lui reprocher ? Seulement d'être américain ?

— Ce n'est pas rien, d'être américain. L'Amérique est l'endroit le plus répugnant du monde. On sait ce que c'est et comment ils vivent.

— Mais lui, il ne vit plus là-bas. Il est ici, il soigne les habitants de Birobidjan. Il ne s'est pas contenté d'apporter des appareils, il aide réellement. Il a même l'air d'aimer vivre ici, avec nous.

Levine balaya l'argument d'un geste.

— Ça ne suffit pas pour avoir confiance. Pas dans des types comme ça. Une histoire de personnalité, de... de *perzenlekhkeyt*, comme on dit en yiddish. Il va, il vient. On ne sait jamais où il est. Il est entré ici, pourtant le théâtre est fermé, non ? Les locaux sont réservés pour le travail et ouverts seulement quand il y a un spectacle. Ce n'est pas la place de ce type. Et, tu vois, il entre quand même, comme chez lui. Qu'est-ce qu'il cherche ?

Troisième journée

Planté au milieu de la scène, Levine toisait Marina. Il était redevenu sérieux, aigu. Avec le ton et les manières d'un homme habitué à gagner la bataille des mots.

Marina objecta doucement :

— Peut-être est-ce un défaut typiquement américain ? Ils aiment voir les actrices de près ? À cause d'Hollywood ?

Elle avait souri pour adoucir sa moquerie. Levine hésita puis se détendit, plaisantant à son tour :

— Pourquoi pas ? On sait bien que les Américains sont dégénérés, non ?

Il attrapa le journal, contempla le portrait qu'il connaissait par cœur avant de froisser en boule le *Birobidjanskaya Zvezda* pour le jeter en coulisse.

— Il faut le reconnaître, notre photographe n'est pas doué. Tu es beaucoup plus belle que ça, crois-moi.

Le châle de Marina avait de nouveau glissé. Levine le remonta délicatement sur son épaule. La caresse, cette fois, fut plus franche. Quand il l'invita à boire un thé au chaud dans son bureau, il était tout à fait redevenu le beau Metvei Levine, sûr de lui et de son pouvoir.

Et, à présent, Marina entendait Nadia dire :

— Mister Doctor Apron, il n'est pas tout le temps ici, au nouvel hôpital. Il disparaît dans la taïga quand ça lui chante. Même avec toute cette neige. Il va soigner dans des villages que le monde a oubliés. Il revient avec des sacs de nourriture. Les gens sont tellement contents de le voir. Il veut faire un recensement de toutes les maladies du district, depuis la frontière du fleuve jusqu'aux collines de Londoko, sur la voie de chemin de fer. Il a expliqué au comité que l'hôpital pourrait ainsi prévoir des traitements d'avance. Des vaccins contre les fièvres des marais et les maladies transportées par les moustiques. Grand-maman Lipa se moque de lui. Elle dit que le long de l'Amour il n'y a qu'une seule maladie qui compte, et qu'il ne parviendra jamais à la soigner à lui tout seul.

La gaieté de Nadia emporta celle de Marina.

— Il a obtenu une camionnette du secrétariat du Parti... L'été dernier, il est allé à Khabarovsk et il est revenu avec une ZIS presque neuve. Tu aurais vu la tête de Metvei! La Zotchenska était folle. Même pour un tracteur, il faut attendre des mois. Le vieux Klitenit et les autres étaient certains que Mister Doctor Apron l'avait volée dans un kolkhoze. Ils gueulaient : « Où tu l'as prise, Américain ? Où tu l'as volée ? » Et lui : « Pas de vol, camarades, pas de vol ! Rien que du normal administratif. Don du secrétariat de région à l'hôpital juif de Birobidjan. Officiel. »

À imiter la voix et l'accent de l'Américain, Nadia s'étouffait de rire. Marina, imaginant fort bien la scène, l'accompagna dans sa gaieté.

— La Zotchenska a appelé le secrétariat du Parti à Khabarovsk. On lui a dit : « Tout est en ordre, camarade commissaire. Une camionnette ZIS-51, numéro *tchoctchoctcho*, a été accordée à votre nouvel hôpital. Décision du secrétariat, signée par la camarade secrétaire Priobine. Félicitations ! »

— Et comment a-t-il fait ?

Nadia rougit, se mordit la lèvre.

— Je ne sais pas si c'est vrai. Ce sont les filles du dispensaire qui racontent ces choses...

— Nadia...

— Depuis le début de la guerre, la secrétaire du Parti à la région, cette Priobine, il paraît qu'elle est encore pire que Zotchenska. Il lui faut tous les hommes un peu beaux. Et lui, Mister Doctor, quand elle l'a vu...

— Mais il est américain.

— Oui, et l'argent dans son portefeuille aussi était américain. Il paraît qu'il en avait beaucoup. « Contribution de l'émigration juive à l'effort de guerre ! » a dit la Priobine.

Le rire de Nadia l'empêcha de poursuivre. Ce n'était d'ailleurs pas la peine. Des histoires de ce genre, Marina en avait entendu des dizaines à Moscou.

Troisième journée

Un des soirs suivants, alors qu'elle préparait le repas avec Beilke et Grand-maman Lipa, Marina déclara qu'il lui fallait apprendre le yiddish le plus vite possible. Il lui fallait trouver quelqu'un qui veuille bien le lui enseigner.

— Il faut que j'apprenne vite. Je veux pouvoir tenir des rôles en yiddish au printemps.

Les deux femmes se moquèrent d'elles. Elle allait devoir être plus patiente que ça. On n'apprenait pas le yiddish en un clin d'œil. Marina s'obstina.

— Levine m'a promis que je serais sur scène à l'occasion de la fête de Birobidjan, le 7 mai. Je ne vais pas jouer en russe.

Beilke soupira amèrement.

— Il n'y a pas si longtemps, il n'aurait même pas été question que tu prononces un seul mot de russe. Aujourd'hui, ce serait plutôt le contraire. Le comité et le Parti seront contents de t'entendre jouer en russe. Comme tu sais, le yiddish n'est plus notre langue officielle.

— Au théâtre, c'est autre chose! protesta Marina. Je ne suis pas venue ici pour jouer en russe. Ce serait ridicule.

Beilke et Grand-maman Lipa l'observèrent en silence. Beilke se passa les mains dans l'eau puis s'essuya. La vieille Lipa se remit à malaxer entre ses doigts déformés son bol de farine et de graisse d'oie additionnées d'eau tiède. Marina crut deviner leurs pensées.

Elle était toujours la nouvelle venue. Une femme arrivée de Moscou, que Levine et la politruk avaient laissée entrer dans Birobidjan alors que la région était interdite à l'immigration. Pour la loger dans leur datcha commune sans qu'elles aient droit à la parole. Beilke et Grand-maman Lipa n'étaient pas des adolescentes romantiques comme Nadia. La vie leur avait enseigné la prudence. Elles n'avaient rien contre Marina, mais elles se méfiaient. Que Marina eût été un mouchard des manteaux-de-cuir ne les aurait pas surprises. C'était ainsi. À leur place, Marina aurait fait de même. Il y avait longtemps, dans ce pays de la Révolution, que tout le monde se défiait de tout le monde. Si la confiance venait, elle devait se mériter.

En outre, dans de tels instants, le vrai mensonge de Marina la taraudait. Elle aurait donné cher pour pouvoir avouer la vérité à Beilke et à la vieille Lipa : « Je suis ici pour me cacher. Je ne suis pas une vraie Juive, mais je vous promets de faire tout ce que je peux pour le devenir ! »

Elle se contenta de rougir et de déclarer aussi sincèrement que possible :

— Solomon Mikhoëls ne m'a pas envoyée ici pour être une Juive qui ne connaît pas le yiddish. Je lui ai promis de l'apprendre.

Grand-maman Lipa hocha la tête avec une petite toux amusée. Elle racla les épaisseurs de pâte accumulées entre ses doigts avant de parler.

— Pourquoi ne demandes-tu pas aux autres acteurs de t'aider ? Je les connais depuis toujours. Ils sont nés dans le yiddish, ils respirent le yiddish, et tu ne trouveras pas de meilleurs professeurs qu'eux. Je suis certaine qu'ils seront contents de t'aider.

— C'était ce que j'espérais, mais c'est impossible. Ils sont toujours à Khabarovsk.

— Oh ? Leur tournée n'est pas encore terminée ? Depuis la nouvelle année ? Qu'est-ce qu'ils ont, à traîner comme ça ? Ils ne veulent plus revenir chez nous ?

— Nous, on pourrait l'aider, dit doucement Beilke en s'asseyant au côté de Lipa.

Ses yeux brillaient sous la poussée des larmes. Elle frotta ses paupières à l'aide de son torchon humide.

— Moïshé aurait fait ça très bien, murmura-t-elle. Mais toi, tu feras aussi bien, Grand-maman Lipa.

La vieille Lipa grommela sans répondre. Elle fixa Marina. Ses grosses paupières fripées ne laissaient filtrer que la lumière gris-vert de ses iris. L'âge paraissait les avoir condensés en deux billes à la fois dures et liquides, tantôt plus froides que la glace, tantôt capables d'une tendresse de jeune fille. Elle roula ses lèvres dans une moue dubitative puis reprit son travail sans un mot, ajoutant des miettes de poisson et de l'oignon finement coupé à sa pâte. Beilke n'insista pas. Marina comprit qu'elle aussi devait se taire.

Pendant de longues minutes, toutes les trois roulèrent les boules de *gefilte* entre leurs paumes. Soudain, Grand-maman Lipa dit :

— Tu peux déjà apprendre ça : ce qu'on fait, c'est de la cuisine « avec de la graisse ». Et les *gefilte fish*, tu y mets le poisson que tu as sous la main. Autrefois, quand j'étais fille en Pologne – moi, je suis de Pologne et, Dieu soit béni, Il ne m'a pas laissée voir ce qu'il s'y passe aujourd'hui –, ma mère y mettait de la chair de carpe et les *gefilte fish* étaient deux fois plus grosses que celles-ci. Oui, et autrefois c'était aussi comme ça, ici, à Birobidjan. On savait ce que c'était que la *tsedoké*, la charité. Il fallait s'entraider, et on aimait ça. Des Juifs qui arrivaient de partout. Les vieux se mettaient avec les jeunes et on se donnait des leçons ! Certains parlaient le yiddish, d'autres presque pas. Ou alors on n'avait pas les mêmes mots. Moi, je dis *tsedoké*, d'autres diront *rakhmounés*, la pitié, tu vois, mais c'est presque la même chose, alors tu apprendras les deux. On commencera demain, mais moi, je ne suis pas une enseignante, je n'ai pas leur patience. Tu devras travailler.

Le soir, Beilke annonça aux autres la décision de Grand-maman Lipa. On sortit de la vodka pour fêter ça et, dès le lendemain, Marina eut sa première leçon. Durant plusieurs jours, elle apprit l'alphabet hébreu, ses multiples et difficiles prononciations, jusqu'à en rêver la nuit.

Elle s'exerçait au théâtre à prononcer les phrases ou les expressions qu'elle venait d'apprendre. Quand elle crut connaître assez bien l'alphabet, elle tenta de déchiffrer un vieux conte de Cholem Aleïkhem comme on déchiffre une partition. Une tentative qui déclencha le fou rire des femmes de ménage qui s'étaient installées dans la salle pour l'écouter. Le soir, elle rapporta le recueil de contes à la datcha et demanda à Grand-maman Lipa de les lui lire.

— Pourquoi ? C'est bien trop tôt, tu n'y comprendras rien.
— Ça n'a pas d'importance. Tu me raconteras les histoires après. Je veux entendre la musique des phrases. C'est ce que je dois apprendre le plus vite : la musique du yiddish. Et tu la chantes très bien, Grand-maman Lipa !

C'était vrai. La vieille Lipa lisait ces histoires avec une légèreté, une vie et une sincérité éblouissantes. Au fil des phrases son vieux visage revivait tous les âges et toutes les émotions. Sa main déformée jouait dans l'air, soulignant les surprises, les craintes et les énigmes. Il semblait qu'on n'avait aucun besoin de comprendre le sens des mots pour être emporté par la force des contes. Ce fut l'une des plus belles leçons de théâtre que Marina reçut de toute sa carrière.

Au début de février, alors que Marina et la vieille Lipa, côte à côte à la table de cuisine, répétait la prononciation d'une liste de mots, Nadia surgit, le visage tout empourpré par le froid du matin.

— Marinotchka ! Ils sont là, ils sont arrivés ce matin ! Metvei m'envoie te chercher. Ils veulent te voir !
— Calme-toi un peu, ma fille, grogna Lipa. Qui donc est arrivé ? Les Japonais ?
— Grand-maman Lipa !... Les acteurs ! La troupe de Metvei. Ils sont de retour de Khabarovsk.

Ils avaient profité d'un convoi de camions chenillés assurant la relève des gardes sur la frontière mandchoue. Levine attendait Marina près des malles de costumes et des quelques décors encore entassés dans le hall du théâtre. Il l'accompagna au foyer des acteurs.

— Sois indulgente, Marina Andreïeva. Ce n'est certainement pas la troupe la plus brillante que tu aies connue. Ils ne sont plus tout jeunes et ils ont roulé une bonne partie de la nuit.

Néanmoins, ce fut un choc lorsque Levine ouvrit la porte. Quatre vieux visages grognons se tournèrent vers eux.

Troisième journée

— Metvei! Où étais-tu passé?
— Qu'est-ce que tu as fait de nos malles?
— Il faut qu'on puisse se reposer, Metvei. Ces camions, tu ne peux pas imaginer...

Malgré la chaleur intense de la salle, les femmes portaient leurs manteaux de fourrure élimés. Les pieds enfouis jusqu'aux mollets dans des chaussons de laine, elles n'avaient pas ôté les fichus qui leur recouvraient la tête et les joues de plusieurs épaisseurs de fleurs bariolées. Elles se serraient autour du poêle en faïence bleu et vert qui occupait tout un angle du foyer. Un amas désordonné d'affiches et de photos de spectacles masquait les murs, sauf dans la partie où trônait un portrait de Staline en sépia. De vieilles soies rouges rappelant un rideau de scène l'encadraient et le voilaient à demi, à la manière d'une icône mortuaire.

Un samovar électrique fumait sur une table, où l'unique acteur masculin de la troupe préparait du thé. Il était immense et devait approcher la soixantaine. Une calotte de velours pourpre repoussait ses cheveux frisés, lui dessinant une couronne touffue de neige transparente. Il s'était enveloppé dans une longue robe de chambre matelassée, d'un bleu passé et parsemé de broderies effilochées. Comme tout l'ameublement du foyer, tapis, sièges, coussins, guéridons, et même les verres à thé multicolores, cette robe de chambre devait être un ancien accessoire de scène.

Durant quelques secondes, Marina crut avoir pénétré sur une scène où se jouait une pièce inconnue. Elle perçut le rire de Levine qui goûtait sa surprise. Les actrices lui jetèrent un bref coup d'œil négligent avant de se rapprocher de Levine. Deux d'entre elles paraissaient jumelles. Seules leurs coiffures et leurs vêtements les différenciaient. La troisième, une petite femme blonde très maquillée au corps d'oiseau, approchait la cinquantaine. Elles se mirent à parler toutes trois ensemble:

— Ah, Metvei, Metvei! Quel voyage...
— Comment as-tu pu nous demander une chose pareille?

— Cinq heures dans ces camions qui ne sont pas chauffés...

— Et en pleine nuit. Pourquoi en pleine nuit ? Ils n'ont même pas été capables de nous l'expliquer...

— De toute façon, ils n'avaient rien à dire, ces pauvres gars. Tout jeunes qu'ils étaient, ils claquaient des dents autant que nous...

— Vera a voulu se faire réchauffer par de jolis lieutenants, mais ils étaient encore plus congelés qu'elle !

— C'est fini, camarade directeur, ne nous demande plus de renouveler l'exploit, c'est hors de question.

— Ça, tu peux en être sûr, Metvei : on ne bouge plus avant le printemps !

— Sans compter qu'on aurait très bien pu rester à Khabarovsk. On y était fort bien installées.

— Et avec un public, mon cher ! On aurait pu y jouer encore tout le mois. Khabarovsk n'est pas Birobidjan, ça, non. Ils ont encore envie de s'amuser, là-bas.

— Tu pourras t'en rendre compte toi-même. Nous t'avons rapporté toute une collection de *tsaytungen*. Tu verras les articles...

— *Sha, sha !* Mesdames, s'il vous plaît, un peu de calme ! Voilà, voilà qui va vous réchauffer...

Le vieil acteur les réduisit au silence en leur offrant des verres de thé brûlant. Il pivota vers Marina comme si elle venait de sortir des coulisses et lui tendit les mains.

— Et qui est là, je vous prie ? Mesdames, aurions-nous oublié toute politesse ? Un peu de *heflehkeit*, s'il vous plaît... Metvei, qu'attends-tu pour nous présenter ? Je suppose que c'est là notre nouvelle *stern* ?

Les actrices fixèrent Marina en trempant leurs lèvres dans le thé. L'acteur lui pressa les mains, se présenta avant que Levine ne puisse le faire :

— Iaroslav Peretz Sobilenski. Ma mère n'a jamais pu se décider entre Iaroslav et Peretz, et finalement moi non plus. Mais toi tu peux choisir, je réponds à l'un ou à l'autre,

Troisième journée

d'ordinaire on réclame davantage Iaroslav que Peretz. C'est l'habitude russe qui veut ça, je suppose.

Levine présenta les femmes, Vera Koplevna, Guita Koplevna et Anna Bikerman. Bien sûr, Vera et Guita étaient sœurs.

— Mais pas jumelles. Tout le monde croit qu'on est jumelles, mais pas du tout. Vera a deux ans de plus que moi. Elle en est très fière parce qu'elle croit qu'elle fait plus jeune que son âge. C'est tout l'inverse, hélas, mais c'est si bon de vivre d'illusions.

Il y eut des rires. Le sourire pétillant, Anna Bikerman agrippa le bras de Marina.

— Jusque-là, notre camarade directeur n'avait que moi comme jeunette dans sa troupe. Sois prudente avec lui, il a perdu l'habitude des belles femmes.

Levine rit pour masquer son embarras, voulut prendre la parole de manière un peu sérieuse. Vera Koplevna ne le laissa pas faire :

— Pas de grands discours, Metvei. On est trop fatigués et ce qu'a besoin de savoir notre nouvelle camarade tient en dix phrases. Avec Anna et ma sœur Guita, cela fait vingt-cinq ans que nous jouons ensemble. Et c'est ensemble que nous avons décidé de venir ici, au GOSET de Birobidjan. C'était il y a dix ans. On a vu beaucoup de choses, des belles et d'autres. Il fut un temps où on ne s'entendait pas, dans ce foyer, tant il y avait d'acteurs et d'actrices à piailler comme des perruches. Et ce vieux bonhomme qui ne paye pas de mine à côté de toi, il y a quarante ans il pouvait déplacer deux mille personnes pour une soirée de contes yiddish à Varsovie ou à Berditchev. Iaroslav est modeste, alors c'est moi qui te le dis. Il a travaillé avec Granovski et Mikhoëls dans le premier GOSET de Moscou. Si tu veux sincèrement te mettre à l'école du théâtre yiddish, personne ne pourra mieux te l'apprendre que notre Iaroslav. Voilà.

Elle adressa un grand sourire à Marina et un clin d'œil à sa sœur, qui pouffa.

— Tu vois, Metvei : en dix phrases !

Iaroslav dit à Marina :

— Comme tu le constates, nous savons parfaitement faire notre propre propagande. Vera parle d'un temps...

Anna l'interrompit :

— Ce thé est imbuvable, Iaroslav... As-tu prévu de quoi fêter cet événement, camarade directeur ?

— Je croyais que tu voulais te reposer, Anna. Ce soir nous pourrons...

La porte du foyer s'ouvrit violemment.

— Metvei !

La politruk Mascha Zotchenska jaillit dans le foyer, la neige encore collée au revers de ses bottes et les mèches plaquées sur ses joues brûlantes. Elle bondit au cou de Levine en bousculant tout le monde.

— Metvei, oh, Metvei ! C'est fini, on a gagné ! L'Armée rouge a gagné ! Les fascistes sont vaincus à Stalingrad !

Zotchenska était en larmes. Elle s'accrochait à Levine en sanglotant et lui couvrait le visage de baisers. Marina recula pour laisser le vieux Iaroslav détacher la politruk de Levine. Le rire de Guita tintait au milieu des exclamations. Levine repoussa Zotchenska, la suppliant de se calmer :

— Mascha, Mascha, je t'en prie !

Vera parvint enfin à l'apaiser pendant que Levine cherchait le regard de Marina. Entre ses sanglots de joie, Zotchenska répondit enfin aux questions de Iaroslav et d'Anna.

La nouvelle de la victoire, ils l'avaient eue tôt le matin, mais sans y croire. Craignant de se faire une fausse joie. Un garçon de la poste était venu annoncer à Klitenit qu'il avait capté une émission à la radio. Ils avaient passé des heures au téléphone à attendre une confirmation de Khabarovsk. Le secrétariat du Parti avait enfin confirmé. La secrétaire Priobine avait appelé Mascha en personne. Elles ne pouvaient plus parler, tant elles pleuraient de joie dans le combiné. Mais c'était vrai, ça y était ! Les Boches étaient vaincus à Stalingrad. L'Armée rouge les avait pris au piège.

Troisième journée

Von Paulus avait été fait prisonnier avec 90 000 soldats de la Wehrmacht. Cela datait déjà de trois jours, peut-être de quatre. Ici, dans ce fin fond de l'Orient sibérien, on apprenait toujours tout avec retard.

La nouvelle se répandit en quelques minutes. Les goyim se précipitèrent vers le bâtiment du comité tandis que les Juifs convergeaient vers le théâtre. Levine en fit ouvrir grand les portes, et la scène fut décorée en toute hâte. On sortit de la resserre à décors les bannières de velours rouge et or, frappées de la faucille et du marteau, utilisées lors des fêtes officielles. Sur l'une d'elles, offerte à la fondation de Birobidjan par la communauté juive de Kharkiv, en Ukraine, était brodée en yiddish une citation de Staline :

La juste cause de l'internationalisme prolétarien est la cause fraternelle et unique des prolétaires de toutes les nations.

Entre les bannières, un immense portrait de Staline lui-même fut suspendu aux cintres. Un Staline aux tempes grises mais à la jeunesse souveraine. Repeintes d'un rose lumineux, ses joues possédaient la douceur innocente d'une peau de bébé.

Très vite, la salle du théâtre s'avéra bien trop petite pour accueillir la foule qui arrivait : des femmes, des vieux, des enfants qui s'entassèrent jusque dans le hall, se hélant les uns, les autres, s'enlaçant dans un ballet d'embrassades qui n'en finissait pas. Les compagnes de la datcha de Marina étaient là, bien sûr. En larmes, comme les autres. Grand-maman Lipa soutenait Boussia qui gémissait sans fin sur ses fils et son mari, morts sans avoir connu cette victoire tant attendue. Inna demandait à chacune de celles qu'elle étreignait si elle pouvait croire que son Izik était encore en vie.

Marina, intimidée, étourdie par les cris et cette explosion d'émotions, n'osa pas les approcher. Elle se retira dans les coulisses. Inattendu, le souvenir de Lioussia Kapler occupa son esprit. Comme tant de ces femmes autour d'elle, elle ne savait pas si elle pensait à un vivant ou à un mort.

Levine apparut de l'autre côté de la scène. Affairé, donnant des ordres pour installer le pupitre des discours. Avec l'intention de le rejoindre et de proposer son aide, Marina repoussa le pan fixe du grand rideau. Et elle le vit.

L'Américain. Le Mister Doctor Apron, comme l'appelait Nadia.

Sa haute taille dominait la foule. Il embrassait des femmes, riait avec elles, les serrait affectueusement contre lui. La lumière crue des lampes jetait des reflets roux sur ses cheveux.

Pendant quelques secondes, Marina fut incapable de détacher son regard de lui. Espérant qu'il devine sa présence, lève la tête vers elle. Imaginant, rêvant presque inconsciemment qu'il bondissait à nouveau sur la scène. Cette fois il la prenait dans ses bras, contre lui, comme aucun homme depuis longtemps ne l'avait fait.

Un désir aussi nu qu'absurde ; aussi violent que sidérant.

Par bonheur, Nadia et Guita surgirent à son côté, les bras chargés de caissettes.

— Marinotchka ! Viens vite ! Viens nous aider...

Elles avaient déniché des guirlandes colorées et voulaient les suspendre à l'entrée du théâtre, comme pour un bal. L'instant suivant, un petit orchestre de violons, clarinettes et bandonéons – trois ou quatre femmes et deux vieux à longues barbes – grimpa sur la scène. Il s'installa sous la photo de Staline juste avant que Levine, la commissaire Zotchenska et les membres du comité s'agglutinent derrière le pupitre pour les discours.

Pendant une heure ce ne furent que hourras, applaudissements et larmes. Le poing levé, on acclama et scanda le nom de Staline. Les orateurs martelèrent la même promesse : la victoire de Stalingrad n'était que le premier pas d'une victoire totale sur les nazis. Ce premier jour de gloire n'était que l'aube de la gloire promise aux peuples socia-

Troisième journée

listes. Le monde, désormais, avait les yeux tournés avec envie vers l'Union soviétique. Demain, l'Armée rouge serait à Berlin. Le sang et la vie des fils de Birobidjan, sacrifiés à la cause de la grande guerre patriotique de libération, resteraient à jamais l'immense fierté de leurs mères, de leurs épouses et de leurs sœurs. Les sacrifices immenses concédés pour combattre l'ennemi qui détruisait le peuple juif partout en Europe n'étaient que les fondations de la grande nation de génies et de martyrs où les Juifs du monde entier bientôt trouveraient refuge, comme les prolétaires du monde entier trouvaient déjà refuge et justice dans la victoire de l'URSS et de la Révolution bolchevique.

Levine lut des lettres envoyées par des soldats à leurs épouses et à leurs mères. Toutes disaient leur calme et leur assurance devant le sacrifice. Le vieil acteur Iaroslav, la voix usée par la fatigue et l'émotion, récita des fragments d'articles de Vassili Grossman décrivant l'héroïsme absolu des combattants de l'enfer de Stalingrad.

Au début, les applaudissements firent trembler les murs du théâtre. Puis, comme usées par les phrases déclamées, la joie et l'exultation de la victoire s'émoussèrent. Le silence bloqua les gorges, et les mains furent plus lentes à applaudir. Les yeux et les oreilles se fermaient, les fronts se baissaient, écrasés par la soudaine présence fantomatique de ces centaines de milliers d'hommes morts dans la boue et la fureur de la Volga.

Alors qu'un nouveau discours allait commencer, l'une des musiciennes se leva brusquement derrière l'orateur. Elle ajusta son bandonéon et lança les premières notes d'une vieille balade russe, mille fois chantée en yiddish à Birobidjan :

*Je ne connais d'autre pays au monde
où l'homme respire aussi librement...*

Dans la salle, deux, puis dix, puis cent voix lui répondirent. Un autre bandonéon, les violons, les clarinettes se mirent à jouer. La salle, le théâtre tout entier devinrent un chant. Lourd, tremblant. Gorgé de tout ce qui restait tu.

Après avoir hésité un bref instant, les officiels du comité se joignirent au chant. Mascha Zotchenska attrapa la main de Levine. Peut-être par gêne, pour ne pas afficher devant tous ce que chacun savait déjà, Levine attrapa celle de Klitenit, qui saisit celle de son voisin. Ce fut comme un signe. Toutes et tous, mains unies, chantèrent à pleine voix l'espérance des pionniers du Birobidjan.

Retenue, à gauche, à droite, par les doigts frémissants de Nadia et de Guita, Marina, la gorge nouée, fut traversée de part en part par cette communion. Elle ne connaissait pas le premier mot, la première note de ce chant. Pourtant, il se déposa en elle comme si elle était de la même chair, du même sang que toutes celles et tous ceux qui l'entouraient.

Lorsque le chant cessa, il y eut une immense clameur. Guita cria :

— *Tantsn! Tantsn!*

D'autres filles lui répondirent en russe :

— Oui, il faut danser !

Dans le brouhaha, les musiciennes consultèrent Klitenit et Zotchenska. Les jeunes scandèrent :

— Dansons ! Dansons !

La politruk sourit. Il y eut de nouveaux applaudissements. La Zotchenska rougit sous les acclamations. À cause des cris de Guita et de Nadia, Levine avait repéré Marina dans la foule. Il l'appela de la main. Mais la bousculade sur la scène le contraignit à se détourner. Il était impossible de danser dans la salle à cause des rangées de sièges. Les musiciennes quittèrent la scène pour s'installer sur le seuil dans le hall.

La musique s'entendait très bien sur l'immense parvis devant le bâtiment. Les plus jeunes des filles s'élancèrent sur la neige craquante. Des couples se formèrent dans les rires et les interpellations. Les volutes des haleines tourbillonnaient dans le soleil doré. Nadia enlaça Marina. D'autres femmes les rejoignirent. Des couples légers et

Troisième journée

balourds à la fois, tournoyant sur la neige en gros manteaux et bottes de feutre, leurs ombres étroites comme des flèches.

Mascha Zotchenska apparut, entraînant Levine. Ils ne s'éloignèrent guère du porche du théâtre. Levine ne portait pas de manteau, une femme lui posa un grand châle noir sur les épaules. Il y eut des rires, des applaudissements. Le large visage de la politruk rayonnait de bonheur.

L'air glacé transportait loin la musique. Les goyim encore massés devant le bâtiment du comité furent là en quelques minutes. Une vingtaine de jeunes hommes apparut. De très jeunes garçons dont on devinait à peine les visages sous les casquettes. Guita se précipita vers eux, se retourna, agita ses moufles pour que Nadia la rejoigne.

Marina proposa :
— Va avec eux.
— Non, non !
Marina interrompit leur danse.
— Ne sois pas sotte. Va danser avec un garçon.
— Grand-maman Lipa et Beilke vont me faire une scène terrible.
— Je dirai que c'est ma faute.

Elle regarda Nadia rejoindre Guita, qui dansait déjà. Lorsqu'elle se retourna pour regagner l'intérieur du théâtre, il fut là. Devant elle.

Elle eut un sursaut, comme devant une apparition. Pendant les discours, elle avait cherché à l'apercevoir dans la salle. Il avait disparu. Rien d'étonnant. Pourquoi un Américain aurait-il eu la patience d'écouter ces discours ?

Et il était là. Serré dans son grand blouson de cuir doublé, une drôle de casquette à large visière sur la tête.

Il était revenu pour elle. Elle le devina au premier regard.

Il était assez près pour qu'il puisse tendre les bras, saisir sa taille dans ses mains gantées de cuir.

Il l'attira contre lui. Elle se laissa aller, résistant seulement pour laisser un peu d'espace entre leurs corps.

Qu'ils soient sous les yeux de Levine et de la politruk Zotchenska, à peine à dix ou quinze mètres d'eux, elle l'avait oublié. Ça ne comptait plus.

Ils commencèrent à tournoyer. Un même mouvement, très simple, très naturel. Les bottes se frôlant dans la neige. Soulevant leurs ombres au rythme d'un unique balancement. Apron connaissait bien les valses yiddish, elle n'eut qu'à se laisser guider. C'était un bon danseur, même dans ce froid.

D'abord, ils évitèrent de se parler et même de croiser leurs regards. Autour d'eux, au contraire, tout le monde les observait.

Marina voulut l'ignorer. Elle baissa les paupières, pesa un peu plus contre la main qui la soutenait. Leurs hanches se frôlèrent à travers les épaisseurs de vêtements. Puis demeurèrent closes, imprimant l'élan des voltes, les ralentissant, les relançant. Ils ne sentaient plus le froid. Leurs corps enlacés formaient une bulle invisible où le gel ne pénétrait plus.

Marina tressaillit quand il déclara :

— Depuis l'autre jour, j'y ai pensé. Tous les jours, je me suis demandé.

Elle n'était pas certaine de comprendre ses mots. Elle le dévisagea, la tête rejetée en arrière.

Elle finit par dire :

— Oui ?

Il sourit. Un faux sourire. Ses yeux étaient tristes.

Elle comprit qu'il avait le même désir qu'elle. L'attirer tout contre lui, poser ses lèvres sur les siennes. Oublier ce qui les entourait. Le froid, la guerre, Birobidjan, ceux qui les scrutaient.

Peut-être l'auraient-ils fait si la musique n'avait cessé.

Marina fit un pas en arrière, mais Apron garda sa main dans la sienne. De s'être écartés, ce fut comme si le froid s'abattait entre eux. Marina frissonna. En tournant la tête, elle vit Levine les observer. Son beau visage aussi dur que le

Troisième journée

gel. Il avait ôté le châle de ses épaules, le tenait à la main, bravant le froid. La Zotchenska n'était plus à côté de lui. Elle parlait avec les musiciennes et les faisait lever. Levine tourna brusquement les talons et s'engouffra à son tour dans le hall.

Apron serra la main de Marina à travers leurs gants avant de la lâcher. Il murmura :

— Il faut faire attention au camarade Levine. Je vais vous donner des ennuis. Ce n'est pas la peine.

Il lui tourna le dos et s'éloigna. Sidérée, Marina le suivit des yeux pendant qu'il traversait le parvis à grands pas. Elle n'en était pas certaine, mais l'Américain paraissait avoir prononcé ces derniers mots avec un parfait accent russe. Ou bien l'avait-elle cru parce qu'il n'avait que murmuré ?

Autour d'elle, les filles protestèrent. La Zotchenska était revenue sur le seuil du théâtre pour annoncer que le bal était terminé. Il faisait trop froid. Les musiciens ne pouvaient pas continuer à jouer, tout le monde allait attraper la mort. Il y eut encore quelques objections. Puis on se tut. La foule se dispersa en petits groupes. Personne ne s'approcha de Marina. Pas même Nadia ou Guita.

Ce soir-là, la datcha fut étrangement silencieuse. Les gestes des femmes étaient lents, presque lourds. Les yeux s'évitaient. Après avoir achevé les tâches indispensables, chacune rejoignit sa chambre plutôt que de rester à bavarder dans la cuisine, comme d'habitude. Il semblait qu'elles s'étaient vidées de tout ce qui leur restait de joie. Elles ne portaient plus que le poids étouffant de la peur et de la tristesse.

La vieille Lipa n'eut pas un mot de colère quand Nadia et Guita rentrèrent à la nuit largement tombée. Elles puisèrent dans la soupe maintenue au chaud sur le poêle en s'abstenant de raconter ce qu'elles avaient fait jusque-là. Personne ne les questionna.

Le silence et l'obscurité envahirent la datcha. Allongée sur son lit, Marina entendait sans fin la voix d'Apron répéter : « Je vais vous donner des ennuis. Ce n'est pas la peine. » Elle avait envie de se moquer, de ricaner. De croire qu'elle avait rêvé. Elle accordait aux mots d'Apron un sens qui n'existait que dans son imagination. Elle inventait. La maladie des femmes trop seules. Ici, elles étaient si nombreuses que c'en devenait un chaudron de folie. Et l'Américain jouait avec elles toutes. Mister Doctor Apron, qui soignait si bien.

Elle se mentait. D'ailleurs, quand elle fermait les yeux, ce n'était pas le visage d'Apron qu'elle voyait, mais celui, glacé, de Levine. Puis la colère vint. La lassitude.

Elle s'était finalement à demi assoupie quand la porte de sa chambre s'ouvrit. Quelqu'un entra furtivement, referma sans bruit.

Marina se redressa brutalement, les yeux écarquillés sur le noir, le souffle court.

— Nadia ? C'est toi ?

— Non. C'est moi, Beilke. N'allume pas.

— Qu'est-ce qu'il y a ?

À tâtons, Beilke trouva le bord du lit, s'y assit. Ses doigts rugueux frôlèrent le bras de Marina, le serrèrent doucement.

— Ne fais pas de bruit. Écoute-moi seulement.

Malgré le noir, le visage invisible de Beilke, Marina sut ce qu'elle allait lui dire.

— Tu veux me demander de ne pas voir l'Américain, toi aussi ?

— Tais-toi, écoute-moi. Je sais que tu n'es pas une gamine. Et nous non plus. Des émigrantes comme toi, ça fait deux ou trois ans qu'on n'en voit plus. Si tu es venue ici, c'est parce qu'il t'est arrivé quelque chose et que tu n'as nulle part ailleurs où aller.

Le ton était dur, mais les doigts de Beilke avaient trouvé la main de Marina et la pressaient affectueusement contre sa cuisse.

— Ne t'inquiète pas pour ça. Nous avons toutes nos secrets. Et nos « fautes », comme ils disent.

Troisième journée

— Je sais ce qui est arrivé à ton mari.

Marina regretta ces paroles aussitôt qu'elle les eut prononcées. Beilke grogna mais ne lâcha pas sa main.

— Alors, tu sais ce qu'il peut se passer. Tu dois faire attention. Birobidjan est comme partout ailleurs. Il ne faut pas croire que tu es à l'abri. Méfie-toi de Metvei et de la Zotchenska. Metvei te veut. Depuis le premier instant où il t'a vue, il te veut. Et la Zotchenska est capable de te crever les yeux de jalousie.

Marina se laissa aller contre son oreiller. Elle retira sa main de celle de Beilke.

— C'est très bien, je peux donc danser avec Mister Doctor Apron.

Le chuchotement de Beilke se durcit.

— Levine ne te partagera avec personne.

— Et alors? Qu'est-ce que je dois faire?

— Surtout ne pas t'approcher de l'Américain... Metvei finira par calmer la Zotchenska. Mais ne le dresse pas contre toi.

Marina se tut. Beilke poursuivit :

— Tu ne t'es pas demandé ce que Meitvei fait encore ici, alors que tous nos hommes sont dans la boue et le gel devant les Boches?

— Si.

— *Protektsia...* Un de ces jours, ton camarade directeur deviendra un héros du Parti et il fera la pluie et le beau temps dans la région.

— Qu'est-ce qu'ils ont contre le docteur? Il soigne, il fait fonctionner l'hôpital... Il aide, ici. Que lui reprochent-ils?

— Ne sois pas naïve. Il y a quelques années, quand quelqu'un leur déplaisait, ils l'accusaient d'être un menchevik, un traître à la Révolution, un ennemi du peuple. C'est ce qu'ils ont fait avec Moïsche... Aujourd'hui, la mode est aux espions. Et un Américain, qu'est-ce qu'il fabriquerait ici, s'il n'était pas espion?

Marina se tut. Beilke avait raison.

Après un moment de silence, Beilke, cherchant de nouveau la main de Marina, chuchota :

— Fais attention. Grand-maman Lipa se fait du souci pour toi. Et moi aussi. On t'aime bien.

Beilke se releva. Marina grimaça. Les larmes gonflèrent brusquement ses paupières.

— Tu crois que c'est possible, Beilke ? Il pourrait être un espion ?

— Pourquoi pas ? Tout est possible.

Beilke eut un grognement ironique et baissa encore la voix.

— Mais alors le Parti se trompe quand il répète que tous les espions ressemblent à de la vermine à face de rat.

Marina sourit. Les chaussons de Beilke frôlèrent le plancher en direction de la porte.

— Beilke ?
— Oui ?
— Et s'il était trop tard ? Si je veux quand même l'aimer ?

Le silence fut si intense que Marina se demanda si Beilke n'était pas déjà sortie de la chambre. Puis, dans un souffle, elle entendit :

— Que Dieu te protège, s'Il existe.

Contre toute attente, Levine ne fit aucune allusion à l'Américain, ni le lendemain ni les jours suivants. Pris par de nombreuses réunions au comité, il se montra peu au théâtre.

Quant à Apron, Marina apprit par Nadia qu'il était parti pour le grand kolkhoze Waldheim, où quelqu'un s'était gravement blessé. Le kolkhoze n'était qu'à trente kilomètres au sud-est de Birobidjan. Avec la neige, il fallait presque une journée pour l'atteindre et, une fois arrivé, Mister Doctor Apron avait fait savoir par la ligne de téléphone des gardes de l'Armée rouge qu'il serait absent pour une bonne semaine. Marina se mit au travail avec Anna et Vera. Les deux actrices lui apprirent quelques rôles célèbres du réper-

Troisième journée

toire : *Sarah, La Fille de Tévyé, La Hannoukia, Le Couple heureux,* adaptés des contes de Peretz, *Adam et Ève, Rivelé-la-Sucrée, La Dame voilée,* de Cholem Aleikhem...

C'étaient de longues journées de travail qui se poursuivaient encore avec les leçons de yiddish de Grand-maman Lipa. Marina en sortait épuisée et satisfaite. Durant ces heures, elle ne pensait pas à Apron. Son visage, son grand corps, cette manière qu'il avait eue de l'enlacer pour danser ne la hantaient plus que la nuit. Elle pouvait se retenir de demander à Nadia s'il était revenu du kolkhoze. Et, quand Levine passait au théâtre, il la trouvait travaillant avec les autres actrices, Vera le rabrouant chaque fois pour qu'il ne les dérange pas.

Puis, une dizaine de jours après la fête de la victoire de Stalingrad, alors que Marina répétait inlassablement le texte de *La Dame voilée,* essayant d'améliorer sa prononciation, Iaroslav, le vieil acteur, vint s'asseoir près d'elle avec une tasse de thé.

— Aïe aïe aïe, ma fille, je crains que tu te donnes beaucoup de mal pour rien.

— Pourquoi ?

— Mauvaise rumeur. Mauvaise intuition. Le temps est compté avant qu'on nous interdise de jouer en yiddish.

— C'est vrai ?

— Non, pas encore vrai. Mais le monde est plein de mauvaises rumeurs, n'est-ce pas ? Et des plus terribles que ça.

Iaroslav tira une longue pipe de la poche de la robe de chambre qu'il ne quittait plus dès qu'il entrait dans le théâtre. Il la bourra lentement, jeta de petits coups d'œil à Marina. Elle l'observa avec étonnement. Elle n'avait plus devant elle l'acteur imposant, doucement ironique, à la diction châtiée et aux manières presque mondaines qu'elle avait rencontré quelque temps plus tôt. Il paraissait s'abandonner à la vieillesse ainsi qu'à la tendresse. Il ressemblait à tous ces vieux Juifs qu'elle croisait ici et là dans les boutiques de Birobidjan. Chevelus, barbus, un peu voûtés, la chaleur de la vie concentrée dans leurs yeux, brûlants d'en avoir trop vu. Ou peut-être était-ce un rôle qu'il endossait pour s'adresser à elle ?

Comme pour lui répondre, il sourit, eut un clin d'œil.

— Tu apprends vite. C'est bien. Et ce qui est appris n'est plus perdu, c'est déjà ça. Bien dommage que tu nous arrives seulement maintenant, Marina Andreïeva !

Il gratta une cigarette, tira quelques bouffées, les paupières mi-closes.

— Tu aurais dû voir ça, il y a dix ou quinze ans. De la folie ! On arrivait de partout, Ukraine, Biélorussie, Crimée, Oural, Argentine, Canada ! Et avec le même rêve en tête. Bâtir la nouvelle patrie des Juifs ! Personne se souciait des moustiques ou de la glace... Si, si, c'était terrible. Les moustiques plus que le froid. Mais ça ne décourageait pas. Même les coups de fusil des Japonais de la Mandchourie ne décourageaient pas. Ils se postaient sur les îles de l'Amour, ces salopards, et ils tiraient sur les hommes qui venaient pêcher. Oui, oui, je t'assure. Il a fallu faire des patrouilles. Il y avait une chanson, je me souviens :

« *Sur les rives escarpées de l'Amour,*
les sentinelles de la patrie veillent.

« Les sentinelles, c'étaient nous. Et il y en avait capables de choses folles. J'ai connu des Juifs qui vivaient en capturant des tigres ou des ours. D'autres qui s'installaient au milieu de la forêt pour défricher. C'est comme ça qu'est né le kolkhoze Waldheim... "La maison dans la forêt", c'est ce que signifie Waldheim. Ce n'était pas facile, de tenir. À Waldheim, ils ont tenu. Tu verras au printemps comme c'est beau, là-bas. Bon, on était loin du demi-million de Juifs prévu par notre grand Iossif Vissarionovitch Staline. Trente mille ? Un peu plus peut-être. Mais trente mille Juifs sur une terre à eux. Sans qu'on leur interdise de labourer cette terre et de respirer. Sans qu'on les menace. Trente mille hommes, femmes et enfant qui n'étaient plus des *louft menchn,* des "hommes accrochés au vent", comme on nous appelait alors. Ce n'était pas rien. »

Iaroslav ponctuait ses phrases de petits mouvements de la tête. Sa couronne frisée de cheveux blancs dispersait la fumée de sa pipe en torsades nerveuses. Son visage était sans mélancolie, rajeuni, presque heureux. Comme s'il recevait une caresse de ces souvenirs radieux.

— Et ç'aurait pu être plus encore. À Moscou, tu as vu notre film, *Iskateli Stchastia,* « *Les Chercheurs de bonheur* » ? C'étaient nous, ça, vraiment nous, les pionniers juifs d'ici, du Birobidjan. Aïe, ma fille, quel rêve ! Et du beau talent d'acteur aussi, hein ? Benjamin Zouskine, Maria Blumenthal-Tamarina... Sans parler de la musique de notre cher Isaac Dounaïevski... Ils ont tous joué ici, et avec Mikhoëls encore. Tu imagines ? Ah, oui, de beaux moments...

Il resta quelques secondes silencieux, fixa Marina comme si elle pouvait comprendre ces instants qu'il portait encore en lui.

— C'est beau, le rêve, Marina Andreïeva. Il faut rêver. Surtout quand il est difficile de le faire. Regarde, les choses ont changé, ici, c'est certain. Mais Birobidjan est toujours l'oblast autonome juif. Tu prends une carte et tu peux mettre le doigt dessus. Et dans Birobidjan, il y a toujours la rue Cholem Aleikhem. Les Juifs ne sont pas la majorité, ici ? C'est vrai, mais ils sont chez eux, et plus qu'ailleurs. Tu vas à la poste, au bâtiment du comité, et tu vois des lettres en yiddish sur les murs. Et ce théâtre ? Nos isbas et nos datchas sont ce qu'elles sont, mais notre théâtre yiddish est là. Avec de vrais murs ! Et ces murs, ils en ont entendu. Tu as vu la liste dans le bureau de Metvei ? Tous ces musiciens qui sont venus jouer ici ? Oïstrakh, Guilels, Zak, Tamarkina, Grinberg, Fikhtengoltz... et ceux que j'oublie. Et tous décorés par notre cher Iossif Vissarionovitch !

Iaroslav rit doucement, hocha la tête. Sa pipe s'était éteinte. Il ne tenta pas de la rallumer. Sa voix avait changé. Elle était soudain mate et tremblante.

— Je vais te dire ma théorie, chère Marina Andreïeva. Les murs se souviennent de la musique de nos rêves, et c'est ce qui rend fous les nazis, là-bas, en Pologne et en Ukraine. C'est pour ça qu'ils détruisent, détruisent, détruisent encore... Ça ne leur suffit pas, de massacrer les corps de tous les Juifs du monde. Il leur faut aussi détruire nos murs pour ne plus entendre nos rêves. C'est pour ça qu'il ne faut pas avoir peur de nos rêves. Surtout quand c'est difficile.

Il considéra un instant Marina. Un vieux regard humide et tendre. Sa main plongea dans la poche de sa robe de chambre et en sortit une fleur étrange, aux pétales bleu indigo très épais et à la tige grise et velue.

— Ici, on l'appelle le « diamant de l'Amour ». De la famille de l'orchidée, il paraît. Elle pousse de temps en temps au bord du fleuve, sous la neige.

Il la tendit à Marina.

— Prends. Le docteur Apron te l'offre. Je suis allé le voir ce matin parce que j'ai de ces ennuis qu'ont les vieux comme moi. Nous avons parlé de toi, et il m'a demandé de te l'apporter.

Marina hésita. Sa main tremblait légèrement en saisissant l'orchidée. Elle fut étonnée par le contact de la tige, soyeuse comme une peau. Iaroslav la scrutait. Il attendit quelques secondes et, comme elle se taisait, il ajouta :

— Si tu veux un conseil de vieux fou, je te le donne. L'amour n'est rien d'autre qu'un rêve. Parfois tu meurs à cause de l'amour ou à cause des rêves, parfois pas. Mais à les repousser, à faire comme s'ils ne te tordaient pas les entrailles, tu vis pire que la mort. Tu vis comme des *louft menchn* qui errent jusqu'à la fin des temps... Apron est un homme bien, Marina Andreïeva. N'écoute pas ceux qui prétendent le contraire. Et il t'attend... Aïe, aïe, bien sûr qu'il ne me l'a pas dit. Mais je le sais.

Tard ce soir-là, alors que la nuit était tombée depuis longtemps, Marina s'approcha du bâtiment de l'hôpital. C'était

Troisième journée

l'un des rares à conserver une lumière allumée sur son porche. Apron vivait dans les chambres au-dessus de la pharmacie. Il mit longtemps à descendre ouvrir. Marina claquait des dents quand il la découvrit. Il la souleva de la neige pour l'emporter dans la chaleur, tandis qu'elle disait :
— Tu peux me donner des ennuis. Ça n'a pas d'importance.

Washington, 24 juin 1950

147ᵉ audience de la Commission des activités anti-américaines

Depuis un moment elle avait joint les bras sur sa poitrine, les mains reposant sur ses épaules. Une curieuse posture. Comme si elle tentait de s'enlacer elle-même. Elle parlait les paupières presque closes, un sourire flottant sur ses lèvres. La mine d'une enfant se souvenant d'une bonne plaisanterie.

— Et voilà, dit-elle en relevant le visage et en décroisant les bras.

Un souffle de silence, puis le grand front de Mundt se plissa.

— Voilà quoi ?

— Nous sommes devenus amants, Michael et moi. Vous n'espérez pas que je vous donne des détails, monsieur ?

Le double menton de Wood tressauta. J'entendis le gloussement de Shirley et de sa collègue tapant la réplique sur leurs machines. Mundt rougit jusqu'aux oreilles. Cohn ne quitta pas son air agréable pour demander :

— Et ensuite ? Ce Levine s'est-il opposé à votre relation ?

— Il l'ignorait. Comme les autres. J'étais prudente, et Michael encore plus que moi. On ne se voyait jamais en plein jour. À part la première fois, on se retrouvait toujours au théâtre. Une idée de Michael. Il y avait beaucoup de coins et de recoins pour se cacher. C'était amusant. On était comme des gosses. On entrait par la porte des resserres, à l'arrière du bâtiment. Michael avait fabriqué des fausses clefs. Il était doué pour ce genre de chose. Grâce à ses doigts de chirurgien, disait-il. À la datcha, je racontais que je devais aller répéter afin d'être prête pour le spectacle de la fête régionale. Si quelqu'un venait vérifier, je pouvais toujours me montrer. Ce n'est jamais arrivé. Beilke et Grand-maman Lipa devaient flairer la vérité, mais elles gardaient le secret. Avec Nadia, c'était plus difficile. Peut-être se doutait-elle de quelque chose, elle aussi ? Une ou deux fois elle a voulu m'accompagner. Elle a passé des heures dans le foyer à me faire répéter les mêmes phrases, à me regarder jouer des scènes muettes. Michael se cachait juste à côté. C'était plutôt drôle. Une fois, il s'est endormi dans les coulisses et a failli se faire surprendre par les femmes de ménage.

— Il n'y avait pas de garde, dans le théâtre ?

— Garder un théâtre la nuit, en pleine Sibérie ? De toute façon, ça n'a pas duré très longtemps. Deux mois. Et Michael passait beaucoup de temps hors de Birobidjan. Il continuait ses tournées dans les villages de la région.

— Il partait longtemps ?

— Quelques jours, une semaine. Davantage quand il y avait une tempête de neige. Chaque fois ça paraissait très long. Quand il était de retour, il attachait un ruban rouge au volet de ma chambre, à la datcha.

— Un ruban rouge ?

— Oui. Il le fixait la nuit. Personne ne l'a jamais vu faire. Pas même moi.

Le souvenir amusait Marina. Elle eut un petit rire. McCarthy et Nixon commençaient à perdre patience. Ils n'étaient pas là pour écouter une romance. Cohn dut le sentir.

— L'agent Apron vous parlait-il de ce qu'il faisait en dehors de Birobidjan ?

— Un peu. Surtout quand il essayait de m'enseigner l'anglais.

— Il vous apprenait l'anglais ?

— Qui d'autre aurait pu me l'apprendre ?

— De quoi parlait-il ?

— Des malades qu'il avait soignés, des gens qu'il avait rencontrés. Et des bêtes. Il les soignait aussi. Il n'y avait pas de vétérinaire, sauf au grand kolkhoze Waldheim. Plusieurs fois, dans les fermes, on lui a demandé de s'occuper des animaux. Ça lui plaisait. Parfois, dans la taïga, il croisait des ours ou des loups. Il les photographiait. Il prenait de très belles photos. Il m'en a offert quelques-unes.

— Ah ? Où sont-elles ? Nous n'avons pas trouvé de photos chez vous.

— Je ne les ai plus... Comment aurais-je pu les garder ?

— Quelqu'un les développait pour lui ?

— Non, il s'en occupait lui-même. Il avait installé un petit laboratoire à l'hôpital. Je vous l'ai dit, il montait tout un dossier sur les épidémies du Birobidjan. Il prenait des clichés des malades, de leurs maisons, des terrains autour des fermes...

— On le laissait faire ?

— Oui.

— Il allait près de la frontière mandchoue ?

— Oui, il aimait rouler le long du fleuve Amour. Mais là, il était interdit de faire des photos.

— Il ne vous a jamais dit qu'il franchissait le fleuve et traversait la frontière ?

— Non.

— Vous ne vous êtes doutée de rien ?

— Doutée de quoi ? Qu'il était un espion ? Non. Il ne se cachait de rien. Ses photos, on les connaissait. Il en punaisait sur les murs de l'hôpital. Les femmes lui demandaient de les photographier avec leurs enfants. Bien sûr, plus tard, quand j'ai su... quand il m'a dit. Mais ça n'avait pas d'importance...

— Qu'est-ce qui n'avait pas d'importance ? Je ne vous comprends pas.

— Vous croyez que je pensais à le soupçonner ?

— Vous auriez pu...

Troisième journée

— Vous avez déjà été amoureux, monsieur ?
— Miss Gousseïev !
— On passait très peu de temps ensemble. Michael était un étranger, il ne faisait rien comme nous. Il n'avait pas peur comme nous. Et ça me plaisait. Vous croyez que j'avais envie de gâcher les moments avec lui en le soupçonnant ? Je savais tout ce qui m'importait : c'était l'homme que j'aimais. Pas comme j'avais aimé Lioussia. Ce n'était pas pour se prouver qu'on est toujours en vie. C'était différent. Comme voyager dans une autre existence. Connaître d'autres facettes de soi-même. Être meilleure que ce qu'on est d'habitude. Aimer ce qu'on ignore, ne pas se soucier de soi sans arrêt...
— Miss Goussov...
La voix éraillée de Nixon me fit sursauter. Je ne l'avais pas vu s'incliner vers son micro.
— Miss Goussov, avez-vous la moindre preuve de ce que vous avancez ?
— La preuve ?
— Un billet d'Apron ? Une lettre d'amour ? Un mot qui nous prouve que vous n'inventez pas toute cette histoire ?
— Vous savez bien que non.
— Apron ne vous a jamais écrit ? Pas même un billet ?
— Je ne les ai plus depuis longtemps.
— En ce cas, pourquoi devrait-on vous croire ?
McCarthy sauta sur l'occasion :
— À votre avis, il vous suffit de raconter votre histoire pendant des heures pour que nous vous croyions, Miss ?
Marina Andreïeva ne rétorqua pas. Elle les observa comme si elle était devant une meute de chiens surexcités. La résignation vida ses yeux de toute lumière. La fatigue l'enlaidit d'un coup. Elle ne trouva qu'un petit geste méprisant pour accompagner sa réponse.
— Et vous, pouvez-vous prouver que je mens ? Vous disposez du FBI, de la police. Vous fouillez chez moi, vous interrogez ceux qui me connaissent...

Une réplique de vaincue. Sourde, sans conviction.

McCarthy et Nixon eurent le même rictus. McCarthy susurra :

— Notre devoir, Miss, c'est celui de tous les citoyens américains : défendre sincèrement notre pays contre la pire menace qu'il ait jamais connue. Êtes-vous sincère, vous aussi, Miss ? Je ne le crois pas. Vous avez menti dès votre arrivée devant cette commission. Tout ce qu'on entend de votre bouche depuis deux jours, ce sont encore et toujours des mensonges.

La voix de crécelle de Nixon enchaîna :

— À mon avis, les choses se sont passées très différemment... Je vais vous dire ce qui est réellement arrivé. Vos chefs du NKVD vous ont envoyée tout exprès dans cette région juive, ce Birobidjan. Pas pour faire du théâtre yiddish, mais pour séduire cet Américain. Ce Michael Apron. C'était votre mission, devenir sa maîtresse. Nous connaissons bien cette technique de chez vous. Avec ce Levine, si jamais il a existé, vous vous êtes fait passer pour une pauvre fille qui avait des ennuis avec les grands méchants du NKVD. Peut-être bien que vous avez raconté à Apron la même histoire qu'à nous : la nuit avec Staline, le suicide de sa femme. Sacrée histoire ! De quoi appâter un agent américain, pas vrai ? Apron ne s'est pas méfié. Vous savez vous y prendre. Une belle femme comme vous, quand elle s'y met, qui ne la croirait, hein ? Apron vous a fait des confidences. Vous avez voulu découvrir s'il prenait d'autres photos que celles qu'il montrait à la ronde. Des photos des installations militaires soviétiques sur la frontière, par exemple. Et quand vous avez obtenu ce que vous cherchiez, hop ! fini, l'agent Apron... Dieu seul sait comment vous l'avez traité ! Dieu seul sait quel martyre il a enduré ! C'est alors que vos chefs ont eu la bonne idée de vous envoyer ici, chez nous, aux États-Unis. Avec ce faux passeport que vous avez trouvé dans les affaires de l'agent Apron. De quoi vous faire passer pour son épouse pendant que vous mettiez en place un

Troisième journée

réseau de traîtres communistes prêts à voler les secrets de la bombe...

Nixon respira un grand coup. Très satisfait de lui. Rigolard. Et relançant encore la machine :

— Qu'est-ce que vous pensez de ma version, Miss Goussov ? Plutôt réaliste, non ? Plus proche de la vérité que la vôtre, non ?

McCarthy ne laissa pas à Marina le temps de répliquer.

— Qui sont vos contacts au consulat soviétique de New York, Miss ? En arrivant à New York, avez-vous rencontré Leonid Kvasnikov et Alexandre Feklisov ?

— Comment expliquez-vous que vous habitiez en dessous de l'appartement de M. Morton Sobell ?

— Parmi vos amis d'Hollywood, à part Miss Lilian Hellman et Miss Dorothy Parker, qui avez-vous convaincu de soutenir l'Union soviétique, Miss Goussov ?

— Vous savez ce qui vous attend, Miss Gousseïev ? La prison ne sera pas le châtiment ultime, pour vous. Dans ce pays, la peine mort est appliquée aux espions... À moins que vous acceptiez de collaborer loyalement avec cette commission.

Quand ils se turent, ce fut comme si des fous cessaient soudain de frapper sur des tambours.

Marina était livide. Ses yeux, éteints l'instant plus tôt, brillaient de haine. Sa réaction fut imprévisible. Elle se leva avant que les gardes puissent réagir. Il n'y avait pas grand-chose sur la table devant elle. Des feuilles de papier, des crayons. Un verre et la carafe d'eau pas encore vide. Elle choisit la carafe. Elle l'empoigna et la balança à la tête de Nixon. Il eut un bon réflexe, bascula sur le côté juste à temps. La carafe rebondit sur son épaule et se brisa contre le mur.

Les flics étaient déjà sur Marina. Elle se débattit, hurla des insultes. D'abord en anglais, puis en russe. C'était la première fois qu'on l'entendait parler russe. Les flics la plaquèrent sur la table, l'étouffant à demi. J'entendis la bretelle de sa robe craquer. Elle gémit de douleur quand ils lui passèrent les menottes. Elle cessa de crier. Son chignon s'écroula quand ils la redressèrent. On ne voyait plus son visage.

Nixon et McCarthy étaient debout. Cohn sauta sur l'estrade pour les rejoindre. Nixon se malaxait l'épaule en grimaçant. Il était blanc comme un linge. Avec sa barbe de fin de journée, il avait la tête d'un malfrat dans un film de John Huston.

Wood ordonna aux flics d'évacuer Marina. Je me rendis compte que moi aussi je m'étais levé. Shirley et sa collègue s'étaient dressées devant leur table. Il n'y avait plus que Mundt à rester tétanisé sur son siège. McCarthy et Nixon commencèrent à rigoler. Nixon avait maintenant l'air aussi fier de lui que s'il venait d'échapper aux mitraillettes de la bande de Bugsy Siegel.

Wood prit son maillet, tapota sur la table en annonçant que l'audience était suspendue jusqu'à nouvel ordre. Wood proposa à Nixon d'appeler un médecin. Nixon protesta que ce n'était pas la peine. Il était costaud, il avait vaincu une femme en combat singulier. Ils rirent encore. Puis se mirent à discuter à voix basse.

Je devinai le genre de leur conciliabule. Marina Andreïeva Gousseïev venait de signer son avis de lynchage. Elle n'avait aucune idée de la manière dont ils tireraient profit de l'incident en le laissant fuiter dans les journaux. Je me sentis soudain nauséeux.

Je me rapprochai de Shirley. Elle s'écarta de moi comme si j'avais la peste. J'en eus le souffle coupé.

— Eh! Shirley, que se passe-t-il?

Elle ne tourna même pas la tête. Je faillis insister. Sa collègue me balança un regard à la Al Capone.

Merde, qu'est-ce que j'avais fait? Comme si ça ne suffisait pas que cette crétine de Russe signe son arrêt de mort devant la Commission!

Je décidai de fuir cette salle en folie et d'aller fumer une cigarette dehors, dans le grand hall, pour tenter de me rafraîchir les idées.

Troisième journée

Pas la meilleure idée qu'on pouvait avoir. La porte de la salle d'audience à peine refermée dans mon dos par les flics de faction, une demi-douzaine de collègues se précipitèrent sur moi.

— Al ! Qu'est-ce qu'il s'est passé, là-dedans ? On a entendu gueuler...

— Qu'est-ce qu'elle fait, la Russe ?

— Ils l'ont eue ? Elle a avoué ?

Je les laissais brailler pendant que j'allumais ma cigarette. Que faisaient-ils ici, à se soucier de ce qu'il se passait avec Marina Andreïeva Gousseïev, alors qu'on ne les avait pas vus depuis deux jours ? Je leur posai la question.

— Eh, Al ! Tu ne lis plus les journaux depuis que tu es le petit chéri de la Commission ?

— Tu te trompes, Tom : Al ne se shoote qu'aux bobards de son propre canard...

C'était presque vrai. Depuis deux ou trois jours je n'avais pas jeté un coup d'œil sur les bavasseries des collègues. J'aurais dû. Ils me mirent les dernières unes sous les yeux. *New York Morning Journal, Washington Herald, Daily Mirror...* Les torchons de la presse Hearst qui relayaient depuis des mois les délires de McCarthy. Sur tous on voyait une photo de Marina Andreïeva Gousseïev en tenue de prisonnière derrière les barreaux de sa cellule. Les sous-titres étaient éloquents :

Le FBI accuse l'espionne russe d'avoir tué un agent de la CIA.

L'espionne russe est-elle la chef du réseau communiste ?

L'espionne russe vivait à Hollywood depuis cinq ans.

L'espionne russe a-t-elle volé les secrets de la bombe atomique ?

Je parcourus en vitesse les articles. On y trouvait le vrai nom de Marina Andreïeva Gousseïev plus ou moins correctement orthographié, une vague allusion au Birobidjan, un tombereau de suppositions et de demi-mensonges sur un réseau d'espionnage juif, et beaucoup de promesses de futures révélations. Marina y devenait la maîtresse de Staline et la meurtrière probable de sa femme, un membre haut gradé du NKVD, un démon prodigieux... Le FBI était déjà aux trousses de tous ceux qui avaient été en contact avec elle à Hollywood...

Je m'étais fait avoir. L'exclusivité du *New York Post* n'était plus qu'un souvenir. Et maintenant que les fausses rumeurs étaient lancées, écrire quoi que ce soit de contraire serait comme vouloir arrêter un tsunami avec une pelle à sable. J'imaginais d'avance l'humeur de Sam et de Wechsler à New York.

Je doutais que le coup vienne de Wood. Les fuites et les rumeurs mortelles, c'était plutôt la spécialité de McCarthy, et la presse Hearst lui fournissait toute l'aide dont il avait besoin pour ses mauvais coups. L'ensemble des articles était du même niveau. Il n'était question que des « révélations » de Harry Gold et de Greenglass, « du fantastique réseau communiste d'espions juifs ». Et pour faire bon poids, en page deux, on avait droit aux photos des « Dix d'Hollywood » incarcérés la veille à la prison fédérale d'Ashland, dans le Kentucky.

Inutile de lire ces saloperies ou de discuter. Goguenards, les collègues, si je pouvais les appeler comme ça, attendaient ma réaction. Je me défilai comme je pus. Non, la Russe n'avait rien avoué. Elle jurait qu'elle n'était pas une espionne. Jusqu'à présent, rien de ce qu'elle racontait ne menait à la bombe atomique, et je trouvais qu'ils allaient un peu vite en besogne, mais c'était comme ça dans la vie, chacun ses choix. Pas vrai ?

Je fus assez ennuyeux pour leur donner envie de fuir. J'eus droit encore à quelques plaisanteries douteuses avant que Tom Krawitz, un vieux de la vieille du *Washington Herald*, me tende un numéro du *Red Channels* qui venait de paraître.

— Saine lecture, Al. Tu devrais lire attentivement les noms inscrits là-dedans. Peut-être que tu y trouveras le tien ?

Troisième journée

Il ricana en me gratifiant d'une tape amicale. Aujourd'hui encore je m'en veux, parce que j'ai dû rougir de trouille.

Red Channels était une invention de l'American Business Consultant, une officine du lobby chinois et d'anciens du FBI obsédés par la chasse aux communistes. Ils soutenaient à fond McCarthy. La dénonciation était leur passion. Dans ce numéro daté de la veille, 23 juin 1950, ils avaient réussi à aligner cent cinquante et un noms de « rouges ». Autant de familles américaines qui allaient voir leur existence fichue dans les heures à venir. Plus de boulot et plus d'amis. J'y découvris les noms d'Hellman, de Parker, de Dashiell Hammett, de Garfield, Nick Ray, Losey, Dassin et d'un bon tiers d'Hollywood. Le reste travaillait à la télé, à la radio, au théâtre, dans les journaux. *Red Channels* était tout de même un peu en retard sur les dernières nouvelles : Marina y était encore désignée comme « Maria Apron ».

Mais le mien ne se trouvait pas sur cette liste.

C'était déjà ça.

Pourtant la mise en garde de Sam, trois heures plus tôt, me revint à toute vitesse dans le crâne. Ça bouillait! Nom de Dieu, oui, ça bouillait.

— Al? Al Kœnigsman?

Je me suis retourné d'un bloc, comme si j'allais faire face à un monstre. Ce n'était que la collègue sténo de Shirley. Une petite dame dans la cinquantaine avec un casque de boucles brunes qu'elle devait entretenir chaque soir par une panoplie de bigoudis.

Elle prit un air gêné, jeta un bref regard aux flics devant la porte. Elle ouvrit la main pour me montrer un billet plié sur sa paume.

— C'est de la part de Shirley.

Je saisis le billet en vitesse. J'essayai d'adopter une attitude pas trop crispée.

— Merci pour la commission.

— Pas de quoi... Si ça vous intéresse : le président Wood a annoncé que l'audience reprendrait dans cinq minutes.

— Merci encore.

Elle tourna les talons en faisant tressauter ses boucles.

Je m'éloignai un peu pour lire le billet de Shirley.

Oublie le dîner de ce soir. Rentre chez toi et n'en bouge plus. Attention au téléphone. Ne cherche pas à me parler. On ne se connaît plus.

Ne garde pas ce billet sur toi.

P.-S. : ta Russe est complètement cinglée!

J'aurais bien voulu me moquer de la paranoïa de Shirley, mais je sentis seulement mon pouls s'accélérer. Shirley avait appris quelque chose. Peut-être que le FBI était venu la cuisiner, lui poser des questions sur moi. Sur la fausse autorisation de visite à la prison.

Je jetai un coup d'œil dans le hall tout en feignant de lire la liste du *Red Channels*. Il ne restait qu'une paire de collègues à discuter dans un coin. Pas de flics en vue, à part les deux poireaux de la porte. Pas de chapeaux mous planqués derrière un *Daily Mirror*. Inutiles. Ils savaient où j'étais. Ils pouvaient surveiller ma voiture et patienter.

Je m'approchai d'un des grands cendriers de bronze, y écrasai mon mégot pour rallumer tout de suite une autre cigarette. En faisant craquer mon allumette, je mis le feu aussi naturellement que possible au billet de Shirley avant d'en enfouir la cendre dans le sable.

Pendant une ou deux secondes je me demandai si j'allais retourner dans la salle d'audience ou filer sans attendre. J'aurais donné cher pour entendre la voix de T. C. Lhee me conseiller. Mais ce n'était qu'un mouvement de panique.

Je me calmai en faisant cinquante pas avant de présenter mon accréditation aux flics et de retourner dans la salle.

Bien m'en prit. J'entrai à l'instant où s'ouvrait la porte du fond. Les gardes poussèrent Marina devant eux. Elle n'avait pas refait son chignon. De ses deux mains entravées par les

Troisième journée

menottes elle retenait la bretelle déchirée de sa robe sous son caraco blanc simplement posé sur ses épaules.

Je me glissai en vitesse à ma place, sans un geste vers la table des sténos. Wood, lui, me suivit des yeux, aussi satisfait que s'il découvrait un rat dans sa salle d'audience.

Cohn attaqua alors que les flics retenaient Marina debout devant la table des témoins.

— Miss Gousseïev, je vous informe que l'avocat du représentant Nixon déposera dans les heures qui viennent une plainte auprès du procureur général pour agression et tentative de meurtre devant témoin. Le *Chairman* Wood déposera aussi une plainte pour outrage envers la Commission. Les charges qui en résulteront s'ajouteront à celles déjà retenues contre vous et à celles qui pourraient l'être à la suite des investigations menées par le FBI concernant vos activités d'espionnage.

Cohn se tut quelques secondes, selon le rituel habituel qui voulait que les procureurs accordent toujours un peu de temps aux cerveaux des accusés pour intégrer leur jargon.

McCarthy, Nixon, Mundt et Wood dévisageaient Marina avec la même expression satisfaite et méprisante. Elle les ignorait. La tête légèrement inclinée, elle fixait la table devant elle. Impossible de savoir ce qu'elle pensait. Ses cheveux masquaient en partie son visage, mais ce que l'on devinait de ses traits était parfaitement calme. Plus rien n'était visible de sa fureur. Sous ses yeux, ses cernes doucement gonflés possédaient une sorte de tendresse, de délicatesse qui contredisaient la dureté de la bouche.

Une fois encore, je ne pus m'empêcher de la trouver incroyablement belle. Et j'étais certain de ne pas être le seul dans la pièce. Ni que ce soit un atout pour elle devant cette brochette de machos obnubilés par la crainte de perdre la face devant une femme.

Wood fit résonner son maillet.

— Vous pouvez vous asseoir. La Commission a encore des questions à vous poser.

Elle ne bougea pas. N'eut pas la moindre réaction.
Cohn dit :
— Miss Gousseïev ?
Sans plus d'effet.
Wood fit un signe aux gardes. L'un d'eux tira la chaise et voulut y pousser de force Marina. Elle se dégagea d'un coup d'épaule. Elle releva le visage et toisa McCarthy et Nixon. L'image d'un gibier au moment de l'hallali, faisant face aux plus dangereux chiens de la meute, me revint. Mais elle ne montra pas les crocs. Seulement du mépris.
— Posez vos questions, je ne répondrai plus. C'est fini. Je ne dirai plus rien.
— Miss Goussov...
— Il est inutile que je vous parle. Vous n'écoutez pas. Je suis la femme de Michael Apron. Nous nous sommes mariés. Mais vous ne voulez pas me croire. Vous voulez simplement entendre ce qui vous arrange.
— Vous êtes quoi ? Sa femme ?
Wood en avait la bouche pendante. McCarthy aboya :
— Apron vous a épousée ? Qu'est-ce que c'est que ce nouveau mensonge ?
Je notai qu'il avait l'air plus furieux que surpris.
Elle se contenta de sourire. Cohn insista :
— Vous refusez de répondre ?
— Vous inventez mon histoire. Vous n'avez pas besoin de moi pour ça.
Et ce furent ses derniers mots devant la Commission.

Pendant un bon quart d'heure ils firent tout leur possible pour l'obliger à desserrer les dents. Avait-elle une preuve de ce mariage ? Où avait-il eu lieu, quand, pourquoi ? Ne pas répondre à la Commission constituait un nouvel outrage envers les membres du Congrès. Qu'espérait-elle ? S'en sortir comme ça ? N'éprouvait-elle aucune honte à salir avec ses mensonges la mémoire d'un mort, d'un soldat de l'Amérique libre ?

Troisième journée

Leur énervement était comique. Elle ne céda pas. Elle conservait le même visage calme, la même bouche close et dure. Mais dans le bleu si dense de ses iris je vis briller tout le plaisir d'une revanche. Elle leur avait lancé un appât. Ils y avaient mordu, mais leurs dents claquaient sur du vide.

Nixon finit par avoir un grognement de dépit. Je continuais à observer McCarthy et à le trouver plutôt songeur. Comme si sa colère était de la comédie. Il marmonna quelque chose à l'intention de Wood, qui fit résonner le maillet et déclara l'audience ajournée. Il ferait savoir plus tard quand elle reprendrait.

On regarda Marina disparaître derrière la porte en emportant son mystère. C'était bien joué. Une des plus belles sorties de théâtre que j'aie pu voir.

Mais je fixais encore McCarthy. J'aurais juré que pour lui cette histoire de mariage n'était pas un scoop. Et mon intuition était bonne. Même s'il me fallut encore quelques jours pour en avoir la certitude, grâce à T. C. Marina ne mentait pas. Elle était bien l'épouse de Michael Apron.

Birobidjan

Mai, octobre 1943

La fête d'anniversaire de la création du Birobidjan approchait à grands pas. Il ne restait plus qu'une vingtaine de jours avant le 7 mai. En fin de journée, Metvei Levine pénétra discrètement dans la salle du théâtre. Il s'assit sur l'un des sièges du fond, à l'écart de la lumière dispensée par le lumignon éclairant le portrait de Staline au-dessus de la porte.

Sur la scène, les sœurs Koplevna, Anna Bikerman, le vieux Iaroslav et Marina répétaient la pièce prévue pour la fête. Une adaptation du grand classique de Cholem Aleikhem : *Tévyé der Milkhiker*, « Tévyé le laitier ». Une adaptation écrite par Levine lui-même. Un travail de dentelle afin que les rôles d'origine s'ajustent à la maigreur de la troupe. Iaroslav tenait celui de Tévyé. Vera Koplevna serait son épouse. Les jeunes filles de l'original s'étaient muées en personnages comiques de tantes joués par Guita Koplevna et Anna. Marina serait l'unique fille du laitier, Tzeitel, tandis que Levine incarnerait tour à tour ses deux soupirants, Perchik l'étudiant et Fyedka le paysan.

Tévyé le laitier était une pièce acide et mélancolique évoquant la fragilité des traditions yiddish. Le temps passait et les jeunes Juifs, sensibles aux rêves des mondes nouveaux, se détournaient de l'univers de leurs pères, dissipaient ses valeurs dans les mirages du futur. Tel était l'incertain chemin des Juifs : chaque force acquise se voyait délitée par

Troisième journée

les pouvoirs extérieurs mais également, parfois, de l'intérieur même de la communauté.

Le sujet pouvait s'avérer délicat. Surtout au moment où Staline en personne montrait beaucoup moins d'enthousiasme à ériger le Birobidjan en bastion de la culture yiddish.

Précautionneux, Levine avait ôté de son adaptation les répliques les plus acerbes de Cholem Aleikhem. Ses modifications tiraient la pièce vers la bouffonnerie et une nostalgie fataliste qui pouvaient convenir au comité exécutif de Birobidjan et recevoir l'aval du Parti. Iaroslav avait protesté contre ces changements. Mais Levine avait parié qu'il serait trop heureux de jouer le personnage de Tévyé, même transformé. Et il avait eu raison.

Dans l'ombre de la salle, Levine observait le jeu de Marina. Il sourit en l'entendant prononcer ces répliques qu'il avait écrites pour elle. En un temps record, elle avait fait des progrès étonnants. Sa prononciation du yiddish s'améliorait au fil des répétitions. Elle devait s'obliger à une certaine lenteur, mais accompagnait cette contrainte de tout son corps. Elle en acquérait une grâce étrange qui faisait d'elle, dans la confrontation avec les autres acteurs, un personnage à part, très moderne. Par l'effort même qu'elle mettait à en retrouver la puissance, Marina épurait la tradition du jeu yiddish.

Chaque fois qu'il la voyait en scène, ou qu'il lui donnait la réplique, Levine pressentait combien leur collaboration pourrait devenir remarquable. Jamais il n'avait eu pareille actrice pour donner chair à son ambition créative. Quel dommage que cette adaptation de *Tévyé le laitier* ne puisse être vue à Moscou! Là, il aurait eu un public capable d'apprécier toute la valeur de son travail.

Il laissa s'achever la scène entre Iaroslav et Marina, tandis que les sœurs Koplevna et Anna Bikerman se tenaient à l'arrière du plateau. Au premier silence il fut debout, applaudissant bruyamment. Tous se tournèrent vers la salle, aveuglés par les projecteurs. Levine se montra dans l'allée centrale. La main en visière sur les yeux, Iaroslav grogna :

— Metvei ? C'est toi ? Il est temps, camarade directeur. Quatre jours que tu n'as pas mis le nez ici. Il faut que tu revoies les trois grandes scènes de la fin. Tu m'as donné des répliques qui ne tiennent pas debout...

— Khabarovsk, lança Levine en guise de réponse. Convocation au secrétariat de région du Parti.

Iaroslav grimaça en le regardant grimper les marches sur le côté du plateau.

Vera Koplevna demanda :

— Et quelle est la mauvaise nouvelle ?

— Ne sois pas si négative, Vera. Les choses bougent, et nous avec.

— Précisément ce que n'aime pas Tévyé, grommela Iaroslav. Vas-y, Metvei, assène le coup. Nous ne pouvons plus jouer la pièce, c'est ça ?

— Tu te trompes, Iaroslav. La pièce n'est pas interdite...

— ... Mais nous n'allons pas la jouer en yiddish.

Anna avait achevé la phrase de Levine. Il opina, écartant les bras en signe d'impuissance.

— Je n'ai rien pu faire.

— Je le sentais, murmura Anna. J'étais certaine qu'ils ne nous laisseraient pas jouer en yiddish. Je t'avais prévenue, Marina, n'est-ce pas ?

— Ce sont ceux de Khabarovsk qui ont décidé ça ? gronda Iaroslav.

— Après le succès qu'on a eu là-bas cet hiver ? renchérit Guita Koplevna. Quelle honte !

— Non, ce n'est pas *eux*, la coupa sèchement Levine. La camarade Priobine m'a juste transmis la directive de Moscou.

Levine tira un papier de la poche intérieure de sa veste. Il le déplia devant eux et pointa le tampon du département de la Culture du comité central.

Iaroslav ricana.

— *Ungehert ! Ungehert !*... Notre grand Staline aurait-il oublié qu'il a lui-même voulu que le Birobidjan soit la terre

Troisième journée

de la langue du peuple juif d'Europe, le yiddish ? Dieu nous préserve ! Qu'est-il écrit sur le fronton de notre théâtre ? *Théâtre juif d'État.* Et c'est écrit en *yiddish* ! Qui l'a voulu ? Tout le Politburo. Kaganovitch est venu nous l'annoncer en personne !

— Ça suffit, Iaroslav. Ne te crois pas tout permis. Nous allons jouer la pièce en russe, et sans discuter.

— Alors il va falloir que tu m'expliques quel sens elle pourra bien avoir, cette nouvelle pièce russe, camarade Levine, déclara la discrète Guita Koplevna avant de disparaître dans les coulisses.

Après une seconde d'hésitation, les autres lui emboîtèrent le pas. Levine s'avança pour retenir Marina.

— Reste un instant, s'il te plaît. Je veux te parler.

Marina regarda les autres s'éloigner. Levine soupira.

— Je suis aussi désolé qu'eux. Je sais ce qu'ils ressentent. Mais ils sont vieux, têtus, et ne veulent pas comprendre qu'il est des moments où...

Il n'acheva pas sa phrase, haussa les épaules.

— Mais je les connais. Ils bouderont puis finiront par jouer en russe... C'est surtout pour toi que je suis déçu. Tu as tellement travaillé pour être à la hauteur de ce rôle en yiddish. Quel dommage...

— Pour moi, ce n'est pas perdu. Pour les autres, ça va être un choc. Les habitants de Birobidjan. Ils attendent tellement cette pièce.

— Je sais. Mais qu'est-ce que je peux y faire ?

Il y eut un bruit dans les coulisses. Deux femmes, qui servaient aussi bien de machinistes que d'aides éclairagistes, apparurent :

— C'est fini, camarade directeur ? On coupe les projecteurs ?

Levine acquiesça et fit signe à Marina de le suivre.

— Allons dans mon bureau.

Il précéda Marina dans les couloirs, sans un mot. Elle tenta de deviner son humeur. Que lui voulait Levine ? Pourquoi cet aparté ? Était-il au courant, pour Apron et elle ?

Elle le connaissait assez, à présent, pour savoir combien il aimait jouer au chat et à la souris. La peur l'étreignit comme un spasme.

Aussitôt dans le bureau, Levine s'affaira autour de son samovar, offrit du thé, la pria de s'asseoir dans l'un des fauteuils mais resta debout, tournant doucement son verre brûlant entre ses paumes.

— Marina Andreïeva, une autre nouvelle m'attendait à Khabarovsk. Après la fête de mai, je dois me rendre à Moscou. Le comité central veut me confier de nouvelles fonctions au département de la Culture. Quelque chose de plus important que la direction de ce théâtre. Je ne sais pas quoi encore... Peut-être une direction régionale.

— Oh... Toutes mes félicitations, Metvei. Je suis contente pour toi! Je suppose que c'est ce que tu souhaites depuis longtemps.

Levine opina d'un air satisfait. Puis il redevint solennel. Et un peu raide. Enfin il se décida à tirer un siège près de celui de Marina.

— Marina, il y a autre chose... Quelque chose à quoi je pense depuis des semaines et, aujourd'hui, après cette décision, je crois qu'il est temps que je... que je sois franc. Cela peut te surprendre, mais ce n'est pas si extraordinaire.

— Metvei...

Marina, soulagée, haussa les sourcils dans une question muette.

— Je te regarde travailler depuis des semaines. Après la lettre de Mikhoëls, je m'attendais à ce que tu sois à la hauteur, mais c'est bien autre chose que je découvre. Cette adaptation de *Tévyé*, ces dialogues, ce rôle que j'ai récrit, tu leur donnes une dimension que je n'imaginais pas. C'est extraordinaire.

— Metvei, je... je suis sensible au compliment, mais tu exagères. J'en suis juste à m'imbiber d'une tradition que j'ignorais, avec l'aide de Iaroslav, d'Anna et des autres...

— Marina! Écoute-moi. Tu es une grande actrice. Tous les deux, nous pouvons créer quelque chose de neuf. De

Troisième journée

totalement neuf. Revoir cette tradition du théâtre yiddish, précisément. Comme personne ne l'a rêvé. Pas même Mikhoëls. Lui donner le souffle de la modernité. Le souffle du futur socialiste. Le réalisme est au cœur de la tradition yiddish, mais elle le confine dans la nostalgie. Toi et moi, on peut inventer le théâtre de demain. Pas ici, bien sûr, mais à Moscou ! J'ai besoin d'une actrice comme toi, et toi, tu as besoin de moi pour te donner des textes à ta hauteur...

Prise au dépourvu, Marina resta sans voix. Comprenant à peine où Levine voulait en venir. Songeant à Apron. Pensant, sans parvenir à s'en convaincre : « Metvei ne sait rien ? Il ne sait vraiment rien ? »

Levine prit son verre et le déposa sur le sol, puis il lui saisit les mains. Il les pressa entre les siennes, les attira contre ses lèvres pour en baiser les doigts.

— Metvei...

— Marina Andreïeva, je parle travail et théâtre, pourtant c'est d'autre chose que je veux parler. Quelque chose qui va avec, mais qui est plus profond. Tout au fond de moi, comme le poids invisible d'un iceberg. Un iceberg brûlant. Je parle de mon amour, Marina Andreïeva. Je veux que tu deviennes ma femme, Marina. Je veux que tu m'épouses.

Comme s'il était sur scène, Levine glissa un genou à terre. Il leva vers elle son beau visage, dégagea sa chevelure de ses tempes.

— Je te demande en mariage, Marina Andreïeva Gousseïev.

— Metvei... Je... Pardonne-moi... Je ne sais que dire.

— Ne parle pas. Pas maintenant. Je sais. Ma demande te paraît folle. Tu n'as pas encore considéré qui je suis. Peut-être n'as-tu pas osé ? Mais moi, je te le répète, je n'ai regardé que toi depuis l'instant où tu as posé le pied sur le quai de Birobidjan. J'ai su tout de suite. Ça s'est inscrit dans mon cœur.

Il murmurait contre ses doigts, qu'il tenait pressés sur sa bouche. Il releva le visage. Se redressa d'une tension pour atteindre les lèvres de Marina. Elle eut un mouvement de recul, se détourna. Le souffle de Levine frôla sa bouche.

— Metvei, non...

Les mains de Levine se fermèrent plus violemment sur ses doigts, ses lèvres cherchèrent son cou. Marina se rencogna dans le fauteuil en le repoussant durement, le genou frappant la hanche de Levine. Il se leva, le rouge aux pommettes, la chevelure en désordre.

— Pardonne-moi...

Il s'écarta jusqu'à son bureau, remit de l'ordre dans ses cheveux. Il évita son regard, marmonna :

— Excuse-moi... C'est que je rêve de toi depuis tant de jours !

Marina se leva à son tour. Levine s'assit à demi sur son bureau, ferma les yeux une ou deux secondes. Quand il les rouvrit, la rougeur de ses pommettes avait disparu et son expression était froide, sèche.

— Je ne te demande pas une réponse à l'instant, Marina. Je ne te la demande même pas avant mon départ pour Moscou. Je suis un homme patient. Cependant, réfléchis pendant mon absence. Imagine ce que pourrait signifier la vie avec moi. Et sans moi. La guerre va durer, puis la paix reviendra. Il restera le nouveau monde socialiste à construire. Et tous les deux...

Levine eut un geste, comme s'il caressait la surface de la terre.

Marina restait muette. Levine baissa le front, joignit les mains, l'observa :

— Tu penses à Mascha Zotchenska ? Je ne te mentirai pas. Mais ce qu'il y a entre Mascha et moi n'est rien. Seulement le fruit de la vie ici. Ennui et solitude. Nous sommes des hommes et des femmes, n'est-ce pas ? Zotchenska ne se raconte pas d'histoires, elle non plus. Elle n'imagine rien pour plus tard, je le sais.

Levine releva la tête, chercha les yeux de Marina avec un drôle de sourire.

Troisième journée

— Je suis sûr que tu comprends ce que je veux dire.

Il y eut un silence. Un peu d'embarras. Marina se taisait toujours. Levine esquissa un geste pour se rapprocher, mais il changea d'avis et contourna son bureau. Son beau visage était comme nettoyé des émotions qui venaient de le traverser. La menace que Marina craignait depuis un moment jaillit soudain dans l'éclat de son regard, la vibration de sa voix, le petit tremblement qui durcissait ses lèvres.

— Pense à toi, Marina. À la manière dont tu es arrivée ici et comment tu pourrais en repartir. Et puis je veux te donner un conseil. Au sujet de l'Américain. On murmure des choses... Sois plus prudente. C'est quelqu'un qu'il vaut mieux éviter...

— Metvei...

— Le comité tolère l'Américain parce que Birobidjan a besoin d'un médecin et que personne ne sait encore se servir de ses appareils. Mais ça ne durera pas. On n'a pas confiance en lui. C'est un fourbe. Il nous espionne. J'en suis certain. Un de ces jours, je découvrirai ce qu'il cache... Je te l'ai dit, je suis patient. Patient pour tout. C'est comme ça que l'on obtient ce que l'on veut. Pense à ce que je viens de te proposer, Marina. Pense à ce que tu pourrais devenir avec moi. Fais le bon choix.

Marina ne confia la proposition de Levine à personne. Ni à Beilke ni à Grand-maman Lipa. Certainement pas à Nadia, et encore moins à Apron.

Il aurait fallu éclaircir tant de choses!

Mais elle brûla des heures d'insomnie à revivre chacun des mots prononcés par Levine, chacun de ses gestes.

Souvent, au tout début de leur relation, Michael et elle avaient évoqué Levine et le danger qu'il représentait. Apron disait : « Je connais les types comme lui. Un serpent. Il te veut. Il saura attendre le bon moment. »

Il avait raison. Plus que jamais. D'autant qu'il était désormais évident que Levine se doutait qu'elle voyait Apron. Et probablement, dès qu'il serait à Moscou, chercherait-il à se renseigner sur elle. Au retour, il saurait tout, et d'abord ce qu'elle fuyait.

Étrangement, ironiquement, cette conclusion la réconforta. Metvei Levine était de la race des apparatchiks. Son ambition de grimper les échelons du pouvoir, et du Parti, ne connaissait aucune borne. Pour cela, il renierait s'il le fallait son passé juif, l'œuvre de ceux qui l'avaient précédé et cette espérance d'une terre juive qui s'appelait « Birobidjan ».

Metvei la désirait, peut-être même admirerait-il réellement son travail. Pourtant il ne voyait en elle qu'un instrument qui lui permettrait de briller auprès de ses maîtres. Lorsqu'il apprendrait qu'elle était marquée au sceau d'infamie des ennemis de Staline, elle n'existerait plus pour lui. Il la fuirait comme un vêtement souillé par une maladie mortelle.

D'ici là, elle n'avait qu'à être patiente à son tour.

Et ce fut d'autant plus facile dans les jours qui suivirent que Levine dut composer avec cette incroyable décision du Parti : pour la première fois depuis la naissance du Birobidjan, la pièce du GOSET pour le 7 mai se jouerait sans un mot de yiddish !

Partout, dans les datchas juives, les petits ateliers, les boutiques, les fermes, ce fut la consternation. Des groupes protestèrent devant le théâtre. Levine dut confirmer l'impensable. Il fit preuve d'un calme que beaucoup jugèrent frôlant l'indifférence. La politruk Zotchenska et deux ou trois membres du comité vinrent le soutenir. Le lendemain, le *Birobidjanskaya Zvezda* publia le décret du département de la Culture du comité central accompagné des commentaires de la secrétaire Priobine : en ces temps de guerre, l'heure n'était plus à la défense des origines culturelles d'un peuple ou d'un autre, mais à celle des valeurs qui soudaient partout autour du monde le prolétariat dans sa lutte contre le fascisme. Il n'existait pas de combat plus urgent ni plus glorieux. N'était-ce pas le sens

Troisième journée

même des mots du camarade Staline inscrits sur la bannière de Birobidjan :

La juste cause de l'internationalisme prolétarien est la cause fraternelle et unique des prolétaires de toutes les nations.

Chacun comprit à quoi s'en tenir. Les protestations cessèrent.

Sombres et l'humeur mauvaise, Iaroslav, Vera, Guita et Anna remontèrent sur la scène pour quelques répétitions en russe. Cela tourna à la bouffonnerie provocante. À bout de nerfs, Iaroslav ou Vera s'interrompait pour lancer de ridicules tirades de russe mêlé de yiddish. Cela déclenchait des fous rires mais n'effaçait rien de la tristesse.

Finalement, Vera Koplevna déclara devant Levine que ces répétitions étaient inutiles. Marina n'avait plus à polir son texte en yiddish et, pour le reste, chacun possédait son rôle. Ce serait bien suffisant. Autant s'occuper d'achever les costumes et les décors qui réclamaient encore du travail.

Levine accepta sans discuter, assez heureux d'échapper à ces moments pénibles qu'étaient devenues les répétitions. Les scènes qu'il partageait avec Marina avaient perdu leur naturel. L'un et l'autre devaient y échanger des promesses d'amour et des suppliques d'affection. Prononcées en russe, elles devenaient lourdes de double sens, et leur jeu contraint attira les commentaires aigres des vieux acteurs.

Puis, comme si la nature se décidait enfin à faire fondre la glace des malheurs qui pesait sur les épaules de chacun, le printemps arriva d'un coup. Un jour de fin avril, un peu avant le crépuscule, le ciel se couvrit de ces nuées de cendre qui, d'habitude, annonçaient un surcroît de neige. Pourtant, les quelques flocons qui tombèrent n'étaient qu'un mol agrégat de neige fondante. À l'aube, le vent du sud, venu des lointaines plaines de Chine, se leva. Un vent tiède, lourd, continu, aussi étouffant que l'air surchauffé d'une pièce. Il dévala les collines, s'engouffra au ras des cours d'eau gelés, siffla dans les abattis des forêts, claqua les volets et portails des datchas.

Cela dura un, deux, trois jours. La neige commença à craquer plus sourdement sous les pas, à coller aux semelles des bottes. L'air se gorgea d'odeurs sourdes, humides, du parfum aigrelet des vieilles écorces de bouleau. Les fumées des maisons se rabattaient sur le sol et les poêles tiraient mal. Puis le vent acheva de disperser les nuées. Le soleil apparut entre des nuages de coton qui filaient vers le nord. Le vent faiblit avant de tomber. Le soleil demeura. Les nuits ne produisirent que de petits gels. La débâcle commença.

D'abord invisible, elle amollit le sol encore caché de la taïga par des milliers de ruisselets qui n'apparaissaient, scintillants et sautillants, qu'aux revers des talus. Partout dans les mares, les rivières et les fleuves, des claquements de fouet retentirent. La glace cédait, s'enfonçait dans le tumulte des courants.

D'un bout à l'autre du Birobidjan se tressa un immense réseau de miroirs liquides. Ici et là sur les pentes, la taïga réapparut, noire et lourde comme une nuit de terre. Dans les forêts, la neige s'écroulait des branches dans des chuchotements humides. Les oiseaux strièrent à nouveau le ciel. Au crépuscule, une buée recouvrit les plis et les replis du Birobidjan comme l'haleine d'un corps qui revient à la vie. En une semaine, la Bira et la Bidjan grossirent les infinis méandres du fleuve Amour d'une eau grise aux reflets améthyste. Bouillonnante d'écume, elle se mit à rouler d'un bord à l'autre des rives, les creusant, ouvrant des bras, emportant des îlots et rendant le fleuve infranchissable pour un mois ou deux. Pour la première fois, Marina découvrit la terre sombre et boueuse des rues de Birobidjan. Les jardins réapparurent, les isbas reprirent des couleurs, tout paraissait plus vaste, plus espacé et, partout, les constructions inachevées cessaient d'être des formes dépourvues de sens pour devenir des murs, des pignons, des morceaux de charpente.

Au lieu de se cacher dans le théâtre, Marina et Apron se retrouvèrent un jour dans une cabane de pêcheur que

Troisième journée

Michael avait repérée au bord de la Bira, à l'écart de la ville. La température ne dépassait guère zéro, mais Apron s'était muni des épaisses couvertures de bivouac qu'il emportait dans ses expéditions. Être blottis dessous à s'embrasser et à se caresser était comme un jeu d'enfant. Le sable amolli de la rive possédait la douceur d'une couche. Le bruit du fleuve était entêtant. De temps à autre, ils percevaient le choc des gros glaçons emportés par le courant. Pour quelques heures, ils purent se croire seuls au monde, projetés sur un fragment de planète.

Avant qu'ils se séparent, Apron annonça à Marina qu'il quitterait Birobidjan dès l'aube pour visiter les hameaux et les kolkhozes de la frontière, Marsino, Pompejevka, les fermes des marais de la Bidjan, des familles qu'il n'avait pu atteindre de tout l'hiver.

— Tu vas manquer la fête ?
— Non. Je serai de retour à temps. Promis ! Mais je dois y aller. Ces pauvres gens n'ont pas vu de médecin depuis quand ? Novembre ? Une femme était enceinte à Bidjan. Qu'est-elle devenue ? Et le bébé ? Je dois savoir.
— De toute façon, il vaut mieux qu'on ne se voie pas, en ce moment.
— Ah oui ? Pourquoi ?

Marina se laissa aller à plat dos, écouta un instant le fleuve. Sous les couvertures, le corps d'Apron brûlait contre son flanc, mais le froid serrait déjà ses tempes. Elle hésita. Si elle devait révéler la vérité, c'était maintenant.

Elle se contenta d'enlacer Apron, de nicher sa bouche dans sa nuque pour chuchoter :
— Je crois que Metvei se doute de quelque chose. Pour nous.

Apron la serra contre sa poitrine en riant.
— Bien sûr, que Levine se doute !

Marina hésita encore. Pourquoi ne lui avouait-elle pas que Levine voulait l'épouser ? Qu'il soupçonnait Michael d'être un espion ? Pourquoi le lui cacher ?

317

Pourtant, elle se tut. Elle l'embrassa doucement, chercha la chaleur de son corps en souhaitant ne penser à rien, mais incapable de fuir la vérité qui lui vrillait la poitrine.

Levine était un serpent. Pourtant, il avait peut-être raison.

C'était ainsi que progressait la suspicion perpétuelle, partout et pour tous, ici, à Birobidjan, comme dans l'immense pays courbé sous la folie de Staline. Le doute s'insinuait dans l'air même que chacun respirait. Le soupçon corrodait les chairs et les émotions. Et nul ne pouvait lui échapper.

Elle ne devait pas y céder. Ne pas jouer avec ce qui paraissait étrange. Ne pas se demander pourquoi Michael partait si souvent dans la taïga. Pourquoi il lui arrivait de parler un russe ou un yiddish très corrects et, l'instant suivant, de retrouver sa grammaire bizarre et sa prononciation d'Américain. Pourquoi, comme le prouvaient ses photos, il se déplaçait si loin des hameaux et des kolkhozes...

Mais l'amour, disait une pièce de théâtre qu'elle avait jouée un jour, poussait toujours à croire ce dont on devait le plus douter. Son amour pour Michael était le seul antidote au venin de Levine. Au souffle de serpent de Levine qu'elle avait perçu sur sa propre bouche et qui la souillait encore.

Une fois de plus elle se tut, chercha le visage d'Apron, pressa sa bouche contre la sienne.

Plus tard, Apron murmura :
— Tu as peur ?
— Je ne sais pas. Un peu.
— Levine te menace ?
— Non, pas encore.
— Il te demande quelque chose ?
— Non.
— Tu ne risques rien. Je suis là. Je serai toujours là.

C'était un mensonge. Mais l'amour ne se nourrit-il pas des petits mensonges qui peuvent prolonger le bonheur ?

La veille de la fête, Apron n'était pas de retour, et Birobidjan luttait déjà contre les moustiques. Dans toutes les habitations on barricada les fenêtres avec des moustiquaires

Troisième journée

soigneusement réparées durant l'hiver. Et, comme toutes les femmes du bourg, Grand-maman Lipa sortit des pots de poudre de citronnelle qu'elle malaxa longuement avec du beurre rance jusqu'à obtenir une crème souple et terriblement malodorante. Lorsque Beilke lui proposa de s'en enduire, la grimace écœurée de Marina provoqua les rires.

— Les moustiques détestent ça encore plus que toi.
— C'est répugnant. Je ne peux pas aller au théâtre en puant comme ça !
— D'ici peu tu n'auras pas le choix, ma fille. Les moustiques ou puer comme une vieille chèvre.
— Tu ne pourras pas résister, promis Beilke.
— Et au théâtre, personne ne s'en formalisera : ils sentiront encore plus mauvais que toi.
— Sais-tu comment ils appelaient ça, autrefois ? La pommade contraceptive de Birobidjan !
— Nadia !
— Ne fais pas la prude, Grand-maman Lipa ! Tu m'as raconté bien pire.
— D'autant que ce n'est pas vrai, s'amusa Beilke. Homme ou femme, dans quinze jours, tout le monde empestera comme une étable. Et on ne s'en rendra plus compte.

Au théâtre, Vera et Guita arrivèrent elles aussi avec leur onguent rance. Anna Bikerman avait ajouté à sa composition un pot-pourri de pétales. L'odeur, alourdie d'un pesant parfum de fleurs suries, n'en était que plus puissante. Ce que Vera ne manqua pas de souligner. Anna approuva :

— Tu as raison. Ça pue toujours. Mais différemment.

Ce même matin Iaroslav les rejoignit avec, pour la première fois depuis des semaines, un sourire aux lèvres.

— Je sais comment nous allons jouer *Tévyé* !

Vera allait se moquer, mais Iaroslav posa un doigt sur ses lèvres.

— Chut...

Sans un mot, il repoussa les chaises du foyer, saisit la main de Marina et commença l'une des scènes qu'ils avaient répétées tant de fois. Tévyé venait d'apprendre que sa fille adorée,

L'inconnue de Birobidjan

Tzeitel, refusait le fiancé sérieux qu'il lui avait choisi pour un étudiant à la tête bourrée de rêves absurdes. Devant l'obstination de Tzeitel, Tévyé passait de la colère à l'incompréhension, des câlins aux menaces, des supplications à une nouvelle fureur. C'était l'une de ces scènes adorées par les acteurs qui leur permettaient de montrer toute l'étendue de leur art.

En quelques secondes Iaroslav tira des sourires à ses vieilles comparses. Le silence magnifiait sa gestuelle et ses expressions. Marina se fit vite complice. L'expérience de cette « technique du silence » qu'elle avait répétée seule sur la scène à son arrivée payait enfin. Sans effort, elle se glissa dans le mime que contrôlait si bien Iaroslav.

Guita, ravie, fut la première à applaudir :

— Iaroslav, tu es notre génie ! Quelle merveilleuse idée !

Anna s'effraya :

— Jouer toute la pièce en mime ?

— Exactement. Pas de yiddish, pas de russe non plus.

— Iaroslav, personne...

— ... ne va comprendre ? Allons, Vera ! Il n'y a pas une âme dans Birobidjan, à part les nouveau-nés, qui ne connaisse cette pièce.

— La pièce, oui, mais pas l'adaptation de Metvei.

— Et tu y vois un inconvénient ?

— Il n'acceptera jamais.

— Alors, nous lui laisserons le choix. Le camarade directeur dira son texte. Nous, nous resterons muets.

— Iaroslav, Metvei est en scène presque uniquement avec Marina. Il la forcera à lui donner la réplique.

— Marina ? Qu'en penses-tu ?

— Que je serai très soulagée de ne pas prononcer mes tirades en russe. Si vous jouez en mime, pourquoi devrai-je dire mes dialogues... Sans compter que c'est Metvei qui m'a fait travailler la technique du silence dès mon arrivée.

— Eh bien voilà : décision adoptée à l'unanimité. Je vais voir Metvei. Lui qui aime tant la nouveauté, il va être comblé !

Troisième journée

La discussion avec Levine fut houleuse. Pas plus Marina que ses compagnes ne connurent jamais les arguments employés par Iaroslav. Mais le jour de la fête, la surprise des spectateurs fut absolue.

Comme chaque année, la matinée se déroula en discours, défilés et chants. Après quoi, un grand repas commun servi dans le hall du marché couvert fut encore l'occasion de nouveaux discours. Pourtant la tristesse pesait sur la fête, assourdissait les rires et les plaisanteries.

La guerre sévissait toujours. Là-bas, à l'autre bout de la Sibérie, sur la Volga, dans les shtetl d'Ukraine et de Pologne, dans ces centaines de bourgs et de ghettos dont venait le peuple de Birobidjan, les nazis tuaient à la chaîne, déchiraient, anéantissaient. Et des frères, des amants, des fils, des pères mouraient par millions dans l'effrayant combat qui ne parvenait qu'à peine à contenir cette marée de massacres. Au soir, sur l'esplanade du théâtre, quand viendrait l'heure du bal, une fois encore les femmes de Birobidjan danseraient entre elles, le cœur envahi par les absents, les morts et les fantômes.

Et cette interdiction d'entendre la pièce de Cholem Aleikhem en yiddish était une humiliation. Dès les premières années de la fondation du Birobidjan, le spectacle du GOSET était devenu la grande réjouissance de l'après-midi. L'orgueil de ce petit peuple juif qui enfin pouvait jouir sans retenue d'être lui-même et de posséder une terre, enfin pouvait se délecter de la liberté de jouer, dans sa langue, de son art et d'une mémoire que des siècles de pogroms n'étaient pas parvenus à effacer. Aussi, à chaque 7 mai, la foule se pressait-elle dans le théâtre. La salle n'était jamais assez grande, on se serrait dans les moindres recoins, les enfants s'entassaient sur les genoux des parents, explosant en rires et en applaudissements.

Cependant, quand les portes du bâtiment s'ouvrirent cet après midi-là, personne ne fut surpris par le maigre public qui s'y montra. Les sièges de la salle étaient loin d'être tous occupés lorsque Levine prononça son discours. Quand Iaroslav entra sur scène, en coulisse Vera Koplevna serra les poings de rage. Sa sœur Guita tenta de la calmer tandis qu'Anna, d'une main tremblante, saisissait le poignet de Marina.

— Pauvre Iaroslav ! Lui qui a eu tant de succès dans ce rôle. À Varsovie, je l'ai vu jouer Tévyé devant des foules. Et il s'obstine. Il croit encore que son mime va arranger les choses... Quel désastre !

Anna se trompait.

Les rires jaillirent dès la première scène. Des enfants furent envoyés pour prévenir ceux du dehors qu'il se passait un événement extraordinaire. La salle se remplit bientôt. Iaroslav et Vera s'interrompirent. Toujours muets, ils attendirent que le public prenne place avant de reprendre leur duo. Bientôt, on vit les lèvres des spectateurs bouger. Prononcer en silence les phrases qu'ils n'entendaient pas. Iaroslav avait eu raison. Qui ne les connaissait pas ?

Levine apparut. La salle résonna soudain de ses répliques en russe. Il y eut une seconde de stupeur. Puis un énorme éclat de rire. Des applaudissements à tout rompre. Personne ne douta que c'était une astuce de mise en scène. Levine, la surprise passée, s'en tira très bien. Il se mit à déclamer avec outrance, caricatura ses personnages devant Marina, la « fille de Tévyé », belle, aimante et silencieuse.

Une ovation emporta la fin de la pièce. Iaroslav, Vera, Guita, Anna, Marina et Levine, dans un unique enlacement, saluèrent le public dix, vingt fois. Et lorsque les *klezmorim* entamèrent les complaintes des violons, tout le monde fut debout, chantant, les yeux embués par l'émotion.

Cent fois, durant ce jour, Marina avait cherché la haute silhouette d'Apron. Elle ne la découvrit nulle part. Il n'apparut pas dans la foule qui écoutait les discours, pas au repas, ni dans le théâtre ou après le spectacle, auquel il n'avait pas assisté.

Troisième journée

Tout au long du jour, l'inquiétude de Marina ne cessa de croître. Plus les heures passaient, plus la peur et les questions lui brûlaient la gorge.

Qu'était-il arrivé ? Apron avait promis d'être de retour, et jusque-là il avait tenu ses promesses.

Pourtant elle ne montra rien de sa frayeur et se mordit la langue plutôt que de poser la moindre question sur l'Américain.

Alors que le crépuscule approchait, l'angoisse commença à déverser sur elle des images d'épouvante. Michael avait-il eu un accident ? Il pouvait être blessé ou perdu dans la taïga. Avait-il été imprudent ? S'était-il fait emporter par l'une de ces crues terrifiantes qui pouvaient détruire une maison ? Ou s'était-il mis en danger sur la frontière ? Levine avait-il quelque chose à voir avec son absence ?

Levine qui, tout le jour, lui avait accordé une attention soutenue. L'avait fait applaudir à la fin du spectacle, s'était à nouveau fait photographier avec elle pour le journal. Un Levine qui ne faisait aucune allusion à sa proposition...

Levine le patient, Levine le parfait.

Trop parfait ?

Lorsque le bal commença, Marina ne parvint pas à donner le change, usée de trop sourire, de répondre gentiment aux compliments, de promettre qu'on rejouerait bientôt la pièce en mime, oui, oui, dès que Levine reviendrait de Moscou... Car à présent tout Birobidjan savait que le camarade directeur monterait dès le lendemain dans le train qui le conduirait jusqu'au Kremlin. Et oui, avait-elle encore répété, la glace du mensonge dans la gorge, oui, en effet, ils formaient un beau couple. Mais seulement sur scène, n'est-ce pas ?

Et les femmes qui l'écoutaient riaient en clignant des yeux.

Pour consumer sa peur, incendier la sottise de ces mots et mater la panique qui lui dévorait les nerfs, elle but. Un verre après l'autre, avalant le feu translucide de la vodka. Jusqu'à ce que l'ivresse l'oblige à s'asseoir sur un banc. Au moins, cela lui permit de refuser les danses et de s'abrutir dans la seule contemplation des couples tournoyant et sautillant au rythme infatigable des violons.

Un instant, elle rêva qu'Apron apparaissait dans la foule des danseuses. Il lui faisait signe. Il riait de la trouver dans cet état. Puis ils dansaient comme ils avaient dansé la première fois.

Non, pas comme la première fois. Différemment.

Comme des amants dont les lèvres ont déjà baisé chaque parcelle de la peau aimée.

— Marina ? Qu'est-ce qu'il t'arrive ?

Ce n'était pas Apron qui s'accroupissait devant elle et lui prenait la main, mais Levine. Noyée dans son rêve, elle ne l'avait pas vu approcher. De l'index, il cueillit l'humidité de ses larmes au bas de sa joue.

— Pourquoi pleurer ? Tu as magnifiquement joué !

— Je ne pleure pas. C'est la vodka.

Elle chercha un coin de son châle, s'essuya les joues.

— J'ai trop bu ! Trop bu !

Levine rit, enveloppa Marina de son châle avec des gestes doux, tendres. Levine le parfait.

— Le mime de Iaroslav était une bonne idée. Mais nous deux, toi en mime et moi en déclamation, c'était encore mieux.

Marina opina. Oui, ils avaient bien joué. C'était vrai. Levine s'était montré à la hauteur. Il fallait le reconnaître.

Il s'inquiéta encore :

— Tu es sûre que ça va ?

— Juste le contrecoup. Trop longtemps sans avoir un public. Le trac...

— Tu ne l'as pas montré.

Levine lui caressa la joue, frôla sa bouche. Elle voulut détourner le visage mais sa tête dodelina, s'appuya un peu plus contre la paume de Levine. L'effet de l'alcool. Levine sourit. Levine le tendre.

Troisième journée

La musique, les rires devenaient bruyants autour d'eux. À la fin du jour, le désir de s'amuser avait vaincu la tristesse de Birobidjan.

Marina devina les coups d'œil autour d'eux. Un ricanement désabusé s'étouffa dans sa poitrine. Tout le monde voyait Levine prendre soin d'elle. Pas de doute qu'il voulait qu'il en soit ainsi. Avant son départ, chacun, à Birobidjan, devait savoir que Marina Andreïeva Gousseïev allait bientôt lui appartenir. Il y aurait certainement des femmes pour l'envier, la jalouser.

Elle fut saisie d'un long frisson. Levine s'assit sur le banc à côté d'elle, lui enlaça la taille. Elle aurait voulu le repousser, quitter le banc. Elle murmura seulement :

— Il faut que je rentre.

— Moi qui voulais danser avec toi avant de partir.

Elle eut un petit rire, se redressa en chancelant.

— Peux pas danser, trop saoule !

Elle n'eut pas à feindre. Elle vacilla et Levine dut la retenir. Il y eut des rires autour d'eux. Entre les silhouettes, Marina devina la politruk Zotchenska qui les observait. Levine suivit son regard. Murmura à son tour :

— Mascha ne t'embêtera pas pendant mon absence. Si tu es raisonnable, elle le sera aussi.

Marina le fixa en fronçant les sourcils.

— Raisonnable ?

Levine ne précisa pas. Il l'entraîna loin de l'esplanade et du bal. Le bruit et la musique s'estompèrent. La lumière aussi. Levine la tenait serrée contre lui. Elle le laissait faire. Les larmes étaient revenues, ainsi que la pensée d'Apron.

Pourquoi n'était-il pas là ? Pourquoi n'avait-il pas tenu sa promesse ? Que se passerait-il si elle le demandait à Levine ?

Elle en fut tentée. Sut se retenir. « Tu es complètement ivre ! »

Elle aurait voulu s'arrêter. Se laisser tomber là, dans le noir. Se rouler en boule comme une enfant dans l'herbe du talus qui déjà repoussait sous les barrières des jardins. Mais

Levine l'entraînait plus loin dans la nuit, doucement, gentiment, essuyant à nouveau les larmes qui mouillaient stupidement ses joues.

Ils n'étaient plus loin de la datcha commune quand il s'enquit :

— Tu ne t'es pas décidée ?

Elle fit quelques pas avant de répondre, paupières closes, se laissant guider dans l'obscurité, luttant contre la nausée qui serpentait dans sa poitrine. Pas besoin de demander de quoi il parlait.

— Non.

— Pourquoi ? Je te déplais tant ?

Elle jeta un peu trop fort :

— Non. Tu es le plus bel homme que je connaisse. Tu sais même être gentil, parfois.

— Alors ? Qu'est-ce qui te retient ?

Elle ricana. Un vrai grincement.

— Moi ! C'est moi qui me retiens !

Levine ne répondit pas.

Ils furent devant la maison. Un petit lumignon brillait au-dessus de la porte. Juste assez pour laisser deviner les veines des rondins du mur et un peu de la pâleur de leurs visages. Marina s'appuya contre le portillon de la barrière. Levine, sans la lâcher, bascula Marina vers lui. Le froid de la nuit était là, la tiédeur de leur haleine glissait sur leurs visages. Marina posa les mains sur les épaules de Levine, sans le repousser.

— Tu ne connais rien de moi, Metvei Levine. Si tu me connaissais, tu tiendrais moins à moi.

Levine rit. Un rire d'acteur, pensa-t-elle.

— Qu'as-tu fait ? Tu as tué quelqu'un ?

Elle ne répliqua pas. Le froid traversait ses vêtements. Elle se mit à trembler. Levine l'enlaça. Elle se laissa faire.

Pourquoi avait-elle tant bu ? Elle n'avait plus de force pour rien, surtout pas pour se défendre d'un type comme Levine.

Dans un éclair, un très vieux souvenir la traversa. La danse, l'alcool, la musique nasillarde du gramophone. Un

Troisième journée

souvenir si net, si précis, qu'elle crut respirer de nouveau l'odeur de tabac de la tunique de Iossif Vissarionovitch.

Avec un grognement de femme saoule elle trouva l'énergie de s'écarter de Levine. Il l'agrippa plus fort, la retint.

— Marina !

Elle lutta encore, faiblement. Devinant ce qui allait se passer. Entendant Levine déclarer :

— Tu as remarqué ? L'Américain n'était pas là. C'est la fête de Birobidjan, et il n'est pas là.

Elle cessa de lutter. Le froid collait à sa chair, maintenant.

— Marina...

La bouche de Levine chercha la sienne. Une bouche très douce, habile, brûlante, insistante, qu'elle laissa sans réagir parcourir son visage, ses lèvres.

Comme une morte, songea-t-elle.

Levine en prit conscience. Relâcha son étreinte.

— Marina...

Elle lui échappa, presque dégrisée. Repoussant vite le portail. Chancelant jusqu'au seuil tandis que Levine, dans son dos, criait qu'il reviendrait de Moscou sans avoir changé d'avis.

— Et quand je connaîtrai tout de toi, je ne changerai pas d'avis non plus !

Au milieu de la nuit, Marina se réveilla en sursaut, déchirant un mauvais rêve qui lui échappa aussitôt. Ses tempes battaient, sa bouche semblait remplie de sable. Elle gémit, tenta de se redresser. Une main se posa sur son front, y pressa une compresse tiède.

— Doucement...

Marina cria, se réveilla pour de bon. Elle agrippa le poignet qui tenait la compresse et reconnut sous ses doigts les os durs, la peau fripée, chuchota :

— Grand-maman Lipa ?

— Pour une actrice, tu ne tiens pas la vodka, ma fille.

Marina soupira, s'abandonna contre l'oreiller. Dans l'ombre de la chambre, elle devinait à présent la vieille silhouette assise sur son lit. La caresse de la compresse lui fit du bien, ralentit le roulement de tambour dans ses tempes.

— Merci...

— Tu as vomi dans l'entrée. Je n'aurais pas cru ça de toi.

— Désolée.

— Tu peux.

Le ton de Grand-maman Lipa démentait la rudesse de ses mots. Peut-être même souriait-elle. Elle ôta sa main du front de Marina, attrapa quelque chose sur le plancher.

— Bois.

Un verre buta contre les doigts de Marina.

— Qu'est-ce que c'est ?

— Bois.

Marina porta le verre à ses lèvres. Le souvenir du baiser de Levine et de la disparition d'Apron lui revinrent à l'instant où Grand-maman Lipa disait :

— L'Américain, le *Mister Doctor* Apron, comme l'appelle Nadia, il est arrivé dans sa camionnette après minuit. Avec une brave femme et son fils amputé d'une jambe. Le pauvre gars a sauté sur une mine des Japonais en pêchant au bord de l'Amour. L'Américain l'a ramené jusqu'ici parce qu'il ne pouvait pas le soigner là-bas. À cause du risque de gangrène. Il a conduit pendant deux jours sans dormir et en s'arrêtant tout le temps pour que le garçon ne se vide pas de son sang. Et une fois ici, il l'a opéré sans même se reposer. Tout le comité est allé le féliciter. Même la Zotchenska.

Grand-maman Lipa eut un petit rire avant de se relever.

— Bon, maintenant que tu sais, tu vas pouvoir dormir. Pleurer et se saouler, quand on est amoureuse, ça fait du bien, mais pas autant que dormir.

Le lendemain de la fête, le *Birobidjanskaya Zvezda*, qui depuis avril paraissait sans son doublon yiddish, publia les discours prononcés la veille. Ils étaient illustrés de nom-

Troisième journée

breuses photos des orateurs et du bal. En dernière page, un bref article saluait la courageuse conduite d'Apron. Bravant un champ de mines japonaises vicieusement enterrées sur la rive de l'Amour, le médecin américain avait sauvé d'une mort effroyable un garçon de seize ans, Lev Vatroutchev.

Le jour suivant, le *Birobidjanskaya Zvezda* publia de nouveaux commentaires sur la fête. Quatre pages étaient dévolues à la troupe du GOSET et à son interprétation révolutionnaire de *Tévyé*. À la une, radieux sur le devant de la scène, Levine brandissait victorieusement sa main nouée à celle de Marina. Dans un entretien il expliquait la modernité et le sens profondément politique de son travail. Il annonçait également son voyage à Moscou, où il était convoqué « par les plus hautes autorités du département de la Culture du comité central ». En dernière page, un petit portrait de la mère du jeune amputé côtoyait un article où elle racontait comment Apron avait dû, sur le plateau même de sa camionnette, scier la cuisse de son fils et, durant toute une nuit, combattre l'hémorragie. L'article précisait que le garçon, veillé sans relâche par l'équipe médicale de l'hôpital, demeurait entre la vie et la mort.

Il en fut ainsi pendant une semaine. Chaque jour, le *Birobidjanskaya Zvezda* délivrait quelques informations sur l'état de santé du garçon. Finalement, un gros titre annonça qu'il n'y avait plus rien à craindre : Lev Vatroutchev s'en sortirait. Il lui faudrait bientôt une prothèse à sa taille. Le journal suggérait que ce serait là un beau travail patriotique pour un menuisier de Birobidjan.

Enfin, sur une page entière, de la plume même de la secrétaire du Parti, Priobine, on put lire un long éloge de l'hôpital de Birobidjan. Les nouvelles du front de l'Ouest et les dernières décisions stratégiques du camarade Staline emplissaient toutes les autres pages. En Ukraine, sur le Donets et en direction de Kiev, au prix de terribles combats, l'Armée rouge était toujours victorieuse.

À la datcha commune, Nadia continua de faire chaque jour le résumé enthousiaste des soins apportés au survivant de la mine japonaise. Aussitôt Levine dans le train, Nadia, encouragée par Beilke et Grand-maman Lipa, avait couru à l'hôpital et proposé son aide. L'infirmière en chef l'avait accueillie sans réserve. Le Mister Doctor Apron lui-même avait promis de la préparer au prochain examen d'infirmière de l'école de médecine de Khabarovsk. En attendant, Nadia était l'une des quatre aides qui entouraient nuit et jour le pauvre amputé.

Lorsque Nadia vantait les prouesses de l'Américain, le regard de Beilke ou de Grand-maman Lipa croisait de temps à autre celui de Marina. Elle y devinait un éclat amusé, un soupçon de connivence. Rien de plus. Pas une seule fois depuis la nuit de la fête la vieille Lipa n'avait fait allusion à l'ivresse de Marina.

Marina n'avait toujours pas revu Michael : elle n'avait plus d'excuses pour sortir se livrer à de pseudo-répétitions théâtrales ; il lui était encore plus impensable de se montrer à l'hôpital.

Un matin, au coin du volet de la datcha où il leur était arrivé durant l'hiver de glisser leurs messages de rendez-vous, elle trouva un billet. La seule écriture d'Apron lui fit bondir le cœur. En quelques lignes il lui demandait de se montrer patiente, de ne pas être imprudente. Il était sous le regard de tous, de toutes, le comité ne cessant de lui amener des visiteurs. La rançon de la gloire, disait-il. Mais ça va s'épuiser. Sois patiente, mon amour. Il n'y a pas d'heure ni de jour où tu ne sois partout en moi, écrivait-il dans un mélange de yiddish et de russe.

Oui, elle apprenait à avoir la patience d'un Levine.

La frustration, la folle envie de courir dans ses bras, de sentir à nouveau la peau de Michael sous ses paumes, de recevoir ses baisers, l'avaient d'abord mordue comme la famine. Puis elle s'était apaisée. Elle se répétait qu'il ne fallait rien gâcher. L'homme qui portait son amour était là, pas si loin d'elle, bien vivant. Il fallait patienter. Apron était devenu un héros de Birobidjan. Les rumeurs mauvaises qui l'entouraient allaient s'étouffer, et Levine ne serait pas là pour les raviver.

Ce fut en suivant ce même raisonnement que le vieux Iaroslav eut une idée folle. Une idée de bonheur et de malheur.

Un matin, lorsque Marina passa la tête par la porte du foyer des acteurs, il pointa sur elle le long tuyau de sa pipe.

— Viens t'asseoir avec moi, Marinotchka.

— J'ai promis à Vera de ranger la bibliothèque des vieux manuscrits.

— Plus tard. Viens...

Malgré la tiédeur grandissante du printemps, il portait encore sa robe de chambre aux broderies défraîchies et sa calotte de velours pourpre. Il tapota en souriant la dernière page du *Birobidjanskaya Zvezda* quand Marina prit place en face de lui.

— Encore un article sur notre héros de la médecine américaine.

Marina opina sans répondre, croisa les mains devant elle. Iaroslav tira sur sa pipe, arbora un air grave. Il était difficile de savoir quand il était sérieux ou quand il s'amusait à le paraître. Il annonça :

— Je suis sérieux. Pour de bon.

Il lui rappela que depuis le départ de Metvei il était devenu le camarade directeur provisoire du GOSET de Birobidjan. Il allait bientôt devoir présenter le programme de la troupe aux membres du comité exécutif. Objectif : quatre spectacles par mois jusqu'en octobre. Tout le monde voulait que la troupe reprenne *Tévyé*. Il n'en était pas question en l'absence de Levine.

— Je vais leur proposer le spectacle que nous avons joué à Khabarovsk avec Vera, Guita et Anna. Très yiddish. Ils vont exiger que nous le jouions en russe. Nous allons donc nous disputer longtemps.

Iaroslav vida sa pipe dans le cendrier avec un sourire gourmand.

— Et moi ? demanda Marina.

— Oui, toi...

Il l'observa avec ce même regard qu'il avait dans cette scène de *Tévyé* où il lui annonçait qu'elle devrait bientôt prendre un paysan pour mari.

— Que penserais-tu d'aller te promener dans la taïga ?

— Iaroslav !

— Je ne plaisante pas.

Il lui rappela que l'un des devoirs du GOSET consistait à porter la culture yiddish jusque dans les hameaux, les kolkhozes et même les garnisons éparpillées sur la frontière, tout au long de l'Amour.

— Autrefois, à la bonne saison, la troupe entière se déplaçait d'un bout à l'autre de la région. On nous appelait le GOSET itinérant. C'était magnifique. Un vrai bonheur, malgré les moustiques. Bien autre chose que d'être là, sur la scène.

— Moi toute seule ?

— Pourquoi pas ? Tu peux assurer un parfait spectacle : conte, mime, chant, danse... des improvisations, tout ce qu'il te plaira. Tu trouveras partout des *klezmorim* pour t'accompagner. Personne ne t'interdira le yiddish. Seuls les spectacles de troupe sont interdits en yiddish, pas les petites soirées de conteuse dans des isbas perdues au cœur de la taïga... Qu'en dis-tu ?

— Je ne sais pas...

— Tu as peur des moustiques ?

— Non...

— Anna t'offrira un de ses pots de crème à faire fuir les putois. Il s'agirait de partir une dizaine de jours, de revenir une semaine, puis de repartir... Rien de très rigide. À l'occasion, tu pourras aussi aider aux travaux des kolkhozes, ce sera apprécié. Et les rives de l'Amour sont splendides en été. Là où les Japonais n'ont pas enterré de bombes...

— Tu te moques de moi, Iaroslav.

— Pas une seconde. Tu ne connais rien de la campagne, c'est vrai. Mais ces paysans ne sont pas des monstres. La plupart sont juifs. Il y a quelques Mandchous.

Troisième journée

Les yeux de Iaroslav pétillaient. Marina ne parvenait pas à le prendre au sérieux. Elle finit par objecter :
— Et comment vais-je me déplacer, pour ces tournées ?
— Voilà une bonne question !

Il posa la paume de sa main sur la page du *Birobidjanskaya Zvezda*, recouvrant la photo du jeune amputé.

— Et si tu accompagnais notre docteur américain dans ses grandes tournées ? Il a une superbe camionnette et tout ce qu'il faut pour transporter une petite malle d'accessoires et de costumes, non ?

Marina se figea.
— Tu es fou !
— Pourquoi ?
— Tout le monde va penser...
— Tout le monde pense déjà. Quelle importance ?
— C'est impossible.
— Tu te trompes, Marinotchka. N'as-tu toujours pas appris comment cela fonctionne, chez nous ?

Iaroslav s'inclina par-dessus la table et chuchota :
— Que des amants se retrouvent en secret est une faute grave. Qu'ils profitent de la vie en œuvrant pour le bien de notre grande nation, c'est une preuve de bonne santé. N'oublie jamais la règle numéro un de notre vaillante nation : tu ne dois rien cacher ! Surtout pas ce que tu veux cacher.

Marina voulut protester. Iaroslav posa ses mains sur les siennes.

— Écoute-moi. Désormais, Apron est un héros du Birobidjan. Ses visites dans la région sont devenues de la propagande pour le comité. Metvei ne s'y opposera pas : il ne sera pas de retour avant des mois. Et la Zotchenska sera ravie que tu t'intéresses à quelqu'un d'autre qu'à son chéri.

Iaroslav se renfonça sur son siège. Ses joues brillaient de plaisir.

— J'ai déjà le slogan pour le comité : *Culture et médecine, les armes du peuple de Birobidjan dans la construction de la Nation socialiste de demain.* Ça leur plaira. Bien sûr, il faudra que Mister Doctor Apron soit d'accord.

Iaroslav avait vu juste. Le comité soutint avec enthousiasme sa proposition. Il n'était plus question de tenir à l'écart l'Américain. Klitenit félicita publiquement Marina, déclara qu'elle allait « éclairer les foyers du Birobidjan d'un nouveau visage de la culture ». Cependant, pour entretenir la fiction d'une situation purement professionnelle, Marina et Apron se tinrent encore à distance l'un de l'autre. Même lors de la soirée de présentation des contes prévus pour les tournées.

Iaroslav et Anna avaient aidé Marina à choisir parmi les milliers de contes yiddish des recueils folkloriques précieusement conservés dans la bibliothèque du théâtre. Leurs titres étaient un plaisir pour l'imagination : *Histoire d'une plume dorée*; *Le Diseur de mots*; *Le Philtre d'amour*; *Pourquoi la tête grisonne avant la barbe*; *Le Mort reconnaissant*...

Mimant, dansant, et même en russe – avec l'accord de Iaroslav –, Marina donna un petit spectacle solitaire sur la scène du théâtre. Un avant-goût de ce que découvriraient les habitants des kolkhozes du Birobidjan. Derrière elle, sur le fond du plateau, se déployait une grande banderole rouge où était brodé, en russe et en yiddish, le slogan inventé par Iaroslav. Le comité applaudit longtemps. La politruk Zotchenska se montra d'une belle amabilité. Apron apparut, applaudit un peu, se montra familier et souriant avec chacun, salua à peine Marina. À la première occasion, il s'éclipsa. Les malades l'attendaient.

Personne ne fut vraiment dupe. Mais n'était-ce pas ainsi que les choses allaient ? Beilke déclara :

— Ce vieux fou de Iaroslav a plus de jugeote que je ne croyais.

Grand-maman Lipa resta muette. Seule Nadia se montra soudain distante, de mauvaise humeur, agressive à l'occasion. Marina ne put deviner si la jalousie la rongeait ou si

Troisième journée

Nadia lui reprochait de trahir Levine. Lorsqu'elle voulut en parler, Grand-maman Lipa l'en dissuada :

— Laisse. Ça lui passera. Elle a les émotions de son âge.

La première tournée fut annoncée dans le *Birobidjanskaya Zvezda* pour début juin. Ce fut un étrange départ. Peu après l'aube, Apron vint au théâtre charger la grosse malle de Marina. Iaroslav et les sœurs Koplevna étaient là pour embrasser leur camarade. La Zotchenska, Klitenit et quelques membres du comité arrivèrent avec le photographe du *Birobidjanskaya Zvezda*, qui immortalisa l'instant.

Cela faisait maintenant des semaines qu'Apron et Marina ne s'étaient vus ni touchés. Marina en avait le ventre noué. Elle parvenait à peine à répondre aux adieux, à sourire, à promettre que tout irait bien. Apron, lui, était à l'aise et jovial, selon son habitude. Trop pour Marina. Quand la politruk l'embrassa, il parut y mettre plus de chaleur que nécessaire. Le vieux Iaroslav s'amusait beaucoup. Marina finit par détester ce départ et le laissa paraître. Lorsque la ZIS s'éloigna, dispersant un petit nuage de fumée, Klitenit fronça les sourcils. Il murmura à Iaroslav :

— Je croyais que ces deux-là s'entendaient bien ?

Iaroslav eut une petite moue de lassitude.

— Elle n'a pas un caractère facile, notre Marina. Une belle actrice, mais pas facile du tout, camarade Klitenit. Je vais te dire le fond de ma pensée. Je préfère la savoir dans la taïga avec l'Américain qu'ici dans les coulisses.

Ils quittèrent Birobidjan par une large piste de terre. La ZIS soulevait un nuage de poussière, rebondissait dans les nids-de-poule en grinçant. Les pétarades du moteur se mêlaient aux bringuebalements du plateau à l'arrière, aux soubresauts des bidons d'essence de réserve et des malles, aux couinements des essieux. Un tintamarre assourdissant quand on n'était pas habitué. Une cigarette aux lèvres, retenant un sourire, Apron jetait de petits coups d'œil à Marina. Elle s'agrippait à la portière, les ressorts du siège grinçaient sous elle et semblaient vouloir la projeter contre le toit de tôle. Le soleil du matin était déjà éblouissant et la chaleur montait vite. L'intérieur de la ZIS sentait l'huile, l'essence, le cuir usé. Marina ne parvenait pas à parler. Elle n'osait même pas tourner la tête vers Michael. Elle attendait qu'il fasse un geste. Elle, elle ne le pouvait pas. Elle ne savait pas pourquoi. Il fallait que ce soit lui qui pose la main sur elle.

Ils roulèrent encore un quart d'heure ainsi, dépassèrent les dernières isbas de Birobidjan éparpillées le long de la piste. Des femmes en fichu levèrent la main. Apron klaxonna, cria des saluts en yiddish. Puis il n'y eut plus que des champs recouverts de fleurs blanches, ondulant tel un immense drap jusqu'aux pentes d'une forêt de hêtres et de mélèzes. Ils en atteignirent la lisière plus vite que Marina ne s'y attendait. La camionnette quitta la grande piste, pénétra dans le bois, s'enfonça au ralenti dans un chemin. Marina cria enfin par-dessus le bruit :

— Michael, où vas-tu ?

Il rit sans répondre. Les branches fouettèrent les flancs de la ZIS. Une étroite clairière s'ouvrit devant eux avec, au centre, une minuscule isba de charbonnier au toit de tôle luisant comme de l'argent.

Apron coupa le moteur. Le silence se fit, incroyable. Avant que Marina puisse bouger, Apron la prit dans ses bras. Un baiser. Un long baiser. Puis il la souleva, la porta jusqu'à l'isba. Au-dessus d'eux, le feuillage bruissait sous le vent.

— Michael, où sommes-nous ?
— Chez nous. Ne crains rien. J'ai cru mourir d'attendre.

Le bonheur commença. Un pur bonheur, sans nuages, sans crainte, sans limites.

Apron raconta à Marina comment il avait découvert, à la fin de l'été précédent, cette isba à demi en ruine. Chaque fois qu'il s'absentait de Birobidjan, il l'avait discrètement retapée.

Troisième journée

— Enfant, aux États-Unis, c'était mon rêve, dit-il. Avoir une cabane dans la forêt.

— Tu ne m'en as jamais parlé.

— Je voulais te faire la surprise. Je cherchais le moyen de venir ici avec toi. Puis Iaroslav a convaincu le comité de faire ces tournées !

Il était impossible de croire qu'ils étaient à la fois si près et si loin de Birobidjan. L'isba était composée d'une seule pièce. Un plancher surélevé à larges lattes la protégeait de l'humidité du sol. Le lit était encastré dans une sorte d'armoire aux portes coulissantes. Un poêle de fonte servait de fourneau. Deux chaises, une table, un évier de zinc muni d'un écoulement traversant la cloison complétaient l'équipement. Une maison de poupée. Pour l'eau, il fallait aller remplir des seaux dans un ruisseau tout proche. L'hiver, il suffisait de ramasser la neige.

L'odeur et la vie de la forêt imprégnaient tout. Les oiseaux et les animaux, qui s'étaient tenus à l'écart après leur arrivée, recommencèrent à peupler le silence. Le soleil jouait à travers les arbres. Après l'amour, leur peau nue encore toute gorgée de désir, Apron entraîna Marina sur l'herbe drue de la clairière. Comme des enfants ils dansèrent sur les taches dorées qui fuyaient sous leurs pieds. De sa vie Marina n'avait jamais été aussi libre. Sans un autre regard sur elle que celui de son amant. Sans autre désir que celui d'aimer.

Au soir, il faisait assez chaud pour qu'ils puissent laisser la porte de l'isba ouverte. Avant d'allumer une petite lampe à pétrole dans la cabane, Apron déroula une moustiquaire. Sur les braises qui avaient servi à réchauffer les gamelles de nourriture préparées par Grand-maman Lipa, il jeta un peu de poudre de pyrèthre. Une odeur que Marina n'avait encore jamais respirée. Apron s'en amusa, la caressant encore et encore.

Dans la nuit, les bruits de la forêt parurent plus intenses et plus mystérieux que dans la journée. Quand Apron éteignit la lampe, le monde invisible parut se déchaîner autour d'eux. Peau contre peau, ils demeurèrent les yeux ouverts. Après un long moment, Marina s'inquiéta :

— Personne ne peut savoir que l'on est ici ?

— Personne.

— Ils nous attendent, à Pompejevka.

— Ils nous attendent, mais on ne leur a pas dit quand nous arriverions.

— La Zotchenska ou quelqu'un du Comité peut les appeler.

— Pas au kolkhoze. Seule la garnison a le téléphone. Et encore, elle ne s'en sert que pour les urgences. Elle est à sept verstes du kolkhoze, et il n'est pas prévu que nous y soyions avant quatre jours.

Apron vivait à Birobidjan et dans le pays de Staline depuis maintenant assez longtemps pour savoir que ces questions devaient être posées.

Il ajouta :

— Nous ne risquons rien, ici. Même le camarade Iossif Vissarionovitch ne pourrait nous découvrir. Nous passerons encore une nuit à l'isba au retour. Et chaque fois que nous partirons pour nos tournées, nous viendrons d'abord ici. Vivre au moins un jour et une nuit rien que pour nous.

— Tu as tout prévu.

— Oui. Je commence à savoir me débrouiller.

Il y avait autant d'orgueil que d'amusement dans la voix d'Apron.

Peut-être Marina se souvint-elle, à cet instant-là, de la mise en garde de Iaroslav : « N'oublie jamais la règle numéro un de notre vaillante nation : tu ne dois rien cacher ! Surtout pas ce que tu veux cacher. »

Peut-être pensa-t-elle qu'Apron était encore trop américain pour bien se rendre compte qu'en URSS rien, jamais, n'était dénué de risque ?

Ou crut-elle que Michael était capable d'un miracle ?

Ou bien le bonheur de ces heures était-il trop inouï, trop enivrant, pour qu'elle le souille avec la moindre crainte ?

Troisième journée

Ce fut seulement après d'autres caresses, d'autres danses dans la chair du bonheur, qu'elle s'étonna :
— Maintenant, tu parles correctement le russe et le yiddish ?
Apron rit.
— Avec toi seulement.
Il lui expliqua qu'il connaissait le russe et le yiddish depuis l'enfance. Son père et sa mère avaient quitté l'Ukraine pour New York aussitôt après leur mariage. Toute leur vie, ils avaient utilisé leurs deux langues maternelles à la maison.
— Ils me parlaient en russe. « Pour m'éduquer », disait mon père. Le yiddish, ils s'en servaient entre eux, espérant que je ne comprendrais pas. Ils n'ont jamais vraiment appris l'anglais. Mais à Brooklyn ou dans le Lower East Side, ça n'avait pas d'importance.
— Pourquoi fais-tu semblant de mal les connaître, alors ?
— Quand j'ai débarqué à Vladivostok avec le matériel médical pour Birobidjan, j'étais avec un groupe d'émigrants. On nous a interrogés pendant deux jours. À cause du matériel, ils m'ont fait passer après tous les autres. Un coup de chance. J'ai pu m'apercevoir que tous ceux qui parlaient bien le russe étaient refoulés. Les types de l'immigration avaient peur qu'il s'agisse d'espions. Ceux qui m'ont questionné parlaient tous anglais. Plutôt mal. Alors j'ai fait semblant. À Birobidjan, quand la Zotchenska et les militaires m'ont de nouveau interrogé, pareil. Ils ont fait venir un traducteur de Khabarovsk. Il traduisait n'importe comment, et moi je sortais des mots de russe sans queue ni tête, comme si je les avais appris dans un dictionnaire. Tu aurais vu la Zotchenska...
Marina demanda ce qu'étaient Brooklyn et Lower East Side. Apron raconta. Son enfance, ses parents, comment il avait obtenu une bourse pour étudier la médecine... Il promit de lui enseigner l'anglais. Ils commenceraient dès le lendemain. À l'automne, il faudrait qu'elle puisse faire la conversation.

339

L'inconnue de Birobidjan

Il y eut d'autres promesses, d'autres caresses. Ils ne quittèrent l'isba qu'au début de l'après-midi, et le bonheur se poursuivit en plein jour.

La première tournée fut un succès immédiat. Ils s'arrêtaient dans des hameaux perdus où des poignées d'immigrants juifs et goyim luttaient contre la taïga, côte à côte et depuis des années, pour tirer quelques choux et des pommes de terre de la terre à demi stérile et y faire paître quelques vaches, parfois des chèvres.

Les visages, les corps étaient usés, mais le désir de vivre tenace. Tous connaissaient Apron. Dès que la ZIS s'immobilisait, les enfants lui sautaient dans les bras en criant « *Dokter, dokter !* ». Le rituel des salutations commençait. Les hommes n'avaient de cesse qu'il examine leur bétail. Les femmes se rassemblaient autour des fourneaux. Marina fut d'abord tenue à l'écart. Elle sentait encore trop la ville, le raffinement inaccessible. Puis il y eut l'émotion des contes, le rire des mimes. Les enfants en redemandaient. Les vieilles lui caressaient le bras, la remerciaient avec des regards perdus, noyés par une joie oubliée, limpide, qui dépliait les rides et effaçait la fatigue pour quelques heures.

Dans les garnisons face aux fortins japonais de la frontière mandchoue, Marina incarna les rêves des soldats qui périssaient d'ennui. Les officiers se disputèrent l'honneur d'être à son côté pour des repas où l'alcool enflammait les cœurs. Les chants duraient jusqu'au matin. Il lui fallait se défendre des avances de plus en plus lourdes. Elle y gagna une réputation de femme inaccessible qui accrut encore son prestige. De tournée en tournée, l'impatience de sa venue grandissait. Certaines garnisons construisirent des scènes pour son seul spectacle. Des soldats musiciens se mirent à l'accompagner tandis qu'elle chantait de vieilles ballades. Elle se piqua au jeu, apprit celles qu'elle ignorait, surprit à chaque retour avec un spectacle neuf.

Troisième journée

Apron n'était pas autorisé à pénétrer dans les enceintes militaires. Il disparaissait avec la ZIS le long du fleuve, allait « chasser des photos », disait-il.

Lorsqu'ils se retrouvaient, après les interminables adieux des officiers, la camionnette s'éloignait, roulait sur les pistes sableuses assez longtemps pour être hors d'atteinte des longues vues des fortins. Puis Apron immobilisait la ZIS, et le bonheur recommençait.

Cela dura tout l'été. Le succès des tournées devint tel que le comité pria Marina d'assurer les mêmes spectacles au théâtre lors des semaines qu'elle passait à Birobidjan. Apron et elle prenaient alors soin de demeurer à distance l'un de l'autre. Ensuite, à chaque départ, ils disparaissaient dans leur isba cachée aussitôt après avoir quitté Birobidjan.

— Nous avons inventé la lune de miel éternelle, disait Apron.

À la fin septembre, Levine était toujours retenu à Moscou. Le *Birobidjanskaya Zvezda* annonça sa nomination comme représentant de l'oblast de Birobidjan au congrès des peuples d'Orient de l'URSS. Personne, ni au comité ni au théâtre, ne put cependant apprendre la date de son retour.

Deux semaines plus tard, au début d'octobre, alors que les nuages charriant la première fraîcheur de l'hiver descendaient de la grande Sibérie, Apron et Marina quittèrent Birobidjan pour leur dernière tournée commune. Déjà, la nuit tombait tôt. Il fallut chauffer le poêle de l'isba. Marina mit longtemps à trouver le sommeil. Au cœur de l'obscurité, sans savoir si Apron dormait déjà, elle murmura :

— C'est la dernière fois.

Apron ne répondit pas. Peut-être dormait-il vraiment. Mais au réveil il parut très joyeux et annonça que ce jour allait être très spécial.

— Pourquoi ? demanda Marina.

Il se contenta de lui baiser les lèvres et de chuchoter :

— *Geduld*, patience, ma douce...

L'inconnue de Birobidjan

Ils roulèrent jusqu'au début de l'après-midi. C'était un jour triste comme en connaissait souvent la taïga à l'automne. Les nuages boursouflés venant du nord masquaient le soleil. Un vent aigre rabattait les herbes, les buissons. Il avait plu les jours précédents. La piste était boueuse. Au long de buttes, la camionnette patinait dans les flaques, le moteur mugissant soudain sous l'effet du surrégime.

Apron fuma et sifflota tranquillement tout le long du chemin. Marina demeura silencieuse, s'efforçant de cacher sa mélancolie, de ne pas gâcher leur dernière tournée et leur bonheur en songeant à l'avenir.

Ils devaient rejoindre la garnison d'Amurzet, sur la frontière, l'une des plus éloignées au sud-ouest de Birobidjan. Mais Apron bifurqua et s'engagea sur une piste cahotant dans la taïga marécageuse qui bordait la Bidjan, un affluent de l'Amour. Une région infestée de moustiques qu'ils avaient rapidement traversée durant l'été. Avec la fraîcheur annonciatrice de l'hiver, les moustiques avaient presque disparu.

Bientôt, en retrait de la route boueuse, Marina devina une légère élévation où l'on avait construit une longue isba basse. Son toit de tôle était rouillé mais ses murs de rondins étaient peints d'un bleu éclatant. Contrairement à l'habitude, elle n'était pas entourée de granges, de potagers et de poulaillers. Seules des charrettes attelées à des mules étaient parquées sur le côté.

Le bruit de la ZIS les annonçait de loin. Quelques personnes les attendaient devant l'isba. Les hommes portaient des manteaux noirs, des chapeaux à larges bords. Leurs visages disparaissaient sous les barbes. Têtes et bustes enveloppés de châles colorés, vêtues des robes bouffantes à jupons qu'on ne sortait qu'aux grandes occasions, les femmes formaient un groupe à part.

— C'est pour nous qu'ils se sont habillés comme ça? s'étonna Marina.

Michael opina. La camionnette s'approcha de l'isba au ralenti. Une pluie fine commençait à tomber. Dès que la

Troisième journée

ZIS s'immobilisa, les hommes entourèrent Apron. Marina se retrouva entre les mains des femmes qui lui souhaitaient la bienvenue. Aimablement mais avec gravité, sans rien de la gaieté des accueils auxquels elle était accoutumée.

Les hommes entraînèrent Apron à l'intérieur de l'isba. Marina s'inquiéta :

— Que se passe-t-il ? Quelqu'un est malade ?

Les femmes la dévisagèrent, interloquées.

— Tu ne sais pas où tu es ?

— Non. Le docteur ne m'a pas dit.

Quelques rires timides résonnèrent. Une petite femme ronde insista :

— Tu ne sais vraiment rien de rien ?

— Qu'est-ce que je devrais savoir ?

Des femmes gloussèrent derrière leurs mains.

— Que tu vas te marier.

— Me marier ?

— Ce n'est pas pour ça que tu es venue devant notre synagogue ?

Il y eut beaucoup de joie. Ravies, moqueuses, les femmes refusaient de croire qu'Apron avait conduit Marina à la synagogue pour l'épouser sans même la prévenir. Elles la taquinèrent gentiment :

— Réfléchis bien. Tu peux encore filer. Si tu n'entres pas dans la synagogue, si tu restes ici, dans le marais, demain tu seras encore une femme à marier.

Finalement, un homme ressortit de l'isba. C'était le rabbin. Il expliqua que la cérémonie ne serait pas pleinement ce qu'elle devrait être. Bien des rituels ne pourraient être accomplis.

— Pas de bain rituel, de *mikvé*, pas d'étude de la *Niddah*, et bien sûr vous n'avez ni l'un ni l'autre de *kétouba*, de contrat de mariage. Mais ce n'est pas grave. Ici, dans ce pays, l'Éternel, béni soit Son nom, en a vu d'autres. Ce qui compte, c'est ce que vous avez apporté dans vos cœurs.

Il expliqua que le jour du mariage était aussi un jour de repentir pour les fautes passées. Marina et son époux devant

Dieu allaient entrer dans une vie nouvelle, une âme nouvelle, née de leur union, et qui serait sans souvenir du passé si l'Éternel leur accordait le pardon. C'est à cela que Marina Andreïeva devait penser, même si elle ne connaissait pas la prière de Kippour.

Tout alla très vite. Les femmes escortèrent Marina dans l'isba. L'intérieur était un espace modeste, meublé de simples bancs, d'une sorte de bibliothèque à une extrémité et, à l'opposé, d'un autel supportant un candélabre à sept branches et un cylindre de bois blond contenant le rouleau de la Torah. Au centre, quatre piliers soutenaient un dais blanc.

Le rabbin alla se placer dessous, prononça quelques paroles en hébreu et invita Apron, à présent vêtu d'un manteau noir, comme les autres, à le rejoindre. Les femmes poussèrent alors Marina jusqu'aux piliers. Michael tira un voile transparent de son manteau et en recouvrit la tête de Marina. Il lui saisit la main, l'attira sous le dais.

Tout autour d'eux monta le chant des prières. Les yeux embués de larmes, la gorge nouée, Marina parvenait à peine à distinguer le visage de son bien-aimé. Michael l'entraîna dans une sorte de ronde autour du rabbin. Les voix les enveloppèrent d'un mur tendre et chaleureux.

Puis le rabbin lança quelques mots d'une voix forte. Apron retint Marina. À son tour, en yiddish, il lança : « *Si je t'oublie, Jérusalem, que ma droite m'oublie, que ma langue se colle à mon palais si je ne me rappelle pas ton souvenir, si je ne t'élève pas au-dessus de ma joie.* »

Marina vit un verre apparaître dans la main de Michael. Il le jeta par-dessus son épaule. Le verre rebondit sur le plancher, il l'y écrasa d'un coup de talon. Des cris de joie emplirent la petite synagogue. Ils étaient mari et femme.

Michael lui ôta son voile, l'embrassa. On leur offrit des vœux de bonheur. Les femmes serrèrent Marina contre leur poitrine en murmurant :

— Tu es belle, tu es jeune, ton époux possède le *zibetn kheyn*, « le septième charme », vos enfants naîtront pour connaître des jours meilleurs. La vie te sera un soleil !

Troisième journée

Un homme ramassa les débris du verre brisé par Apron et les déposa soigneusement dans une boîte ovale en bois de bouleau qu'il remit aux nouveaux époux. Le rabbin confia à chacun une étroite bande de papier à peine plus long que la main. D'une calligraphie fine et régulière, elle portait en yiddish leurs deux noms et certifiait que le 8 Tishri de l'an 5704 depuis la naissance du monde, Michael Apron et Marina Andreïeva Gousseïev s'étaient pris pour mari et femme devant l'Éternel.

Les femmes servirent des verres de vin, des biscuits azymes au sésame puis, avec une hâte mesurée, des hommes dénouèrent le dais nuptial et ôtèrent les piliers des orifices du plancher dans lesquels ils étaient enfoncés. D'autres ramassèrent le candélabre et le rouleau de la Torah sur l'autel et les enfermèrent, avec les quelques livres de la bibliothèque, dans des sacs de tissu qu'ils portèrent jusqu'aux charrettes. En un clin d'œil l'intérieur de l'isba fut vide et sans plus d'autres traces d'avoir été une synagogue que quatre trous dans le plancher.

Puis les hommes en longs manteaux saisirent les rênes de leurs mules, les femmes en foulards colorés s'installèrent sur les bancs des charrettes. Alors que les attelages s'éloignaient, elles levèrent la main en signe d'adieu. Éberluée, comme saoule d'une émotion trop vaste pour elle, Marina leur répondit jusqu'à ce qu'Apron la presse de monter dans la camionnette :

— Nous aussi, nous devons partir. Il vaut mieux que personne ne nous voie ici. Ces braves gens auraient des ennuis. N'oublie pas que les synagogues et les rabbins n'existent pas, dans l'oblast de Birobidjan.

Il la prit par la taille, l'embrassa doucement.

— Mais ne crains rien. Ce n'était pas un rêve. Tu es mon épouse bien-aimée !

Quand la ZIS reprit la piste, Marina tenait serrée, soigneusement repliée contre sa paume, la bande de papier où son nom s'alliait pour toujours à celui de l'homme qu'elle aimait. Un instant, elle hésita. Devait-elle révéler la vérité à Apron ? Qu'il avait épousé une fausse juive et que le rituel qui venait d'avoir lieu n'était qu'une illusion, peut-être même un mensonge ?

Mais était-ce cela, la vérité ? La vraie vérité ?

N'était-elle pas, depuis des mois, en train de devenir juive ? Aussi juive que Beilke, Grand-maman Lipa, les femmes de la datcha commune ou de la troupe du GOSET ?

« Si tu le veux, tu deviendras juive... ce sera un effort de rien du tout. Tu apprendras..., avait dit Mikhoëls. Tu deviendras une comédienne juive qui sait se moquer d'elle-même. Une comédienne dont on sera fiers. Voilà le prix à payer pour faire partie de la famille. C'est tout ce qui compte. »

N'était-ce pas ce qui était en train d'advenir ? N'était-ce pas ça, la seule vérité ?

Marina Andreïeva Gousseïev était l'épouse de Michael Apron devant le Dieu des Juifs. Il n'y avait pas d'autre vérité.

Elle serra plus fort le papier du rabbin dans sa main. Si elle l'avait pu, elle l'aurait incrusté dans sa paume. Et ce soir-là quand, pour la première fois depuis leurs épousailles, ils firent l'amour silencieusement dans la petite chambre de l'isba mise à leur disposition, elle ne desserra pas son poing qui retenait encore la bande sacrée.

Durant la semaine qui suivit, comme lors de toutes les tournées précédentes, Marina et Michael visitèrent hameaux et garnisons. Partout Apron était attendu avec impatience, soignait, rassurait, délivrait des drogues, des pommades, du soulagement. Partout, Marina recevait le même accueil excité et joyeux. Quelques-uns remarquèrent d'infimes changements dans son jeu ou ses mimes, un peu plus graves. Quelque chose de l'insouciance de l'été s'était envolé. Cette légère mélancolie ne diminua pas l'émotion des spectacles et, à chaque adieu, on lui fit promettre de revenir aux beaux jours de l'année suivante.

Troisième journée

Sur la route du retour, il leur fallut rester deux journées de plus que prévu à Babstovo, leur dernière étape, un hameau d'une cinquantaine de maisons. Des frères avaient attrapé la fièvre des marais. Apron ne voulait pas partir avant de la voir baisser.

Ensuite, ils empruntèrent les petites pistes à travers la taïga pour rejoindre leur isba de la forêt et vivre enfin leur vraie lune de miel. Le temps était à nouveau beau. Le vent séchait la boue des routes, purifiait l'air redevenu aussi transparent que le verre brisé sous le talon de Michael dans la synagogue.

Il restait une bonne heure de jour quand ils s'enfoncèrent dans le chemin menant à l'isba. Apron coupa le moteur de la ZIS, attira le visage de Marina. Il l'embrassa en murmurant :

— Attends. Le marié doit franchir le seuil de la maison en portant sa bien-aimée.

Il sauta hors de la camionnette, la contourna. Marina ouvrit la portière en riant, retint la nuque de Michael pour un nouveau baiser. Ils n'entendirent pas la porte de l'isba s'ouvrir, seulement le cri :

— Apron !

Ils se dénouèrent avec un sursaut.

— Apron, ne bouge pas !

Levine était sur le seuil, un rictus aux lèvres, la haine dans les yeux. La politruk Zotchenska surgit à son côté, un pistolet braqué sur Apron. Elle ordonna :

— Les mains sur la tête !

Marina descendit de la ZIS, agrippa le blouson d'Apron qui levait les bras.

— Metvei...

Zotchenska hurla :

— Écarte-toi de l'Américain, camarade Gousseïeva !

L'arme trembla dans son poing. Apron fit un pas de côté. La politruk cria encore :

— Ne bouge pas !

Marina chuchota :

— Michael!

Un bruit de moteur résonna dans la forêt, des soldats apparurent sur le pourtour de la clairière. Deux fourgons aux flancs marqués du sigle du NKVD vinrent bloquer la camionnette. Levine et la Zotchenska s'approchèrent. Marina se mit devant les soldats, hurla :

— Non! Pourquoi?

Ils la repoussèrent contre la ZIS. Elle s'appuya à la portière pour ne pas tomber, la bouche ouverte, gémissante. Levine l'observa, tendit la main pour lui saisir le bras. Elle lui échappa, voulut encore repousser les soldats. La Zotchenska la gifla. Des soldats la ceinturèrent. La Zotchenska frappa encore, cette fois du plat de son arme. Le coup tira à Marina un cri de douleur. Elle s'écroula dans l'herbe, s'obligea à garder les yeux ouverts pour voir les soldats pousser Apron dans l'un des fourgons. Un officier lança des ordres. Des soldats grimpèrent au côté d'Apron et refermèrent les portes du véhicule, qui quitta aussitôt la clairière. Maintenant les armes étaient pointées sur Marina qui sanglotait : « Mon époux, mon époux, mon époux... », sans qu'un bruit sorte de sa bouche.

Levine l'attrapa sous les bras et la releva. Il gronda :

— Tu veux savoir pourquoi?

Elle entendit encore des ordres, le cliquetis des armes et la voix de la Zotchenska pendant que Levine la poussait sur le seuil de l'isba. L'intérieur n'était plus qu'une ruine. Le lit était détruit, les lattes du plancher arrachées laissaient voir la terre entre les solives, l'évier et le poêle étaient démantibulés, la table brisée. Du matériel, la ferraille gris-vert d'un appareil d'émission radio, une antenne repliable, des carnets à couverture de carton, deux liasses de roubles et un pistolet dans son holster de cuir recouvraient le matelas.

Levine serra durement le bras de Marina.

— Je t'avais prévenue de ne pas t'approcher de lui.

La Zotchenska était de nouveau derrière eux. Les soldats avaient remis la sangle de leur arme à leur épaule. Levine répéta :

Troisième journée

— Je t'ai dit que l'Américain était un espion. Pourquoi tu ne m'as pas écouté ?

Elle cria :

— Tu mens ! Michael est médecin ! Juste médecin. Tout le Birobidjan le sait.

La Zotchenska pointa de son arme le matériel radio sur le lit.

— C'est avec ça qu'il te soignait ?

— C'est vous qui l'avez apporté ! hurla Marina. C'est vous qui avez manigancé tout ça !

Levine ricana. La Zotchenska tira Marina en arrière et la gifla une fois de plus.

— Tais-toi ! Ça suffit ! On t'a assez entendue, la star de Birobidjan !

Elle poussa Marina dans les bras des soldats. Ils la traînèrent jusqu'au second fourgon. Avant d'y monter, elle les retint, le temps de hurler quelques mots qui disparurent dans le silence de la forêt.

Quatrième journée

Washington

25 juin 1950

Le 24 juin 1950 au soir j'ignorais encore tout des épousailles clandestines de Marina Andreïeva Gousseïev et de Michael Apron, ainsi que leur arrestation.

Après l'audience houleuse qui venait de se clore, et une fois Marina disparue entre les flics, McCarthy, Cohn, Nixon, Wood et Mundt entamèrent un conciliabule. Nixon continuait de se masser l'épaule, histoire de rappeler à chacun quel danger il avait affronté.

Je ne traînai pas et glissai le long de la table des sténos en évitant de regarder Shirley. Mais impossible d'échapper à son parfum. Ce parfum français qu'elle ne quittait plus et qui donnait envie de l'embrasser dans le cou. J'eus un pincement au cœur en songeant à la soirée en solitaire qui m'attendait à la place de notre dîner Chez George.

Les collègues qui m'avaient assailli un peu plus tôt avaient disparu du hall. Je devinai où les trouver. Je voulus en avoir le cœur net et dévalai en vitesse les escaliers menant à la cour intérieure du bâtiment.

Je les entendis avant d'y parvenir. Les photographes se bousculaient à l'arrière du fourgon cellulaire. Les flics retenaient Marina sur le marchepied, et la meute la mitraillait. Les flashes rebondissaient sur la tôle noire, aveuglants. On ne lui avait pas laissé refaire son chignon. Les mains menottées, elle tentait de repousser ses cheveux dénoués. Sa blouse déchirée flottait sur sa poitrine et laissait entrevoir un peu de chair très pâle. Pas difficile d'imaginer les images que les lecteurs des torchons de Hearst allaient découvrir le lendemain.

Un photographe lui lança une injure. Elle n'eut pas le temps de comprendre le piège. Elle se tourna, cracha dans sa direction. Les flashes crépitèrent avec un bel ensemble. Le joli cliché que ça allait être ! Les flics rigolèrent. À ce moment-là elle leva les yeux et rencontra les miens. J'étais resté sur le perron, dépassant la horde de la tête et des épaules. Je devais avoir l'air aussi horrifié qu'ahuri. Ce regard d'elle que j'attendais depuis deux jours, il était là. Elle me sourit. Aussi brièvement qu'un de ces éclairs de flash meurtriers qui bombardaient le bleu océan de ses iris. Mais un incroyable sourire, gorgé d'orgueil, d'indifférence amusée sous le masque de la haine et de la fureur qu'elle offrait aux objectifs, en bonne actrice consciente de son rôle. Nom de Dieu, où puisait-elle cette force ?

Quelques secondes plus tôt, j'aurais voulu avoir le courage de la prendre dans mes bras, de l'arracher à ce massacre. Mais elle n'en avait pas besoin. Quoi que cette bande de crétins lui fasse, ils ne l'atteindraient pas. Elle ne leur accordait rien de sa vérité, seulement la puissance de son art.

Un photographe se retourna et gueula :

— Al, viens poser à côté de ta chérie !

Il y eut des ricanements, d'autres interjections. Avant que les flics se décident enfin à la pousser dans le fourgon, Marina me jeta un nouveau regard. Contenant un peu de surprise et peut-être un éclat de chaleur. De tendresse. Du moins voulus-je le croire.

Les portes du fourgon claquèrent. Quelqu'un brailla :

— Sénateur Nixon ! Sénateur Nixon !

Il était là, sur le perron opposé de la cour, sa face chafouine toute souriante. Prêt à raconter au reste du monde comment l'espionne bolchevique avait voulu l'assassiner.

Les piranhas se précipitèrent sur lui. J'en profitai pour disparaître.

Quatrième journée

Je fus prudent en m'approchant de ma Nash dans le parking. Shirley ne s'était pas trompée. Les fédéraux ne jouaient plus à cache-cache. Ils étaient là, dans une Oldsmobile bleu nuit à cinq ou six emplacements de ma voiture, aussi voyants que des mouches sur un pot de beurre. Le portrait habituel du petit personnel du FBI : cheveux ras, cigarette, air vague au-dessus de journaux repliés sur la page des mots croisés. Ils avaient tombé la veste et baissé leurs vitres à cause de la chaleur. Le plus gros des deux s'épongeait régulièrement le gras du menton et les plis du crâne au-dessus de son col de chemise. Personne n'enviait leur job.

Je rebroussai chemin avant que ma présence s'impose à leur conscience assoupie. J'avais mieux à faire que de retourner directement chez moi. Je traversai le jardin du Congrès et hélai un taxi autour de Washington Union Station. Un quart d'heure plus tard j'arrivai Chez George, à l'angle de Maryland Avenue et d'Elliot Street. Le restaurant était au premier étage, mais le rez-de-chaussée offrait un bar confortable et le sous-sol abritait de discrètes cabines téléphoniques. Le bar était déjà aux trois quarts plein. Quelques têtes célèbres feignant d'être là incognito.

J'annulai ma réservation du soir. Lorsque la fille de l'accueil me demanda si je souhaitais la repousser à une date ultérieure, j'ouvris la bouche pour dire non... et la refermai en approuvant d'un signe.

— Quelle date désirez-vous, monsieur ?
— Dans dix jours, le 5 juillet, s'il vous plaît.

Une intuition. Ou une petite crise de superstition, comme on voudra.

Shirley méritait toujours son invitation, et j'avais besoin de conjurer ce qui m'attendait avec les fédéraux.

Je me fis servir un double bourbon avant de rejoindre les cabines téléphoniques en emportant mon verre. Ulysse me passa son patron en moins d'une minute. Un record.

— J'ai besoin de vous voir, T. C. J'ai de la poussière plein les semelles.

Il comprit sur-le-champ et gloussa avec entrain.

— Je peux venir chez vous ?

— Je ne connais pas de meilleur endroit pour papoter agréablement, mon ami.

— J'y serai dans une demi-heure.

Il me fallut un peu plus de temps. Dans le taxi je repensai à l'expression de Marina Andreïeva Gousseïev. Avait-elle enfin compris que je n'étais pas son ennemi ? Que je ne voulais que l'aider ?

Mais le pouvais-je encore ?

Pouvais-je vraiment lui faire confiance ? Et est-ce que je le souhaitais ?

Son numéro avec Nixon avait été spectaculaire. Néanmoins, il pouvait aussi bien être un coup de colère qu'une habile stratégie afin d'éviter les questions embarrassantes.

Tout ce qu'elle nous avait raconté jusque-là n'était-il que du bluff ?

Se murer dans le silence, comme elle avait décidé de le faire, ne la mènerait nulle part. La clique de la Commission saurait exploiter ce silence à son bénéfice.

Mais comment le lui faire comprendre, maintenant qu'il était hors de question de lui rendre visite en prison ?

J'arrivai chez T. C. plutôt à cran. Toujours en costume blanc, Ulysse me conduisit à travers le jardin, comme l'avant-veille. Je retrouvai la tête chauve, les grosses lunettes et les prunelles de myope de T. C. dans la même bergère d'osier près de la piscine. La vue sur le Potomac n'avait rien perdu de sa beauté. Selon la coutume de la maison, on ne se serra pas la main.

Ulysse me servit une jolie ration de Wild Turkey de quinze ans d'âge. T. C. poussa vers moi la coupe à cigarettes en forme de tulipe.

— Ne vous en faites pas, pour les fédéraux, Al. Ils sont là pour vous gâcher la vie et vous impressionner. Ça n'ira pas plus loin.

J'avalai une gorgée de nectar et jouai avec une cigarette sans l'allumer.

Quatrième journée

— Il n'y a pas que moi.

Je lui parlai du billet de Shirley.

— Elle a pris plus de risques que moi.

T. C. secoua la tête.

— Son patron ne laissera pas le FBI lui faire des misères.

— Wood?

— Je vous parie que le sénateur réglera ça lui-même avec votre amie. Ça la foutrait mal pour lui que ça devienne public, non? Vous avez détruit la fausse autorisation de visite?

— Oui, c'est fait.

— Donc, les fédéraux n'ont rien. De la suspicion, du vent... tout juste de quoi faire les gros yeux.

J'allumai enfin ma cigarette et soufflai la première bouffée avec un peu de soulagement. T. C. avait probablement raison. Il me sourit avec gourmandise.

— Il semble que la fin de l'audience a été quelque peu mouvementée?

— Vous le savez déjà?

— Dans les grandes lignes, rien de plus.

Je faillis lui demander comment il s'y prenait. Il leva sa main potelée.

— Ne rêvez pas. Allez-y, je vous écoute.

Ça prit du temps : la journée avait été longue. Je conclus en racontant la scène des photographes et la manière dont les collègues de la presse Hearst m'étaient tombés sur le dos.

— Je suppose que c'est la réplique de McCarthy et de Nixon à ma visite à la prison, ce matin. Ils m'ont pris de vitesse pour que leurs saloperies s'étalent à la une avant que j'aie pondu le premier article. Et grâce à moi le *New York Post* a perdu l'exclusivité de cette histoire. Wechsler et Sam doivent hurler de rage. Ou essayer de me joindre pour me virer.

T. C. parut apprécier l'ampleur du désastre, pourtant cela ne lui ôta en rien sa bonne humeur. Ce qui eut le don de faire monter mon énervement d'un cran supplémentaire.

— Dès demain, ce sera l'hallali, T. C. Marina Andreïeva Gousseïev va rôtir sur le bûcher de la presse avant d'aller griller sur la chaise électrique.

— Elle aurait vraiment pu atteindre Nixon au visage, cette carafe ?

— Elle aurait pu. Et aussi faire des dégâts...

Ses joues tremblotèrent d'un rire silencieux.

— J'aurais aimé voir ça.

— Le spectacle valait le coup. Si on est amateur de suicide.

Il grogna. Son regard se perdit vers le Potomac. Je le laissai digérer la montagne de paroles que je venais de lui servir.

On resta un instant à boire et à fumer. Il rompit le silence le premier.

— C'est parfait.

— Parfait ? Expliquez-moi.

— Nixon va déposer plainte contre elle, n'est-ce pas ?

— Cohn l'a annoncé, et aussi que Wood en ferait autant au nom de la Commission.

— La plainte de Wood est secondaire. Il s'agira d'une plainte pour outrage. Mais celle de Nixon ne peut être qu'une plainte pour agression et probablement pour tentative de meurtre. Nixon aime bien charger la barque.

— Vous trouvez ça réjouissant ?

— Al, votre Russe connaît nos lois mieux que vous. Agression et tentative de meurtre sont des crimes de droit commun. Miss Gousseïev redevient une justiciable ordinaire. En conséquence, nul ne peut lui interdire de faire appel à un avocat. La clause d'isolement de témoin de la Commission n'est plus valable. Dès neuf heures demain matin je serai chez le procureur général Saypol afin de déposer une requête d'assistance pour Miss Gousseïev. Un moment plaisant. Je me réjouis d'avance de voir la tête de notre procureur général et de Cohn.

T. C. leva son verre avec un sourire qui n'arrangea en rien sa beauté. Mais je pigeai enfin. Je ne recouvrai pas mon calme pour autant.

Quatrième journée

— Vous... vous pensez qu'elle l'a fait exprès ? La carafe ? Elle savait qu'en agressant Nixon elle s'ouvrait cette porte ?

T. C. vida son verre avant de répondre :

— C'est possible.

— Mais ça voudrait dire...

Je me tus, estomaqué par la pensée qui me venait. Cela signifierait que Marina Andreïeva Gousseïev connaissait trop bien nos lois pour une immigrée soviétique. Mais pas pour une espionne de haute volée que l'on aurait formée à l'éventualité d'un emprisonnement.

— Nom de Dieu ! soupirai-je.

T. C. eut un geste apaisant.

— Une hypothèse, Al. Rien de plus. Au moins, les choses vont s'éclaircir, et assez vite.

— Ah oui ?

— Poursuivez le raisonnement jusqu'au bout, Al. Si votre Russe est une belle espionne, cette agression contre Nixon est un message pour ceux qui la surveillent depuis l'ambassade soviétique. Une sorte de code qui doit prévenir qu'elle est coincée, qu'elle ne tiendra plus longtemps devant le FBI.

— Pourquoi maintenant ?

— Je n'ai pas encore pu obtenir de détails sur le matériel que Cohn a récupéré dans sa perquisition à New York. Peut-être les analyses vont-elles permettre de trouver quelque chose. Des microfilms, un code... Les Soviétiques sont capables de prouesses dans ce registre... Si Gousseïev se doute que le FBI finira par mettre la main sur une preuve de ce genre, il vaut mieux qu'elle appelle à l'aide. Après, ce sera trop tard.

— Et les Soviétiques vont la sortir de là ?

— Possible. Si c'est une agente importante, ils essaieront. Un avocat au service de l'ambassade soviétique se présentera chez Saypol et exigera de l'assister. Au moins de la voir et de prendre contact avec elle. Tout comme moi. Une situation qui pourrait être amusante... Ici, à Washington, la moitié du personnel de l'ambassade est constituée de maî-

L'inconnue de Birobidjan

tres espions. Ils savent comment agir en pareille situation. Et je suis curieux de voir comment Saypol et Cohn vont se tirer d'affaire.

Pendant que T. C. parlait, un souvenir de ma visite à la prison le matin me revint. Marina me demandant : « Vous n'êtes pas avec eux ? Avec ceux de New York. Les bolcheviks du consulat. Eux aussi sont après moi. Ils sont puissants. Ils peuvent obtenir des autorisations comme la vôtre. »

T. C. poursuivit :

— En ce cas, il faudra vous faire une raison, mon ami : la Commission aura tapé dans le mille. McCarthy et Nixon seront des héros avant la fin de la semaine.

Je secouai la tête.

— Ça ne tient pas debout. Ce matin, quand je l'ai vue au parloir de la prison, Marina avait une trouille bleue que je sois un agent de l'ambassade !

— Al, ne soyez pas idiot.

— Je sais *voir* quand quelqu'un a peur, T. C. Je sais *entendre*...

— Quoi ? La vérité ? Le mensonge ?... Vous ne cessez de répéter que cette femme est une actrice formidable. À quoi ressemble la vérité, dans la bouche d'une actrice ?

— T. C...

— Mettez-vous ça en tête une bonne fois : tout est possible. Une chose et son contraire, OK ?

— Non. Désolé ! J'ai une âme simple, niaise, peut-être, mais je crois à certains sentiments, comme la douleur et la fidélité. Et j'ai toujours eu horreur du gris.

— Foutaises. Vous êtes journaliste, Al !

— Journaliste, mais pas cynique. Je laisse ça aux avocats.

T. C. n'apprécia pas. Sa bonhomie se mua en glace en un claquement de doigts. Je n'aurais pas été surpris qu'il me fiche dehors. J'étais à cran. Je le laissai bouder tout en me resservant un verre.

— Excusez-moi. Oubliez ça. Je retire le cynisme, admis-je. Vous avez sans doute raison... Merde, T. C. ! Cette femme

Quatrième journée

me fait tourner en bourrique. La vérité est que je suis un Juif sentimental et orgueilleux, et que j'aurais du mal à admettre que je me suis fait avoir.

T. C. balaya ma remarque d'un mouvement de la tête.

— On n'en est pas là... J'ai déjeuné avec un bon ami du Pentagone. Il m'a expliqué une ou deux choses intéressantes concernant la procédure des agents de l'OSS pendant la guerre. Ils n'opéraient jamais seuls. En URSS moins qu'ailleurs. Les agents « intégrés », ceux qui se fondaient dans la population pour plusieurs années, avaient besoin d'« échos » : d'autres agents qui servaient de « boîte aux lettres », qui réceptionnaient leurs informations et les retransmettaient chez nous, à Langley, le quartier général de l'OSS. Ces types se relayaient de façon à limiter les risques. Si l'agent intégré était en danger, il pouvait réclamer de l'aide à son écho. Ils avaient des procédures d'urgence. Ce qui signifie qu'Apron n'était pas seul. Il avait un écho quelque part. Probablement hors du Birobidjan, mais pas très loin. Si l'on examine la carte, il n'y a que deux villes possibles : Khabarovsk et Vladivostok. Ce qui suppose aussi autre chose...

T. C. avait retrouvé son goût de la mise en scène.

— Ce type, cet écho, a certainement su quand et comment Apron a disparu. Et la première chose qu'il a dû faire, c'est en informer l'OSS. Peut-être même sa mission s'est-elle arrêtée là, puisqu'il n'avait plus rien à transmettre ? Il est impossible qu'à Langley, on n'ait pas été au courant...

— Le dossier de l'Irlandais ! Le dossier que ce type de la CIA, O'Neal, a donné à Wood. Il contient toute l'histoire !

T. C. approuva.

— Bien probable. Peut-être pas toute l'histoire, mais il doit au moins signaler l'existence de cet autre agent. Détailler quand et comment Apron a été grillé auprès des Russes. Et quand, à Langley, on a appris la mort d'Apron...

— Et comme ça ne cadre pas avec leur version de l'histoire, c'est-à-dire le meurtre d'Apron par Marina, Nixon,

L'inconnue de Birobidjan

McCarthy, Cohn et toute la clique ont dissimulé l'existence de ce second agent...

— Ou la CIA les a priés de ne pas en parler, tout simplement.

— Pourquoi ?

— Al, Dieu sait combien d'espions américains sont chez Staline en ce moment. La CIA ne va pas claironner comment elle s'y prend. Il est possible que la boîte aux lettres utilisée par Apron soit encore active...

— Il nous faut ce rapport.

— Comme vous y allez ! Vous pensez le leur demander ?

— Votre ami du Pentagone...

— Bavarder est une chose, Al. Sortir un document classé secret en est une autre.

L'ironie de T. C. étouffa mon excitation. C'était toujours la même rengaine. On faisait un pas en avant pour s'apercevoir qu'il fallait en faire cinq de côté avant de retrouver la lumière au bout du tunnel.

— Je vais commencer par rencontrer votre actrice.

— Elle ne va pas vous sauter au cou. Il faudra la convaincre de vous faire confiance.

— Je lui dirai que je viens de votre part.

Je ne tentai même pas d'avoir l'air amusé.

— Il y a encore une possibilité, T. C.

— Oui ?

— Les Soviets peuvent envoyer quelqu'un à Marina. Pas pour la sortir de l'Old County Jail. Pour la supprimer.

T. C. m'observa avant d'opiner :

— C'est exact. C'est une possibilité.

— Ce ne serait pas la première fois.

— Non.

— Il vaudrait mieux que vous insistiez pour la voir le premier... au cas où la question se poserait.

T. C. me fit raccompagner par Ulysse dans son carrosse personnel, une Chrysler *T. C.* de 1947. Cette fois, les initiales signifiaient *Town & Country*. C'était son genre d'humour.

Quatrième journée

Il faisait presque nuit quand je regagnai ma propre voiture. Les fédéraux étaient toujours là. Peut-être les mêmes. Je ne pus distinguer leurs visages dans l'ombre. Un métier décidément peu enviable.

Je pris la direction du bureau du *Post*. Ils suivirent docilement. Les fiches signalant les appels de Sam étaient posées bien en évidence sur ma table. Quatre pour la fin d'après-midi. Pas une surprise. Et je savais d'avance ce qu'on allait se dire. J'éteignis la lumière et ressortis sans décrocher le téléphone.

J'avais toute une soirée vide devant moi et ne savais pas comment la remplir. La présence de Shirley me manquait. Le souvenir de sa peau de presque rousse sous le kimono de soie à têtes de pivoine m'obséda un moment. Et ce sourire qu'elle pouvait avoir, qui gonflait ses pommettes et lui donnait l'air se moquer de l'enfer.

Puis le regard bleu océan de Marina Andreïeva Gousseïev revint danser par-dessus ce rêve éveillé. Elle aussi avait une peau qui vous incendiait la paume sans même l'approcher.

Il me fallait un verre pour passer à d'autres songeries. Je laissai ma voiture devant le bureau, allai traîner sur Florida Avenue, entrai dans un bar. Les commentaires d'un match de boxe braillaient à la radio. Je ressortis. Les cinémas de Jefferson Hall n'étaient pas loin. Les titres en néon en jetaient plein l'obscurité : *La Fille du désert*, *Les Amants de la nuit*. Rien de bon pour moi.

Quand je me surpris dans le reflet d'une vitrine à contempler des mannequins en maillot de bain, je compris qu'il était temps de rentrer à la maison.

Mes poissons suiveurs ne me lâchaient pas. Ils m'accompagnèrent à travers la ville. Je les vis se garer à l'angle de mon immeuble. Pour un peu, j'aurais eu pitié d'eux autant que de moi.

Le téléphone sonna pendant que je contemplais le vide sidéral de mon réfrigérateur. C'était Sam, comme prévu. Et comme prévu les choses se passèrent mal. Wechsler était hors de lui. Wood n'avait pas tenu sa parole et je n'avais pas écrit une ligne de ma défunte exclusivité. Sans doute une bonne chose pour le journal, puisque j'avais eu autant de flair qu'un putois. Il ne me restait plus qu'à envoyer de la copie sans faire le malin. Avec des faits connus, et rien d'autre. Plus question de jouer les chevaliers blancs face à McCarthy et consort. « Ma Russe » s'enfonçait toute seule, et je n'avais pas le début d'un commencement de preuve qu'elle ne soit ni une espionne ni une meurtrière. À part mon désir de faire le mariole.

De fil en aiguille, le ton monta. Je finis par gueuler :

— Sam, si le *New York Post* doit devenir une annexe de *Red Channel*, ce sera sans moi ! J'écris encore avec de l'encre, pas avec du purin.

Ce qui nous secoua tous les deux et nous réduisit au silence pour au moins cinq secondes. Je m'attendis à ce que Sam m'annonce qu'il se passait de mes services. La lame ne tomba pas loin.

— Demain, tu choisis, Al. Ton boulot ou tes foutaises. Souviens-toi : New York ne manque pas de bons journalistes qui savent encore rester lucides en face d'une femme.

Je fis de mon mieux pour demeurer courtois.

— Au moins une chose, Sam : as-tu fait tourner le nom d'Apron dans Brooklyn et le Lower East Side ?

J'eus droit à un ricanement.

— Il y a vingt-sept familles Apron recensées à Brooklyn et dans le Lower East Side. Trois médecins portent ce nom. Le plus jeune est interne au Carolina Hospital de Manhattan. Les deux autres ont plus de cinquante ans, exercent en pères de famille. Ils n'ont jamais abandonné leurs cabinets. Et l'U.S. Medical Board Licensing Association n'a enregistré aucun Michael Apron à New York ou dans le New Jersey entre 1935 et 1942. Tu joues avec des fantômes, Al. Bonne nuit.

Après avoir raccroché, je fis semblant d'hésiter entre une mise au propre de mes notes et une bouteille d'Heaven Hill

Quatrième journée

dégustée avec lenteur sur le canapé. Une décision facile à prendre. Je mis la radio en sourdine pour accompagner mon humeur. Glenn Miller, Hank Williams et Charlie « Bird » Parker prirent gentiment la couleur du bourbon. Un rire nerveux me secoua bêtement les côtes quand la voix sèche de Roy Brown entama son fichu refrain : *Well, I heard the news, there's good rocking tonight...*
On ne pouvait pas mieux dire.

J'étais toujours sur mon canapé, mais très loin dans le sommeil, quand la sonnerie du téléphone me martela le crâne. Il était quatre heures du matin à peine passées. La voix, à l'autre bout du fil, me parut irréelle.
— Sh... C'est toi ?
— Réveille-toi...
Je voulus prononcer son nom, mais ma langue ne m'aidait pas. Je voulus lui dire que j'avais beaucoup pensé à elle la veille, mais elle ne m'en laissa pas le temps.
— Prends une douche froide et retrouve-moi dans trois quarts d'heure sur le parking où tu m'as embrassée la première fois.
— Sur le... ?
Elle avait raccroché.
Je suivis son conseil et filai sous la douche. Je me fis chauffer un grand bol de café et avalai deux ou trois cachets d'aspirine. Mon esprit finit par s'éclaircir assez pour s'emplir de questions. Heureusement, j'étais encore trop imbibé d'alcool pour que ma curiosité se transforme en peur. Pourtant, ce n'était pas le genre de Shirley de donner des rendez-vous à quatre heures du matin.
Au moins, je trouvai sans difficulté la réponse à sa devinette. Trois ans plus tôt, je l'avais invitée à m'accompagner à une cérémonie au Titanic Women Memorial, une statue d'homme à demi nu en granit blanc érigée dans le Rock Creek Park. Un monument kitch des années 30 célébrant ces héros qui avaient laissé leur place aux femmes et aux

enfants dans les canots de sauvetage du paquebot. Shirley ne m'en avait pas voulu de l'avoir entraînée là. Elle n'avait pas refusé mon baiser sur le parking, devant les grilles en bordure du parc, sur New Hampshire Avenue.

J'avais retrouvé assez de lucidité pour jeter un coup d'œil dans la rue avant de quitter l'appartement. L'Oldsmobile des fédéraux avait disparu. Je rejoignis prudemment ma Nash et démarrai, l'œil rivé au rétroviseur. Aucune voiture ne décolla du trottoir à ma suite. T. C. devait avoir raison : les oiseaux gris du FBI avaient fini par aller se coucher, comme tout le monde.

Je fis la route les vitres baissées. L'aspirine diminuait à peine mon mal de tête. Les questions qui y tournaient n'arrangeaient rien. Quelle mouche avait piqué Shirley ? Je tentai de me convaincre que rien d'épouvantable ne m'attendait.

Le parking était presque vide. Je le traversai lentement. Le convertible Ford de Shirley n'était pas là. L'horloge de la Nash annonçait cinq heures moins six. La nuit commençait à s'éclaircir. Une odeur d'herbe fraîchement coupée montait du parc. Je fermai les yeux. Peut-être une minute ou deux. Peut-être trois. Le temps d'un éclair de sommeil.

Quand je soulevai de nouveau les paupières, une grosse Packard Sedan vert bouteille bloquait ma Nash. La portière côté passager s'ouvrit.

Mon cœur se mit à battre plus vite. Il me fallut un petit temps avant que je me décide à quitter mon siège.

Je contournai la Nash avec précaution, m'inclinai pour examiner l'intérieur de la Packard. Je m'attendais à tout sauf à voir la tête ronde du sénateur Wood derrière le volant.

— Sénateur ! Qu'est-ce que vous faites là ?
— Entrez et fermez cette portière.

L'intérieur de la Packard sentait agréablement le cigare. Un velours gris soyeux recouvrait les sièges. Wood portait un costume de golf avec un polo ouvert sur un foulard,

Quatrième journée

façon Sinatra. On aurait pu croire qu'il sortait de son club de VIP. Mais, à voir ses cernes, il avait encore moins dormi que moi. Ça lui donnait quelque chose d'humain que je ne lui avais pas vu dans la salle d'audience. Une tête de grand-père soucieux.

Il renifla avec une grimace.

— Vous puez l'alcool.

— Shirley n'est pas avec vous ? Les oreilles du FBI sont branchées sur mon téléphone ? C'est pour ça que vous vous êtes servi d'elle pour m'attirer ici ?

— Ne renversez pas les rôles, Kœnigsman. Shirley Leeman appartient à mon secrétariat. Elle fait son travail... quand vous n'exigez pas qu'elle rompe son serment. Vous saviez qu'une secrétaire de sénateur prête serment de bonne conduite ? Et qu'elle peut écoper de cinq ans de prison si elle le brise ?

— Donc, Shirley vous a raconté...

— Je me demande ce qu'une femme comme elle peut vous trouver.

Je l'examinai attentivement, une drôle d'idée me venant à l'esprit.

Comme s'il voulait la confirmer, Wood ajouta :

— Vous ne respectez pas grand-chose, hein ? Vous servir de l'affection d'une femme pour la contraindre à des actes illégaux...

C'était la voix d'un homme jaloux que j'entendais. T. C. avait eu raison : Wood n'offrirait pas Shirley au FBI. En revanche, j'étais certain qu'il lui avait offert un parfum français hors de prix. Je ne pus m'empêcher de rire en tirant un paquet de cigarettes de mon veston.

— Shirley est une grande fille qui sait ce qu'elle fait, Sénateur. Et je suppose que vous n'êtes pas ici pour me sermonner comme un vieux mari jaloux.

— Ne jouez pas les crétins, Kœnigsman. Ce n'est pas le moment.

Il jeta un coup d'œil à l'horloge du tableau de bord.

— Nous sommes... Les États-Unis d'Amérique sont en guerre depuis trois heures.

— Qu'est-ce que vous racontez ?

— L'armée de Corée du Nord a franchi le 38ᵉ parallèle à minuit. Sept divisions, cent cinquante chars soviétiques T34, deux mille pièces d'artillerie... Kim Il-sung ne compte pas faire du tourisme. Il avance comme dans du beurre, il sera à Séoul avant trois jours. Les Sud-Coréens étaient persuadés qu'il n'attaquerait jamais. Ils n'avaient rien de prêt.

— Seigneur !

— Dans deux heures, Truman annoncera à la radio que nous considérons l'attaque des Nord-Coréens comme une déclaration de guerre. Les États-Unis réclameront un vote à l'ONU pour que la réplique soit internationale. Nous, on va y aller aussi vite que possible. Toutes les forces armées américaines disponibles au Japon sont déjà en route vers les côtes coréennes. Mais ce qui compte, c'est que Kim Il-sung n'est qu'un pion. Il n'a pas pu se lancer dans cette aventure sans l'accord de Staline et de Mao. On va commencer cette guerre en Corée, mais on ne sait pas où on la terminera. Ça dépendra des Russes et des Chinois.

— Nom de Dieu ! À peine cinq ans de paix et ça recommence !

J'allumai ma cigarette. Mes doigts tremblaient. Wood s'en rendit compte. Il eut le bon goût de ne pas faire de commentaires. Mais je n'avais pas envie d'être aimable.

— Voilà qui doit plaire à vos amis McCarthy et Nixon, ricanai-je. Eux qui rêvent de mettre la pâtée aux communistes, ça va être l'occasion. Ils vont pouvoir aller se battre pour de bon, au lieu de raconter des salades devant les caméras.

Wood me lança un coup d'œil mauvais avant de fixer le pare-brise. Il se mit à tapoter nerveusement le volant de la Packard. De toute évidence, ce qu'il avait à m'apprendre n'était pas facile. Je lui donnai un coup de main.

— Qu'est-ce que vous voulez de moi, à part m'informer de la guerre avant le reste de l'Amérique ?

Quatrième journée

— Je veux mettre certaines choses au point.
— Parfait.
— Ce n'est pas moi qui ai livré à vos concurrents les informations concernant Miss Gousseïev. Vos patrons le croient, pourtant ce n'est pas le cas.
— Je sais.

Il m'accorda un regard, mais je continuai à fumer en surveillant la lumière de l'aube dans le parc devant nous.

— Votre visite à la prison était une pure idiotie, Kœnigsman. Et mêler Shirley à cette stupidité encore plus. Comment avez-vous pu croire qu'on ne l'apprendrait pas ? McCarthy et Nixon étaient furieux. J'avais déjà eu du mal à leur faire accepter votre présence aux audiences...

— Ils l'ont acceptée uniquement parce qu'ils savaient d'avance qu'ils me feraient un coup fourré de ce genre, Sénateur. Et vous le saviez aussi. Ça vous arrangeait tous. Moi, je voulais voir Miss Gousseïev en dehors de vos audiences bidons. Savoir si elle disait la vérité ou si elle n'était qu'une excellente actrice. Vous connaissez la réponse aussi bien que moi.

Le tapotement sur le volant s'accéléra. J'en rajoutai :

— McCarthy et Nixon font comme d'habitude : ils brassent du vent. Ce sont des escrocs sans foi ni loi. Un de ces jours, ils tomberont en poussière comme des noix vides. Et avec tout le respect que je vous dois, Sénateur, vous les suivrez, si vous êtes encore avec eux...

— Kœnigsman !

— J'ai une information pour vous, monsieur. Il se peut que Wechsler n'ait pas le courage de publier cette histoire dans le *New York Post*. Ça n'a pas d'importance. Je vais en faire un livre. Ni vous ni vos amis de la Commission ne pourront m'empêcher de le publier.

J'en avais fini avec ma cigarette. Je jetai le mégot par la portière. Sa braise explosa en petites étincelles. En voyant les points rouges s'éteindre, je pensai aux bombes qui allaient bientôt labourer la Corée.

Wood cessa brusquement de tapoter son volant.

— Je hais les comies autant que McCarthy et que Nixon, Kœnigsman. Ne vous faites pas d'illusion là-dessus. Et je suis aussi respectueux des lois de mon pays que doit l'être un sénateur des États-Unis.

— Parfait... Qu'est-ce que je fabrique ici ?

— Je... je pense que vous avez raison. Au sujet de cette femme... Je crois aussi qu'elle raconte la vérité.

— Vous le croyez ou vous en avez la preuve ?

Les joues rondes de Wood se creusèrent. Ses doigts recommencèrent à danser sur le volant. Je n'étais plus en état d'être patient.

— OK. Je vais vous dire ce qu'il en est, Sénateur. Apron n'était pas le seul agent de l'OSS dans cette mission du Birobidjan. Il y en avait un autre. Un type qui sait ce qu'il s'est passé. Qui en a informé ses chefs à Langley. L'OSS possède un rapport sur la mort d'Apron. On y lit noir sur blanc que Marina Andreïeva Gousseïev n'est pas une espionne et qu'elle n'a pas tué Apron. Ce qu'elle dit est vrai. Entre elle et Apron, il n'y avait qu'une histoire d'amour. Rien de plus. Et ce rapport, c'est celui que vous a remis O'Neal, l'agent de la CIA.

J'y étais allé au bluff. De la pure imagination. Ou déduction. Mais à présent, j'étais plus que certain d'avoir raison.

Wood me dévisagea, effaré.

— Comment le savez-vous ?

— Je le sais. Et je sais que McCarthy et Nixon font tout ce qu'ils peuvent pour que ce rapport disparaisse.

— C'est leur idée, pas la mienne.

— Ils ne l'ont pas détruit, au moins ?

En silence Wood tira un étui à cigares de sa poche. Il serra le Panatella à cape verte entre ses lèvres et gratta une allumette. C'était lui, maintenant, dont les doigts tremblaient.

— Sénateur Wood, cette femme est innocente, vous le savez, et elle va griller sur la chaise électrique parce que

Quatrième journée

Nixon et McCarthy sont capables de tout pour faire régner la terreur dans ce pays.

— Ça suffit, Kœnigsman!

Wood gronda, mais n'alla pas plus loin. Son visage était gris. Il avait du mal à respirer.

— C'est la guerre avec les Soviétiques, Kœnigsman, reprit-il à voix basse. Dans une heure, les États-Unis se réveilleront en apprenant ça. Des milliers de GI vont mourir au combat contre les communistes. Ce n'est plus la peine de...

Je terminai sa phrase à sa place :

— ... de détruire la vie de milliers de braves gens pour servir l'agenda politique de deux fous furieux. McCarthy et Nixon vous font peur, n'est-ce pas? Vous avez soutenu des monstres, et maintenant ils vous entraînent en enfer avec eux.

Il n'acquiesça pas, mais ce fut tout comme. Je poursuivis :

— Qu'est-ce que vous proposer, Sénateur?

— Publiez votre bouquin, vos articles... ce que vous voulez. Traitez-moi correctement, et je vous donne la preuve dont vous avez besoin pour innocenter cette femme.

— Le rapport?

Il hocha la tête.

— Nixon et McCarthy vous tomberont dessus.

— C'est mon affaire.

— Comment est-ce que je récupère ce rapport?

— Vous verrez.

— Quand?

— Vous verrez.

— Sénateur...

— Ça suffit, Kœnigsman. Je tiendrai parole. Vous pouvez sortir de la voiture.

Il tourna la clef de contact et tira sur le démarreur. Le V8 de la Packard se réveilla doucement. J'ouvris la portière. On ne se serra pas la main.

Je regardai la voiture s'éloigner vers le Potomac. Une lumière d'incendie s'étalait doucement d'un bout à l'autre de l'horizon, dessinant l'enchevêtrement des portiques sur les quais. Je ne pus retenir un fou rire nerveux. Nom de Dieu, je ne m'étais pas trompé. J'avais gagné !

À mon retour chez moi, mon envie était grande d'appeler Sam à New York. De le réveiller, de lui raconter ma conversation avec Wood. Je décidai de m'en abstenir.

Mieux valait ne pas vendre la peau de l'ours... Wood m'avait donné sa parole de me faire parvenir le rapport de l'OSS. Mais ça s'arrêtait là. Les clairons de la gloire pouvaient attendre. D'autant qu'à cette heure Sam et Wechsler s'agitaient sûrement comme des fous pour sortir avant midi un numéro annonçant la guerre en Corée.

Quand même, je voulais partager ma petite victoire. T. C. apprécierait ma conversation avec le sénateur. Je décrochai le combiné. J'allais tourner le cadran quand soudain je me revis demander à Wood si les oreilles du FBI étaient branchées sur mon téléphone. « C'est pour ça que vous vous êtes servi de Shirley ? »

Bien sûr qu'elles l'étaient. Bien sûr !

Je reposai le combiné.

Nom de Dieu ! Il était temps que je me réveille pour de bon. Pendant une fraction de seconde, je fus pris de vertige, comme si mon pied venait de déraper au bord d'un gouffre. Le FBI apprenant de ma bouche que J. S. Wood, sénateur des États-Unis, détournait un document top secret à mon profit !

Je m'offris une seconde douche, pris le temps de me raser, préparai à nouveau du café. Mon bol en main, je jetai machinalement un coup d'œil dans la rue. L'Oldsmobile bleu nuit des fédéraux avait retrouvé sa place.

Ils allaient devoir être patients. Je m'installai devant ma machine à écrire et commençai à mettre mes notes au propre. À présent, je savais vers où se dirigeait mon bouquin.

J'étais en train de rédiger le passage où Marina racontait le siège de Moscou quand le timbre de la porte me fit sur-

Quatrième journée

sauter. Je jetai un regard à ma montre. Midi passé de quelques minutes. On sonna encore. Deux fois, nerveusement.

J'ouvris prudemment, prêt à découvrir le messager envoyé par Wood.

— T. C.!

Il me repoussa.

— Offrez-moi à boire.

Il portait un costume de lin blanc, une cravate mauve semée d'un damier bleu et un chapeau de paille beige. Le lin de son costume était aussi froissé que son visage.

Je ne posai pas de question. Il ne me restait plus beaucoup d'Heaven Hill. T. C. vida son verre d'un trait avant d'ôter son chapeau, refusa de s'asseoir et alla se planter devant la fenêtre. Il dut voir la voiture des fédéraux, mais ça ne lui fit ni chaud ni froid. Je commençai :

— Wood m'a appelé en pleine nuit... Enfin, Shirley.

Sans attendre, je lui racontai ma rencontre sur le parking du Titanic Memorial. Il m'écouta en hochant la tête, répétant des « Bien, bien! », des « Je m'en doutais », « Parfait », comme si cela n'avait pas vraiment d'importance.

Je finis par grogner :

— C'est tout l'effet que ça vous fait ? On va avoir ce fichu rapport sous les yeux. Marina est sauvée...

— C'est parfait, Al. Vraiment très bien.

Il se retourna vers moi. Ses gros yeux de myope me fixèrent comme si j'étais un gosse qu'il fallait apaiser par des balivernes.

— Qu'est-ce qui vous a secoué comme ça, T. C.? Vous avez écouté la radio ? Vous savez, pour la Corée ?

— La Corée... J'ai appris la nouvelle dans la nuit. Pas vraiment une surprise, n'est-ce pas ?

J'aurai dû m'en douter. Pas impossible qu'il ait eu l'information avant Wood lui-même.

— Alors ?

— Je viens de la prison.

— Il est arrivé quelque chose à Marina ?
— Non. Elle va... aussi bien que possible.
— Vous l'avez vue ?
— Pendant trois heures.
— Les Soviétiques étaient là ?
— Non, j'étais seul.
— Elle vous a parlé pendant trois heures ?

Je notai la pointe de jalousie dans ma voix. Il opina, désigna du menton la bouteille vide.

— Vous n'avez rien d'autre à boire ?
— Il y a un drugstore à l'angle de Grafton Street. Je peux aller nous chercher une bouteille et des sandwiches. Ça me prendra cinq minutes.
— Bonne idée.
— Vous êtes certain qu'elle va bien ?

Il me montra la porte.

— Allez-y, s'il vous plaît. Je vous raconterai ensuite.

Quand je vissai mon chapeau sur ma tête, il se décida à faire une grimace qui pouvait passer pour une tentative de sourire.

— Saluez vos amis de l'Oldsmobile au passage.

À mon retour, il était toujours debout devant la fenêtre. Il remplit son verre mais refusa les sandwiches. Je n'eus pas à le relancer pour qu'il me raconte ce qu'il venait d'apprendre. Il le fit en marchant de long en large dans la pièce, la voix sourde, les yeux rivés au sol. De quoi donner le tournis.

Ce fut d'abord étrange de ne plus entendre Marina raconter elle-même son histoire. Cela rendait les choses un peu lointaines. Plus floues, aussi. Compte tenu de ce que T. C. allait me confier, ce fut sans doute mieux ainsi.

Marina commença par lui demander ce qu'il faisait là.

— Je suis ici pour vous écouter, Miss Gousseïev. Je ne suis pas un juge, pas un sénateur, pas même un journaliste. Je suis avocat. Je veux que vous sortiez de cette prison.

Quatrième journée

Elle sourit. Avec l'air de se moquer.
— Je me fiche de la prison. Ce n'est rien.
— Si vous ne me donnez pas les moyens de vous en extirper, Miss Gousseïev, cette prison vous mènera tout droit à la chaise électrique.

Ça n'impressionna pas Marina.
— Vous voulez mourir? s'indigna T. C.

D'un de ses regards bleus que je connaissais trop bien elle lui cloua le bec, comme s'il ignorait de quoi il parlait. T. C. n'aurait pas été étonné que Marina appelle la gardienne pour retourner dans sa cellule. Finalement, elle l'assaillit de questions : Pourquoi voulait-il l'aider? Qui le payait? Est-ce qu'il travaillait pour les Soviétiques de l'ambassade? Comment avait-il eu connaissance de son histoire?...

— Je lui ai parlé de vous, Al. Elle m'a lancé : « Ah oui, l'homme à la carafe! Il m'a rendu visite, lui aussi. Le FBI m'a interrogée pendant une heure pour savoir si je le connaissais. Ils croient qu'il est avec ceux de l'ambassade. Il ne m'a attiré que des ennuis. »

Leur entretien faillit se terminer ainsi. Mais T. C. est un homme patient. Il resta sur sa chaise, les mains posées sur la table, donnant du temps à Marina, calmement, sans l'affronter. Elle finit par marmonner :

— Personne n'a envie d'entendre ce qui m'est arrivé. Moi, je n'ai pas envie d'en parler.

T. C. ne bougea pas un doigt. Marina se décida. Elle commença par lui raconter ce bel été où elle avait parcouru le Birobidjan avec Apron. Elle jouant et chantant dans les kolkhozes et les garnisons, tandis qu'Apron soulageait ces Juifs fuyant l'Europe à feu et à sang pour se perdre dans la paix de la taïga. Puis elle raconta le mariage secret. La synagogue des marais de la Bidjan, la cérémonie clandestine.

Au fur et à mesure, T. C. devenait un autre homme. Un T. C. que je ne connaissais pas, ému, amusé, presque tendre. Il avait vu ce que j'avais vu : Marina Andreïeva Gousseïev faisant renaître son passé par sa magie de conteuse.

Lorsqu'il frappa le sol du talon, comme Apron l'avait fait pour écraser le verre de la malchance, je ris.

— Pour un goy, vous ne vous débrouillez pas si mal !

— Al, vous auriez dû voir son visage quand elle me parlait ! Là, dans ce parloir de prison, on aurait cru que...

Il ne trouva pas les mots. Inutile. Je comprenais.

Il avala une gorgée de bourbon et conclut abruptement :

— Quatre ou cinq jours après le mariage, ils se sont fait arrêter. Une foutue erreur d'Apron. Trop confiant. Trop sûr de lui.

— Trop amoureux.

Il approuva d'un signe de tête. Il ôta ses lunettes. Hésita à reprendre son verre, préféra remettre ses lunettes. Retrouva sa voix sourde.

— Marina et Apron ont été transférés à Khabarovsk. Séparément. Marina n'a pas su ce qu'Apron devenait. Elle s'est retrouvée dans une cellule du NKVD. « Un mètre trente sur trois mètres. » Elle a eu le temps de mesurer. Ce genre de cellule s'appelle *boks* : des murs peints en rouge, un seau puant, un banc pour dormir, pas de fenêtre, juste une lucarne à barreaux.

Marina y resta deux ou trois semaines. Peut-être plus d'un mois. Elle n'avait pas pu compter les jours. Dès son arrivée, on lui retira ses peignes, ses rares bijoux et tout ce qui pouvait aider au suicide : ceinture, lacets, jarretelles, élastique de sous-vêtements et même ses boutons de veste. Dès la première nuit, on vint la chercher pour un interrogatoire. Ils l'interrogèrent debout jusqu'à l'aube. Elle portait un pantalon au moment de son arrestation. Elle s'agrippait à ce pantalon et à sa culotte sans élastique qui glissaient sur ses cuisses. On l'interrogea la nuit suivante et toutes les autres nuits. Les agents du NKVD lui répétaient sans fin les mêmes questions, auxquelles elle donnait sans fin les mêmes réponses. Le jour, dès qu'elle s'endormait sur la planche de son boks un garde frappait à coups de matraque contre la porte pour la réveiller. Elle finit par être totalement déso-

Quatrième journée

rientée. Elle oubliait de tenir ses vêtements, elle ânnonait des réponses aux questions qu'elle connaissait par cœur mais que plus personne ne lui posait. Elle oubliait de manger, et les gardes oubliaient de lui donner à boire.

— Et, tout d'un coup, plus personne n'est venu la chercher. On l'a laissée dormir. Elle s'est presque crue sauvée. Elle a trouvé la force de déchirer le bas de son pantalon pour s'en fabriquer une ceinture. Mais après deux jours elle a compris qu'on l'oubliait. Les gardes ne lui adressaient plus la parole. Un matin ils lui donnaient un morceau de pain, ensuite pendant deux ou trois jours elle ne recevait plus ni nourriture ni eau. Elle frappait contre la porte de la cellule, appelait, hurlait. Pas de réponse. Personne n'entendait. Elle m'a dit : « Les humains, avant qu'ils deviennent des zeks, il faut les briser. »

« Un jour, ils l'ont sortie de sa cellule pour la faire monter dans un camion avec d'autres prisonnières. Un amas de femmes comme elle, de tous âges et de tous milieux. La plupart venaient de l'autre côté de l'Oural. Elles avaient voyagé pendant des semaines dans des conditions épouvantables, et beaucoup étaient malades, les yeux égarés de panique, couvertes de honte autant que de crasse. Depuis leur arrestation, pas une fois on ne les avait autorisées à se laver.

« On les a transportées dans un camp de travail, un *lagpounkt*. Le camp K428. À une grosse centaine de kilomètres au nord-est de Khabarovsk. En pleine taïga sibérienne. L'entrée du camp se fait sous une grande bannière peinte aux couleurs de l'arc-en-ciel où il est écrit : *D'une poigne de fer, nous conduirons l'humanité vers le bonheur.* »

T. C. murmura que Marina était encore capable de rire de choses pareilles. Il secoua la tête. Il avait besoin de reprendre son souffle. Je ne le bousculai pas. Je me doutais que la suite allait être plus difficile à entendre. Finalement, il reprit :

— Marina m'a dit : « Dès qu'on entre dans un camp, on doit tout de suite devenir un zek, un "rien de rien". Ils nous ont fait aligner dans un couloir, puis mettre en rang par cinq pour nous compter. *Odin, dva, tri...* Les gardes se trompaient souvent, alors ils recommençaient. *Odin, dva, tri...* Ça n'allait pas, parce que des femmes tombaient, mortes. Alors ils recomptaient, nous et les mortes. *Odin, dva, tri...* Quand ils ont eu le compte, ils nous ont ordonné de nous déshabiller. On devait jeter nos loques loin de nous. Après, avec leurs doigts crasseux, ils sont venus vérifier qu'on ne dissimulait rien. Ils criaient : "Ouvre la bouche, lève les bras, écarte les doigts..." Ils nous soulevaient la langue et les seins, ils tiraient les poils de nos aisselles, pour le cas où on y aurait caché quelque chose. Ils fouillaient tout. "Écarte les jambes, penche-toi en avant, écarte les fesses!" De leurs doigts immondes, avec leurs ongles immondes. Certaines pleuraient, gémissaient. D'autres avaient des crises d'hystérie et se faisaient gifler. Mais on obéissait. C'était fait pour ça. Le dressage devait commencer immédiatement.

« Après, toujours nues, ils nous ont conduites aux latrines. Un couloir où on ne peut pas respirer, des trous dans le sol et rien d'autre. On était cent, au moins. En ligne, attendant notre tour devant celles qui s'accroupissaient. Beaucoup avaient la diarrhée. Si on avait pu, on serait toutes mortes.

« Après les latrines, on passait à la toilette. Des jets d'eau froide, sans savon ni quoi que ce soit pour se laver vraiment. Ensuite, d'anciennes détenues nous ont tondues comme des bestiaux de la tête à l'entrejambe. Après seulement on a pu se rhabiller. Et encore en rangs par cinq pour rejoindre les cellules. Des cellules occupées par cinquante ou soixante femmes, avec à peine assez d'espace pour passer entre les châlits sans paillasse. Partout des cordes tendues pour sécher le linge qu'on avait lavé en même temps que notre peau. Un vacarme à devenir folle. Les vieilles zeks hurlaient contre les nouvelles qui prenaient de la place. Les nouvelles geignaient de terreur. Les murs de béton résonnaient à rendre sourde... Ce n'était que le premier jour. Après... après, il y a eu tout le reste. »

Quatrième journée

Je ne me rendis pas tout de suite compte que T. C. s'était tu. Les mots de Marina grondaient dans ma tête. Je la voyais, elle. Elle telle que je la connaissais. Et des images que j'avais déjà vues l'accompagnaient, des images dont les nazis nous avaient abreuvés.

Je ne tins pas. J'allai vomir dans la salle de bains.

Quand je revins, T. C. était appuyé contre la fenêtre ouverte. Il reprit :

— Elle est restée dans ce camp jusqu'au printemps 1945. Des fouilles à nu comme celle du premier jour, il y en avait au moins une fois par mois. Selon la lubie des gardiens. Les détenues travaillaient dans les ateliers. Un atelier de couture qui produisait des tenues d'hiver pour l'Armée rouge – l'atelier « facile », comme l'appelle Marina. Et un atelier de tôlerie pour la fabrication des pièces légères de canon. Là, le travail est dangereux, les machines à emboutir sont capables de vous arracher un bras ou une tête à la moindre inattention. Le principe est élémentaire : les zeks sont nourries en fonction de leur rendement. Les plus épuisées travaillent de moins en moins, mangent de moins en moins. Elles finissent par crever sur leur machine, ou de maladie, ou de froid. Les rations sont si maigres qu'il n'est pas question de les partager. Ce serait s'affaiblir à son tour. Donc l'entraide n'existe pas. Seules les plus fortes survivent. Très simple, très économique. Pas besoin de tuer. Gousseïev a commencé à l'atelier de tôlerie, comme toutes les nouvelles zeks, et ensuite...

T. C. s'interrompit brutalement. Je vis ses épaules trembler. Il s'affala sur le canapé.

— Apparemment, elle s'est débrouillée pour changer d'atelier. Une histoire de spectacle pour les gardes. Elle m'a dit : « Heureusement que j'ai pensé à ce spectacle avant de me transformer en squelette. Même les hommes les plus abrutis n'aiment pas voir des mortes debout. »

T. C. se tut. Sa bouche n'était plus qu'un fil. Je marmonnai :

— Je croyais que c'était fini. Que les nazis avaient atteint le fond et qu'on n'entendrait plus de telles horreurs.

T. C. haussa les épaules avec un petit ricanement.

— Elle a vu ma tête. Que j'avais du mal à encaisser. Elle m'a demandé si j'étais juif. Je lui ai dit que je ne l'étais pas. Je lui ai demandé : « Pourquoi me posez-vous cette question ? » Elle m'a répondu : « Les Juifs ont appris à vivre avec ces choses-là. Mais Staline est plus malin qu'Hitler. Il a compris que les morts ne servent à rien. C'est inutile, un mort. Même un mort juif. Les cadavres ne charrient pas le charbon dans les mines et ne cousent pas d'uniformes. Et pourquoi n'exterminer que les Juifs quand tous les vivants peuvent être coupables de vivre ? Staline ne réduit pas les êtres en cendre et ne les transforment pas en savon. Il use. Il use les corps, l'intelligence, la volonté, l'amour... Vous savez qu'un soir j'ai dansé avec lui ? Pas seulement dansé, bien sûr. Il y a presque vingt ans de cela. J'étais une si jeune fille ! Je n'avais pas de coquille pour me protéger. Cette soirée est toujours en moi, comme un poison. Pourtant, c'est grâce à elle que j'ai rencontré Michael. Que j'ai aimé ces femmes du Birobidjan, si belles, si douces avec moi. Comment peut-on comprendre cela ? »

T. C. reprit son souffle, gonfla sa poitrine comme s'il voulait expulser un feu invisible. Nos regards finirent par se croiser. Il secoua imperceptiblement la tête.

— Je n'ai pas répondu. Il n'existe aucune réponse. Ce qui était épouvantable, c'était de la voir là, devant moi. Si belle, si... oui, si désirable. Une femme que l'on rêve de prendre dans ses bras. Et là, d'un coup, je n'osais même plus regarder ses mains. La chair de ses joues me faisait honte. Je voyais ce que ces types lui ont fait subir. Leurs doigts sur son corps, l'humiliation, la haine, la destruction... De savoir à quel point on l'a souillée ne nous remplit pas seulement de honte, Al. Ça nous détruit aussi.

À mon tour, je ne pouvais que me taire. T. C. poursuivit :

— Maintenant, on sait d'où vient sa force, n'est-ce pas ? Elle a survécu. Ils ne l'ont pas détruite. Pas vraiment. Elle m'a dit : « À Khabarovsk, quand ils m'ont oubliée dans ma cellule, j'ai cru devenir folle. Puis j'ai compris quelque chose. Ce que je vivais, mon époux le vivait aussi. En pire. Pensez, un espion américain ! Chez nous, en Union soviétique ! Qu'il ait sauvé des vies au Birobidjan, qu'il ait soigné les vieux et les enfants, qu'il ait fait le bien, personne ne s'en soucierait. Même des rats seraient mieux traités que lui. Alors j'ai eu cette pensée : si je tenais, Michael tiendrait. Si je tenais, je le sauverais. Je n'ai plus pensé qu'à ça. Il serait vivant aussi longtemps que, moi, je tiendrais. J'aurais presque crié de joie d'avoir eu cette pensée. Une coque très dure, merveilleuse, s'est formée au fond de moi. Un refuge hors d'atteinte des gardes et des autres zeks. J'y ai recueilli tout ce qui comptait pour moi, tout ce qui m'était précieux. Le reste n'était plus que de la chair sans âme. Marina Andreïeva Gousseïev était protégée dans cette coque indestructible. Et tant qu'elle serait à l'abri, Michael le serait aussi. »

Le silence revint dans la pièce. L'odeur d'alcool dans le verre de T. C. me donnait la nausée. Finalement, j'allai dans la cuisine me chercher un verre d'eau. À mon retour, T. C. était debout, le chapeau à la main. Je lui demandai :

— Comment a-t-elle fait pour quitter le camp ?

— Je ne sais pas. Je n'ai pas eu envie de poser la question.

— Et pour Apron ? Elle vous a dit ?

— Non. On n'avait plus le temps. Il y avait déjà un moment que les gardiennes s'impatientaient pour la reconduire à sa cellule. Mais on va le trouver dans le rapport, je suppose. Dès que vous l'aurez, faites-moi signe. Qu'on la sorte de prison le plus tôt possible.

— Comment comptez-vous vous y prendre ? Vous n'allez pas courir au bureau de Cohn pour lui mettre le rapport sous le nez...

T. C. esquissa un sourire.

— Non. Dommage. J'aurais aimé voir sa tête... On trouvera un moyen. Elle ne restera pas là-bas un jour de plus. Pas question.

L'inconnue de Birobidjan

Je savais à quoi il pensait : chaque heure que Marina passait dans sa cellule de l'Old County Jail, c'était comme si nous poursuivions le supplice commencé à Khabarovsk.

Sur le seuil de l'appartement, en mettant son chapeau, T. C. murmura :

— Vous avez compris qu'aucun homme ne pourra plus approcher cette femme, Al ? Ni vous, ni personne ?

Les choses se passèrent assez simplement. Le crépuscule n'était plus loin et la voix de Bill Haley sortait de ma radio. Je m'engourdissais sur mon canapé. L'après-midi avait été trop long. Trop lourd de pensées inutiles. Et de trop d'attente. La sonnette me tira de ma torpeur.

Il me fallut une bonne seconde pour être certain que c'était elle. Elle portait l'uniforme des livreuses du Jackson Speedee Service. Pantalon blanc moulant aux hanches, spencer ultra-cintré brodé de cordons pourpres qui rappelait la tenue des dompteurs de fauves. Ses cheveux disparaissaient sous une casquette de « rouleur » à longue visière. Son sourire vermillon remontait ses pommettes, et ses yeux de chatte se moquaient de moi.

— Shirley !

— J'apporte la commande, m'sieur !

Elle me flanqua trois cartons à pizza sous le nez et me repoussa pour entrer dans l'appartement. Les cartons déposés sur ma table, elle ôta celui du dessus.

— Celui-ci contient une vraie pizza. Tu peux ouvrir les autres.

Elle disparut dans la cuisine pendant que j'obéissais. Dans le deuxième carton se trouvait une épaisse liasse de pages dactylographiées : la transcription des prises sténo des audiences de Marina. Je déchirai le couvercle du dernier. L'en-tête de l'OSS barrée d'un tampon rouge – *Copy / Classified / AUTHORIZED PERSONNAL ONLY* – me sauta aux yeux.

Le rapport !

Quatrième journée

Il était composé d'une dizaine de feuillets de ce papier presque transparent que l'administration fournissait à la fin de la guerre.

— Satisfait de la livraison, m'sieur ?

Sur le seuil de la cuisine, Shirley ôta sa casquette, secoua la tête. Le flot de ses cheveux roula sur ses épaules. La lumière du crépuscule illuminait ses iris, révélait des petites taches de rousseur sur ses tempes et son front. Elle était magnifique. Même cette tenue stupide n'arrivait pas à le masquer. Elle lança sa casquette sur la table. Son parfum s'échappa du tissu. Ce parfum français qu'elle ne quittait plus.

Elle remarqua :

— Tu as une sale tête.

— Pas beaucoup dormi la nuit dernière...

— Mmm... C'est vrai. Tu t'es souvenu du parking du Titanic Memorial sans difficulté ?

— C'est Wood qui a eu cette idée ?

Elle rit, fit danser ses cheveux pour les ramener en arrière.

— Mon bel uniforme pour tromper les braves gars du FBI qui s'ennuient devant ta porte ou le rendez-vous avec le sénateur ?

— Les deux.

— Mon ex-patron a seulement approuvé mon sens de la stratégie.

— Ton ex-patron ?

— Je démissionne de son secrétariat.

— Shirley...

— De mon plein gré. Nous avons conclu un marché.

— Le FBI t'a coincée pour cette foutue autorisation de visite à la prison ?

— Même pas. C'est moi qui suis allée voir ce bon sénateur pour le lui avouer.

— Mais...

— Du calme.

L'inconnue de Birobidjan

Du bout des doigts elle me ferma la bouche. Son parfum me brûlait la gorge. Et aussi sa vie, sa légèreté, sa fausse insouciance. La rencontre avec Wood le matin, les horreurs vécues par Marina et les mots de T. C. à son départ m'avaient raboté les nerfs jusqu'à la corde. Voir Shirley si fraîche, si solide, respirer sa chair si vivante me bouleversèrent.

Elle ouvrit elle-même la bouteille de bourbon, en versa dans deux verres, m'en offrit un avant de désigner le rapport.

— J'ai eu ce papier sous les yeux pendant cinq minutes, hier à midi. Wood déjeunait. Lizzie Doland, ma chef, m'a demandé de placer des documents dans le coffre-fort du sénateur. Le dossier de l'Irlandais de la CIA était là. Et le rapport à l'intérieur, sur le dessus. Je n'ai lu que la fin, mais j'ai vite compris.

Shirley frappa son verre contre le mien.

— Sauf que, tout d'un coup, c'était comme gagner au bingo sans pouvoir passer à la caisse. Je ne savais plus quoi faire. Si je volais le rapport, la CIA me tomberait dessus avant que je puisse dire ouf. Et pas moyen d'en faire une copie. En plus, Wood devait rendre le dossier à la CIA avant ce soir. Tout ça allait disparaître.

Elle trempa les lèvres dans son verre, s'assit sur le canapé. Je m'impatientai. Je pris le rapport, relu l'en-tête.

— Et ?

— J'ai fait preuve d'initiative. Mais si ça ne t'intéresse pas, je pose mon verre et on en reparlera plus tard.

— Shirley !

— Dès qu'il est revenu de déjeuner, je suis allée voir Wood. Je lui ai expliqué que j'avais rédigé la fausse autorisation, mais que si le FBI me coinçait je jurerais que j'avais fait ce faux à sa demande à lui, le sénateur Wood, et qu'il le confirmerait... Tu peux imaginer les hurlements. « Vous êtes folle ! Jamais de la vie ! Personne ne vous croira. Et pourquoi aurais-je fait ça ? » Réponse : « Parce que vous avez

Quatrième journée

eu la preuve noir sur blanc que cette femme est innocente du meurtre d'Apron, monsieur le sénateur. C'est écrit dans ce rapport de l'OSS qui est rangé dans votre coffre. Et comme vous êtes un homme juste... » Nouveaux cris, et ainsi de suite, jusqu'à ce que je lui fasse comprendre qu'il avait bien plus à perdre en soutenant les mensonges de McCarthy et de Nixon qu'en se conduisant en honnête homme. Wood ne veut pas le montrer, mais il a une peur bleue de McCarthy et de Nixon.

— Alors, c'est à cause de toi qu'il...

— Ce qu'a raconté notre amie russe l'a impressionné. Il a pensé que, pour sa campagne anti-comies, Miss Gousseïev pourrait lui être plus utile vivante que grillée sur la chaise électrique. Et cette carafe jetée à la figure de Nixon ne lui a pas déplu... Donc, il m'a appelée hier soir à la maison, vers dix heures : « Shirley, comment peut-on s'y prendre ? » « Pas de problème, monsieur le sénateur, j'ai un ami tout prêt à vous aider. » Et voilà.

— Mais pourquoi quitter ton job ?

— Parce qu'il faudra tout de même un coupable. Tu devras expliquer d'où tu tiens ce rapport, non ? Moi, je serai la tête de linotte qui aura malencontreusement mêlé ces papiers top-secrets à une pile de vieux formulaires bons pour la poubelle – véridique : Lizzie s'est débarrassée de deux cartons de paperasse cet après-midi. Et comme chacun sait que les journalistes adorent fouiller les poubelles... Dès demain matin, Wood anticipera les choses et annoncera qu'il me vire. Ça tombe bien, il est temps que je change de boulot. Je ne supporte plus ces audiences de la Commission.

J'en étais sans voix.

Shirley eut un petit rire de gorge qui me fit trembler. Elle quitta le canapé, me retira mon verre pour en boire une gorgée avant de poser sa bouche humide de bourbon sur la mienne.

Un peu bêtement, parce que j'avais ça en tête depuis trop longtemps, je lui demandai :

— Ce parfum, c'est Wood qui te l'a offert ? Et ça ne date pas d'hier...

— Oh, tu as compris ça ?

Elle m'adressa un drôle de regard. Je ne saisis pas si elle était fière de ma capacité de déduction ou si elle se fichait de moi. Elle me fit reposer le rapport dans le carton à pizza.

— C'est que rien n'est gratis, dans la vie, Al chéri. Et ta dette envers moi va te devenir un fardeau monstrueux si tu ne t'en débarrasses pas.

Elle noua ses bras autour de mon cou et murmura :

— Si tu commençais par m'ôter cette tenue ridicule ?

Plus tard cette nuit-là Shirley me dit :

— C'est quand tu m'as demandé des vêtements pour Marina que j'ai commencé à penser à elle pour de bon. À m'interroger sur qui elle était vraiment. Sur ce qu'il y avait sous sa peau. J'ai essayé ce que je venais de lui acheter. Et ces robes à moi que je voulais lui donner. Je me suis regardée dans un miroir pour voir si ça pourrait lui convenir. Imaginer l'allure qu'elle aurait avec. Et une drôle d'idée m'est venue. Marina est aussi belle qu'une femme peut désirer l'être. Il y a de quoi être jalouse. Pourtant, elle porte sa beauté comme elle porterait la cicatrice d'un meurtre. Comme si sa beauté l'avait tuée, et depuis longtemps.

Ces mots me glacèrent. Je n'eus pas le courage de dévoiler à Shirley le supplice de Marina à Khabarovsk et au Goulag. Alors qu'elle était nue contre moi, j'aurais eu peur de contaminer sa peau avec tant d'horreurs. J'attendis qu'elle s'endorme pour lire enfin le rapport de l'agent OSS Overty.

OFFICE OF STRATEGIC SERVICE
WASHINGTON D.C.

*

C/Pacific Détachement 407

Secret/Classifié
_____

Mission URSS TERRE-NOUVELLE
(22/06/1942-3/10/1945)

Rapport de mission,
(rp/ T-N URSS-407/24)
Agent Julius. S. Overty
OSS-(LT-ag-102)

L'inconnue de Birobidjan

SUJET: arrestation & décès Michael David Apron (CPT-ag88) (25 juillet 1945)

Le 29 novembre 1945
RAPPEL:
Le 22 avril 1942, M. D. Apron et moi-même avons été déposés en Sibérie orientale au cours de l'opération Terre-Nouvelle pour une mission de longue durée.

Selon la procédure prévue, Apron a rejoint le Birobidjan.

Le 18/07/1942, sous le nom de *Victor Ovaldian*, j'ai obtenu un poste de coiffeur dans le complexe de vie du secrétariat du comité exécutif de Khabarovsk (passeport intérieur établi à Ussurtysk, secrétariat de Vladivostok). Mon rôle était la réception et la transmission des informations collectées par Apron au Birobidjan/frontière mandchoue, ainsi que la transmission des informations collectées par moi à l'intérieur du secrétariat de région de Khabarovsk. Pour ce dernier point, le salon de coiffure du secrétariat, gratuit pour les fonctionnaires du comité, s'est avéré un endroit efficace.

ÉVÉNEMENTS:
Le 13 octobre 1943, des rumeurs m'ont appris l'arrestation d'un agent américain (en compagnie d'une femme) à Birobidjan. Le 14 octobre, le *Birobidjanskaya Zvezda* et la *Pravda* de Khabarovsk publiaient l'information. Les deux articles révélaient le nom d'Apron, qualifié d'« espion-traître américain ». Le nom de la femme arrêtée avec lui n'était pas mentionné.

Le 15 octobre, j'ai eu la confirmation du transfert d'Apron au centre de détention du NKVD de Khabarovsk. J'ai pu obtenir le nom de la « complice » d'Apron : Marina Andreïeva Gousseïev (confirmation par d'autres sources). Des numéros anciens du *Birobidjanskaya Zvezda* avaient publié de nombreux articles et photos concernant cette

Quatrième journée

femme, actrice au théâtre GOSET de Birobidjan. Elle y apparaissait parfois en compagnie d'Apron.

En raison du risque élevé que les interrogatoires d'Apron conduisent le NKVD jusqu'à moi, j'ai appliqué dès le 16 octobre la procédure prévue en cette circonstance : production d'un document militaire me réquisitionnant pour la région militaire d'Ussurtysk/Vladivostok.

Le 27 octobre, à Vladivostok, le contact a été établi avec l'agent de liaison Détachement 407. Je l'ai informé de l'arrestation d'Apron et j'ai demandé une transmission d'ordres (rapatriement ou prolongement de station en Sibérie orientale).

Le 12 décembre, j'ai reçu l'ordre de prolonger ma mission dans la mesure où la sécurité le permettait (nouvelle mission Citadelle, voir le rapport indépendant : rp/LT-ag-107/Citadelle URSS-107/25.)

Il m'a été demandé de maintenir une veille d'information concernant Apron, et en particulier son lieu de captivité.

Du 12 décembre 1943 au 24 novembre 1944, toutes les recherches d'informations concernant la captivité d'Apron ont échoué, en grande partie parce qu'elles pouvaient menacer ma sécurité et la mission Citadelle, alors que la guerre prenait de l'importance sur la frontière Sibérie sud-orientale/Corée/Mandchourie, en raison de l'orientation intense des combats vers le sol japonais.

Le 24 novembre 1944, le patron d'un cargo minéralier cabotant dans les ports du détroit des Tatars (îles Sakhaline, côtes de la Sibérie extrême-orientale où l'on compte plusieurs dizaines de camps du Goulag) a affirmé qu'un membre de son équipage, blessé dans un coup de mer, avait été soigné par un prisonnier-médecin dans le port du camp minier de Grossevitchi. Le patron a remarqué que les gardes et les autres zeks appelaient ce prisonnier-médecin « l'Amerlok ».

L'inconnue de Birobidjan

Cit. :
Sur nos bateaux, pas question d'avoir un médecin. Dans les ports non plus. Dans les camps, si des zeks sont médecins, c'est tant mieux. Celui-là avait dû être un bon médecin. Mon gars allait crever et il l'a ressuscité. Mais il aurait eu besoin de se soigner lui-même. Les bras et la tête, ça allait, mais il tenait tout juste debout.

Le 26 novembre 1944, j'ai transmis l'information à Détachement 407.

Le 2 janvier 1945, j'ai été relevé de la mission Citadelle avec ordre de confirmer la captivité d'Apron à Grossevitchi et d'évaluer les possibilités d'une évasion aidée.
Après étude, le port/camp minier (cuivre) de Grossevitchi s'est avéré être sur le 48° Nord (même latitude que Khabarovsk). Durant les mois de neige (octobre à avril), Grossevitchi n'est atteignable que par la mer. Une piste relie le camp à Khabarovsk par des cols à plus de 1700 m et des zones désertiques (forêt/taïga) de plusieurs centaines de kilomètres. Le roulement des prisonniers était estimé à environ huit cents hommes, dont plusieurs centaines d'*ourki* (prisonniers de droit commun et truands), et une trentaine de personnels de surveillance. Grossevitchi ne compte pas de camps de prisonnières.
Le 6 février 1945, la rencontre fortuite d'une ancienne relation (femme) de Khabarovsk m'a permis de m'assurer qu'Apron n'avait livré au NKVD ni mon identité ni ma fonction (information transmise à Détachement 407). J'ai pu envisager un retour temporaire à Khabarovsk pour confirmer le lieu de captivité d'Apron à Grossevitchi.

Le 16 mars 1945, j'ai repris contact avec mes connaissances au secrétariat de région de Khabarovsk. Il ne m'a pas été possible de confirmer la captivité d'Apron à Grossevitchi.

Quatrième journée

Durant ce mois de mars, la rumeur d'une prochaine remise de peine pour certaines catégories de zeks a couru avec insistance. Raison invoquée : un accord donné par Staline à la conférence de Yalta (février 1945).

Le 2 avril 1945, les mesures de libération anticipée ont été annoncées à la radio d'État et dans la *Pravda* à l'occasion d'un discours de Staline célébrant la victoire imminente de l'Armée rouge sur l'Allemagne nazie.

Une liste non officielle des prisonniers libérés (région de Khabarovsk) a circulé. Elle ne contenait pas le nom de Michael Apron, mais celui de Marina Andreïeva Gousseïev.

Le 7 avril, j'ai approché Marina Andreïeva Gousseïev à la sortie du camp de tri de Khabarovsk. Très amaigrie, en relative bonne santé physique et mentale, la personne était reconnaissable d'après ses anciennes photos. Toutefois, une relation de confiance a été extrêmement difficile à établir. Obsédée par le désir de retrouver Apron, M.A. Gousseïev ne voulait pas retourner au Birobidjan, au risque d'attirer à nouveau l'attention du NKVD sur elle. J'ai alors décidé d'intervenir en me présentant comme un ami d'Apron.

Cit. :
M.A. Gousseïev : Vous le connaissez ? Vous connaissez Michael ?
Moi : On est amis.
M.A.G. : Je ne vous crois pas.
M : Pourquoi ?
M.A.G. : Michael m'aurait parlé de vous.
M : Non. Il ne vous a pas confié qu'il espionnait. Il ne pouvait pas tout vous dire.
M.A.G. : Comment savez-vous qu'il était espion ?
M : Marina Andreïeva ! Le NKVD l'a arrêté avec du matériel…

L'inconnue de Birobidjan

M.A.G. : Vous étiez là ? Vous savez qui a placé ce transmetteur dans notre isba ? Ou alors vous êtes l'un d'eux ?
M : Non, je ne suis pas du NKVD.
M.A.G. : Vous pouvez le prouver ?
M : Non.
M.A.G. : Vous voyez. Pourquoi vous ferais-je confiance ?
M : Et moi, pourquoi est-ce que je vous croirais ? Peut-être que le NKVD vous a libérée parce que vous travaillez pour lui ? Après tout, vous n'avez fait que dix-huit mois de camp. Pour la complice d'un espion américain, ce n'est pas si cher payé.

Le contact entre nous a failli être rompu plus d'une fois. Il était, dans cette période, très difficile de soutenir une conversation avec M.A. Gousseïev. Son agressivité était difficilement contrôlable. Je dois dire que son comportement pouvait rendre un homme extrêmement mal à l'aise. Néanmoins, pour la raison invoquée ci-dessus et la nécessité où j'étais de quitter Khabarovsk, j'ai décidé de lui dévoiler mon intention d'organiser l'évasion d'Apron.

Cit. :
M.A. Gousseïev : Vous savez où est Michael ?
Moi : Oui.
M.A.G. : Où ?
M : Je vous le dirai quand je serai sûr de pouvoir compter sur vous. Si vous me suivez à Vladivostok.
M.A.G. : Si vous voulez coucher avec moi, c'est plus simple de le demander.
M : Je veux libérer Apron. Vous pouvez m'y aider. Mais il faut que vous cessiez de faire l'idiote.
M.A.G. : Qu'est-ce que ça vous rapporte, d'aider Michael ?
M : Je vous le répète. C'est un ami.

Quatrième journée

M.A.G. : Vous mentez.
M : À vous de juger.
M.A.G. : Regardez-moi. Ce que vous voyez, c'est une femme morte. Ce qui vit en moi, c'est Michael. Si vous cherchez à le trahir, je vous tuerai.

Le 16 avril, Marina Andreïeva Gousseïev m'a accompagné à Vladivostok. Son passeport intérieur comportait la notification de sa peine de dix-huit mois de Goulag et elle était susceptible à tout moment d'être arrêtée par la milice. Selon la voie habituelle, je lui ai fourni un nouveau passeport intérieur soviétique. Sa nouvelle identité a été l'occasion d'une autre dispute, car elle voulait porter le nom d'Apron.

Cit. :
M.A. Gousseïev : Je suis la femme de Michael. Nous nous sommes mariés au Birobidjan, à la synagogue.
Moi : Vous ne pouvez pas porter ce nom. Il ne sonne pas russe. C'est trop risqué.
M.A.G. : Comme si votre nom sonnait russe! Nous sommes juifs. Notre nom est juif. Votre ami Apron est juif. Vous ne le saviez pas?
M : Je m'en fous. Apron n'est pas votre nom.
M.A.G. : Si! Pour le restant de mes jours.
M : Pensez à ça : s'ils vous arrêtent, ils m'arrêteront aussi. Plus personne ne pourra aider votre mari à s'évader.

Sous sa nouvelle identité (M.A. Ovaldian) M.A. Gousseïev a pu se présenter aisément comme la veuve de mon neveu mort sur le front de la « guerre patriotique ». Une situation banale et plausible en raison de notre différence d'âge.

Le 26 ou le 27 avril, la radio a annoncé la mort d'Hitler. Comme à chaque grande victoire, Vladivostok a été en liesse. J'ai proposé à M.A. Gousseïev d'aller danser. Elle a refusé.

L'inconnue de Birobidjan

Cit. :
M.A. Gousseïev: Ce n'est pas un soir où les Juifs peuvent danser. Ce serait comme danser sur les cendres de nos morts. Vous, vous pouvez aller danser sur le cadavre d'Hitler. Pour vous, pour ceux d'ici, c'est la fin de la guerre. Pour nous, les Juifs, c'est seulement le début d'un souvenir qui ne finira jamais de nous dévorer le cœur.

Ces mots m'ont touché. Je suis resté avec elle. Pour la première fois nous avons eu une longue conversation apaisée. Durant des heures, elle a évoqué sa vie au Birobidjan et sa rencontre avec Apron.

Cit. :
Moi: Ces amies de Birobidjan, si vous retourniez là-bas, elles vous accueilleraient ?
M.A. Gousseïev: Peut-être. Grand-maman Lipa et Beilke, Iaroslav, qui sait ? Mais une seule chose compte pour moi : retrouver Michael.

Dans le courant du mois de mai, M.A. Gousseïev a retrouvé un certain calme mental, bien que la souffrance que pouvait endurer Apron en captivité soit pour elle une source constante de détresse et la rende irritable et impatiente. Jugeant le risque désormais raisonnable, je lui ai donné plus de précisions sur mes moyens et mes objectifs. Nous avons examiné ensemble plusieurs stratégies pour atteindre le camp minier de Grossevitchi.

Nous sommes convenus qu'il était essentiel d'organiser l'évasion avant le retour du froid (octobre). Seul une fuite *par la mer* était envisageable. Nous devions obtenir (payer) la complicité d'un patron marinier, voire de son équipage. Marina Andreïeva a suggéré d'utiliser son expérience des camps pour entrer dans celui de Grossevitchi et s'assurer de la présence

Quatrième journée

d'Apron. Très vite il fut évident que le point faible de tous les scénarios possibles demeurait dans la fuite. M.A.Gousseïev comme moi, nous savions qu'un retour à Vladivostok et un séjour en URSS avec Apron seraient impossibles. À cette occasion, M.A.Gousseïev a exprimé fortement qu'elle suivrait Apron où qu'il aille. Elle ne considérait plus l'URSS comme son pays et elle accepterait de devenir citoyenne des États-Unis. Nous sommes convenus que le passeport US fourni par Détachement 407 porterait son nom d'épouse : Maria Apron.

Le 20 juin, j'ai informé Détachement 407 de l'ensemble des éléments ci-dessus en demandant :
1. de valider, compléter ou proposer d'autres stratégies.
2. des moyens financiers adaptés à l'achat de la complaisance d'un marinier.
3. la possibilité que la Navy fournisse un bâtiment de rendez-vous sur le 48° Nord dans une zone à +/- 250 milles nautiques de la côte sibérienne.

Dès cette période, et de son propre chef, M.A.Gousseïev s'est fait engager dans un cabaret du port de Vladivostok (danseuse, chanteuse, conteuse). Elle considérait que c'était le plus sûr moyen d'entrer en contact avec un patron marin susceptible de convenir à notre projet.

Le 2 juillet, j'ai reçu l'information qu'un rendez-vous avec un bâtiment de la Navy était inconcevable avant plusieurs mois (j'ignorais alors, comme toute personne vivant en Union soviétique, que la Navy était engagée à Okinawa dans la destruction finale des forces navales japonaises). Les ordres confirmaient l'élaboration de notre plan tel que conçu, avec la perspective d'un « rescue team » dans le courant de l'automne.
La déception de M.A.Gousseïev a été très violente. Elle a avancé pour la première fois

L'inconnue de Birobidjan

l'hypothèse que nous puissions nous rendre au Japon après la libération d'Apron. L'urgence était de libérer Apron avant le retour de la neige. Les côtes de l'île d'Hokkaidō étant à moins de 200 miles nautiques de Grossevitchi, elles étaient tout aussi accessibles par un caboteur moyen qu'un point de rendez-vous avec un bâtiment de la Navy. Néanmoins, le Japon étant toujours en guerre contre nous, cette hypothèse restait inenvisageable. Nous sommes convenus de poursuivre l'opération, en espérant trouver une solution avant la fin de l'été.

Le 10 juillet, Marina Andreïeva a fait la connaissance d'un patron pêcheur (Vassili G. Oblitine). L'homme remplissait au mieux nos critères : équipage réduit à deux marins, dont son fils, et bateau en bon état.

Le 23 juillet, de retour d'une campagne de pêche, Oblitine s'est montré ouvert à un « extra » (25 000 roubles soviétiques = +/− 6 000 US$). Marina Andreïeva a proposé que l'opération ait lieu aux alentours du 20 août.

Les semaines suivantes furent particulièrement dangereuses. Il était impossible de savoir si Oblitine ne dénoncerait pas Marina Andreïeva auprès du NKVD. Il n'était pas certain qu'il tiendrait parole quand il apprendrait les détails de l'opération. Il n'avait connaissance que du transport d'un zek évadé depuis Grossevitchi jusqu'à un point de la côte au nord de Vladivostok. Pour des questions de sécurité, les contacts avec Détachement 407 ont été plusieurs fois reportés, ainsi que la fourniture des 30 000 roubles prévues pour l'achat d'Oblitine et la fourniture de trois passeports neutres.

Je tiens à souligner le courage et la solidité mentale de M. A. Gousseïev durant toute cette phase. Avec le recul, et quel que soit le jugement que l'on porte sur le résultat de l'opéra-

Quatrième journée

tion, je suis certain que rien n'aurait été possible sans sa détermination.

Le 19 août 1945, la rumeur courut que les États-Unis avait largué une bombe atomique sur le Japon.

Le 21 août, Oblitine a contacté M. A. Gousseïev. Oblitine, très excité, a affirmé que « l'armée américaine était chez les Japs ». Ce qui s'est confirmé dans les jours suivants. Oblitine a alors proposé de lui-même la solution japonaise. Il a dit qu'il ne reviendrait pas à Vladivostok et qu'« il en avait assez bavé chez les bolcheviks pour aller voir ailleurs ». En contrepartie, il a exigé que notre paiement ne soit plus fait en roubles mais en dollars.

Le 1er septembre, Détachement 407 m'a fourni 450 dollars et j'ai rendu 27 000 roubles sur les 30 000 perçues.
Le 3 septembre 1945 nous avons quitté Vladivostok. L'équipage d'Oblitine ne comptait que son fils, lui-même, Marina Andreïeva Gousseïev et moi.

Le 8 septembre au soir nous n'étions plus qu'à deux milles nautiques de Grossevitchi, et Oblitine a stoppé le bateau. Notre stratégie était d'entrer dans le port du camp avant l'aube et de déclarer qu'il y avait un blessé à bord - moi. Je devais porter autour du ventre des bandages souillés du sang et des viscères d'un chat. Subissant un violent mal de mer depuis le départ de Vladivostok, je n'avais guère de difficultés à tenir mon rôle.
Comme prévu, Marina Andreïeva entrerait dans le camp pour réclamer l'aide d'un médecin. Nous avons envisagé divers scénarios pour la suite, sachant qu'ils seraient tous soumis à des aléas hors de notre contrôle. Oblitine et son fils possédaient deux fusils et un revolver, détournés de

L'inconnue de Birobidjan

l'Armée rouge depuis longtemps, mais très peu de munitions.

Le 9 septembre, vers quatre heures du matin, Marina Andreïeva m'a posé le faux bandage. Elle était très calme et a même plaisanté quand la nausée m'a repris à cause de la puanteur des viscères. Nous sommes entrés à petite vitesse dans le port. Oblitine a joué son rôle auprès des gardes. Deux hommes sont venus jusqu'à la couchette de la cabine pour vérifier mon état. Ils ont paru convaincus par la gravité de ma blessure. Je me suis rendu compte que M.A.Gousseïev leur faisait une très forte impression. Elle-même montrait beaucoup d'aisance dans son comportement avec eux.

Ne devant pas quitter ma couchette, je n'ai pas pu suivre le détail des tractations. Le jour pointait sur la mer quand Oblitine est venu m'annoncer que Marina Andreïeva avait débarqué en compagnie des gardes. Ils devaient la conduire jusqu'au chef de camp. Il a ajouté : « Ces singes ont les yeux qui leur sortent de la tête devant votre nièce. J'espère qu'elle sait ce qu'elle fait. Il n'y a peut-être pas de femmes dans le camp… mais des cochons d'ourki, ça, il y en a! »

Nous avons attendu le retour de Marina Andreïeva pendant près de trois heures. Au premier coup d'œil, j'ai deviné qu'elle était redevenue la femme dure et violente que j'avais découverte à sa libération, à Khabarovsk. Quatre ourki l'accompagnaient. Tête rasée, bras couverts de tatouages. L'un d'eux était torse nu, la poitrine décorée d'une énorme tête de Lénine à l'encre rouge. J'avais entendu dire que beaucoup d'ourki se faisaient tatouer ainsi, persuadés que personne n'oserait frapper le visage sacré du Père du Peuple. Ils se sont installés sur le quai pour surveiller notre bateau. Ils lançaient les commentaires qu'on imagine à l'attention de Marina Andreïeva.

Elle nous a informés que le camp était dans un chaos innommable et que les truands y régnaient en

Quatrième journée

maîtres. L'hôpital était très en retrait du port. Le chef de camp avait promis de faire transporter le médecin jusqu'au bateau. Marina Andreïeva ne savait pas s'il tiendrait parole, ni combien de temps il nous faudrait attendre. « Michael ne peut plus se déplacer seul. Ils le portent sur une chaise. » Oblitine lui a demandé comment elle pouvait être certaine qu'il s'agissait d'Apron : « Des squelettes brisés, il y en a plein le Goulag. » Elle s'est contentée de lui adresser un regard à faire peur. Oblitine n'a pas insisté.

J'ai proposé qu'on se tienne prêts. L'idée était de prendre les gardes par surprise : personne ne s'attendait à ce qu'on enlève Apron. Il fallait quitter le port dès qu'il serait à bord. Si besoin, on tirerait sur les gardes et les ourki. L'idée était sommaire, mais défendable. Oblitine avait eu le temps de s'assurer que le port ne disposait pas de vedette rapide capable de nous prendre en chasse (ensuite, personne ne penserait qu'on se dirigerait vers le Japon). Les gardes n'étaient armés que de matraques et les deux miradors à l'entrée du port étaient vides. Cette négligence n'avait rien d'étonnant. L'isolement absolu de Grossevitchi anéantissait toute idée d'évasion pour les zeks. Quant aux ourki, ils avaient depuis longtemps compris qu'ils vivaient plus confortablement à l'intérieur du camp qu'à l'extérieur.

Marina Andreïeva a approuvé mon plan. Oblitine a haussé les épaules, ne voyant rien de mieux à proposer. Il a relancé doucement le moteur et a discuté avec son fils pour qu'ils se positionnent de façon à ne pas se gêner l'un l'autre avec les armes (les fusils avaient été dissimulés sur le pont avant d'entrer dans le port ; le revolver était à portée de ma main sous la couchette). Ils ont discrètement relâché les nœuds des amarres pour qu'elles glissent à la traction.

Oblitine a encore demandé à Marina Andreïeva ce qu'elle ferait si le médecin attendu n'était pas

Apron. Ou si les gardes ou les ourki lui interdisaient de l'approcher. Elle a répondu : « Je les tuerai tous. » Ni Oblitine ni moi n'avons fait de commentaires tant il était évident qu'elle le pensait.

Il était presque midi quand on a entendu du bruit sur le quai. Le spectacle était tellement absurde qu'il nous a fallu un instant pour comprendre. Une douzaine d'ourki portaient sur une chaise une forme difficilement identifiable. Ils chantaient et dansaient, frappaient dans leurs mains et formaient une procession comme on en voit aux fêtes religieuses. Leurs vêtements rapiécés étaient ouverts sur leurs bustes tatoués. En tête venait un grand type au visage gras, lisse et rose, alors que tous les autres portaient des barbes échevelées. Les gardes avaient disparu.
De ma couchette, ma vision était trop restreinte pour que je les suive pendant qu'ils approchaient. J'ai entendu distinctement le gémissement de Marina Andreïeva et j'ai compris qu'elle avait reconnu Apron. Oblitine a passé la tête dans la cabine et m'a fait signe de me tenir prêt. À travers la couchette, j'ai senti la vibration du moteur qui accélérait. Les braillements des ourki couvraient tous les autres bruits.
Une voix a crié plus fort que les autres. Marina Andreïeva a répondu, mais je n'ai pas compris ce qu'elle disait. Aux chocs sur le pont, j'ai conclu qu'ils déposaient la chaise d'Apron, et je crois bien avoir entendu sa voix. Par la lunette de la cabine, j'ai vu le fils d'Oblitine se placer près de son arme. Au même moment Marina Andreïeva a hurlé. J'ai saisi mon revolver et je suis sorti sur le pont. J'ai d'abord fait face au regard d'Apron et je me souviens avoir pensé à une tête de mort qui possédait encore des yeux.
L'ourki glabre était tout à l'arrière du pont, les autres braillaient et riaient sur le quai,

Quatrième journée

dans son dos. Il avait déchiré la chemise de Marina Andreïeva et la retenait par le poignet. Il a eu une seconde d'hésitation en me découvrant. Presque en même temps, il a repoussé Marina Andreïeva dans la caisse des filets pour libérer sa main droite et il a attrapé son couteau dans son étui de ceinture. J'ai tiré. Deux ou trois coups, et autant de balles dans sa poitrine. Il s'est écroulé. Oblitine a lancé le bateau. J'ai vidé le chargeur de mon arme sur le quai. Le mouvement m'a empêché d'être précis, je ne crois pas avoir atteint beaucoup de cibles. Le fils d'Oblitine a tiré lui aussi. Les ourki se sont mis à courir le long du quai. Le bateau s'est écarté trop lentement. Nous n'étions qu'à cinq ou six mètres, encore à portée d'arme.

Nous n'avions pas pensé aux couteaux des ourki. Le temps que je me mette à l'abri, une lame m'est entrée sur le côté du ventre. L'épaisseur du bandage l'a empêchée de pénétrer en profondeur. Marina Andreïeva a reçu une estafilade au bras. Elle s'est précipitée sur Apron, recroquevillé sur sa chaise. Elle a hurlé de nouveau. Elle criait encore quand on est enfin sortis du port. Une lame plus longue que ma main était fichée dans le cou d'Apron.

Notre fuite s'est faite sans encombre. Mais le spectacle de Marina Andreïeva Gousseïev couchée sur le corps martyrisé d'Apron était éprouvant. Elle a refusé pendant trois jours qu'on le dépose en mer. Pendant ces trois jours, elle n'a cessé de raconter au cadavre comment elle avait conservé le certificat de leur mariage dans le camp, jusqu'à ce qu'une fouille plus poussée le découvre. Elle s'en excusait sans fin, comme si elle était persuadée que c'était là la raison des souffrances d'Apron. Elle lui avait promis de le maintenir en vie, et elle n'avait pas tenu sa promesse.

Quand elle nous a laissés donner une sépulture à Apron, j'ai cru qu'elle était devenue folle.

L'inconnue de Birobidjan

Pourtant, elle s'est mise à soigner ma blessure très raisonnablement, quoique sans plus prononcer un mot.

Le 19 septembre, après une navigation calme, Oblitine nous a déposés dans le port japonais d'Otaru avant de poursuivre sa route plus au sud. Marina Andreïeva Gousseïev m'a aidé à rejoindre le camp de prisonniers de guerre américains de Sapporo. Ma blessure me faisait considérablement souffrir. J'ai pu recevoir des soins au dispensaire du camp que l'armée américaine venait de libérer.

Je certifie sur l'honneur la véracité de tout ce qui est écrit ci-dessus.

Agent Julius. S. Overty
OSS-(LT-ag-102)

COMPLÉMENT: L'agent Julius. S. Overty: OSS-(LT-ag-102) est décédé des suites d'une septicémie généralisée le 22 novembre 1945. Compte tenu de son état, une grande part de son rapport a été enregistrée et dictée.
Après quelques soins à Sapporo, il a bénéficié d'un transport de rapatriement militaire vers San Francisco (7-14 octobre) en compagnie de Maria Apron (ou Marina Andreïeva Gousseïev). En raison des particularités de la mission Terre-Nouvelle, Overty n'a jamais connu l'identité réelle de l'agent Michael David Apron: George Manfred Martin (grade: capitaine).

John. H. Dents
Directeur Détachement 407
Hôpital St. Mary
San Francisco

Épilogue

Marina Andreïeva Gousseïev quitta l'Old County Jail pour entrer dans le carrosse de T. C. Lheen le 26 juin 1950 à 18 heures. Ulysse, dans sa tenue blanche, lui tenait la portière, et T.C. portait le petit sac de ses vêtements. Je n'étais pas très loin, fumant une cigarette sur l'aile de ma Nash.

Marina Andreïeva tourna son visage vers moi avant d'entrer dans la Chrysler. Elle ne sourit pas. Elle se contenta de m'offrir un peu du bleu de ses yeux et, malgré la distance, il m'envahit.

T. C. agita la main, sérieux et léger, un peu différent de l'homme que j'avais connu jusque-là. Moi aussi je devais l'être, je suppose. Je regardai la Chrysler s'éloigner en songeant à notre conversation, huit heures plus tôt, après que je lui ai apporté le rapport Overty. T. C. m'avait lancé :

— Je vais proposer à Miss Gousseïev de venir se reposer ici pendant quelque temps. La maison est grande. Je suppose qu'il n'y a pas d'urgence à ce qu'elle retrouve sa chambre de New York.

Il avait éprouvé le besoin d'ajouter :

— En tout bien tout honneur, Al !

— Pas d'objection, T. C. Et si vous l'aidez à redevenir ce qu'elle est, une actrice, et qu'on s'en aperçoive, vous pourrez compter sur moi jusqu'à la fin de vos jours.

— J'y avais pensé. À l'aider à retravailler normalement, j'entends. Ça m'étonnerait qu'elle ait désormais le moindre problème avec *Red Channel*.

— Je vous demande une seule chose.

L'inconnue de Birobidjan

— Oui ?

— Vous avez lu le « Complément » à la fin du rapport ? Apron est un bon protestant du nom de Martin... Je pense qu'il vaut mieux le cacher à Marina. Elle croit encore qu'Apron était juif, et c'est très bien comme ça. Il n'y a aucune raison d'abîmer ses souvenirs. Les autres s'en sont suffisamment chargés.

T. C. était d'accord. Pour lui, ça n'avait guère d'importance. Mais pour moi, la pensée que Marina et Apron, au temps du nazisme, aient pu, à leur manière, être « devenus juifs » afin de vivre leur amour dans ce Birobidjan perdu m'apaisait profondément.

Au cours des jours suivants, la guerre de Corée occupa abondamment les unes des journaux, et Marina Andreïeva Gousseïev disparut comme par magie des articles concernant les enquêtes de l'HUAC. Sam me convoqua à New York. J'eus, avec Wechsler et lui, une longue conversation. Il n'était plus question que je quitte le *New York Post* et l'on m'accordait quelques mois pour écrire mon bouquin. Sam me proposa un titre : *L'Inconnue de Birobidjan*.

J'étais encore à New York quand je reçus une invitation pour une soirée yiddish au grand Théâtre d'art Maurice Schwartz, à l'Irving Palace, le 17 juillet. Programme : un montage de textes de Cholem Aleikhem autour de *Tévyé le laitier* et de *Tévyé et ses filles* réunis sous le titre prometteur de *Un violon sur le toit*. Le nom de Marina Andreïeva Gousseïev occupait le haut de l'invitation.

Shirley me rejoignit. Main dans la main, au côté d'un T. C. nerveux comme une puce, nous avons assisté au miracle. Marina ne fut pas seulement éblouissante de vérité et de simplicité. J'avais beau retrouver dans l'ampleur fascinante de ses gestes, dans sa voix et dans ses regards, mille détails que j'avais admirés durant les audiences de la Commission, j'avais beau savoir d'où revenait sa beauté, tout s'effaçait devant la seule grâce de son art.

Épilogue

Et c'est ce soir-là, après les rires, les embrassades, les fleurs et les *Mazel Tov*, que j'entendis pour la première fois un nom crié par les vendeurs de journaux. Le FBI et le procureur Cohn venaient d'arrêter Julius et Ethel Rosenberg.

Annexes

Quelques personnages et faits réels[1]

États-Unis

Chambers Whittaker. 1901-1961. Journaliste et éditeur, membre du Parti communiste et informateur de l'ambassade d'URSS aux États-Unis. En 1948, arrêté par le FBI, Whittaker Chambers, afin d'obtenir une remise de peine, assura que le conseiller du président Truman, Alger Hiss, était membre du Parti communiste et espionnait pour l'Union soviétique. Son (faux) témoignage fut exploité par le représentant Nixon, le sénateur McCarthy, le FBI et le Parti républicain afin de déconsidérer le président Truman. « L'affaire Hiss » justifia une chasse aux sorcières communistes à tous les niveaux du gouvernement démocrate.

Cohn Roy. 1927-1986. Nommé procureur (attorney) très jeune, à vingt et un ans, auprès du procureur général Saypol (Manhattan), Cohn fut remarqué par McCarthy et Nixon lors du procès contre Alger Hiss (1949) puis contre les époux Rosenberg, où il joua un rôle de premier plan. En 1950, sur la proposition du FBI, McCarthy le choisit, de préférence à Robert Kennedy, comme procureur (Chief Counsel) de la sous-commission permanente d'investigation. Juif et homosexuel lui-même, Cohn fut connu pour son acharnement contre les homosexuels, supposés ou réels, et les Juifs. En 1953, après la disgrâce de McCarthy, il

---

1. Sources : *Dictionnaire du judaïsme*, Robert Laffont ; Wikipédia ; yivoencyclopedia ; *Royaumes yiddish*, Robert Laffont, collection « Bouquins » ; *La Parole ressuscitée*, œuvre collective, Robert Laffont ; *Histoires du peuple juif*, Marek Halter, Artaud/Flammarion.

devint avocat spécialisé dans les divorces. En 1986, accusé de malversations, parjure, subornation de témoins et détournements de fonds, il fut rayé du barreau. Il succomba au sida, tout en affirmant qu'il avait un cancer du foie. Son parcours étonnant a été utilisé dans de nombreux films et pièces de théâtre.

Fuchs Klaus. 1911-1988. Physicien de très haut niveau, réfugié de l'Allemagne nazie. Membre du « projet Manhattan » de Los Alamos, il fut l'un des pères de la première bombe atomique. En 1950, travaillant sur la bombe H, il fut arrêté à Londres et reconnut être à l'origine des fuites qui avaient permis à l'Union soviétique de faire exploser sa première bombe atomique en 1949. Condamné à plusieurs années de prison, Fuchs a toujours justifié son geste par la nécessité de donner à l'URSS les moyens d'établir un « équilibre de la terreur », seule condition à la paix durant la guerre froide. Libéré en 1959, il émigra en RDA, où il aida les physiciens chinois à élaborer leur première bombe atomique.

Gold Harry. 1910-1972. Chimiste à Los Alamos, arrêté en 1950, il reconnut être l'agent de liaison entre Fuchs et le réseau d'espions du consulat soviétique à New York. Son témoignage conduisit à l'arrestation de David Greenglass et des époux Rosenberg.

Greenglass David. 1922. Ancien mécanicien des usines atomiques de Los Alamos et frère d'Ethel Rosenberg, il fut arrêté en 1950 et convaincu d'espionnage. Il témoigna contre sa sœur et son beau-frère Julius. Il bénéficia d'une remise de peine et fut condamné à quinze ans de prison.

Hiss Alger. 1904-1996. Juriste, membre de la délégation américaine à Yalta, secrétaire général de la Conférence de la charte de Nations Unis (1945), président de la fondation Carnegie pour la paix (1946). En août 1948, Whittaker Chambers accusa sans aucune preuve Alger Hiss d'être un membre du Parti communiste américain et d'espionner pour le compte des Soviétiques. Au fil des interrogatoires, Chambers (en réalité Nixon et le FBI) produisit des preuves forgées de toutes pièces et dissimulèrent

Annexes

les éléments à décharge. En 1950, Hiss fut condamné à la prison. Rayé du barreau, il fut réintégré en 1975, mais la Cour suprême refusa (1976, confirmation en 1982) de le blanchir. Les « preuves » du FBI relatives au cas Hiss sont inaccessibles jusqu'en 2026, ce qui empêche aujourd'hui encore de connaître l'exacte ampleur des manipulations dans cette affaire.

Hoover J. Edgar. 1895-1972. Directeur du FBI (Federal Bureau of Investigation) de 1924 à 1972. Il fut accusé d'abus de pouvoir, de chantage, d'atteinte à la vie privée, de corruption et de collusion avec la mafia.

HUAC. House Committee on Un-American Activities ; *Commission des activités anti-américaines* (Congrès des États-Unis), de 1938 à 1975. En 1947, l'HUAC enquêta sur l'activité, réelle ou supposée, de membres du Parti communiste au sein de l'industrie cinématographique d'Hollywood. Après sept jours d'audience, dix scénaristes et réalisateurs – *the Hollywood Ten* – furent traduits devant la justice et condamnés à la prison. Le cartel des studios (et le syndicat des acteurs dirigé par Ronald Reagan) dressa alors une liste d'indésirables, la « liste noire d'Hollywood ». Durant la dizaine d'années qui suivirent, des centaines d'acteurs, réalisateurs, scénaristes et techniciens furent interdits de travail et exclus de la société. Chômage, divorce, ruine financière, exil, solitude, dépression et suicide... la campagne de l'HUAC se solda par des milliers d'existences détruites. La gloire et le talent ne protégèrent personne. Beaucoup se rebellèrent ; certains, comme Charlie Chaplin, Jules Dassin, Bertolt Brecht, Joseph Losey, Thomas Mann, Orson Welles, Jules Berry, quittèrent les États-Unis. D'autres, des ex-communistes comme Elia Kazan ou Budd Schulberg, pensèrent de leur devoir de dénoncer ceux qu'ils croyaient communistes ou sympathisants. On considère généralement l'affaire des « Dix d'Hollywood » comme le point de départ du maccarthysme, bien que le sénateur McCarthy n'ait pas été membre de l'HUAC à cette période.

Katz Otto. 1895-1952. Brillant agent du Komintern et espion soviétique à la vie romanesque et mouvementée. Faisant parti du réseau d'influence et d'espionnage culturel de Willi Münzenberg, il évolua dans les cercles les plus prestigieux d'Hollywood et y fonda la Ligue antinazie avec Dorothy Parker. En 1952, il fut condamné à mort et exécuté par le gouvernement de Tchécoslovaquie, son pays d'origine, après une parodie de procès.

McCarthy Joseph Raymond. 1908-1957. Sénateur du Wisconsin de 1947 à 1957. En janvier 1950 McCarthy prononce le discours de Wheeling (West Virginia) et cita une liste de deux cent cinq « membres du Parti communiste travaillant au département d'État (Affaires étrangères) de l'administration Truman ». Bien qu'une enquête du Congrès dénonçât les affirmations de McCarthy comme « mensongères, sans fondement et fantaisistes », débuta alors la violente campagne anticommuniste qui bouleversa la vie américaine pour plusieurs années et restera sous le nom de « maccarthysme ». En 1953, McCarthy devint le président du PSI (*Permanent Subcommittee of Investigation*, à ne pas confondre avec l'HUAC), une sous-commission du Congrès munie de pouvoirs exorbitants et hors de contrôle. Le PSI conduisit cent soixante-neuf « enquêtes » pendant ses quinze mois d'existence sous la direction de McCarthy. Très tôt soutenue par Nixon, Hoover et le Parti républicain, la campagne anticommuniste de McCarthy le fut aussi par l'Église catholique et le clan Kennedy. Par dizaines de milliers, des gens des médias et du cinéma, des fonctionnaires, professeurs, universitaires furent inscrits sur une « liste noire » qui les excluait du monde du travail – détruisant leurs familles, interdisant à leurs enfants d'aller à l'école et conduisant nombre d'accusés au suicide. En 1954, en s'attaquant à l'armée (il réclama sans preuve la radiation d'officiers de haut rang), McCarthy signa sa chute. Il mourut d'une cirrhose du foie le 2 mai 1957.

Mundt Karl. 1900-1974. Spécialiste de l'éducation, sénateur du Dakota du Sud, membre de la Commission de l'HUAC à plusieurs reprises. En 1954, McCarthy le nomma à la tête des audiences de sa sous-commission enquêtant au sein de l'armée (*Army-McCarthy Hearings*).

Nixon Richard. 1913-1994. Deux fois président des États-Unis. Membre de la Chambre des représentants (Parti républicain) en

Annexes

1947, sénateur (Californie) en 1950, vice-président en 1953 et en 1961. Battu par John F. Kennedy aux élections présidentielles de 1960, il fut élu en 1968. Au début de sa carrière, il se distingua par son rôle au côté de McCarthy. En 1969, il entama le désengagement des troupes américaines du Viêtnam tout en accroissant, hors du contrôle du Congrès, les interventions illégales de la CIA en Amérique du Sud et le soutien aux paramilitaires en guérilla contre les gouvernements socialistes démocratiquement élus (Allende, Chili, 1973). Réélu en 1972, il fut contraint d'abandonner son mandat en 1974 à la suite du Watergate.

OSS. *Office of Strategic Services*. Agence de renseignement du gouvernement américain, créée en 1942, après l'entrée en guerre des États-Unis. En 1947, l'OSS fut remplacé par la CIA (*Central Intelligence Agency*).

Parker Dorothy. 1893-1967. Poétesse et scénariste de nombreux chefs-d'œuvre du cinéma américain. Membre fondatrice du Mouvement des libertés et des droits civiques, elle fonda la Ligue antinazie en 1936, avec Otto Kazt. Sous McCarthy, elle fut inscrite sur la liste noire d'Hollywood.

Roosevelt Franklin Delano. 1882-1945. Il fut président des États-Unis à quatre reprises, de 1932 à 1944.

Rosenberg : Julius, 1919-1953 ; Ethel, 1918-1953. Accusés d'avoir livré aux Soviétiques les secrets de la bombe atomique, les époux Rosenberg furent condamnés à mort en 1951 et exécutés en 1953 malgré une campagne internationale de soutien. On sait aujourd'hui que ce couple de fervents communistes participait à un réseau d'espionnage pour le compte de l'URSS, mais il ne fut pour rien dans la fuite des secrets de la bombe atomique.

Saypol Irving Howard. 1905-1977. Procureur général (Attorney General) de New York. Son cabinet (auquel appartenait Cohn) dirigeait les procès contre les communistes, notamment les procès d'Alger Hiss et des époux Rosenberg.

Sobell Morton. 1917. Donné en 1950 au FBI par Harry Gold, comme les époux Rosenberg, il s'enfuit avec sa famille au

Mexique, où il fut enlevé et remis au FBI. Il fut condamné à trente ans de prison, libéré en 1969, et acheva sa vie en donnant des conférences sur la liberté des choix politiques. En 2008, dans un entretien au *New York Times*, il reconnut pour la première fois son appartenance à un réseau soviétique d'espionnage entre 1942 et 1945.

Truman Harry S. 1884-1972. Président des États-Unis d'avril 1945 à janvier 1953. Sa présidence fut marquée par plusieurs événements d'importance : bombardements atomiques de Hiroshima et de Nagasaki (respectivement les 6 et 9 août 1945) et fin de la Seconde Guerre mondiale ; plan Marshall ; début de la guerre froide avec l'URSS ; naissance de l'OTAN et de l'ONU ; guerre de Corée (1950). Son deuxième mandat de président fut limité par la lutte contre les républicains et l'apogée du maccarthysme.

Wechsler James A. 1915-1983. Membre de la Ligue des jeunes communistes entre 1934 et 1937, il renia ses convictions après un voyage en Union soviétique. En 1945, il fut nommé rédacteur en chef du *New York Post*. En 1953, interrogé par McCarthy, il avoua son adhésion passée à la Ligue des jeunes communistes et livra le nom d'autres communistes. Le *New York Post,* créé en 1801, est un des plus anciens journaux américains. Il est depuis 1977 la propriété de Rupert Murdoch.

Wood John S. 1885-1968. Représentant démocrate de la Géorgie, proche du Ku Klux Klan, il siégea à l'HUAC dès 1945 (audition des « Dix d'Hollywood »), puis en fut le *Chairman* de 1949 à 1952. Il ne se représenta pas aux élections sénatoriales en 1952.

En Union soviétique

Aleikhem Cholem. 1859-1916. Né Cholem Rabinovitch. C'est probablement le plus populaire des écrivains yiddish. Jamais une œuvre écrite en yiddish n'eut un tel retentissement et ne fut traduite en autant de langues. Son personnage de Tévyé le laitier connut de nombreuses adaptations à travers le monde. La plus

Annexes

célèbre est sans doute *A Fiddler on the Roof* (*Un violon sur le toit*), comédie musicale à succès de Joseph Stein jouée à Broadway puis à travers le monde dans les années 1960-1970. Cholem Aleikhem s'exila à New York en 1914, où il mourut en 1916.

Alter Victor. 1890-1943. Membre du Bund avec Henryk Erlich, il fut arrêté par le NKVD en 1939 et condamné à mort avant de voir sa peine commuée en dix ans de Goulag. Libéré, il organisa le Comité antifasciste juif. Pour avoir évoqué la responsabilité soviétique dans le massacre d'officiers polonais à Katyn en 1940, il fut condamné et exécuté. Comme pour Erlich, son arrestation provoqua une vague de protestations à l'Ouest.

Alexandrov Grigori. 1903-1983. Cinéaste et scénariste, inventeur du film musical soviétique (*Joyeux Garçons*, 1934), il fut nommé Artiste du peuple de l'URSS en 1948 et reçut deux fois le prix Lénine, en 1941 et en 1950.

Beria Lavrenti. 1899-1953. Membre de la Tcheka, ensuite de la Gépéou, puis commissaire du peuple à l'Intérieur (NKVD) de 1938 à 1945, membre du Politburo de 1946 à 1953, il fut l'une des plus sinistres figures de la terreur stalinienne. Après la mort de Staline, il fut accusé de conspiration et exécuté à la suite d'un procès tenu secret.

Bergelson David. 1884-1952. Écrivain de langue yiddish. Membre du Comité antifasciste juif, il fut arrêté en 1949 et exécuté secrètement au cours de la « Nuit des poètes assassinés », entre le 12 et le 13 août 1952. *Stormteg* (*Jours de tempête*) fut publié en 1928.

Blumenthal-Tamarina Maria. 1859-?. Actrice très populaire de Moscou, elle a joué notamment dans *Les Chercheurs de bonheur* (1936), de Vladimir Korch Sablin. Elle fut distinguée comme Artiste du peuple de l'URSS.

Boudionny Semion. 1883-1973. Cavalier de l'Armée rouge, fait maréchal en 1935. Responsable de la débâcle en Ukraine face aux troupes allemandes, en 1941, il fut relégué à des postes purement honorifiques par Staline.

Boukharine Nikolaï Ivanovitch. 1888-1938. Membre du bureau politique du PCUS, il partagea le pouvoir avec Staline de 1925 à 1929. « Droitiste », opposé aux excès du stalinisme, il finit par être arrêté en 1937, et, à la suite d'une parodie de procès qui marqua son époque, il fut fusillé en 1938.

Boulgakov Mikhaïl. 1891-1940. Romancier et dramaturge, médecin de formation. Ses romans et ses pièces, satires féroces du régime plébiscitées par le public, devinrent dès 1926 la cible des adeptes de la littérature prolétarienne et furent dès 1929 interdits par Staline, qui pourtant vanta ouvertement le talent de Boulgakov. Son chef-d'œuvre, *Le Maître et Marguerite*, commencé en 1928 et sans cesse remanié, fut publié plusieurs années après sa mort. Une première version expurgée parut en 1967, tandis qu'une version non censurée circulait sous le manteau. La première version complète officielle fut publiée en URSS en 1973.

Donskoï Mark Semionovitch. 1901-1981. Cinéaste. Il fut à plusieurs reprises lauréat du prix Staline (1941 ; 1946 ; 1948). De 1949 à 1954, il connut une période de disgrâce. Il fut membre du jury du festival de Cannes en 1972.

Dounaïevsli Isaac. 1900-1955. Compositeur. Auteur de multiples chansons populaires russes et yiddish.

Dovjenko Alexandre. 1894-1956. Cinéaste. Ses films *Arsenal*, *Zvenigora* (tous deux en 1928) et *La Terre* (1930) forment sa trilogie ukrainienne.

Egorov Alexandre. 1883-1939. Maréchal, il fut arrêté en 1938 et exécuté, victime des « grandes purges ». Il fut l'époux de l'actrice Galia Egorova.

Ehrenbourg Ilya. 1891-1967. Romancier et essayiste, correspondant de guerre pendant la Seconde Guerre mondiale et fondateur du Comité juif antifasciste au côté de Solomon Mikhoëls. Il contribua, avec Vassili Grossman, au *Livre noir sur l'extermination des Juifs*, recueil d'articles, de témoignages et de documents sur les crimes nazis et le génocide juif, qui fut interdit. Son roman

Annexes

Le Dégel, paru en 1954, est une critique de la vie soviétique à l'époque stalinienne. Chevalier de la Légion d'honneur (1944), membre du Conseil mondial de la paix, lauréat du prix Lénine international de la paix (1952), il mourut en 1967.

Enoukidze Abel ou Avel; « *Oncle Abel* ». 1877-1937. Géorgien, ami d'enfance de Staline. Exclu du PCUS en 1935, il fut accusé d'être un traître et un espion, et assassiné en 1937.

Erlich Henryk. 1882-1942. Membre du Comité antifasciste juif, responsable du Bund avec Alter, il fut exécuté par Staline en 1942. Comme pour Alter, son arrestation provoqua une vague de protestations à l'Ouest.

Fefer Itzik. 1900-1952. Poète d'expression yiddish. Reporter de guerre dans l'Armée rouge pendant la Seconde Guerre mondiale, membre du Comité antifasciste juif, agent du NKVD, il fut exécuté lors de la « Nuit des poètes assassinés », entre le 12 et le 13 août 1952.

Feklisov Alexandre. 1914-2007. Espion soviétique, établi à New York puis à Londres, il fut accusé d'avoir entretenu des liens avec Fuchs et les époux Rosenberg.

Gorki Maxime, pseudonyme d'Alexis Maximovotch Pechkov. 1868-1936. Poète, romancier et dramaturge dont l'œuvre influença la littérature mondiale. Son roman le plus célèbre, *La Mère* (1907), et sa pièce de théâtre *Les Bas-fonds* (1902) atteignirent une renommée internationale. En 1906, après avoir passé un an en prison à cause de ses idées révolutionnaires, il s'exila. Il retourna une première fois en URSS après la Révolution, s'exila de nouveau, puis revint s'y installer définitivement. Il joua un rôle majeur dans l'instauration du réalisme socialiste et, de 1932 à 1934, il dirigea l'Union des écrivains. Il glorifia alors sans réserve la construction du socialisme bolchevique stalinien et la rééducation par le travail, c'est-à-dire le Goulag.

Goldfaden Avrom. 1840-1908. Poète, dramaturge, metteur en scène et acteur. Premier auteur dramatique en langue yiddish il est considéré comme le fondateur du théâtre yiddish. Il mourut en janvier 1908 à New York.

GOSET. Théâtre national juif fondé en 1919. Il fut d'abord dirigé par Alexander Granovsky (1890-1937). Ses plafonds et ses murs étaient décorés par Chagall, qui concevait également les costumes. Le répertoire comprenait des adaptations de textes yiddish, des créations et des traductions de Shakespeare, notamment *Le Roi Lear* et *Richard III*. En 1928, après la défection de Granovsky, la direction du théâtre fut confiée à Solomon Mikhoëls. En 1948, celui-ci fut assassiné par ordre de Staline. Quelques mois plus tard, le 16 novembre 1949, le théâtre fut fermé. Il avait été la plus importante institution juive d'Union soviétique.

Grossman Vassili. 1905-1964. Écrivain et dissident. Membre de l'Union des écrivains en 1937, il vit sa compagne (Olga Gouber) arrêtée en 1938 et intrigua de son mieux pour la maintenir en vie. En 1941, dès l'invasion nazie, Vassili Grossman se porta volontaire pour faire partie des reporters de guerre de *L'Étoile rouge* (*Krasnaïa Zvezda*), le journal de l'Armée rouge. Ses articles racontant toute la durée du siège de Stalingrad le rendirent célèbre. Au retrait des nazis, il poursuivit son travail de reportage sur le front et découvrit les massacres massifs de civils juifs d'Ukraine, en particulier de Berditchev, sa ville natale, où sa mère faisait partie des martyrs. Entré à Treblinka en 1944, il écrivit *L'Enfer de Treblinka*, qui servit de témoignage à Nuremberg. En 1945, il parvint à Berlin avec l'Armée rouge victorieuse; il venait, depuis 1941, de passer plus de mille jours sur le front. À son retour en URSS, considéré comme un héros, il publia de nombreux textes sur la guerre et participa avec Ilya Ehrenbourg à la rédaction du *Livre noir sur l'extermination des Juifs*, qui fut interdit en 1949. Dans un conflit de plus en plus marqué avec le pouvoir, il acheva en 1962 *Vie et Destin*, considéré comme l'un des chefs-d'œuvre romanesques de la langue russe du XXe siècle. C'est, avec les œuvres de Pasternak et celles de Soljenitsyne, une dénonciation absolue de l'inhumanité totalitaire soviétique. Malgré les avis contraires, Grossman soumit son manuscrit à la censure. Le KGB saisit aussitôt les copies et brouillons pour les

Annexes

détruire... à l'exception d'une copie complète. Dix-huit mois plus tard, Vassili Grossman mourut d'un cancer. Alors que l'on croyait le roman disparu, en 1980 Andreï Sakharov fit parvenir la copie sauvegardée de *Vie et Destin* chez un éditeur suisse (L'Âge d'Homme), qui le publia la même année. Il ne parut en Russie qu'en 1989.

Kaganovitch Lazare Moïsseïevitch. 1893-1991. Membre du Politburo, il fut l'un des fidèles lieutenants de Staline. Coresponsable de la grande famine des années 1930, il participa activement à la terreur des « grandes purges ». En 1957, il fut exclu du Politburo et mis à la retraite pour avoir participé, avec Molotov, à l'élaboration d'une tentative de renversement de Khrouchtchev.

Kalinine Mikhaïl; « *Papa* ». 1875-1946. Président du Soviet suprême jusqu'en 1946. De 1938 jusqu'à la mort de son époux, sa femme fut déportée pour avoir critiqué Staline.

Kapler Alexis Jakovlevitch. 1903-1979. Homme de théâtre, acteur, cinéaste et scénariste, il fut décoré du prix Staline en 1941. Il fut reporter auprès de l'Armée rouge durant la Seconde Guerre mondiale. Âgé de quarante ans, il commença une liaison avec Svetlana, la fille unique de Staline, âgée de seize ans. Le dictateur accusa Kapler d'espionnage au profit des Britanniques et le condamna au Goulag, dont il réchappa.

Kozintsev Grigori Mikhaïlovitch. 1905-1973. Cinéaste. Après la Seconde Guerre mondiale, il tourna des adaptations de grandes œuvres littéraires, dont les remarquables traductions de Pasternak, *Hamlet* (1964) et *Le Roi Lear* (1969).

Kvasnikov Leonid. 1905-1993. Chimiste, à la tête du service d'espionnage technique du KGB, il s'installa à New York en 1943, sous couvert diplomatique. Il fut l'un des instigateurs du réseau d'espionnage soviétique de la bombe atomique américaine.

Loukov Leonid. 1909-1963. Cinéaste, il réalisa de grandes fresques prolétariennes et des films de propagande. Il mourut pendant le tournage de *Faites-moi confiance*, l'un des premiers films à tenter de dénoncer le Goulag.

Maïakovski Vladimir Vladimirovitch. 1893-1930. L'un des plus grands et des plus célèbres poètes en langue russe. Futuriste, il voulut mettre l'art moderne au service de la Révolution en fondant le *Front de gauche* (*LEF*), revue d'avant-garde soviétique. Dans sa pièce *La Punaise* (1929), il stigmatise avec humour les prolétaires embourgeoisés. Il se suicida en 1930.

Meyerhold Vsevolod Emilievitch. 1874-1940. Dramaturge et metteur en scène. Ses conceptions novatrices plaidant en faveur du constructivisme, d'une mise en scène prévalant sur les textes, lui valurent les foudres de Staline. Il fut à l'origine de la traduction de *Hamlet* par Pasternak, qu'il rêva de mettre en scène. Dès 1930, il fut en butte à la censure, et le théâtre Meyerhold, à Moscou, fut fermé en 1938. Il fut arrêté en 1939 et exécuté en secret en 1940.

Mikhoëls Solomon Iossifovitch. 1890-1948. Acteur. En 1929, Solomon Mikhoëls fut nommé directeur artistique au GOSET, le théâtre national juif de Moscou. À partir de 1939, il fut membre du Conseil artistique auprès du Soviet des commissaires du peuple de l'URSS. À partir de 1941, il fut président du Comité antifasciste juif. En 1943 il partit en délégation officielle aux États-Unis, au Canada, au Mexique et en Grande-Bretagne afin de collecter des fonds pour l'effort de guerre soviétique. C'est au cours de cette tournée qu'il évoqua le Birobidjan, la région autonome juive créée par Staline. Sa tournée fut un énorme succès et rapporta plusieurs dizaines de millions de dollars à l'Union soviétique. Le 13 janvier 1948, sur ordre de Staline, il fut assassiné à Minsk par la sécurité d'État, pendant la campagne antisémite officielle. Son meurtre fut maquillé en accident.

Mikhoïan Anastas. 1895-1978. Membre du Politburo de 1935 à 1966, il tomba en disgrâce en 1952 et n'échappa à la mort que grâce à la disparition du dictateur. Il fut président du Soviet suprême de 1964 à 1965.

Annexes

Molotov Viatcheslav. 1890-1986. Membre du Politburo, il fut longtemps le bras droit de Staline. Il fut l'un des artisans de la dékoulakisation des campagnes qui aboutit à la « grande famine » des années 1930, soutint activement la terreur des « grandes purges ». Ministre des Affaires étrangères à la veille de la Seconde Guerre mondiale, il signa avec Ribbentrop, en août 1939, le pacte germano-soviétique de non-agression. Ce pacte fut rompu en juin 1941, quand l'Allemagne envahit l'Union soviétique. L'épouse de Molotov, Polina, membre du Comité antifasciste juif, fut envoyée au Goulag dès 1949, lors de la campagne antisémite. En 1952, Molotov fut exclu du Politburo et ne dut probablement sa survie qu'à la mort de Staline. En 1957, il participa à la tentative d'éviction de Khrouchtchev.

Ordjonikidze Gregori, *dit « Sergo »*. 1886-1937. Géorgien, membre du Politburo. Suspecté de trahison par Staline, il fut poussé au suicide en 1937.

Pasternak Boris Leonidovitch. 1899-1960. Poète et romancier. Dès 1922, il connut la gloire avec ses poèmes. En 1935, il évoqua en prose le suicide de son ami Maïakovski. Cette même année, en désaccord avec la poésie soviétique officielle, il se consacra à la traduction, dont Shakespeare. Entre 1943 et 1945, il publia cependant deux recueils de poèmes. En 1957, son chef-d'œuvre, *Le Docteur Jivago*, chronique critique de l'héritage stalinien de la Révolution et de la folie déshumanisée du pouvoir, fut refusé à la publication. Après un parcours rocambolesque, le manuscrit fut publié en Italie chez l'éditeur communiste Feltrinelli (édition pirate en russe en Hollande, août 1958). En 1958, par mesure de représailles, Pasternak fut exclu de l'Union des écrivains soviétiques. L'année suivante, Khrouchtchev s'opposa avec violence à la nomination de Pasternak au prix Nobel de littérature. Pasternak dut choisir entre recevoir son prix et ne plus revenir en URSS ou rester dans sa datcha de Peredelkino. Il opta pour l'URSS, mais le Nobel lui fut tout de même décerné. Le roman devint un succès mondial, à la grande colère du pouvoir soviétique. Le 15 mars 1959, Pasternak fut accusé de trahison envers sa patrie ; les visites et les contacts avec des étrangers lui furent interdits. Il mourut le 30 mai 1960. Il fut réhabilité en 1987.

L'inconnue de Birobidjan

Le Docteur Jivago sortit en Union soviétique en 1988, mais sa famille ne put jamais recevoir l'argent du Nobel, qui fut capté par l'État soviétique.

Peretz Itzhak, dit Leybush Peretz. 1852-1915. Écrivain, il est l'un des maîtres de la littérature yiddish. Il est l'auteur de nombreux contes et récits, notamment des *Contes hassidiques* (1900).

Reissner Larissa. 1895-1926. Femme de lettres, auteur de *Hambourg sur les barricades* et de *Front* (1924). Elle s'illustra en s'engageant au côté des révolutionnaires pour combattre la sinistre légion des Tchécoslovaques et inspira à Vichnevski l'héroïne de *La Tragédie optimiste* (1933).

Sforim Mendel Mokher. 1836-1917. Pseudonyme de Cholem Yakov Abramovitch. L'un des pères de la littérature yiddish, il est l'auteur du célèbre personnage Fishke le boiteux.

Staline. Iossif Vissarionovitch Djougachvili, dit *Staline*, surnommé « *Sosso* » ou « *Koba* ». 1859-1953. Secrétaire du Parti bolchevique de 1922 à 1953, président du Conseil des ministres de 1941 à 1953, maréchal, généralissime. Son pouvoir sur le Parti devint effectif et absolu à la mort de Lénine et l'assassinat de Kirov, qui était le seul prétendant porté par l'opposition au sein des bolcheviks. Son règne est celui d'un absolu totalitarisme d'État, fondé sur l'oppression, la dénonciation et le Goulag. Pour soumettre les paysans d'Ukraine et les paysans « riches », Staline organisa et maintint la grande famine (1931-1934), qui se solda par plus de dix millions de morts. Les « grandes purges » (période Jdanov) de 1934 à 1938, puis de 1946 à 1953 (période Beria) engendrèrent environ un million d'exécutions, neuf à douze millions de prisonniers et des millions de personnes « déplacées ». L'URSS paya aussi un énorme tribut humain, plus de quinze millions de morts, à la grande guerre patriotique (1941-1945). Après la guerre, Staline se lança dans une dernière purge paranoïaque, ciblant cette fois les Juifs (le « complot des blouses blanches »). Il mourut d'une hémorragie cérébrale le 5 août 1953.

Annexes

Staline Nadedja (Nadia) Allilouïeva. 1901-1932. Deuxième épouse de Staline et mère de Svetlana. Hostile à la politique de terreur instaurée par son mari, elle se suicida en 1932.

Staline Svetlana Allilouïeva. 1926-2011. Fille unique de Staline et de sa seconde épouse, Nadedja Allilouïeva. Sa liaison avec le comédien Alexeï Kapler, à l'âge de seize ans, mit Staline en fureur. Kapler fut condamné au Goulag. Svetlana se maria une première fois avec Grigori Morozov, qui était juif, puis une seconde fois avec Iouri Jdanov, bras droit de Staline. En 1967, elle profita d'un séjour en Inde pour réclamer l'asile politique aux États-Unis, laissant derrière elle en Union soviétique son fils et sa fille, nés de ses deux mariages. Aux États-Unis, elle dénonça la dictature soviétique et le régime de son père, notamment dans son livre *Vingt lettres à un ami* (*Twenty Letters to a Friend*, 1967). En 1984, elle fit un bref séjour en Union soviétique pour revoir ses enfants, avant de retourner vivre aux États-Unis.

Théâtre académique national Vakhtangov. Théâtre d'avant-garde créé en 1913, à l'initiative de Vakhtangov, par des élèves de Stanislavski. Son initiateur, Eugène Vakhtangov, mourut en 1922, mais le théâtre, fort de son succès, poursuivit sous la direction de Nemirovitch-Dantchenko. Malgré la censure et les multiples pressions, le théâtre Vakhtangov survécut à la dictature stalinienne et est toujours en activité.

Théâtre d'art de Moscou (MKhAT). Il fut fondé en 1897 par Constantin Stanislavski et Vladimir Nemirovitch-Dantchenko. Il est toujours en activité.

Vichnevski Vselovod Vitalevitch. 1900-1951. Dramaturge et scénariste. Correspondant de guerre pour la *Pravda*. Scénariste des *Marins de Kronstadt* (1936). Son œuvre la plus connue est *La Tragédie optimiste* (1933).

Vorochilov Kliment (Kilm). 1881-1969. Maréchal, il fut incapable d'empêcher les Allemands d'encercler Leningrad. Membre du Politburo jusqu'en 1952. Il était marié à Ekaterina Vorochilova.

L'inconnue de Birobidjan

Yiddish. Langue parlée par environ onze millions de personnes avant la Seconde Guerre mondiale. Le yiddish apparut d'abord dans la vallée rhénane, chez les communautés juives installées là depuis l'époque romaine. Pour se protéger de l'hostilité des populations avoisinantes, elles transformèrent, à l'aide de mots hébraïques, la langue vernaculaire en une langue singulière, le yiddish, seule langue qui ne soit pas née de la nécessité de communiquer mais de celle de résister. Les premiers ouvrages en yiddish, dont l'écriture utilise les caractères de l'alphabet hébreu, apparaissent au XIIe siècle. Depuis, une riche littérature – primée par le Nobel remis au romancier Isaac Bashevis Singer (1904-1991) en 1978 – a été composée dans cette langue.

Quelques repères historiques et culturels [1]

Dates	URSS	États-Unis	France et Europe	Arts et lettres
1922	Staline secrétaire général du Parti communiste de l'Union soviétique jusqu'en 1952. 30 décembre : constitution officielle de l'URSS. La Tcheka devient la Guépéou.			*Le Cuirassé Potemkine*, film d'Eisenstein. *Le Bruit du temps*, récits de Mandelstam. *Poèmes à Blok*, de Marina Tsvetaeva. -------- Création en Pologne du mouvement littéraire yiddish Khaliastra (La Bande) qui regroupe les plus grands auteurs yiddish.
1923				*Sur le front* et *Hambourg sur les barricades*, de Larissa Reissner.
1924	Mort de Lénine.			*La Garde blanche*, de Boulgakov.
1925	Abandon de la Nouvelle politique économique (NEP) mise en place par Lénine en 1921.			Mort de Larissa Reissner. *L'Homme noir*, d'Essenine. Mort d'Essenine.
1926	Naissance de Svetlana, fille de Staline.			Le Théâtre d'art devient le théâtre Vakhtangov. *Cavalerie rouge*, récits de Babel.
1928	Création de la région juive du Birobidjan.			Cholokhov commence *Don Paisible*, énorme saga terminée en 1940. Solomon Mikhoëls devient directeur du théâtre yiddish (GOSET).
1929	Lutte contre les koulaks (riches paysans propriétaires) et mise en place de la collectivisation des terres qui conduiront à la grande famine de 1932.	Hoover président. Krach de Wall Street.		*L'Homme à la caméra*, film de Dziga Vertov. Boulgakov commence *Le Maître et Marguerite*. L'Union des dramaturges soviétiques interdit ses quatre premières pièces de théâtre. -------- *Di fir Zaytn fun mayn Velt* (*Les Quatre Faces de ma vie*), poème yiddish de Melekh Ravitch. David Bergelson commence *Bam Dnyeper* (*Sur le Dniepr*). -------- *La Moisson rouge*, de Hammett. *Berlin Alexanderplatz*, de Döblin.

---

1. Sources principales : *Histoire de la Russie*, Robert Laffont, collection « Bouquins », 1994 ; Wikipédia ; yivoencyclopedia.

L'inconnue de Birobidjan

1930	Mars : Staline publie dans la *Pravda* « Le vertige du succès. » Les camps de travail instaurés sous Lénine en 1917 deviennent dépendants d'une branche du NKVD, le Goulag (abréviation de Glavnoïe Oupravlenié Lagereï ; Direction générale des camps).		30 avril : suicide de Maïakovski. <hr> *Le Faucon de Malte*, de Hammett.
1932	Réintroduction du passeport intérieur pour les citoyens soviétiques. Début de la grande famine. Elle dure jusqu'en 1933-1934.	Roosevelt président.	*Le Meilleur des mondes*, d'Aldous Huxley. <hr> *Der Sotn in Goray* (*Satan à Goray*) d'Isaac Bashevis Singer. <hr> Bounine, émigré en France, est Prix Nobel de littérature.
1933			Gorki élu président de la Maison des écrivains soviétiques. *La Tragédie optimiste*, de Vsevolod Vichnevski. *Le Deuxième Jour de la création*, d'Ilya Ehrenbourg.
1934	De 1934 à 1938 : les grandes purges. La Guépéou devient le NKVD. Le Birobidjan devient « région autonome » (oblast).		Le Congrès des écrivains soviétiques définit les canons du réalisme socialiste. <hr> *Birobidzhaner* (*Les Gens de Birobidjan*), de David Bergelson.
1935			*La Dame de pique*, de Meyerhold.
1936	Nouveau code de la famille : divorce découragé, avortement interdit.	Juillet : début de la guerre civile espagnole. En France, Léon Blum président du Conseil du Front populaire.	Mort de Gorki. Boulgakov commence *Le Roman théâtral*. <hr> *Robber Bojtre*, poème en yiddish de Moshe Kulbak. *Baladn un Grotéskn* (*Ballades et Grotesques*), de Kacyzne. <hr> *Retour de l'URSS*, de Gide.
1937			Varlam Chalamov, écrivain et journaliste, est envoyé dans les camps de la Kolyma, le « pays de la mort blanche ». *L'Enfance de Gorki*, film de Mark Donskoi. Chagall, peintre pour le Théâtre d'art juif, s'exile en France. <hr> *Des souris et des hommes*, de Steinbeck. *Guernica*, de Picasso, exposé à Paris.

Annexes

1938	La langue russe devient obligatoire dans toutes les écoles d'URSS. Au Birobidjan, le yiddish perd son statut de langue officielle.	Création d'une commission sur les « activités anti-américaines » (HUAC).		Le poète Ossip Mandelstam meurt lors de son transfert à la Kolyma. *Alexandre Nevski*, film d'Eisenstein, musique de Prokofiev. -------- *La Nausée*, de Sartre.
1939	Août : traité de non-agression entre l'URSS et l'Allemagne.	À l'instigation d'Einstein, début du « Manhattan Project » de développement d'armes nucléaires.	Avril : fin de la guerre civile espagnole. 3 septembre : début de la Seconde Guerre mondiale.	Tournée en Russie de *Madame Bovary* et de *La Punaise*, de Maïakovski, produits par Taïrov. -------- *Mère Courage et ses enfants*, de Brecht. 23 septembre : mort de Freud.
1940	20 août : assassinat de Trotski.		18 juin : appel de De Gaulle. 22 juin : en France, armistice et naissance du régime de Vichy avec Pétain.	Isaac Babel est secrètement fusillé le 27 janvier. 10 mars : mort de Boulgakov. Exécution de Meyerhold. Pasternak achève sa traduction de *Hamlet*. -------- *Tsu a yidishe tentserin* (« À une danseuse yiddish »), poème en yiddish de Peretz Markish. -------- *Le Dictateur*, avec Chaplin.
1941	Juin : rupture du pacte germano-soviétique. L'Allemagne envahit l'URSS. Été : bombardement de Moscou. Évacuation des studios de cinéma vers Alma Ata. Décembre : l'hiver arrête l'armée allemande aux portes de Moscou.	7 décembre : attaque japonaise sur Pearl Harbor. Entrée en guerre des États-Unis.		Première de *Mascarade*, d'après Lermontov, au théâtre Vakhtangov. 31 août : interdite de publication, Marina Tsvetaeva se pend. -------- *Citizen Kane*, d'Orson Welles.
1942	Siège de Stalingrad et offensive soviétique devant la ville. Création du Comité antifasciste juif.	Création de l'OSS, *Office of Stategic Services*. Novembre : débarquement américain en Afrique du Nord. Le « Manhattan project » est localisé à Los Alamos.		*Courage*, poème d'Anna Akhmatova, est publié à la une de la *Pravda*. -------- I. B. Singer devient citoyen américain. -------- *L'Étranger*, de Camus.
1944	Fin du siège de Stalingrad.		6 juin : débarquement des Alliés en Normandie. 1944-1946 : de Gaulle président provisoire de la République française.	À la suite de son entrée à Treblinka, Vassili Grossman publie *L'Enfer de Treblinka*.

L'inconnue de Birobidjan

1945		Truman président. 6 et 9 août : bombes atomiques sur Hiroshima et sur Nagasaki.	27 janvier : l'Armée rouge libère Auschwitz. Février : conférence de Yalta. 8 mai : capitulation de l'Allemagne. 15 août : capitulation du Japon. 24 octobre : naissance officielle de l'ONU. Novembre : ouverture du procès de Nuremberg.	Soljenitsyne est condamné au Goulag. Julius Margolin publie *Voyage au pays des Ze-Ka*, témoignage sur ses années au Goulag.
1946		Le CIG (Central Intelligence Group), puis la CIA remplacent l'OSS.	En France, guerre d'Indochine jusqu'en 1954.	Interdiction de la seconde partie d'*Ivan le Terrible*.
1947		L'HUAC étend ses investigations au milieu du cinéma. Une « liste noire » est publiée, interdisant de fait à de nombreux artistes de travailler.	Vincent Auriol président de la IVe République française.	*La Tempête*, et *Retour aux États-Unis*, d'Ehrenbourg. ⸻ *Tsvey Veltn* (*Deux mondes*) de David Bergelson. ⸻ *Si c'est un homme*, de Primo Levi. *Les Jours de notre mort*, de David Rousset. ⸻ Brecht, Chaplin et Welles, interrogés par l'HUAC. Brecht est chassé des États-Unis.
1948	Assassinat de Solomon Mikhoëls, acteur célèbre, directeur du GOSET et président du Comité antifasciste juif.	Vote du plan Marshall pour l'Europe. Whittaker Chambers témoigne contre Alger Hiss, accusé d'espionnage pour l'URSS.	14 mai : Ben Gourion déclare l'indépendance d'Israël.	*1984*, d'Orwell.
1949	29 août : 1er essai de bombe atomique.	Déclenchement d'une violente campagne contre le « réseau juif d'espions américains ».		Kravtchenko, auteur de *J'ai choisi la liberté*, gagne son procès contre Les Lettres françaises. ⸻ *Mort d'un commis voyageur*, d'Arthur Miller.
1950		Guerre de Corée jusqu'en 1953. Septembre : vote de la loi sur la sécurité intérieure destinée à réprimer les activités des communistes. Klaus Fuchs et les époux Rosenberg, entre autres, sont accusés d'espionnage pour l'URSS.		Mort de Taïrov. *Un tramway nommé désir*, film d'Elia Kazan.

Annexes

1952	Nuit du 12 au 13 août : « Nuit des poètes assassinés ». Treize poètes et écrivains de langue yiddish sont secrètement fusillés après des procès tronqués.	Eisenhower président.		Kazan dénonce à l'HUAC des artistes supposés communistes ou anti-américains. Josef Losey interrogé par l'HUAC, s'exile en Grande-Bretagne. Chaplin s'exile en Suisse.
1953	5 mars : mort de Staline. Septembre : Khrouchtchev 1er secrétaire du PCUS. Le « complot des blouses blanches », après une virulente campagne antisémite, conduit à de nombreuses arrestations.	Albert Einstein dénonce le maccarthysme. Les époux Rosenberg sont exécutés.		*Les Sorcières de Salem*, d'Arthur Miller, joué à Broadway. ---------------------- *Tévyé le laitier*, créé à partir d'un personnage imaginé en 1895 par Cholem Aleikhem, est joué en yiddish aux États-Unis ; sa version anglaise, *A Fiddler on the Roof* (*Un violon sur le toit*) connaîtra un immense succès à Broadway en 1963.
1954		Une motion de censure est déposée contre McCarthy.		*Di Lider fun mayn Lider* (« Les chants de mes chants »), poèmes yiddish de Melekh Ravitch.
1956				*Récits de la Kolyma*, de Chalamov, publiés clandestinement à Moscou. ---------------------- Arthur Miller interrogé par l'HUAC.
1957				Publication en Italie du *Docteur Jivago*, de Pasternak. *Quand passent les cigognes*, film de Kalatozov.
1958				Pasternak Prix Nobel de littérature. Prix refusé par le Politburo.
1960				30 mai : mort de Pasternak. ---------------------- *Der Kuntsnmakher fun Lublin* (*Le Magicien de Lublin*), de I. B. Singer.
1961	1er avril : Gagarine, premier homme dans l'espace.		L'affaire des « Cinq de Cambridge ».	

L'inconnue de Birobidjan

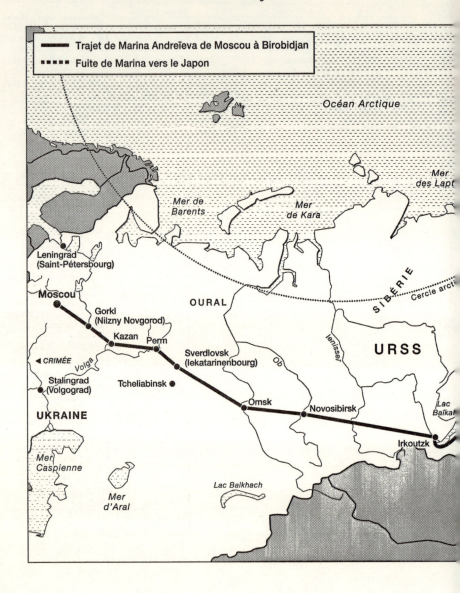

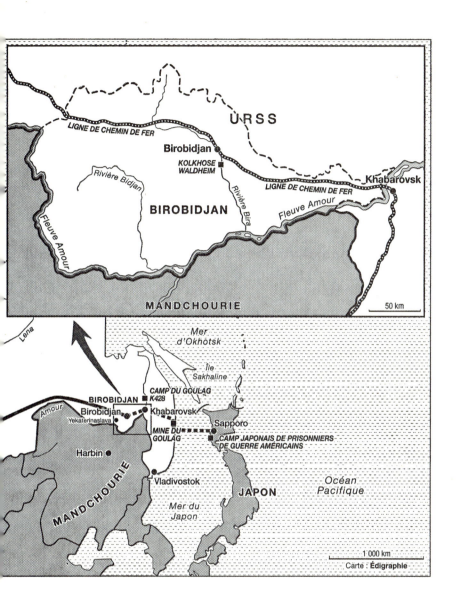

Remerciements

Je tiens à remercier tous ceux et celles qui m'ont accompagné dans ce long travail : Clara Halter, qui a suivi cette aventure page après page, Sophie Jaulmes ainsi que Nathalie Théry, fidèle accompagnatrice de ce récit. Merci aussi à Cristina Canet.

Merci enfin à ma chère Nicole Lattès et à celui sans qui ce livre n'aurait pas vu le jour, mon éditeur et ami, Leonello Brandolini.

Table

Première journée

Washington, 22 juin 1950	11
147ᵉ audience de la Commission des activités anti-américaines	
Moscou, Kremlin................................	23
Nuit du 8 au 9 novembre 1932	
Washington, 22 juin 1950	42
147ᵉ audience de la Commission des activités anti-américaines	
Moscou, Kremlin................................	49
Nuit du 8 au 9 novembre 1932	
Washington, 22 juin 1950	65
147ᵉ audience de la Commission des activités anti-américaines	

Deuxième journée

Washington, 23 juin 1950	81
147ᵉ audience de la Commission des activités anti-américaines	
Moscou	91
Août 1941, janvier 1943	
Washington, 23 juin 1950	142
147ᵉ audience de la Commission des activités anti-américaines	

Troisième journée

Washington, 24 juin 1950 163
147ᵉ audience de la Commission des activités anti-américaines
Birobidjan 184
Janvier 1943
Washington, 24 juin 1950 223
147ᵉ audience de la Commission des activités anti-américaines
Birobidjan 253
Février, mai 1943
Washington, 24 juin 1950 292
147ᵉ audience de la Commission des activités anti-américaines
Birobidjan 306
Mai, octobre 1943

Quatrième journée

Washington 353
25 juin 1950

Épilogue 403

Annexes

Quelques personnages et faits réels 409
Quelques repères historiques et culturels 425
Cartes 430

Remerciements 433

Ouvrages de Marek Halter (suite)

LE JUDAÏSME RACONTÉ À MES FILLEULS
(Robert Laffont, 1999)
LE VENT DES KHAZARS
(Robert Laffont, 2001)
SARAH – La Bible au féminin *
(Robert Laffont, 2003)
TSIPPORA – La Bible au féminin **
(Robert Laffont, 2003)
LILAH – La Bible au féminin ***
(Robert Laffont, 2004)
BETHSABÉE OU L'ÉCOLE DE L'ADULTÈRE
(Pocket, inédit, 2005)
MARIE
(Robert Laffont, 2006)
JE ME SUIS RÉVEILLÉ EN COLÈRE
(Robert Laffont, 2007)
LA REINE DE SABA
(Robert Laffont, 2008)
Prix Femmes de paix 2009
LE KABBALISTE DE PRAGUE, 2010

*Cet ouvrage a été composé et mis en pages
par CPI Firmin Didot (Mesnil sur L'Estrée)*

Impression réalisée par

en janvier 2012

N° d'édition : 51770/01
N° d'impression : 66345
Dépôt légal : janvier 2012

Imprimé en France